Plongé à l'âge de raison dans l'enfer des batailles de la Libération, **Pierre Delahaye** *a gardé des souvenirs qui resurgissent avec la mélancolie du soir de la vie. Après une carrière de médecin de famille dans une petite ville de Normandie entre l'Eure et la Seine-Maritime, il a choisi, la retraite venue, de se consacrer à l'écriture.*
La Messagère de l'aube *est l'histoire d'une jeune fille rebelle, trop vite mûrie, qui pourrait être la sœur de celle qui, en Provence, transmettait les messages de Radio Londres pour le poète résistant René Char.*
Le bonheur d'être père de quatre filles a inspiré à Pierre Delahaye ce foisonnant personnage d'Émilie Lecor.

La Messagère de l'aube

TERRE DE POCHE
45, rue du Clos-Four – 63056 Clermont-Ferrand cedex 2

Pierre Delahaye

La Messagère de l'aube

de Borée
TERRE DE POCHE

À chaque kilomètre, chaque année
Des vieillards au front borné
Indiquent aux enfants la route
D'un geste de ciment armé

Jacques Prévert,
Le droit chemin

I

Le réveil

Ce fut encore cette année-là un hiver de guerre, cruel et interminable. Il fallut attendre Pâques pour voir enfin le printemps s'annoncer par un grand soleil blanc dans un ciel métallique qui venait à son réveil lui caresser le visage et proclamer avec les chants d'oiseaux la merveilleuse résurrection des jours. C'était un de ces soleils capricieux, éphémère, que les paysans avant de partir aux champs évaluaient d'un œil dubitatif : « Il baigne dans l'eau », disaient-ils.

Les pluies ne venaient que plus tard, parfois retardées par un vent d'est qui glaçait d'un bleu laiteux la grisaille matinale, mais, le plus souvent, poussées par la brise marine, elles jouaient avec la lumière et, nourricières, exaltaient en les mêlant les senteurs de la terre et de la mer.

Émilie aimait les pluies du pays d'ici et rien ne l'irritait tant que les propos du maître d'école monsieur Cassagne quand il pestait contre les caprices des ciels normands en évoquant avec regrets les douceurs de son Midi natal. Que savait-il lui du bonheur de courir par les prés et les bois, encapuchonnée, le visage embrumé offert à l'ondée, la bouche ouverte pour en goûter les saveurs piquantes ? Connaissait-il cette quiétude alanguie dans la tiédeur du lit à écouter le tapotement tantôt délicat, tantôt rageur de l'averse sur un toit d'ardoise ? Monsieur l'instituteur secrétaire de mairie, craint et respecté par tout le village, avait un jour osé dire en provoquant les rires lâchement serviles de la classe :

« Ce n'est pas pour rien qu'on appelle la Normandie le pot de chambre de la France ! »

Émilie avait trépigné sur sa chaise, des mots de protestation plein la gorge que la colère bloquait. Étaient-ce les regards furibonds qu'elle lui lança et le mutisme têtu qu'elle observa ensuite, mais le maître ne prononça plus de paroles méprisantes contre le climat normand devant cette fillette sur laquelle il fondait de grands espoirs : avoir avec son fils Joseph, au nez et à la barbe de ses collègues des autres communes, les deux premiers du canton au prochain certificat d'études.

« Debout là-haut, fini de rêvasser ! Y a de l'ouvrage qui attend ! »

Dès l'aube, le sommeil l'avait quittée avant l'appel tonitruant de son père qui, d'en bas, devait la réveiller. Elle aimait prolonger cette langueur sous les draps protecteurs à tendre l'oreille aux bruits familiers de la maison : maître Lecor ouvrant les volets de son auberge, madame Lecor remuant ses casseroles en cuisine, Louise la servante qui chantonne avec les volailles dans la basse-cour, les voix confuses des premiers clients au comptoir… Elle laissait ses pensées vagabonder entre les êtres et les choses qui comblaient d'étonnements, de joies et d'interrogations chaque instant de sa vie quotidienne : l'école, le certificat et l'espoir d'entrer un jour au lycée, l'église et la communion solennelle, le château où planaient ses rêves, la maison du médecin où elle découvrait un art de vivre si différent de l'univers familier de l'auberge. Comme un rituel, elle attendait avec un tressaillement exquisément douloureux le rappel paternel.

« Émilienne, ça bouge pas là-haut ! Faudrait voir à se remuer ! »

Il exprimait ainsi son courroux en appelant sa fille de ce prénom démodé un peu ridicule et pour la faire enrager, devant les clients, lui chantait une chanson stupide d'une autre époque :

« C'est-y toi qui s'appelle Émilienne, c'est-y toi ou c'est-y pas toi ? » Car à son grand regret, Émile Lecor n'avait pu perpétuer la tradition familiale selon laquelle le premier-né héritait le prénom du père. Le sort avait voulu qu'il n'ait qu'une fille, une pisseuse, une grande bringue qui se donnait des airs de demoiselle à traîner par tous les chemins, à faire la princesse au château ou la savante chez le docteur. Enfin, expliquait-il aux habitués du comptoir entre les tournées :

« Il faut faire avec c'qu'on a et ça s'ra jamais qu'une pièce rapportée, un gendre qui pourra s'il est à la hauteur reprendre mes affaires.

— Oui mais jolie comme elle est, t'auras pas de mal à la marier, disait l'un.

— En plus qu'elle n'a pas la langue dans sa poche et qu'elle a l'esprit de repartie comme son père », ajoutait l'autre.

Et tous s'accordaient à dire que c'était une sacrée dégourdie et un beau brin de fille « qui promettait ». Heureusement, madame Lecor avait imposé le prénom plus doux d'Émilie avec, dans les rares moments de tendresse, du « Mimi », diminutif vite adopté par l'entourage.

De sa chambre Émilie devinait son père trônant derrière son comptoir, expliquant ses déboires de propriétaire herbager, ses soucis de boucher-charcutier en ces temps de pénurie, et ses désillusions de cuisinier créateur de cette auberge *L'Assiette normande*, relais gastronomique apprécié des connaisseurs mais qui, depuis la guerre, périclitait. Rondouillard et redondant, le souffle court et la démarche enraidie par un mauvais souvenir de 1914-1918, le teint fleuri de couperose par l'abus des coups de blanc et les rincettes de calvados, il avait le verbe haut et l'esprit aussi épais que la bêtise satisfaite de sa clientèle.

« Alors ça vient ? Faut-y que je vienne moi-même te déjucher ; si t'es pas en bas dans la minute ça va barder pour ton matricule ! »

Cette fois la menace était sérieuse. Elle prit encore le temps de se pencher à sa fenêtre pour humer les senteurs qui montaient du jardin et s'amuser du ballet frétillant des oiseaux. Les hirondelles en ce printemps capricieux n'étaient pas encore revenues mais sur le faîte du toit elle aperçut deux pigeons qui la fixaient d'un œil inquiet. Ils avaient échappé aux tirs des Allemands, qui voyaient en eux des messagers de la Résistance, et aux pièges des victimes de la disette. La présence insolite de ces innocents volatiles était peut-être le présage d'une libération prochaine ? Aux arbres et aux buissons étaient accrochées des gerbes de papiers brillant comme du métal. Le docteur lui avait expliqué qu'il s'agissait de bandes d'aluminium jetées par myriades depuis les avions pour tromper la DCA et les radars allemands. Les Anglais les appelaient des *windows*, des fenêtres, les oiseaux semblaient s'y être habitués et les enfants du village s'en faisaient des perruques, des déguisements et des décorations pour l'Armée des Vikings.

Elle se précipita sur le broc et la cuvette, s'aspergea abondamment d'eau froide, l'épreuve était désagréable mais tellement vivifiante comme si son corps se chargeait d'une énergie chaque jour renouvelée. Elle s'habilla promptement et dévala les deux étages qui la menaient directement dans l'arrière-cuisine sans prêter attention aux grognements de son père.

« C'est pas trop tôt ! File chez monsieur Van Lair et prends garde à ce que tu fais ! »

Du seuil de la maison sa mère la rappela :

« Où cours-tu si vite tête en l'air ? Tu as encore oublié la grande laitière, quelle étourdie ! Demande aussi deux livres de beurre et un litre de crème pour le menu de dimanche, prends un grand panier et ne traîne pas en route ! »

La fillette revint sur ses pas la mine renfrognée car, avec cette laitière à l'anse d'acier qui lui cisaillait les doigts, il lui fallait tenir de l'autre main un encombrant chargement qui, en ces temps de rationnement selon monsieur Lecor, valait de l'or.

Le désagrément de ces corvées matinales s'effaçait dès l'accueil du fermier qui n'était pas un paysan comme les autres. Propre sur lui, rasé de frais, sans vêtements grossièrement rapiécés, les bottes impeccables comme son étable lavée à grande eau, la paille toujours fraîche, ses vaches à la robe blanche tachetée de brun ou de noir étaient chaque jour brossées et débarrassées de leurs souillures. Dans une pièce attenante aux murs blanchis à la chaux qu'il appelait son laboratoire étaient régulièrement rangés des récipients en tous genres, barattes, dames-jeannes, cannes, laitières, moules, avec lesquels il fabriquait des produits qui lui valaient maintes jalousies. Il n'était pas fier et ne parlait jamais pour ne rien dire.

Il n'était pas non plus avare de ses conseils qu'il donnait avec modestie de sorte que, même les plus méfiants des paysans, sans avoir l'air d'y toucher, en parlant de la pluie et du beau temps, écoutaient ses avis sur le choix des fourrages, le traitement du lait et la santé des bêtes. Ils repartaient avec la satisfaction d'avoir économisé une coûteuse intervention du vétérinaire et le sentiment de n'avoir pas perdu la face devant cet étranger. Car monsieur Van Lair était belge, réfugié en Normandie comme nombre de ses compatriotes pendant la Grande Guerre il s'était installé ici au prix d'un travail et d'une compétence que même les plus envieux lui reconnaissaient. N'ayant pu acquérir assez de terres pour son élevage, il louait les herbages de maître Lecor moyennant une redevance en bon argent et un droit de préhension sur une partie fixée sur parole de la production laitière. Avec son épouse ils n'avaient pas d'enfant et accueillaient toujours la petite fille avec joie et humour.

« Voilà comme chaque matin dès potron-minet notre jolie fermière et son pot à lait. Bonjour petit chat ! »

Parfois l'expression changeait.

« Voilà notre belle aurore, dès potron-jacquet, bonjour petit écureuil ! » Et comme la fillette s'étonnait, il lui avait expliqué :

« C'est Minou le chat et Jacquet l'écureuil. Le potron ou le potiron sauf votre respect mademoiselle... c'est le derrière ! C'est l'heure où de bon matin ils montrent leur derrière. »

Ailleurs il répétait « couchés avec les poules, levés dès l'aurore, le monde appartient à ceux qui se lèvent tôt » ou bien encore « vous les Normands je vous admire d'aimer à ce point votre terroir pour avoir donné à vos villes des noms de fromages : pont-l'évêque, camembert, livarot, neufchâtel ! »

Plus que l'humour et les paroles de bienvenue, la joie d'Émilie était le fabuleux privilège d'écouter la radio clandestine. Les Allemands avec la complicité de l'administration française avaient réquisitionné en mars dernier les postes de radio. Beaucoup de gens avaient gardé leurs meilleurs appareils qu'ils cachaient avec plus ou moins d'astuces. Monsieur Van Lair s'était taillé un franc succès en portant par les rues du village jusqu'à la mairie un antique poste haut sur pattes dont il avait barré le bord supérieur d'une large mèche de peinture noire et surmonté le cadran d'une moustache « à la Charlot » très évocatrice.

À côté d'une sorte de valise pleine de manettes et de boutons à laquelle elle ne devait pas toucher, un magnifique Radiola à l'œil vert était camouflé dans une grange entre le conduit d'une cheminée de brique et les chaumes du toit. Pour y accéder il fallait escalader les bottes de foin, franchir en équilibre une poutre étroite, venir se coller l'oreille sous les faisceaux de roseaux tressés où l'antenne courait jusqu'au faîte fleuri du toit afin d'entendre la voix de la France Libre qui, depuis Londres, exhortait les Français à résister. Émilie était fascinée par cette ampoule lumineuse derrière laquelle des nuées d'ondes mystérieuses venaient se concentrer et par cette aiguille magique qui, sur quelques centimètres, parcourait le monde d'une capitale à l'autre, faisant naître des sifflements, des craquements, des bruits de crécelle jusqu'à ce qu'éclatent les quatre coups du destin d'une certaine *Cinquième Symphonie* imaginée, ironie de l'histoire, par un musicien allemand. Elle s'amusait à percer les secrets des messages personnels :

« Le mille-pattes n'a pas de chaussures à son pied… Un camembert bien fait ne doit pas couler… »

Un jeu de devinettes qu'elle répétait consciencieusement au fermier ou au docteur qui, levé tôt ou pas encore couché, venait souvent les rejoindre.

Puis, en riant aux éclats, elle se laissait tomber dans l'herbe sèche.

Monsieur Lecor pestait mais pas trop contre ces séjours prolongés, il ne fallait pas se fâcher avec son locataire ! Jamais Émilie ne parla autour d'elle des postes de radio. Elle savait qu'en ce printemps 1944 leur écoute était un dangereux secret.

II

La première bombe volante

De retour à l'auberge Émilie déjeunait rapidement, cachait dans son cartable, à l'insu de ses parents, des provisions pour son amie Françoise. Celle-ci, réfugiée avec sa famille à la campagne depuis les bombardements de Rouen, vivait dans une masure à l'orée du village, rendue sommairement habitable par la municipalité aux ordres du bon vieux Maréchal, le chef de la France. Plus qu'un acte de charité, mot souvent entendu dans les leçons du catéchisme, c'était une marque d'affection et de partage qui la libérait du sentiment confus de culpabilité à vivre une enfance insouciante.

Elle devait pour se rendre à l'école emprunter des chemins détournés afin d'éviter certaines rencontres : le « père Machu », garde champêtre, ennemi des enfants qui le lui rendaient bien, monsieur Lezurié dit le « père la Luzerne » aussi vieux et grincheux que son cheval, une haridelle hargneuse baptisée « Coquette » qui n'obéissait qu'à la voix nasillarde de son maître. Celui-ci, affublé d'un bec-de-lièvre qu'il cachait sous une épaisse moustache, accusait Émilie d'être celle qui savait le mieux imiter son « hue Coquette » sous les rires des plus intrépides de l'« Armée des Vikings ».

La dernière rencontre, c'était presque un plaisir de l'affronter. Elle devait accélérer ou ralentir son pas pour être au bon moment devant la maison du maire quand celui-ci sortait sa belle limousine pour conduire ses enfants, un garçon et une fille plus âgés qu'elle, à la très respectable institution catholique de La Roche-Faidherbe. Tout de bleu marine vêtus, bérets crânement posés, insignes des Cœurs vaillants et francisque des Amis du Maréchal, regards dédaigneux, ils ressemblaient aux miliciens qui venaient se goberger à l'auberge. Ils faisaient mine d'ignorer cette paysanne qui les saluait d'un charmant sourire et lançait un vibrant « Bonjour, monsieur le maire ! ».

Indifférente au grognement qui lui répondait parfois, elle faisait à l'adresse des deux adolescents, avec l'index et le majeur de la main droite, le V de la victoire et même, quand le père avait le dos tourné, le poing rageur du Front populaire. Elle passait une tête curieuse par la grille ouverte pour s'extasier ostensiblement devant la maison : copie orgueilleuse d'un manoir normand, rehaussé d'échauguettes et de fenêtres à meneaux, elle était entourée d'un mur d'enceinte surmonté de tessons et de culs de bouteilles pour en défendre l'accès. La bâtisse était à l'image de l'arrogance de ses occupants.

Déjà toute petite fille, traverser le village sous le regard des gens, pour gagner au terme de son chemin d'écolière le temple du savoir et de la modernité, était pour Émilie une étrange sensation mêlée de plaisir et d'appréhension.

Dominant la grand-place du côté opposé à l'église, avec ses murs de briques rouges aux larges ouvertures, son fronton où la devise « *Liberté-Égalité-Fraternité* » était visible, de loin, la mairie-école apparaissait comme un défi au pouvoir en place. La salle du conseil et le bureau du maire occupaient le rez-de-chaussée du corps central flanqué de deux ailes, école de garçons à droite„ école de filles à gauche ; à l'étage était le logement du couple d'instituteurs.

Les gestes simples dans leur répétition quotidienne étaient pour l'élève studieuse des joies toujours renouvelées : s'appliquer sur la première page d'un cahier neuf, s'imprégner de l'odeur boisée d'encre et de craie d'un plumier bien garni, feuilleter un nouveau livre, tester les meilleures plumes pour les pleins et les déliés, laisser son imagination errer sur les cartes de France aux murs de la classe, de ville en ville, de rivière en fleuve, en se promettant, plus tard, plus grande, d'aller sentir l'air qu'on y respire et voir sous quel ciel les gens vivent.

Émilie éprouvait pour son instituteur une admiration teintée de crainte et de méfiance. Il avait heurté quelques bonnes âmes en voulant créer une école « bigéminée » comme le tolérait quelquefois monsieur le ministre de l'Instruction publique, en prenant en charge de façon égalitaire les garçons et les filles en âge de préparer le certificat d'études, mais monsieur l'inspecteur, sous la pression de monsieur le curé et de monsieur le maire, avait jugé cette initiative contraire à la bonne morale.

On le disait socialiste ou communiste ou libre penseur, ou quelque chose de ces idéologies qui nous avaient fait tant de mal en nous conduisant à la défaite après avoir donné à la jeunesse le désir de jouissance, le goût de la paresse, l'envie de vacances, qu'il fallait réparer aujourd'hui par un repentir coupable, un esprit d'humilité, d'obéissance et de sacrifice. S'il était un « horsain[1] », au moins il n'était pas juif et son accent ensoleillé attestait d'une bonne et solide appartenance française. Surtout, dans sa tâche de secrétaire de mairie, il savait se montrer souple et compréhensif avec les ordres de réquisition, les déclarations de récolte et de cheptel, les tickets de rationnement, voire certains abattages incontrôlés… On savait enfin que son fils ferait sa communion en mai prochain et que madame Cassagne, pourtant elle aussi institutrice de l'école sans Dieu, ne manquait jamais la grand-messe du dimanche matin.

Bravant l'interdit, monsieur Cassagne avait pris Émilie dans sa classe de garçons afin de lui faire suivre avec son fils Joseph, outre la préparation du certificat, le programme de sixième où ils avaient été tous deux reçus en juin 1943. Hélas, avec les bombardements incessants sur la ville, l'entrée au lycée de Rouen fut remise à une époque moins troublée. Se chargeant du français et des mathématiques il sollicita l'aide du docteur Bernard pour les langues et du curé pour le latin.

1. *Un homme du dehors, un étranger au pays.*

Émilie était ravie d'échapper aux leçons de l'institutrice madame Cassagne. Celle-ci avait en charge les petits et les grandes filles qu'elle menait à la baguette avec en premier souci les principes de la bonne morale et de l'hygiène : cheveux tirés ou tressés toujours attachés, tabliers sans fantaisies ni coquetteries, politesse, yeux baissés, genoux serrés, culte du ménage, du tricot, du raccommodage et du point de croix. Émilie lui trouvait une tête de gallinacé avec un menton fuyant sous un nez pointu, un corps trop grand sans grâce, cyphosé, des membres dégingandés avec des mains en battoir prodigues de taloches. Elle n'avait de regard de tendresse que pour son fils, un écolier par trop studieux et chafouin, qu'elle couvait à l'étouffer, convaincue d'avoir engendré un petit génie.

À la récréation de dix heures, trois fois par semaine madame Cassagne était chargée de la distribution des biscuits vitaminés offerts par le gouvernement du Maréchal pour compenser les carences alimentaires des petits Français. Faits d'une pâte grumeleuse, ils étaient recouverts de cristaux de sucre que les enfants léchaient d'abord puis grignotaient à petits coups de dents parcimonieux pour en faire durer le plaisir. Mademoiselle Lecor, sous le prétexte qu'elle était bien nourrie chez son aubergiste de père, avait été exclue de cette distribution.

Émilie aurait volontiers cédé sa part mais se voir ainsi exclue d'autorité de ce droit offert à chaque petit Français lui apparaissait comme une profonde injustice. Pour se venger, elle échangeait quelques savoureuses tartines de confiture ou de pâté, bien garnies, chipées dans les réserves paternelles, contre un de ces biscuits plâtreux qu'elle venait ensuite déguster innocemment sous le regard courroucé de l'institutrice.

Avec Joseph, Émilie partageait de longues heures d'étude sans jamais s'ennuyer. Il était son rival en classe et elle se réjouissait secrètement de le surpasser pour contrarier sa mère ; depuis leur petite enfance il était son « fiancé », son complice dans les jeux, les secrets, les curiosités enfantines mais depuis quelque temps elle sentait sa confiance s'altérer. Il avait des conduites bizarres, des regards sournois, des gestes, des paroles qui l'agaçaient... ce que madame Cassagne appelait des vilaines manières et que le curé évoquait en confession.

La fillette s'en offusquait un peu mais sans trop se dérober, elle s'étonnait même de sentir sa propre curiosité s'éveiller. En fin de journée, quand les élèves étaient partis monsieur Cassagne les retenait encore pour travailler le programme du lycée. Il les laissait seuls et partait à la mairie remplir ses fonctions. Entre la résolution des problèmes et des exercices de grammaire le garçon ouvrait sa braguette et sortait son sexe dressé en disant à la fillette d'un air malicieux « Regarde ! » puis il passait une main sous sa robe en murmurant d'une voix enrouée « fais voir », et la crainte de voir le maître surgir à tout moment rendait le jeu encore plus troublant.

Avec le printemps une tâche nouvelle incombait aux enfants du village après l'école, l'« herbe aux lapins ». Un sac de grosse toile sur l'épaule, ils allaient par les chemins herbeux arracher à la main pissenlits, plantains, touffes de trèfle, de bruyère et autres herbes que depuis leur jeune âge on leur avait appris à reconnaître. Ce qui pouvait être au début un jeu devenait vite fastidieux et la tentation était grande de s'engager, malgré les interdits, dans les terres cultivées pour y récupérer, afin de remplir au plus vite ce sac qui paraissait sans fond, quelques légumes oubliés et jeunes pousses.

Émilie ne pouvait échapper à cette corvée et les terres du père Lezurié, qui jouxtaient celles de son père, étaient trop tentantes. Il la surprit un jour au détour d'un chemin et se montra d'une inquiétante gentillesse.

« Mimi, qu'est-ce que tu fais toute seule dans la campagne ? Pourquoi t'es pas gentille avec moi ?... mignonne comme tu es. »

Comme la fillette refusait de monter dans sa charrette, il la saisit à bras-le-corps et tenta de soulever sa robe. Avec une force décuplée par la peur elle s'était débattue, mordant, griffant, hurlant, puis avait couru à toutes jambes se réfugier auprès de sa mère qui pour toute consolation l'avait giflée.

« Voilà ce qui arrive à courir par tous les chemins comme une dévergondée » puis elle était retournée à ses tâches sans voir le désarroi de sa fille. Émilie avait voulu en parler au docteur Bernard et à son épouse, les seuls qui eussent pu la comprendre mais la honte et l'humiliation l'empêchèrent de s'exprimer. Elle garda au fond d'elle un désir confus de vengeance, d'autant que, sans aucune gêne, le « père la Luzerne » venait régulièrement à l'auberge l'épier d'un œil concupiscent et répéter ses griefs contre les enfants en prenant à témoin les autres paysans :

« Ces sacrés gosses, non seulement ils volent mon herbe mais en plus avec leurs galoches ils m'enlèvent la terre de mes sillons ! »

Quelques jours plus tard, Émilie, accompagnée de Joseph, qui lui aussi malgré son auréole de fils de l'instituteur avait un clapier à alimenter dans un coin de jardin derrière l'école, trouva l'occasion de se venger du bonhomme. Arrêté au bout de son champ pour faire reposer son cheval et s'humecter le gosier, le « père la Luzerne », roulait une cigarette, appuyé contre le brabant tandis que « Coquette », une patte arrière relevée, attendait patiemment le bon vouloir de son maître. Les deux enfants se plaquèrent derrière les hautes herbes d'un talus. Émilie les mains en porte-voix se dressa et lança comme elle savait le faire un « Hue Coquette ! ». Docile et habituée aux ordres nasillards de son maître, la bête fit un bond en avant précipitant l'homme dans les mottes de son labour. La fillette eut un moment de panique en pensant tout à coup qu'il eût pu passer sous sa machine, mais elle fut vite rassurée en entendant ses vociférations ;

« Bon Dieu d'bordel de p'tits voyous ! Attendez voir la dérouillée que j'aille raconter ça à vos parents ! »

Mais les enfants, dos courbé, avaient filé vers les bosquets voisins où ils s'abattirent en riant.

« Tu as eu de la chance qu'il ne se soit pas blessé avec sa charrue, dit Joseph en reprenant son souffle.

— Je suis certaine qu'il ne nous a pas vus, même s'il pense que c'est nous, il n'a aucune preuve, répondit Émilie saisie d'un doute. Joseph, jure-moi que tu ne diras rien de ce que nous avons fait… à personne !

— De ce que tu as fait ! » précisa le garçon.

Émilie, exaspérée, se leva d'un bond et courut vers le sentier qui montait à travers le bocage.

« Laisse-moi ! Tu n'es qu'un lâche, un dégonflé ! Je ne veux plus te voir ! »

À la lisière de la forêt qui couronnait le sommet de la colline, elle s'assit hors d'haleine laissant son regard errer sur la campagne printanière qui ondulait en pentes douces à ses pieds. Un soleil moiré frangeait d'or sur azur les nuages étirés au-dessus de la vallée, tandis qu'à l'horizon des nuées d'un noir d'encre s'accumulaient annonciatrices de giboulées prochaines. La Corbeline au creux des vallons faisait miroiter ses eaux claires et abondantes en cette saison. C'était son amie, sa rivière, fascinante et mystérieuse dont elle connaissait tous les secrets. Née de la rencontre de sourcellets parmi les ajoncs et les cressons sauvages qui se réunissaient en ruisseaux tranquilles lovés entre les mousses et les fougères, elle prenait par endroits, autour de quelques modestes rochers oubliés par le temps, des velléités de torrent de montagne, avant d'entrer dans le parc du château, en plusieurs bras entourant des îles de verdure. Puis elle s'apaisait, alimentait un étang, un large plan d'eau autour du château, et s'abandonnait, enlaçant le village en méandres paresseux, pour grossir enfin d'autres chemins d'eau vers la mer proche. Toute à sa contemplation, Émilie n'avait pas vu Joseph s'approcher. En catimini, il vint s'asseoir à distance sans oser affronter son regard.

« Te souviens-tu, Émilie, quand nous étions plus petits, l'été dernier, nous allions jouer dans l'île ? » murmura-t-il.

Elle le dévisagea, méprisante ; évidemment qu'elle s'en souvenait puisque c'était elle qui l'avait découverte cette cachette entre deux bras de la rivière au fond du parc. Ruines d'un vieux moulin dissimulées sous les saules et le lierre, envahies par les ronces et les orties, ils y avaient aménagé au cours de l'été un refuge secret. L'eau était assez profonde autour du moulin mais à l'autre extrémité de l'île, caché sous les branches qui effleuraient la surface de l'onde, un gué permettait de franchir la rivière sans trop se mouiller. Des portraits du maréchal Pétain, faciles à trouver, une photographie du président Lebrun et un buste fendillé de Marianne dérobés dans le grenier de la Mairie, deux cannes à pêche et une croix de Lorraine peinte aux trois couleurs, des drapeaux, des fleurs… telle était la décoration de l'« hôtel de la Patrie ».

À patauger au bord de l'eau, ces vêtements mouillés que l'on quittait pour les sécher au soleil, ces sous-vêtements encombrants bientôt ôtés pour jouer libres et nus comme au premier temps de la Création ; en y songeant maintenant, Émilie en éprouvait un sentiment de gêne et de culpabilité. Elle s'était vite lassée de ces batifolages équivoques et, les Allemands ayant envahi le domaine, monsieur Cassagne interdit à son fils de venir y jouer.

« Tu vas toujours rendre visite à la comtesse ? Tu sais ce qu'ils font les Allemands au château ? » interrogea Joseph.

Émilie haussa les épaules :

« Tu m'agaces avec tes questions, cela ne te regarde pas, ce sont des secrets ! »

Elle se leva, saisit son sac d'herbe et s'engagea vers le chemin qui descendait au village quand, tout à coup, ce fut comme une tornade déchirant le ciel et la terre. Surgissant de derrière la colline avec des rugissements de bêtes sauvages, un énorme cigare au bec effilé et à la queue en gerbe de feu monta au zénith, s'immobilisa une fraction de seconde tel un monstre carnassier cherchant une proie puis sous les yeux horrifiés des enfants amorça une descente au-dessus de leurs têtes. Il y eut une première explosion et l'engin se transforma en une boule de feu puis une seconde qui ébranla l'air et le sol. D'un seul élan ils s'étaient rapprochés et jetés dans un fossé, mêlant leurs cris, les battements affolés de leurs cœurs et les soubresauts douloureux qui se confondaient avec les vibrations persistantes de la terre. Après un temps indéfinissable, ils s'aperçurent qu'ils étaient souillés et trempés de sueur froide.

« Merde ! J'ai pissé dans mon froc ! Attends-moi ! » implora le garçon en se relevant mais la fillette, qui s'était ressaisie, courait sans se retourner.

Le village était en émoi, les gens apeurés scrutaient le ciel assombri par une épaisse fumée noire qui montait par-delà les collines. À l'auberge régnait l'effervescence des grands événements et entre les stratèges de comptoir c'était à qui, le verre à la main, se montrait le mieux informé, à celui qui avait la meilleure vision de la suite des événements, à qui pouvait en remontrer à tout un chacun. Maître Lecor derrière son bar servait les tournées d'accord avec les uns et les autres, ceux qui avaient fait Verdun et en avaient vu d'autres, ceux qui étaient plutôt pour de Gaulle mais ne disaient point de mal de Pétain.

« Nous dans le commerce on ne fait point de politique, c'est toujours le client qui a raison. »

Et s'il était poussé dans ses derniers retranchements il se défendait d'une boutade : « Lecor est pas là ! Lecor n'entend rien ! Lecor ne voit rien ! Lecor y dort au fond du couloir ! »

Émilie se lassait vite de ces sempiternelles discussions qui tantôt l'amusaient, tantôt l'inquiétaient. Elle monta se changer et après une rapide toilette revint au moment où maître Hautecorne dit « Marcel Kébir », un ancien de la « Royale » à la retraite, dominait l'assemblée de la voix et du geste.

« Moi, je vous le dis ; les Allemands y z'ont pas dit leur dernier mot ! Aujourd'hui c'était qu'un essai, des bombes volantes sans pilote qui te font sauter en moins de deux tout un quartier de ville y z'en ont en réserve ! Quand les Angliches y vont prendre ça sur la gueule ça va être leur fête ! »

Des protestations s'élevèrent autour de lui.

« Avec ton raisonnement on va les avoir encore longtemps sur le dos !

— Cela ne vous suffit pas de les voir nous piller, nous opprimer !

— Les Allemands ? Vous ne pouvez pas les appeler comme tout le monde les Boches, les Fridolins, les Frisés, les Fritz, les Chleuhs, les Verts-de-gris, les Doryphores !

— On le sait que tu étais dans la marine à cause de tes pieds plats, l'infanterie n'a pas voulu de toi ! Larbin au mess des officiers… navigateur en eau de vaisselle ! Oui ! »

Sous les rires et les quolibets l'ancien marin suffoquait en cherchant une réplique cinglante pour sauver son prestige quand l'attention de l'assistance fut détournée par l'arrivée de nouveaux personnages : le docteur Bernard, monsieur Van Lair et monsieur Cassagne précédant un quatrième qui, les bras ouverts, se précipita vers la fillette :

« Monsieur Léonard ! vous êtes revenu !

— Avec le printemps les loups sortent de la nuit d'hiver pour trouver de la chair fraîche ! »

Il la souleva de terre pour l'embrasser.

« Vous piquez ! » protesta l'enfant ; leurs rires se mêlèrent.

Monsieur Léonard était artiste peintre, célèbre semblait-il puisqu'on disait qu'il vendait des tableaux jusqu'en Amérique. Chaque année, il prenait ses quartiers d'été à Argeronne depuis qu'il était tombé amoureux du village et de la vallée, autant que de la cuisine de maître Lecor et de sa fille, qui depuis sa petite enfance lui servait de modèle. Les quatre hommes s'installèrent à une table et le peintre commanda :

« Maître Lecor, une bouteille de blanc bien fraîche, pas de la piquette, de ma réserve personnelle, et une grenadine bien tassée pour la demoiselle ! »

Un silence embarrassé avait succédé aux conversations.

« Ne vous gênez pas pour nous, lança monsieur Léonard, continuez vos discussions ! Vous en étiez où, à la marine française et à Mers el-Kébir, ai-je cru entendre ? » puis se tournant vers ses compagnons il murmura :

« Ça va être du Pagnol à la sauce normande !

— Ben justement parlons-en, reprit l'ancien de la Royale, j'y étais moi le 3 juillet 1940 et plus de mille de nos gars y sont restés sous les bombes anglaises !

— Vous nous rebattez les oreilles avec votre Mers el-Kébir, savez-vous seulement ce qui s'y est réellement passé ? »

Le docteur Bernard s'était levé et prenait l'assistance à témoin.

« Quel est le premier devoir d'un militaire de carrière qui a fait le choix de consacrer sa vie à la défense de son pays, quand une bataille a été perdue et que la patrie est réduite en esclavage ? N'est-ce pas de lutter contre l'occupant à tout prix et de vaincu devenir vainqueur ? »

Les regards s'évitaient, les têtes s'inclinaient.

« C'est également le devoir de tout citoyen ! Mais il y a les courageux qui se battent pour la libération et ceux qui défendent leurs intérêts et leurs privilèges de classe », ajouta l'instituteur.

Personne n'osa intervenir, c'était la première fois que des hommes respectés au village affichaient clairement leurs opinions.

Le médecin reprit la parole :

« Effectivement, il y a eu ce drame d'une flotte française bombardée par l'aviation anglaise. Une belle flotte qui n'avait pratiquement pas été engagée dans les combats et qui nous aurait été bien utile aujourd'hui ! Je vous rappelle qu'après la défaite de juin 1940 l'Angleterre se trouvait seule face aux Allemands. Les Américains ne sont entrés en guerre qu'en décembre 1941 et les Russes étaient en attente derrière le pacte germano-soviétique.

— Un coup de poignard dans le dos des démocraties », intervint le peintre avec un regard furtif à l'adresse de l'instituteur qui parut ne pas entendre.

Le docteur poursuivit sa démonstration :

« Les Britanniques adressèrent un ultimatum aux amiraux français avec des propositions honorables pour qu'une telle force ne vienne pas renforcer le potentiel de guerre des nazis qui avaient envahi toute l'Europe. Peut-être que tous ces brillants pachas ne savaient pas voir le sens des vents ?

— À Dunkerque on n'a pas vu beaucoup de navires français pour protéger l'embarquement de nos troupes ! insinua monsieur Van Lair.

— Et Toulon le 27 novembre 1942 ? Encore un bel exploit ! Après le débarquement des Américains en Afrique du Nord, trois jours plus tard les nazis envahissent la zone libre. Que font alors les officiers de notre belle marine ? Il leur faut dix jours pour se demander de quel côté est leur devoir, et plutôt que de rejoindre les Alliés et aider à chasser l'occupant ils sabordent leurs navires comme des gamins capricieux qui cassent leurs beaux jouets de peur que quelqu'un d'autre ne les prenne.

— Et pendant que des jeunes sont torturés, déportés, fusillés pour notre liberté, ces amiraux incapables et repus détruisent les navires que le peuple leur a offerts au prix de sa sueur et de ses privations. Ah ! Elle a de quoi pavoiser notre belle marine, la “Royale” comme ils disent ! »

Monsieur Cassagne avait conclu le débat dans un silence consterné, bientôt troublé par l'apparition bruyante du facteur qui, sa tournée terminée depuis La Roche-Faidherbe, venait se restaurer à l'auberge de son ami Lecor et échanger avec lui les plaisanteries les plus lourdes et les plus rabâchées :

« Alors ? Lecor y dort au fond du couloir ?

— À La Roche-Faidherbe y a plus de cocus que d'brins d'herbe ! »

Mais l'honorable fonctionnaire avait sa tête des mauvais jours.

« Vous avez vu la bombe qui a failli nous tomber dessus ? J'étais sur la route quand ça a explosé. Vous n'allez pas me croire mais toutes les bêtes de la forêt étaient devenues folles, ça courait dans tous les sens. Un écureuil est passé sous les roues de mon vélo, alors vous pensez avec mes pneus pleins j'ai fait un de ces vols planés ! »

Il sortit de son sac une petite boule de poils roux tachés de sang.

« Tiens Émile, tu pourrais m'en faire une fricassée… avec des petits oignons.

— Que veux-tu qu' j'en fasse ? Y a rien à bouffer là-d'ssus, tu f'rais mieux d'le faire empailler !

— Eh doucement ! J'te d'mande pas quand c'est que tu sers du chat pour du lapin à tes clients ?

— Et alors ? j'en ai mangé du chat en 1914 et toi aussi et si t'étais moins bête tu t'en s'rais aperçu, car si ça a le même goût l'un a des os plats l'autre des os ronds, c'est seulement là qu'on voit la différence.

— En attendant j'ai soif, sers-nous une eau bien fraîche avant le café arrosé, reprit le facteur

— Lecor y sert jamais d'eau à son comptoir parce s'que l'eau bue éclate ! »

Et chacun de s'esclaffer. Le médecin et ses amis étaient partis mais Émilie était restée à suivre les conversations quand son père l'aperçut.

« Qu'est-ce que tu attends là à bayer aux corneilles ? Il y a les lapins à s'occuper et t'avise pas de leur donner de l'herbe mouillée pour me les faire crever ! »

Au fond du jardin, derrière l'auberge, s'alignaient les clapiers aux portes grillagées contre lesquelles, dès qu'elle approchait, les bêtes craintives venaient coller leurs petits nez mobiles. Émilie, avec des mots doux, ouvrait la porte et d'un bond les lapins se réfugiaient au fond de la niche comme si la perception soudaine d'un vide à la place des mailles de fer les effrayait. Puis ils avançaient prudemment flairant avec méfiance cet espace de liberté ouvert tout à coup devant eux. Ses préférés étaient les lapins russes avec leur pelage soyeux immaculé et leurs yeux rougis d'avoir peut-être trop pleuré. Elle pensait à des enfants affamés derrière des grilles, des barreaux, des fils de fer barbelés. On disait à l'église qu'il y avait un paradis pour les victimes innocentes, mais pour les lapins condamnés et les écureuils imprudents y avait-il quelque part un monde de douceur, une autre vie ? Alors, sans trop savoir pourquoi, elle fondit en larmes.

III

L'Armée des Vikings

ENCHANTÉE PAR LE CHARME de ces expressions normandes, Émilie avait choisi d'installer son domaine en bout de « la queue de geai, entre les chiens-assis », sous le toit, au second étage de la maison, loin des rumeurs du café d'en bas et des irruptions intempestives de son père. Elle pouvait tout à loisir y lire, chanter, se déguiser, déclamer des poèmes avec les gestes comme une véritable actrice, et surtout rêver en laissant son imagination vagabonder sous un ciel de plâtre craquelé où jaunissaient par endroits d'anciennes taches d'humidité qui dessinaient les frontières de pays imaginaires.

Elle y voyait des îles comme la Grande-Bretagne d'où venaient et s'en retournaient chaque nuit des escadrilles au-dessus du village, des océans avec la fascinante Amérique d'où l'on attendait le salut et, à l'autre extrémité de la chambre se perdant dans la pénombre, la mystérieuse Russie où disait-on les Allemands s'enlisaient dans les glaces et la boue. Au centre, le Grand Reich s'élargissait pour englober les petits pays emprisonnés entre les fissures et l'ocre délavé de cette géographie fictive.

À trop rêver ce samedi matin, Émilie faillit être en retard pour la première fois de sa vie d'écolière. Heureusement, le maître, qui discutait avec le maire et le garde champêtre devant le perron de la mairie, semblait avoir oublié l'heure de la classe. L'« Armée des Vikings », bravant les interdits, s'était regroupée dans un coin isolé de la cour de récréation. Chef, sous-chef, gradé ou simple soldat, chacun voulait faire entendre sa voix et se montrer le mieux informé.

« Mon père il dit que les Boches ils ont plein d'armes secrètes et qu'ils vont gagner la guerre », affirma Alphonse Lempereur, le chef, fier de son patronyme et de l'autorité naturelle que lui conféraient une voix bitonale, un soupçon de moustache et des épaules précocement formées aux travaux agricoles.

« Ces bombes volantes ça s'appelle des V1 ; ils peuvent envoyer autant d'explosifs qu'une escadrille entière ! » expliqua Joseph qui, auréolé du prestige de fils de l'instituteur, était l'intellectuel de la bande.

« Sur la côte, tous les hommes sont réquisitionnés, même des garçons comme nous, pour creuser des tranchées », dit « Qu'à d'œil » derrière ses lunettes bancales et rafistolées, insuffisantes à corriger le strabisme qui lui valait ce sobriquet.

« C'est pour ça qu'on ne peut plus aller au "beurre d'la mer" », regretta « Bouboule », gros garçon bonasse imprégné des intonations de la langue locale.

« Jusque dans les champs, à l'intérieur du pays, il paraît que les Boches ils ont planté des légumes empoisonnés ! » révéla en se tortillant « la Vaurie », petit vaurien farceur et bagarreur.

« C'est pas des légumes hé patate ! C'est les asperges de Rommel, le chef des Allemands, il a inventé des pieux en fer ou en bois pour empêcher les tanks d'avancer et les avions d'atterrir », corrigea « la Roupie » en chassant d'un coup de langue et d'un mouvement de manche la goutte qui lui perlait au nez.

« Mais alors les Alliés y vont pas pouvoir débarquer ! » conclut « Ouistiti », le plus agile pour grimper aux arbres, écorché des genoux et des coudes, dont il goûtait avec délectation les croûtes soigneusement entretenues.

L'heure de l'entrée en classe était largement dépassée quand monsieur Cassagne parvint à faire aligner ses élèves en usant de son sifflet et de son arme habituelle, une longue baguette de coudrier qui lui servait à la fois de guide au tableau, de moyen pour faire entrer une leçon dans un crâne récalcitrant ou, sur les doigts réunis en pointe, de calmer un agité. La leçon de morale fut pour une fois suivie avec attention :

« Mes enfants ! dit le maître sur un ton presque chaleureux, je veux vous exhorter à vivre plus que jamais en bonne entente et à vous entraider car des heures difficiles nous attendent. Cette arme terrible qui a failli tomber sur notre village, les Allemands en préparent d'autres autour de nous et si les Alliés viennent les attaquer, nous risquons d'être en grand danger. Monsieur le maire et moi-même avons décidé de creuser une tranchée près de l'école pour nous y réfugier car la cave de la mairie est insuffisante. »

Ce discours fut accueilli par des cris d'enthousiasme et, oubliant un temps la discipline, l'instituteur laissa les élèves s'exprimer. Émilie, seule fille dans cette classe de petits mâles qui ne la quittaient pas des yeux, restait sagement assise à sa place désignée, à droite de l'estrade, sous l'œil du maître, avec interdiction formelle de se retourner. Alphonse Lempereur leva le doigt :

« Monsieur, c'est-y vrai que c'est au château d'Argeronne que les Allemands préparent les plans de leurs armes secrètes ?

— Est-ce vrai, corrigea le maître..., c'est ce que l'on dit !

— Émilie qui est amie avec la comtesse et qui connaît plein d'Allemands à l'auberge de son père pourrait nous renseigner, suggéra Joseph.

— Moi je l'ai même vue qui riait avec les soldats qui montent la garde devant le château, précisa Qu'à d'œil.

— Et moi je l'ai vue monter dans une voiture de Boches », insista Alphonse.

Émilie n'y tenant plus, bravant l'interdit, se leva d'un bond :

« Qu'est-ce que vous avez tous à m'attaquer ? Si les Allemands sont là ce n'est pas de ma faute ni de celle de madame la comtesse. Ce ne sont pas tous des barbares, ils font de la musique et le soir ils chantent à plusieurs voix des chants qui font rêver ou pleurer.

— N'empêche, ça se voit que t'es copine avec eux ! reprit Alphonse.

— Vas-y Alphonse traite-moi de collabo ! » protesta la fillette, puis entre ses dents, suffisamment fort pour que les premiers rangs l'entendissent :

« Alphonse tu fonces... tu fonces... et t'as l'trou d'balle qui s'défonce ! » provoquant l'hilarité des voisins immédiats et la colère de l'intéressé qui, du fond de la classe, n'avait pas compris l'injure affectant son prestige. Même monsieur Cassagne avait du mal à garder son sérieux ; il leva sa baguette pour ramener le calme mais ne prit aucunement la défense d'Émilie.

« Allons du calme ! Restons-en là ! Nous sommes tous trop excités pour travailler sérieusement ! Nous allons nous détendre. »

Il réfléchit un instant, confia la surveillance de la classe à son fils, puis revint avec un ballon sous le bras.

« Émilie va rejoindre madame Cassagne dans sa classe ! Les garçons avec moi sur le pré ! »

Sous les cris de joie des garçons, la petite fille protesta :

« Ce n'est pas juste ! Pourquoi les filles ne fontelles pas du sport elles aussi ?

— Ne discute pas, répliqua le maître, la couture et le tricot pour les filles cela les délasse du travail scolaire, c'est plus convenable que de courir sur le terrain. »

Les garçons applaudirent. Émilie, refoulant sa colère, interpella Alphonse qui riait le plus fort :

« Toi Alphonse Lempereur qui se croit le chef, tu es le plus fort en gueule et en muscles mais je voudrais bien voir ton courage. »

Elle referma la porte derrière elle. Les rires fusèrent à nouveau quand elle répéta : « Alphonse tu fonces… tu fonces… et t'as l'trou d'balle qui s'défonce !

— Qu'est-ce qu'elle a dit ?… Qu'est-ce qu'elle a dit ? » répétait l'intéressé mais personne, de peur des représailles, n'osait lui répondre.

Chez madame Cassagne l'atmosphère n'était pas non plus au travail. Les petits dessinaient et les filles chuchotaient en s'agaçant sur les écheveaux et les aiguillées. Du dehors, par les fenêtres ouvertes sur ce matin de printemps leur parvenaient les cris joyeux des garçons qu'elles tentaient d'apercevoir en se soulevant de leur siège quand l'attention de la maîtresse était détournée. Au bout d'un moment Émilie n'y tint plus :

« Madame c'est trop injuste ! Pourquoi devons-nous rester ici à nous user les yeux et à nous abîmer le dos tandis que les garçons s'amusent ? »

L'institutrice ne répondit pas mais elle eut un regard d'envie vers le vert tendre des tilleuls de la cour.

« Finalement je vois qu'à l'école c'est comme à l'église, il n'y en a que pour les mâles ! Ils sont enfants de chœur avec des avantages et nous les filles restons sur nos bancs pour faire joli avec nos petites robes et nos gants blancs. »

Madame Cassagne, surprise, réfléchit un instant, hésitante, puis se décida :

« Tu as raison Émilie, voilà ce que veut faire de nous le maréchal Pétain, des épouses bien soumises, bonnes à tout faire à la maison y compris des enfants pour repeupler la France… »

Elle se tut brusquement craignant que ses propos ne frisent l'indécence mais le vent de la révolte l'avait gagnée, elle en avait le cheveu défait.

« Les filles, posez votre couture, aidez les petits à s'habiller, nous allons nous aussi profiter de cet air printanier et partir en promenade ! »

Ce fut un cortège bien sage qui fit le tour de la grand-place en cette heure inhabituelle sous les regards étonnés des passants et des anciens qui se chauffaient au soleil et revint, guidé par l'institutrice, vers le pré où s'ébattaient les garçons. Il n'y avait qu'un seul ballon, ovale ; bien que les garçons eussent préféré un ballon rond.

Monsieur Cassagne en souvenir des prouesses de sa jeunesse s'évertuait à inoculer quelques rudiments d'un sport dont l'origine britannique pouvait apparaître en ces temps troublés comme une forme de protestation à l'encontre du pouvoir germanique. Se lancer tête baissée comme un taureau, foncer dans le tas droit devant, était un plaisant combat que les élèves appelaient la « castagne » en l'honneur de leur maître, mais devoir, pour le plaisir de tous, par un jeu de passes, s'échanger le ballon pour une belle descente en ligne n'était pas dans les réflexes de ces petits Normands si peu « partageux » et les tentatives de déploiement se terminaient par un pugilat que les coups de sifflet rageurs du « père la Castagne » avaient grand-peine à maîtriser.

Les filles avaient ralenti le pas le long des haies bordant le terrain de sport et s'extasiaient devant les prouesses de leurs amoureux. Alphonse était leur préféré.

« Pourquoi lorsque tu es sortie de la classe des garçons nous avons entendu plein de rires ? demanda Pâquerette Chauvaux, la fille de la bouchère.

— Tu fais ta crâneuse parce que tu es la meilleure à l'école mais tu es jalouse parce qu'Alphonse ne s'intéresse pas à toi ! » dit Rose Lefevre, la fille de la coiffeuse.

Émilie ne répondit pas, agacée par la niaiserie de ces filles dont le passe-temps essentiel était de s'échanger des secrets à l'oreille suivis de fous rires et de collectionner des cartes postales « d'amoureux » comme elles disaient, où, dans des cœurs enrubannés, des hommes aux cheveux gominés échangeaient des serments d'amour et des regards langoureux avec des femmes maquillées et frisottées comme des poupées en Celluloïd.

« Votre Alphonse il fonce… il fonce et il s'défonce… »

Émilie n'acheva pas sa phrase et, après un haussement dédaigneux des épaules, rejoignit madame Cassagne en tête du groupe au moment où son mari, renonçant à calmer le jeu, se précipitait vers elle en colère :

« Tu es complètement folle de sortir les petits et les filles ! Avec les bases de V1 autour de nous on peut être bombardés à tous moments ! Rentre à l'école immédiatement ! »

Madame Cassagne voulut expliquer que par ce beau temps les enfants avaient besoin d'air et de soleil mais il lui coupa la parole sur un ton qui n'admettait pas de réplique. Émilie se sentit solidaire de cette femme humiliée que pourtant elle n'aimait pas. Elle aurait voulu s'en rapprocher, lui prendre la main, mais l'institutrice évita son regard et telle une mère poule effarouchée ravala son ressentiment, rassembla les petits, balança quelques taloches autour d'elle et tête basse reprit à grands pas le chemin de l'école.

Dans la matinée, monsieur Cassagne, avec l'autorisation du maire, décida, étant donné les circonstances, par cette belle journée de printemps, de libérer les élèves.

« Rassemblement au camp, ordonna le chef. Émilie, tu viens avec nous, faut qu'on s'explique ! »

Malgré sa condition de fille, de « quille » ordinairement reléguée au rôle subalterne d'infirmière et de couturière quand, après les combats, il fallait réparer les plaies, les bosses et les blouses déchirées afin d'épargner aux valeureux guerriers les effets des colères maternelles, Émilie jouissait d'un certain prestige au sein de l'« Armée des Vikings ». C'était elle qui en avait trouvé ce titre glorieux et proposé d'installer le camp secret dans un bois-taillis derrière l'église au lieu dit « le Fief au Danois ».

Gamins querelleurs et frondeurs déjà fiers de leur virilité, gamines espiègles et minaudeuses déjà conscientes de leur pouvoir de séduction, petits campagnards bien nourris et petits réfugiés malingres, ils étaient tous enfants d'une guerre qui leur offrait un fascinant terrain d'aventures et une perfide liberté. Comme les adultes ils avaient dans la bouche la jubilation verbale du jargon militaire, et fiers de leurs ancêtres conquérants ils mêlaient dans leurs jeux Guillaume le Conquérant et d'Artagnan, Rollon et le chevalier Bayard, Richard Cœur de Lion et le général de Gaulle.

Ce matin-là, l'esprit n'était pas aux jeux guerriers, c'était plutôt une cour de justice qui siégeait bien cachée sous les ombrages du Fief au Danois ; le chef Lempereur Alphonse était déterminé à connaître les termes du pamphlet lancé contre lui par l'Émilie Lecor dont il connaissait la verve et qui faisaient rire sous cape à ses dépens sans que personne, redoutant sa colère, n'osât les lui révéler.

« Répète un peu voir ce que tu as dit sur moi et qui a fait rire tout le monde ? ordonna-t-il d'un ton menaçant

— Tu as osé me traiter de collabo ! C'est moi la première offensée, tu me dois réparation, répondit la fillette

— Répète ce que tu as dit contre moi avant que je me mette en colère, insista le garçon.

— C'était pour rire, mais ce que tu as dit sur moi et les Boches c'était infamant.

— On va lui faire des tortures indiennes pour la faire avouer, proposa la Roupie en lui saisissant les poignets.

— On va lui soulever la robe pour voir sa culotte », s'interposa la Vaurie en sautillant, mais Émilie d'un geste prompt lança un genou en avant qui atteignit le garçon au bon endroit.

Pour une fois vite calmé, il se plia, roula sur le sol en se tenant le bas-ventre, sous les rires de la troupe tandis qu'Alphonse se faisait presque suppliant :

« Répète ce que tu as dit sur moi ?

— J'ai dit Alphonse tu fonces et tu t'enfonces... c'est comme au rugby.

— Pourquoi tu m'as fait ça, pleurnicha la Vaurie.

— C'est mon père qui me l'a dit : si un type t'attaque, pas d'hésitation, un coup de latte dans les roustimballes et il te fiche la paix !

— C'est méchant ce que tu as dit sur moi, reprit Alphonse.

— C'était pour de rire ! Tu crois que les allusions que tu as faites sur moi et les Allemands m'ont fait plaisir ? Je te le répète, c'est toi qui m'as offensée d'abord. »

Émilie, d'un mouvement brusque, sauta sur le talus bordant le camp, se retroussa en criant :

« Vous vouliez voir ma culotte ? Voilà ! Petit Bateau dernier modèle et non pas grande péniche comme certaines que je connais !

— Reviens Mimi, on va faire la paix, c'est le père la Castagne qui l'a dit ! cria Alphonse au-dessus des rires et des acclamations.

— Bien sûr embrassons-nous Folleville !

— Qu'est-ce qu'elle a dit encore ? demanda Qu'à d'œil inquiet.

— C'est une expression à elle, je sens qu'elle va encore nous inventer quelque chose », répondit Joseph.

Alphonse avait rejoint Émilie sur le talus. Dominant la troupe ils se serrèrent la main et proposèrent, sous les applaudissements, de rejoindre l'atelier du maréchal-ferrant.

« On n'a pas le droit d'aller sur la grand-route, si le garde champêtre nous voit, il va aller rapporter aux parents et on va encore se faire engueuler ! se plaignit Joseph.

— Le garde champêtre on s'en fiche, s'il nous embête on organisera un guet-apens pour lui chanter notre petite chanson », lança Émilie aussitôt suivie par la joyeuse bande.

La forge, située en bas du village au carrefour de la route nationale, avec ses feux rougeoyants, les chocs du marteau modelant le métal en faisant jaillir des nuées d'étincelles, l'odeur âcre et suffocante de la corne brûlée quand le fer incandescent grésille sur le sabot du cheval impassible, était pour les enfants un endroit fascinant et inquiétant. Le forgeron, colosse aux épaules velues sous un large tablier de cuir, le visage ruisselant où la sueur traçait des petites rigoles dans le noir de fumée collé à la peau, semblait un diable menaçant tout droit sorti de l'enfer, mais c'était un gentil diable qui accueillait affectueusement les enfants, leur expliquait son travail et, honneur suprême, permettait aux plus forts d'actionner la chaîne de la soufflerie. Devant l'atelier, deux percherons à la croupe puissante pommelée de gris et de blanc attendaient paisiblement le bon vouloir de leur charretier occupé à se rafraîchir avec le maréchal-ferrant.

« Hé les gars regardez-moi, claironna la Vaurie ; le corps ramassé il passa en deux bonds entre les jambes des chevaux et, comme pour se venger de l'humiliation subie, provoqua Émilie :

— Je parie que t'es pas cap de le faire.

— Chiche ! répondit la fillette.

— Nous sommes trop grands maintenant pour ce genre d'exercice, protesta Alphonse, et les filles la qualifièrent de folle et de prétentieuse.

— Moi je ne me dégonfle pas ! » affirma Émilie, et comme un coureur au départ d'une épreuve elle se détendit, prit appui sur les mains, genoux fléchis, et effectua deux passages sous le ventre des chevaux dont un seul coup de sabot, et les petits paysans le savaient bien, pouvait tuer un homme.

Il n'y eut pas d'autres candidats à l'épreuve et leur honneur comme leur attention furent sauvés avec la survenue d'un nouvel attelage, un long chariot à quatre roues. Le conducteur, un soldat allemand, après avoir tourné la manivelle du frein, se dirigea vers la forge sans prêter attention au groupe des enfants.

« On dirait un affût de canon, dit Joseph.

— Voilà l'occasion de montrer notre courage face à l'ennemi, je vais vous prouver que je ne suis pas une collabo ! Qui est-ce qui marche avec moi ?

— Qu'est-ce qu'elle va encore inventer comme bêtise l'Émilie ? s'interrogèrent les filles.

— On va faire emballer le cheval boche !

— Tu es complètement folle ! C'est beaucoup trop risqué, reprit Joseph.

— En plus, le cheval il ne comprend pas le français, comment vas-tu faire pour commander un cheval allemand ? s'inquiéta Qu'à d'œil.

— Moi je ne me dégonfle pas, je suis avec toi, décida Alphonse, au risque de voir son prestige en souffrir face à son "Armée".

— Bien ! Tu as ton couteau ? Va vite tailler un aiguillon, les autres allez vous cacher dans les taillis au bord de la route et faites le guet. »

Émilie grimpa sur le chariot et tenta vainement d'en desserrer le frein… La manivelle était bloquée… Les secondes passaient et ses efforts étaient vains… et Alphonse qui mettait un temps fou à revenir avec son aiguillon ! Le cœur battant elle sauta à terre.

« Alphonse dépêche-toi, le frein est bloqué j'ai besoin de ta force ! » Avec une précipitation qui traduisait son angoisse il réussit enfin après plusieurs tentatives à tourner la manivelle et à descendre du chariot.

« Je compte jusqu'à trois, tu piques le cheval, pas trop fort tout de même il n'y est pour rien, et moi je lui donne une tape sur la croupe et lui ordonne d'avancer.

— Tu sais faire avancer un cheval allemand ? »

La fillette répondit d'un haussement d'épaules et au moment voulu cria « *Raus !* ». La rosse fit un bond en avant en poussant un hennissement, avança jusqu'à la clôture, puis tournant sur elle-même vint se ranger près des sages percherons. Le soldat, attiré par le bruit, sortit de la forge, calma son cheval et tranquillement resserra le frein de son chariot sans s'interroger sur ce qui avait pu se passer. Il entrevit seulement un garçon et une fille qui filaient ventre à terre vers les buissons environnants et plus loin sur la route une sorte d'épouvantail en uniforme gesticulant et vociférant. Après une course éperdue les enfants se retrouvèrent à l'abri d'un sous-bois. Alphonse reprit son armée en main.

« Ils seront fiers de nous ceux du maquis quand ils apprendront notre action ! Maintenant Émilie et moi c'est à la vie à la mort, le premier traître qui nous dénoncera aura affaire à moi. »

L'enthousiasme était tombé et une certaine contestation se manifestait dans les rangs des héros fatigués :

« Quand ça va se savoir au village, ça risque de barder pour votre matricule, prédit Qu'à d'œil.

— Surtout que le garde champêtre vous a vus quand vous étiez montés sur le chariot, persifla Joseph.

— Et comme il est du côté de la milice et des collabos, il va pas nous louper, prévint la Vaurie qui avait plus que quiconque souvent maille à partir avec le personnage.

— Notre meilleure façon de résister, nous les enfants, ce sont nos chansons ! répondit Émilie.

— Mais le père Machu nous a vus depuis la route, s'il nous entend il va être encore plus en colère contre nous ! s'inquiéta encore Joseph.

— On s'en fout, répliqua Alphonse, à c't'heure il a chaud aux oreilles et y voit double, y reconnaîtra personne ! »

La troupe reprit le chemin du village en chantant :

« Le garde champêt' toujours pompette
qui pue qui pète et qui rouspète'
qui prend son cul pour une trompette ! »

Émilie souhaitait être seule et rejoindre la maison du docteur mais Joseph s'accrocha à ses pas sans cesser de se lamenter.

« Sûr que le garde t'a vue, tu risques drôlement d'écoper ! »

Elle le fusilla du regard :

« Tu en étais aussi de l'expédition ! Tu vas encore te dégonfler ! »

Il ne s'était pas trompé, le garde avait propagé la nouvelle par tout le village :

« Un attelage allemand avait été attaqué et son conducteur blessé, on pouvait s'attendre à des représailles sur la population ! »

En approchant de l'auberge ils aperçurent le maire, le garde, l'instituteur et quelques stratèges de comptoir en pleine discussion. Émilie hésita, ralentit le pas mais déjà monsieur Cassagne les appelait :

« Venez un peu ici vous expliquer les deux héros !

— Sabotage de matériel militaire en temps de guerre, c'est douze balles dans la peau, dit Marcel Kébir.

— Tu veux faire fusiller ton père, c'est ça que tu veux ? » hurlait monsieur Lecor de son comptoir.

Elle ne baissa pas les yeux en le voyant s'avancer et dégrafer sa ceinture. D'un seul coup cinglant il la précipita à terre. Il n'y allait pas de main morte le père, sous l'œil concupiscent des joueurs de cartes et de dominos qui en oubliaient leurs parties. Le maire et l'instituteur observaient la scène impavides, Joseph derrière eux pleurnichait tête basse ; il fallut les protestations éplorées de madame Lecor et l'intervention du peintre Léonard pour ramener le calme :

« Cela suffit ! On ne traite pas une enfant ainsi, nous ne sommes pas à la Gestapo ou à la Milice ! » Il lança un regard méprisant vers le maire et s'adressa à monsieur Cassagne :

« Et vous le pédagogue vous n'avez rien à dire ? Vous approuvez ? »

Il releva l'enfant, qui, roulée en boule sur le sol, n'avait pas eu un cri, une larme, mais les regards de défi qu'elle lança autour d'elle provoquèrent des murmures dans l'assistance. L'instituteur, négligeant la question du peintre, s'adressa à son fils :

« Joseph, raconte-nous ce qui s'est exactement passé ? »

Le garçon renifla, tête basse, contemplant ses chaussures pour éviter le regard d'Émilie qui, soutenue par monsieur Léonard, le fixait droite et fière.

« Ben, c'est Alphonse et Émilie qui ont voulu jouer à la Résistance… Ils sont montés sur le chariot, même qu'Émilie n'arrivait pas à desserrer le frein, c'est Alphonse qui l'a aidée, alors le cheval s'est lancé en avant et on s'est sauvés.

— Rien de bien méchant, des sottises de gamins turbulents », conclut monsieur Léonard. Inclinant légèrement le buste d'un geste obséquieux, monsieur Lecor s'adressa à son tour au magistrat :

« Faites excuse monsieur le Maire, mais avec tout l'ouvrage qu'on a on ne peut pas la surveiller comme il faudrait, mais croyez-moi ça va changer ! »

Puis à l'adresse de sa fille :

« Allez ouste ! File en cuisine ! Va aider pour préparer le banquet de dimanche » et, penché une nouvelle fois vers le maire qui partait sans un mot :

« J'espère que vous serez encore des nôtres à midi avec votre petite famille… vous serez mes invités. »

La tête haute, le sourcil froncé sur la prunelle brillante de colère contenue, Émilie avec une lenteur calculée quitta les bras protecteurs du peintre et affronta pas à pas les fronts bornés et leur bêtise satisfaite, les regards concupiscents et leur joie sadique, les bajoues flasques et couperosées, les nez bourgeonnants, les moustaches vindicatives. Elle avait l'impression de passer devant un troupeau de bovins… mais c'était elle qui ruminait… qui tournait et retournait dans toutes les fibres de son être des pulsions de vengeance. Elle monta jusqu'à sa chambre, se mit à la fenêtre et, prise d'un fou rire, répéta à tout va pour expulser sa révolte :

Le maréchal Pétain
péteux, piteux, pantin
y s'fait botter le popotin
par ses copains les Fridolins !

IV

Le docteur Bernard

Le samedi, il n'y avait pas la corvée de l'« herbe aux lapins » ; on leur donnait de l'avoine pour rendre leur chair plus ferme et plus savoureuse. Émilie devait aider en cuisine et préparer la salle du restaurant. À *L'Assiette normande*, maître Lecor servait le dimanche midi un repas réservé à une clientèle sélectionnée : les édiles de la commune, les fermiers et commerçants en affaire avec lui et ces messieurs les occupants du château. Ce n'était plus la variété et l'opulence d'avant-guerre, mais le maître de maison mettait un point d'honneur à maintenir une réputation acquise dans les restaurants de Paris et s'il n'avait pas la prestance d'un grand chef, son poulet Vallée d'Auge et sa marmite de Honfleur lui avaient valu une fourchette dans le Michelin en 1939.

Émilie n'avait que l'âge de raison mais elle avait gardé des souvenirs éblouis de cet heureux temps quand les gens de la ville, en groupes joyeux, faisaient étape sur la route des plages. Il y avait des messieurs en veste de sport et pantalon de flanelle blanche, des dames en robe claire ou fleurie sous des ombrelles multicolores qu'elles maniaient avec grâce. Toute une jeunesse riante et bariolée qui, après avoir déjeuné sous la tonnelle ou les pommiers en fleur, s'envolait vers des pays de cocagne en laissant flotter ses écharpes au vent des automobiles découvertes. C'est à cette époque que le peintre Léonard avait été séduit par le charme du village d'Argeronne et de la campagne normande.

Le dimanche matin, Émilie disposait de peu de temps pour accomplir ses tâches car pour monsieur le curé c'eût été un péché de manquer la grand-messe de onze heures, l'année où l'on devait faire sa communion solennelle. Aussi consacra-t-elle une bonne partie de la nuit précédente à préparer sa vengeance. Sur des cartons, rescapés de l'époque d'avant-guerre, qu'elle calligraphiait d'une jolie écriture ronde et qu'elle décorait de dessins et de fleurs séchées, elle inscrivait les menus indiqués par son père. En ce dimanche d'avril, les parents, occupés en cuisine, ne virent pas la carte que leur fille déposa sur chaque table :

« – Terrine du chef et ses cornichons français

— Poulet passé à la casserole

— Lapin sous les pruneaux

— Carottes Vichy (bien cuites)

— Un fromage c'est une bonne place

— Îles flottantes et leur crème anglaise

— Trou normand après la bombe avant le coup de fusil

P.S. La marmite de Honfleur est en rupture pour cause de mer occupée. »

Ces messieurs avaient leur coin réservé. Ils arrivaient généralement les premiers avant midi, le *Herr Doktor Professor* en civil et son élégante épouse, en compagnie d'officiers en uniforme. Le docteur Bernard et son épouse Idelette s'installaient avec monsieur Léonard non loin d'eux, peut-être pour suivre les conversations dans une langue qu'ils connaissaient parfaitement. Les autres convives et leurs familles arrivaient plus tard, après s'être longuement congratulés et épiés à la sortie de la messe.

Les Allemands déchiffrèrent chaque terme du menu avec un sérieux qui inquiéta la fillette ; elle sentit son cœur battre quand l'épouse du *Herr Doktor* lui fit signe d'approcher :

« Est-ce vous mademoiselle qui avez écrit ce texte ? »

Elle parlait un français impeccable et souriait avec une certaine froideur dans le regard ; Émilie ne put se disculper et bafouilla :

« Oui Madame… mais c'est une plaisanterie. C'est pour rire !

— Vous ne manquez pas d'audace ni d'humour… un peu d'air frais dans une atmosphère malsaine ! » Elle échangea quelques mots avec ses compatriotes qui dévisagèrent la fillette d'un air ironique et passèrent leurs commandes.

« C'est toi Mimi qui a composé ce menu… disons révolutionnaire ? demanda monsieur Léonard. C'est très provocateur. Je crains que cette facétie soit mal comprise par certains convives », ajouta le docteur.

Effectivement, quand les derniers arrivants se furent installés, il y eut des mouvements divers, des hésitations et quelques rires étouffés.

« Qui a écrit ces insanités ? c'est une provocation… appelez-moi le patron ! »

Madame Lecor, qui prenait les commandes de son côté sans avoir consulté les fameuses cartes, ne comprit pas la colère soudaine du maire ni l'irruption de son mari de la cuisine. Monsieur Lecor esquissa un sourire en lisant le carton que lui tendait d'une main tremblante de colère l'important personnage.

« C'est encore une sottise de ma fille ! Elle a voulu nous faire une farce… Émilie approche, viens t'excuser auprès de ces messieurs-dames ! »

La fillette s'était prudemment réfugiée derrière les tables de ses protecteurs. « Voilà bien la digne fille de son père avec ses bons mots et ses traits d'esprit, lança gaiement le peintre Léonard.

— Pour quelques calembredaines il n'y a pas de quoi fouetter un chat », ajouta le docteur en s'adressant au maire, mais celui-ci insistait lourdement, indifférent aux réactions agacées des Allemands.

« Avec l'histoire d'hier cela commence à bien faire ! vous avez intérêt à tenir cette gamine en main sinon vous allez au-devant de graves ennuis mon cher Lecor… Il est vrai qu'avec l'éducation que vous lui donnez… »

Dans sa fureur il avait renversé sa chaise et jeté sa serviette à terre.

« Au lieu de rester plantée comme une gourde, va aider monsieur le maire ! » mais madame Lecor s'était déjà précipitée pour relever la chaise.

« La serviette par terre ! Cours en chercher une propre ! »

À peine Émilie avait-elle posé délicatement une serviette blanche bien pliée près de madame le maire que celle-ci leva un verre qu'elle inspecta par transparence et dit d'un air de vertu offensée :

« Ce verre porte des marques de doigts : veuillez je vous prie le changer immédiatement ! »

La fille imitant sa mère laissa ostensiblement tomber sa serviette.

« Qu'attendez-vous pour la ramasser et nous rapporter des verres propres ! »

« *Elle me prend pour sa boniche cette bonne femme !* » faillit protester Émilie mais de loin, le docteur et le peintre, en lui souriant, lui faisaient de la main des signes d'apaisement.

« Maintenant, file en cuisine, il y a de la vaisselle qui t'attend », ordonna monsieur Lecor. Elle hésita, soutint les regards triomphants de la tablée du maire en ruminant des idées de vengeance, « *et dire qu'il les a invités, ils ne vont même pas payer l'addition !* ».

Elle ne reparut en salle qu'après le départ des Allemands dont la présence gênait toujours le libre cours des conversations ; on était maintenant entre gens de bonne compagnie, les ventres rassasiés et les esprits agréablement embués. Les enfants du maire, parce que c'était dimanche, suçotaient un petit sucre trempé dans le verre de calvados de leurs parents. Le fils boutonneux tourmenté s'appelait Victor et la fille, étouffée sous les bonnes manières, répondait au prénom prestigieux de Victoire. Avec leurs beaux habits du dimanche, ils avaient gardé leur béret et leur foulard de Cœurs Vaillants. Émilie s'approcha discrètement portant une soupière et une louche ; avec un gentil sourire bien hypocrite elle leur proposa :

« Encore un peu de dessert ? C'est de la bonne crème aux œufs, c'est délicieux mais difficile à réussir : il faut connaître la façon de la touiller à bonne température sans faire bouillir, sinon c'est raté ! »

Indécis, méfiants, les deux boutonneux interrogeaient leurs parents du regard, mais avant que ceux-ci n'eussent réagi Émilie se pencha en avant pour servir de sorte que, par un phénomène d'inclinaison involontaire, le niveau du liquide déborda sur la jupe de Victoire et atteignit le costume de Victor.

« Cette fois c'en est trop ! hurla le maire.

— C'est une honte ! gémit son épouse.

— Elle l'a fait exprès ! pleurnichèrent leurs rejetons.

— C'est de la crème anglaise, la meilleure ! » lança la coupable qui avait bien calculé sa retraite ; elle laissa tomber la soupière qui acheva d'éclabousser les chaussures de monsieur et la robe de madame et s'enfuit vers le jardin.

Emportée par une course folle vers les vergers et les chemins herbeux, elle traversa d'une seule envolée les bois de chênes et de hêtres jusqu'au sommet de la colline. Son cœur bondissait de joie, joie de courir le nez au vent, joie de se sentir lavée de ces humiliations, joie d'avoir osé faire face à la bêtise prétentieuse. Elle reprit haleine au sommet, contempla un instant le village et sa couronne de verdure enlacée par la rivière miroitante, puis, laissant derrière elle la vallée, déboucha sur la plaine où, à l'horizon, se confondaient le ciel et la terre. Elle se laissa choir dans l'herbe fraîche parmi les boutons-d'or et les pâquerolles ouverts au soleil printanier qui, sous la fuite des nuages étirés de blanc et de gris, tavelait la prairie d'ombres et de lumières mouvantes. De la terre montaient des senteurs humides et chaudes. Allongée, les bras en croix, les jambes écartées, le visage tendu vers le firmament sans autre perspective devant elle que l'immensité azurée, elle s'abandonna à la caresse apaisante d'une brise légère qui rafraîchissait son front et effleurait ses jambes en soulevant sa robe.

Elle retrouvait peu à peu son calme et s'interrogeait avec résignation sur les moyens de rentrer à l'auberge affronter les foudres paternelles. Certes elle avait autour d'elle des gens pour la protéger mais par scrupule et une sorte de pudeur elle se refusait à solliciter leur aide. La comtesse en son château ? Mais après son aventure devant la forge elle redoutait de devoir affronter la présence des Allemands. Monsieur Léonard ? Malgré son âge il était le plus attachant et le plus singulier de ses compagnons de jeu. Il lui révélait un monde de fantaisie débridée, les Chantefleurs de son ami Robert Desnos, les chansons de Charles Trenet :

« *C'est la vie, qui va qui vient, vive la vie vive la joie !... Mimi chante la vie ! chante la joie !* »

Mais comment se réfugier dans son atelier au-dessus de l'auberge en passant inaperçue ?

« *C'est dans la maison du médecin que je serai le plus en sécurité, personne n'osera venir me chercher* », se dit-elle.

Elle savait y trouver d'autres joies. Chez le docteur Bernard et son épouse c'était « Regarde autour de toi Émilie et réfléchis ! Imprègne-toi de la beauté des choses. Rappelle-toi, la science c'est la vie, le savoir c'est la liberté… comprends-tu Émilie ? »

Avec cette certitude apaisante, bercée par les bruissements de la nature, elle glissa imperceptiblement dans un sommeil d'enfance.

Elle se réveilla, frissonnante, avec la sensation d'avoir dormi une éternité. Une brume laiteuse montait de la vallée et une lumière mélancolique s'effaçait doucement au-dessus de la forêt. Le soleil n'était plus qu'un disque rougeoyant quand elle atteignit la maison du médecin.

Que le docteur Bernard soit un bon médecin, personne n'en doutait à Argeronne, et même à La Roche-Faidherbe, le chef-lieu du canton d'où beaucoup venaient le consulter. Parisien d'origine il avait préféré, au prestige agité de la grande ville, le calme opulent de la verte Normandie. Il n'était pas fier et chacun vantait sa distinction et la sûreté de son diagnostic. Il vous réparait un pied ou une main passés dans une machine sans qu'il soit nécessaire d'aller en ville à la clinique dépenser des mille et des cents, ou à l'hôpital comme des nécessiteux.

Pour les foulures et les tours de reins on allait d'abord chez le rebouteux, mais il fallait bien reconnaître tôt ou tard que la science avait du bon. Bien qu'il fût un horsain comme l'instituteur, c'était un savant respecté qui ne refusait pas de partager la soupe lors des visites tardives ou quand le travail se prolongeait au chevet d'une femme en douleurs. Il ne dédaignait pas non plus de se mêler à la clientèle de l'auberge et d'intervenir dans les conversations en plaçant au bon moment des arguments irréfutables.

Il choquait cependant en prenant son café « nature », non arrosé par le traditionnel petit verre de calvados, et cette bizarrerie, si quelqu'un y faisait allusion, provoquait chez le bon docteur son seul motif de colère. Il se lançait alors dans une diatribe véhémente contre les méfaits de l'alcoolisme et les ravages provoqués par cette « goutte » qu'il trouvait parfois dans le biberon des enfants gueulards. On l'avait cru un temps sympathisant du Maréchal quand il saluait son courage d'avoir supprimé le privilège des bouilleurs de cru.

Idelette, l'épouse du médecin, était également appréciée dans ses fonctions d'infirmière mais elle avait de ces singularités qui intriguaient les gens de la contrée.

Avec son mari on ne les voyait jamais à l'église, on les disait adeptes d'une religion pas très catholique ; d'ailleurs elle n'était même pas française mais suisse, venue par amour se perdre dans la campagne normande depuis un pays de montagnes au nom de friandise. Souvent, elle s'habillait en homme avec des pantalons pour courir les chemins et rentrait au village les bras chargés, selon les saisons, de fleurs des champs, de branches fleuries ou rouillées, de gerbes de blé dont elle décorait sa maison depuis l'entrée jusque dans le bureau du docteur. Plus étrange encore, ils avaient tous deux la folie des choses anciennes et dénichaient au fond des granges et des remises les vieux meubles que des générations avaient relégués en des endroits isolés de la ferme où des poules pondeuses et des portées de chatons trouvaient refuge. Ils les récupéraient sous l'œil goguenard des propriétaires, ravis de se débarrasser à bon prix de ces rebuts, persuadés de rouler ces gens aux goûts bizarres.

« Pourtant avec tout ce qu'ils gagnent, ils ont les moyens de s'acheter du neuf, du moderne, faut-y être radin à ce point-là ! » disait-on au village.

Lors de quelques moments de loisir, le docteur qui avait des talents d'ébéniste rabotait, sculptait, décapait, ponçait, cirait pour redonner vie à ces meubles d'autrefois et faisait découvrir à la fillette leur beauté et leurs secrets.

« Admire, Émilie, le savoir-faire de tes ancêtres normands. Même en Bourgogne ou en Provence il ne me semble pas avoir vu de telles œuvres d'art si finement sculptées par de simples artisans de village. »

Il lui expliquait le symbolisme de chaque détail ciselé dans le chêne ou le merisier : l'amour, avec les colombes qui se « bécotent », l'abondance, avec les fruits et les épis de blé, la richesse, avec les écus en forme de « monnaie du pape », la joie, avec les instruments de musique et les motifs floraux, le travail, avec les outils agraires, dont étaient embellis corniches, portes, montants et panneaux.

Il lui avait conté aussi l'histoire de ces meubles normands. Dès le dix-huitième siècle quand une fille naissait dans une famille de hobereau ou de riche fermier, le jour de son baptême ou plus tard lors de sa première communion, on abattait un arbre, un chêne le plus souvent, parfois un merisier, parfois les deux. On le débitait et mettait à sécher à l'air libre dans un endroit protégé de la propriété. De l'importance du trousseau que la petite fille devait broder après sa communion et de la fortune familiale dépendaient le nombre de meubles et la variété de leur décoration. Quand la jeune fille était « promise » on commandait chez le meilleur ébéniste de la région l'armoire de mariage chargée de ses symboles, puis venaient le vaisselier, la bonnetière, les bahuts et autres coffres, que l'on traînait fièrement sur une charrette par tout le village, le jour des noces, pour montrer que les familles avaient du bien.

Émilie, à mesure qu'elle grandissait, se mêlait intimement à la vie de ce couple hors du commun qui l'éveillait à la réflexion et à un art de vivre où même les gestes de la vie quotidienne avaient une élégance qui l'enchantaient : les nappes décorées sous chaque couvert, les petits chapeaux de laine sur les tisanières pour en garder la chaleur, les merveilleux chocolats qu'Idelette recevait de sa famille, disposés dans de fines coupelles de porcelaine fleurie, les lumières tamisées sous des abat-jour aux décors délicats qui laissaient dans la quiétude du salon des coins de pénombre où l'on pouvait s'isoler et rêver, le Gramophone et les disques, les rayonnages de livres qu'elle pouvait consulter en toute liberté ; tout un univers de sérénité et de distinction loin de la médiocrité de l'école et de l'église, où on ne lui parlait que d'obéissance et de péché.

Parfois, elle était conviée aux soirées musicales avec le docteur au piano, Idelette au violon, auxquels se joignait monsieur Léonard, son violoncelle ou son hautbois, monsieur Van Lair et sa flûte. La nuit venue, des hommes sortis de l'ombre par le jardin venaient les écouter. Ils n'étaient pas du village mais avaient pour Émilie, qui s'en étonnait, des gestes tendres, un sourire, une caresse sur les cheveux. Dans la maison bien calfeutrée, persiennes closes, rideaux tirés elle se sentait invulnérable parmi eux.

Puis la musique s'interrompait et sur un poste à l'œil jaune caché sous des gros livres de médecine on branchait Radio Sottens où se donnaient les meilleures informations. C'étaient ensuite de longues conversations à voix basse dont Émilie à son grand regret était exclue. Elle rentrait seule à l'auberge sans craindre la mouvance clair-obscur des nuages sous la lune, encore sous le charme de la musique dont la plupart des auteurs, lui avait-on expliqué, étaient allemands.

V

Le petit Paul

Le tintement de la sonnette d'entrée ne provoqua aucun mouvement dans la maison silencieuse. Émilie ne s'en étonna pas, elle savait que chaque dimanche après midi le médecin et son épouse faisaient de longues promenades dans la campagne. Elle attendit dans la salle attenante au cabinet médical, toujours ouverte au public, d'où elle pouvait surveiller les mouvements sur la grand-place. Elle aperçut son amie Françoise qui, après avoir lu les indications gravées en lettres d'or sur fond de laque noire, s'éloignait hésitante. Elle courut à sa rencontre.

« Françoise que cherches-tu ?

— Mon petit frère est malade, ma mère n'ose pas appeler le médecin… Nous n'avons pas d'argent.

— Le docteur Bernard est mon ami, il ne refusera jamais de donner ses soins pour un problème d'argent ! Ce n'est peut-être pas trop grave ?

— Il se plaint de la tête, il dort toute la journée et la nuit il ne cesse de s'agiter et de crier. Je reviendrai plus tard… Maman doit recevoir une aide du Secours Populaire Français.

— Il n'en est pas question ! Nous allons l'attendre il ne va pas tarder. »

Assises dans la pénombre de la pièce où flottaient des odeurs d'antiseptiques, les deux filles guettaient anxieuses la venue du médecin. Émilie du coin de l'œil observait cette compagne de quatre ans son aînée ; elle était en première à Jeanne-d'Arc, là où elle aurait tant voulu être depuis un an s'il n'y avait pas eu ces horribles bombardements.

« S'il te plaît, raconte-moi, c'est comment la vie au lycée ?

— Chaque semaine nous devons changer de blouse, la même pour tout le monde rose ou beige… début avril, le lycée a été touché par les bombes, par chance il n'y avait pas cours ce jour-là. C'est le lycée de garçons qui nous a alors accueillies. Situé sur les hauteurs de Rouen, il semblait moins exposé, et pour que la morale soit sauve les garçons avaient cours le matin et les filles l'après-midi, six jours sur sept, on ne risquait pas de se mélanger ! Cela me paraît tellement ridicule aujourd'hui ! »

C'était une grande fille élancée, le dos un peu voûté, les traits pâles et fatigués, comme trop vite vieillis, une jeunesse trop vite effacée, volée ; elle semblait en permanence sous la menace de quelque drame. Les coudes appuyés sur les genoux, la tête entre les mains, elle se lança tout à coup dans le récit des heures terribles qu'elle avait vécues, d'abord péniblement le souffle court, puis avec un débit haletant, les yeux clos comme pour chasser de sa mémoire des images trop pénibles.

« Avec les voisins, nous sommes restés deux jours et une nuit au fond de la cave enfermés sous les ruines de notre immeuble. Par chance, ce n'était pas des bombes incendiaires sinon nous aurions grillé comme des saucisses ! »

Avec une crispation douloureuse du visage elle laissa échapper un rire hystérique puis sombra à nouveau dans la réminiscence de ce cauchemar.

« Nous étions enterrés vivants, couverts de poussière, les yeux, le nez, la bouche, les poumons obstrués, dans le noir, les pieds dans une eau glacée et nauséabonde qui, lentement, montait le long de nos jambes. Les gens hurlaient, gémissaient, sanglotaient, certains disaient des prières qu'ils répétaient à l'infini. Un homme dans la nuit réussit à imposer un peu de silence ; du fond de notre tombeau, de toutes les gorges jaillit le même cri d'un fol espoir pour guider les coups de pioche de nos sauveteurs. Quand enfin je pus entrevoir la lumière du jour, je baignais jusqu'à la poitrine dans une fange à l'odeur fétide dont il me semble que plus jamais je ne pourrai me débarrasser… Dans l'immeuble voisin, les dégâts étaient plus importants, les pompiers et les agents de la Défense Passive ont lutté de toutes leurs forces mais ils n'avaient que des pelles et des pioches, certains pleuraient en luttant avec rage contre les éboulis en entendant les appels de plus en plus étouffés des malheureux qui furent tous écrasés, étouffés ou noyés. »

Émilie avait fondu en larmes aux paroles de son amie.

« Depuis ces heures tragiques, je ne crois plus en Dieu ! J'entendrai toute ma vie les cris déchirants des enfants martyrisés. Leur supplice n'était-il pas plus atroce que celui d'un homme mourant à trente-trois ans sur une croix pour une bonne cause ? Tout cela n'a aucun sens ! »

Émilie, la gorge nouée, ne savait que répondre mais ces mots rejoignaient ses propres interrogations et ses doutes. Elle devait faire en mai sa communion solennelle ; à mesure que la date approchait, ce qu'elle voyait et entendait à l'église lui paraissait de plus en plus dérisoire au regard des événements du monde dont elle entendait chaque jour le récit.

La voix enjouée du médecin les tira de leurs méditations.

« Alors, demoiselles, que vous arrive-t-il ? Vous en faites des têtes !

— C'est mon amie Françoise ! Elle est venue avec les réfugiés… son petit frère est malade… elle n'osait pas vous déranger !

— Le temps de prendre ma trousse… Nous irons à pied ; je n'aurai bientôt plus d'essence. »

Évacuée de Rouen à Argeronne depuis les premiers bombardements de 1944, la famille était logée dans une masure qui avait servi autrefois d'étable. Il y régnait une atmosphère lourde d'argile humide, de suint et de salpêtre. Deux lucarnes de guingois y diffusaient une lumière grise et parcimonieuse. Il n'y avait qu'un seul lit pour la mère et l'enfant malade. Dans un coin opposé de l'unique pièce, on avait disposé des fagots en guise de sommier pour ne pas mettre à même le sol de terre battue un matelas où devaient dormir en quinconce les deux autres enfants.

Quand Émilie entra derrière le médecin, elle vit la mère qui tentait de faire pénétrer quelques cuillerées de lait entre les lèvres fuligineuses d'un garçonnet de cinq ou six ans, dont le teint terreux se fondait dans la blancheur douteuse des draps de grosse toile. Une petite fille de quatre ans, sagement assise au pied du lit, suçait son pouce en serrant contre elle une poupée décatie. Elle avait de grands yeux inquiets qui brillaient dans la pénombre.

Le docteur se tint d'abord un long moment silencieux à observer le petit malade, puis il interrogea la maman qui lui répondit d'une voix étouffée par l'angoisse.

« Depuis que nous sommes ici, il se plaint de maux de tête, il a un peu de fièvre, mais surtout son comportement a changé ; lui qui était plutôt turbulent, il ne joue plus, il est grincheux, il crie et pleure pour un rien, il refuse de manger et confond le jour et la nuit. Pourtant j'avais espéré en venant ici qu'avec le bon air de la campagne...

— Dans la famille, les proches, les voisins, savez-vous s'il y avait des malades avec lesquels le petit aurait été en contact ?

— Pas que je sache ! je dois vous dire docteur, mon mari est prisonnier en Allemagne, il n'a même pas connu la petite ; je suis seule avec les trois enfants, je n'ai pas de famille proche. Heureusement j'ai ma grande, ma Françoise toujours première au lycée ; elle aurait dû passer son bachot cette année si nous n'avions pas été obligés de quitter la ville. »

L'enfant sortit de sa torpeur quand le médecin souleva la chemise et palpa doucement comme une caresse le ventre distendu. Sous le thorax côtelé que creusait chaque souffle de vie se voyaient les palpitations du cœur tels les battements d'ailes affolés d'un oiseau pris en cage.

« Comment t'appelles-tu mon bonhomme ? demanda le praticien avec tendresse.

— Paul, il s'appelle Paul », répondit la mère avant que l'enfant n'ait réagi.

Émilie perçut chez le docteur Bernard un geste d'agacement.

« Où as-tu mal mon grand ? Montre-moi ! »

Le petit garçon désigna son ventre, puis sa tête et ses oreilles ; les mains fines et prudentes effleurèrent les contours de son crâne provoquant des gémissements. Le médecin rabaissa la chemise, écarta draps et couvertures d'où s'exhalèrent des odeurs aigrelettes de mauvaise transpiration et d'urine asséchée et, avec d'infinies précautions, tenta de décoller les jambes du plan du lit mais d'entre les lèvres meurtries s'échappa un miaulement de chaton blessé et jaillit un vomissement qui aspergea la veste du praticien. La mère, confuse, se précipita pour réparer les dégâts, mais d'un geste il lui fit comprendre qu'il n'en avait pas terminé :

« Aidez-moi plutôt ! Il n'est pas question de l'asseoir, nous allons le rouler sur le côté afin que je puisse l'ausculter. »

Le médecin demanda une serviette propre, et, malgré les plaintes qu'il provoquait, posa sa tête contre la poitrine décharnée à droite, à gauche, puis en avant quand le petit patient, maintenu par sa mère, fut remis sur le dos.

Émilie, fascinée, observait la scène ; elle se souvint qu'elle aimait cette communication physique, chaude et rassurante avec cette tête au parfum discret d'homme propre où se mêlaient bizarrement des senteurs florales et des odeurs de médicaments quand il venait pour ses maladies d'enfant.

« Alors c'est grave docteur ? » demanda la maman, partagée entre l'attente d'un verdict terrible et l'espérance folle d'être rassurée.

« Je le crains ! Il serait plus sage de l'hospitaliser, je pourrais le conduire moi-même, j'ai un laissez-passer et il me reste un peu d'essence.

— Il n'en est pas question ! Je veux garder mon enfant près de moi ! Et pour l'envoyer où ? À Rouen ? Même les hôpitaux reçoivent des bombes !

— Bien, c'est votre droit ! répondit le docteur Bernard d'un ton un peu froid. Je reviendrai demain pour lui faire quelques prélèvements. »

Tout à coup Françoise et sa mère poussèrent un hurlement :

« Docteur, Docteur, regardez, il louche… ses yeux se retournent, il va mourir. »

Les yeux maintenant grands ouverts étaient animés de mouvements désordonnés, oscillants, divergents puis convergents ; après quelques longues secondes indécises et un rictus du visage, le corps entier, comme suspendu dans l'air, se tendit dans une crispation généralisée. Des soubresauts rythmés de la jambe et du bras droits s'étendirent en ondes paroxystiques à l'ensemble du petit corps secoué par les vagues déferlantes d'une indicible torture. Draps et couvertures furent rejetés sous les coups de boutoir des convulsions. Une mousse rosée apparut sur les lèvres et un jet d'urine jaillit de la verge du petit garçon comme une ultime protestation contre cette inhumaine souffrance. La mère agenouillée avait enlacé en sanglotant les épaules de l'enfant et le couvrait de baisers comme si elle cherchait à transférer dans son propre corps le débordement des douleurs. Françoise était sortie entraînant sa petite sœur. Le médecin, impassible, avait introduit un linge entre les mâchoires contracturées. Il prépara une seringue et d'un ton impératif ordonna à Émilie :

« Maintiens-le ! Fais attention qu'il ne tombe pas du lit. »

« *Il faut que je résiste ! Il ne faut pas que le docteur s'aperçoive de ma gêne !* » se dit la fillette que les effluves montés de la couche commençaient à incommoder. Penchée au-dessus du lit, elle surmonta une répulsion instinctive et saisit les jambes du petit malade. L'injection se fit aisément et, au bout de quelques secondes, l'enfant sombra dans un sommeil profond.

« C'est bien, fillette, tu as du courage ! C'est peut-être aujourd'hui qu'a commencé une grande carrière de médecin ! »

Il n'y avait aucune ironie dans ses paroles et son regard était plein de tendresse, puis s'adressant à la mère :

« Je reviendrai demain avec mon épouse pour lui faire une ponction lombaire, ne vous préoccupez pas de le nourrir pour le moment, faites-le boire très souvent par petite quantité, donnez-lui du salicylate et ce sirop calmant, réfléchissez, il sera encore temps de l'hospitaliser. »

Le médecin précipita son départ, mal à l'aise face aux remerciements empressés de la femme qui embrassa fougueusement Émilie :

« Je suis heureuse que Françoise ait trouvé une amie comme vous ! »

En remontant vers le village, le docteur Bernard, plongé dans ses réflexions, avançait à grands pas sans prêter attention à Émilie qui devait trottiner pour le suivre. Elle brûlait de l'interroger sur l'espoir de guérison du petit garçon.

Elle débordait d'admiration pour cet homme qui lui avait parlé d'égal à égal en sollicitant sa collaboration, et dans son esprit ce fut soudain la révélation d'un grand dessein… Joie… Fierté… devant elle, s'ouvrait une merveilleuse évidence :

« *Je serai médecin comme lui !* »

Les instants partagés auprès du petit patient, la confiance qu'il lui avait témoignée, la crainte et la répulsion qu'elle avait surmontées resteraient gravés à jamais dans son âme : le père Lecor aurait beau grogner, menacer, cogner même comme il prétendait en avoir le droit, cela n'aurait aucune importance, jamais elle ne serait institutrice et encore moins postière !

« Il faut que je me prépare à affronter la colère de mon père, il va encore dégrafer son ceinturon pour impressionner la clientèle, dit la fillette d'une voix mal assurée. Mais cette fois, je ne vais pas le fixer droit dans les yeux sans desserrer les dents, je vais hurler, je vais gueuler de toutes mes forces pour qu'on entende ma protestation par tous les chemins d'Argeronne !

— Ne te mets pas en peine, chère Émilie, répondit le médecin en souriant, nous avons réglé ce problème tantôt avec le maire, l'instituteur et tes parents : Idelette et moi sommes chargés de ton éducation pendant quelque temps. Tes affaires sont déjà chez nous, tout le monde s'accorde à dire que tu as besoin de repos, et comme c'est bientôt les vacances de Pâques tu ne manqueras l'école que quelques jours. »

Elle tressaillit de plaisir et faillit annoncer : « Plus tard je serai médecin comme vous ! » Mais elle se retint, n'allait-il pas se moquer ? Les premières images qui lui vinrent à l'esprit furent le confort paisible du salon et le décor de la jolie salle de bains où l'attendaient des moments de bonheur.

VI

La messagère

« AUJOURD'HUI *je pourrais faire l'école buissonnière* », se dit Émilie en s'étirant dans la quiétude de la chambre tapissée de fines tentures où des bergers d'opérette échangeaient avec leurs bergères des fleurs et des serments d'amour. Du dehors lui parvenaient le brouhaha des voix et le claquement des galoches des enfants se rendant à l'école sur les pavés de la place. Depuis sa petite enfance elle rêvait de braver cet interdit dont le seul nom évoquait pour elle un monde de merveilles et d'aventures à la mesure de son imagination, un monde à se terrer sous les buissons dans le parfum des fleurs et les bruissements d'ailes, à se moquer, bien cachée, du garde champêtre et de quelques vieilles acariâtres ; un monde de liberté où les gamins espiègles jouent au bord de la rivière en se moquant des bons élèves qui peinent au fond des classes sombres sous la férule des maîtres grincheux.

À pas menus, en chemise de nuit, elle se dirigea vers la cuisine d'où lui parvenaient des bruits de voix ; un peu honteuse de son indiscrétion, elle prêta l'oreille et ce qu'elle entendit anéantit sa joie matinale :

« C'est certainement une méningite tuberculeuse, les sulfamides n'y feront rien, l'évolution sera plus lente, plus pernicieuse qu'une méningite bactérienne, disait le docteur Bernard.

— Peut-être aurais-tu dû te montrer plus ferme pour faire hospitaliser cet enfant ? répondit son épouse

— S'il y avait eu la moindre chance de guérison à l'hôpital, j'aurais tout fait, quitte à outrepasser la volonté de la mère comme la loi m'y autorise, mais je n'ai pas eu le cœur de les séparer.

— Tu as probablement raison ! Comment peut-on laisser des gens vivre et mourir dans de telles conditions ? déplora Idelette.

— À la vérité on n'a encore jamais vu une méningite tuberculeuse guérir et si cela était il y aurait un tel délabrement cérébral que la survie serait un autre drame… Maintenant à moins d'un miracle… »

Émilie attendit derrière la porte que son cœur ralentisse et que sa respiration se libère. Un miracle ! Seul un miracle pouvait guérir le petit Paul… Elle frappa discrètement et entra avec un petit sourire crispé pour cacher son trouble. Les deux adultes échangèrent un regard inquiet avant de lui parler sur un ton enjoué

« Bonjour Émilie. Bien dormi ? Le petit déjeuner est prêt. Ta mère a fait porter cette valise, il y a de quoi te vêtir pour un long voyage avec nous… je te confie la maison, j'accompagne mon mari auprès du petit malade.

— Ne tarde pas trop, Émilie, nous avons un programme chargé aujourd'hui, tu dois m'accompagner chez le pharmacien, à La Roche-Faidherbe, ce matin, et tantôt mademoiselle est attendue pour le thé chez madame la comtesse ! »

Quand elle fut seule dans la maison, elle se précipita vers la salle de bains pour calmer son désarroi. Elle s'était longuement prélassée dans le bain la veille au soir ; ce matin elle préféra la douche en laissant longuement l'eau tiède glisser voluptueusement sur son corps apaisé. Elle pesta contre ses parents pour qui le « tub » dans l'arrière-cuisine ou le « baquet » hebdomadaire dans la buanderie étaient bien suffisants.

Dans la voiture, vers La Roche-Faidherbe, le médecin lui confia les flacons contenant les prélèvements effectués sur l'enfant ; à chaque cahot de la route elle les serrait contre sa poitrine pour protéger l'espoir qu'ils recelaient. Investie de cette mission, Émilie n'osait bouger. Elle demanda des nouvelles du petit Paul. Le médecin lui répondit en hésitant :

« Il était plus calme ce matin, sous Gardénal. Il n'a pas fait de nouvelle crise et il a bu un peu de lait. » Émilie comprenait qu'il ne voulait pas aller jusqu'au bout de ses pensées et n'osait le questionner.

« Je voudrais savoir... Que va devenir cet enfant ? » insista-t-elle timidement.

Le médecin ralentit brusquement et le visage grave lui passa un bras autour des épaules :

« Chère Émilie, tu n'es plus tout à fait une petite fille. Mon épouse et moi nous t'aimons et nous pensons qu'il serait malhonnête de te cacher la vérité : ce petit garçon est gravement malade, il y a peu d'espoir de le sauver, à moins d'un miracle ! »

Émilie avait tressailli à ce dernier mot, c'était la deuxième fois qu'il parlait de miracle ! Lui, l'homme de sciences croyait-il à l'éventualité d'un prodige, d'une intervention divine ? Et quel prix faudra-t-il payer pour voir ce miracle s'accomplir ? Et si je lui disais maintenant : je veux être médecin ? Peut-être va-t-il se moquer, me dire que je suis encore trop jeune pour décider ? Que je ne suis qu'une fille ! Le cœur battant et le rouge au front elle osa dans un souffle : « Plus tard, je voudrais être médecin comme vous ! »

Tout en surveillant la route il tourna plusieurs fois vers la fillette un regard bienveillant :

« Bravo Mimi, c'est le meilleur choix que tu puisses faire ! Tu seras un grand médecin, j'en suis certain ! C'est le père Lecor qui va être ravi ! Toutes ces années d'études ça va coûter ! »

Elle tressaillit de joie, il ne s'était pas moqué et il avait appuyé sur ce diminutif familier. Un rire franc les rapprocha.

Émilie était encore plongée dans ses réflexions quand la voiture s'arrêta devant la pharmacie. Le docteur Bernard entra dans l'officine et se retira avec le pharmacien dans l'arrière-boutique, laissant la fillette en contemplation devant les rayonnages aux noms mystérieux et les fioles aux contenus multicolores. Quand ils réapparurent, le pharmacien, avec un sourire un peu moqueur, demanda à Émilie :

« J'espère que tu distingues ta droite de ta gauche ? »

Le regard qu'elle lui lança accentua son sourire. Il lui proposa un paquet de boules de gomme qu'elle refusa avec dédain, sans oser dire qu'elle aurait préféré un flacon d'eau de Cologne.

Sur le même ton de la plaisanterie il demanda :

« Tu connais le vermifuge Lune ? »

Et comme la petite fille hésitait à répondre il ajouta :

« Je suis certain que tu en as déjà pris, un coup dans la lune, une bonne purge... adieu les vers bonjour la santé ! »

« *Mais pour qui me prend-il ce bonhomme ? Pour une demeurée ?* » Elle faillit laisser libre cours à la colère d'autant que le docteur Bernard lui aussi souriait comme s'il était complice de cette machination. Brusquement le ton changea, et avec gravité le médecin expliqua :

« Chère Émilie, nous avons besoin de toi ! Je vais bientôt ne plus avoir d'essence, cela nous serait d'un grand secours si tu pouvais avec ta bicyclette te charger de nos communications, lettres ou paquets entre mon cabinet et la pharmacie. Mais comme il s'agit de courriers médicaux, cela constitue des secrets qui relèvent de la médecine et que personne d'autre que nous n'a le droit de connaître... Comprends-tu Émilie ? Tu sais que nous vivons une époque difficile et qu'il y a autour de nous beaucoup de gens malintentionnés qui pourraient s'étonner de te voir aller et venir. C'est pourquoi nous allons établir un code entre nous. Comprends-tu Émilie ? »

Le pharmacien, devenu grave, reprit la parole :

« Voici un panneau publicitaire pour le vermifuge Lune. J'ai compris que tu n'as pas apprécié ma plaisanterie. J'en conviens, ce n'était pas très malin... pardon ! Il se peut que je ne sois pas toujours disponible pour te recevoir ou qu'il y ait des indésirables dans la boutique. Pour savoir si tu peux entrer, nous allons convenir de ceci : observe bien la tête de l'enfant : si je tourne le panneau, vers toi, vers la porte d'entrée, il te regarde, cela signifiera que la voie est libre, tu peux entrer. Si au contraire il est tourné vers l'extérieur, vers le mur, il ne te regarde pas, là il y a un problème, tu ne dois pas entrer, tu t'éloignes rapidement. Ce panneau restera en permanence dans la vitrine, ma préparatrice est au courant elle connaît la manœuvre.

— Dans ce cas, je vais t'indiquer un endroit où tu pourras déposer le courrier que je te confierai », reprit le docteur Bernard.

Les deux hommes firent répéter plusieurs fois la manœuvre avec la pancarte du bébé vermifuge Lune puis le docteur Bernard l'emmena dans une ruelle isolée devant une petite maison aux volets clos, apparemment inhabitée, entourée de grilles où s'accrochaient un lierre épais et une glycine ; derrière, entre deux barreaux, était cachée une boîte à lettres.

« Si tu ne peux remettre le courrier au pharmacien, tu le déposes dans cette boîte après t'être assurée que la rue est déserte ! Comprends-tu Émilie ? »

Sur le chemin du retour, en cherchant ses mots, le médecin tenta de lui expliquer le sens de cette mission dont elle était chargée, mais elle l'écoutait à peine, elle songeait aux jours de bonheur qui l'attendaient dans la maison de ce couple que, sans aucune gêne, elle chérissait plus que ses propres parents. À table, le midi, on parla anglais et allemand, on s'enquit de l'état du petit malade, personne ne parla de l'expédition à la pharmacie.

Dans l'après-midi, Émilie se rendit à l'invitation de la comtesse.

Madame de Beaumont d'Argeronne était une vénérable dame d'une distinction aristocratique qui imposait le respect aux villageois et aux occupants, qui l'avaient contrainte à se réfugier dans une aile de son château. Le visage grave mais la voix chaleureuse, les cheveux grisonnants élégamment coiffés dégageant un front haut sans rides, elle portait des robes surannées et un ruban de soie noire serti de brillants autour du cou qui semblait à Émilie d'une suprême élégance. Elle avait compris la fascination que son domaine exerçait sur les rêves et l'imagination de cette enfant fantasque à laquelle elle vouait une attention affectueuse et discrète. Elle parlait avec passion de « sa terre normande d'Argeronne ». Terre d'argile ocre et pure qui avait donné son nom au village et fourni au fil du temps les matériaux de sa construction, terre opulente de limon généreux, mais aussi terre rude de calcaire et de silex creusée par ses rivières. Avec ses façades aux couleurs changeantes selon la lumière et l'heure, les mille prunelles scintillantes de ses fenêtres sous les feux de l'aube ou du couchant, ses toits d'ardoise bleutée, les ombres mystérieuses de ses corridors aux senteurs d'autrefois, les clairs-obscurs de ses salons, le château était pour Émilie un monde de merveilles et la source inépuisable de ses songes et de ses pensées.

Par une venelle discrète dont le nom l'enchantait, le « chemin du Bal Champêtre », un jour de mélancolie, ses pas, comme ceux rêveurs du poète la menèrent vers un sentier oublié sous une ogive de verdure, envahi par les herbes folles et des rejets de charmilles, jusqu'au mur de torchis entourant le parc. L'argile effondrée ouvrait une trouée moussue par laquelle elle pouvait entrer dans le domaine sans devoir passer devant les soldats qui gardaient l'entrée principale. Elle avait fait part de cette découverte à la comtesse qui n'en fut pas surprise.

« C'est une partie d'un ancien chemin de ronde, comme il arrive par l'est nous l'appellerons le chemin de la Belle Aurore, ce sera un secret entre nous. »

Ce lundi, il n'était pas question d'école buissonnière et de passage secret. Émilie avait mis sa plus jolie robe pour répondre à l'invitation de la comtesse. Devant les grilles à l'entrée du château, les gardes débonnaires, habitués de l'auberge, l'accueillirent en riant :

« *Ach !* Petite Mimi *schönes Mädchen*[1], très jolie ! Papa Lecor dormir encore ?

— *Nein*… : Lecor y dort au fond du couloir ! »

Ils ne comprenaient rien mais riaient quand même et Émilie était fière d'utiliser ses leçons d'allemand. Wilfrid, l'ami de Louise et le chauffeur du *Herr Doktor*, vint à sa rencontre et l'accompagna jusqu'au perron comme pour la protéger. La comtesse l'attendait sur la terrasse, elle tendit les bras vers la fillette.

« Ma chère enfant, je suis heureuse de vous voir… Le docteur Bernard m'a parlé de vos frasques chez le forgeron et à l'auberge. Je vous approuve, vous

1. *Jolie jeune fille.*

êtes une jeune fille courageuse qui ne s'en laisse pas conter ! »

Elle la fit entrer dans un salon aux décors un peu fatigués où planaient des odeurs de cire ancienne et de tentures fanées. Elle l'interrogea longuement sur ses projets, le certificat, ses rapports avec l'instituteur, l'espoir d'entrer au lycée.

« Êtes-vous toujours amie avec le fils Cassagne ? » demanda-t-elle après un silence. Émilie se sentit rougir jusqu'aux oreilles ; la vénérable dame était-elle au courant de ce qui s'était passé dans son parc l'été dernier ? Les avait-elle vus s'ébattre dans leurs jeux équivoques ? Elle répondit, hésitante :

« Nous ne sommes plus très amis, nous travaillons ensemble pour le certificat et le programme du lycée, mais ce n'est plus comme lorsque nous étions petits.

— Vous avez raison ! Les manières de ce garçon comme les idées de son père m'exaspèrent. Le patriotisme de ces gens-là m'inquiète. Staline est leur dieu et sur son ordre ils seraient prêts à mettre notre pays à feu et à sang pour servir sa politique. Je vous sais intelligente et passionnée par les événements actuels. La défaite désastreuse que nous avons subie en 1940 est due à la sottise obstinée et à la lâcheté de la plupart des généraux et des amiraux qui se sont, derrière le maréchal Pétain, honteusement compromis avec les Allemands. Ceux-ci nous imposent maintenant leurs lois avec la complicité de Français indignes. Ils pillent, volent, assassinent, torturent et disposent d'armes terrifiantes plus effrayantes encore que la bombe qui est tombée près d'ici. Il faut à tout prix les empêcher de s'en servir avant qu'il ne soit trop tard. Savez-vous que c'est dans ma maison que ces messieurs bien corrects établissent les plans de lancement de certaines de ces bombes ? »

La vieille dame s'interrompit pour reprendre son souffle et surmonter la vague d'émotion qui l'oppressait face à cette enfant attentive et grave.

« Je ne sors plus guère depuis que ces hôtes forcés occupent Argeronne. Ma santé est fragile et me contraint à faire souvent appel au médecin et au pharmacien qui sont de nos amis. En plus des commissions que vous faisiez pour moi au village, je vous chargerai de mes ordonnances et de mes médicaments mais il s'agira là d'une fonction strictement secrète entre vous et moi ; un secret médical en quelque sorte, le docteur Bernard vous en a déjà parlé je crois ! Pour que votre père ne s'étonne pas de vos déplacements je lui dirai que vous êtes à mon service et lui verserai une compensation qu'il ne refusera certainement pas mais j'exigerai qu'elle soit versée sur votre livret de caisse d'épargne. Si vous aviez le moindre problème vous pourrez toujours faire appel à monsieur Lenormand, mon régisseur, et à son épouse. »

Émilie n'osa pas avouer qu'elle avait un peu peur de cet homme taciturne à la silhouette massive et de son épouse sourde et muette qui s'exprimait par des gestes violents et une sempiternelle litanie « oh là là... ».

La comtesse lui remit une première lettre en précisant :

« Remettez-la en main propre au docteur Bernard, hors de la présence de son épouse qui n'est pas au courant de nos conventions ! »

Émilie se détourna, glissa pudiquement la lettre contre sa poitrine et se laissa embrasser.

« Allez mon enfant, je serai toujours là pour vous aider et j'en prends ici l'engagement : dès que nous serons libérés vous commencerez sérieusement vos études. »

En sortant de chez la comtesse, Émilie ne put éviter la rencontre d'un couple de cavaliers, le *Herr Professor* en veste noire portant monocle et son épouse, un long voile blanc flottant sur les épaules. Ils arrêtèrent leurs montures à sa hauteur ; son cœur se mit à battre, la lettre lui collait à la peau, mais le peu d'allemand qu'elle avait acquis avec le docteur Bernard lui donna une contenance

« *Guten Tag Frau Doktor, Guten Tag Herr Doktor !*[1]

— Bonjour mademoiselle, répondit la dame blanche en souriant. J'entends que vous parlez notre langue, que nous vaut le plaisir de cette rencontre ? »

Elle parlait d'une voix un peu chantante, roulant les r.

« Je suis au service de madame la comtesse et j'aime me promener dans le parc en récitant des poèmes ; *ich liebe die natur !* »

Elle dit quelques mots à son mari qui eut un sourire guindé.

« Pourrait-on avoir un aperçu de vos talents de poète ? »

1. *Bonjour Madame, Bonjour Monsieur.*

La fillette commença un poème appris pour le certificat :

« Je suis d'un pas rêveur le sentier solitaire… où la faible lumière perce à peine à mes pieds l'obscurité des bois…

— C'est magnifique, de Victor Hugo je crois ! »

Émilie, rassurée, poussa l'audace jusqu'à répondre : « *Nein, das ist von Lamartine !* »[1]

La femme avait souri, un peu ironique, et le *Herr Doktor* la regardait avec étonnement.

« *L'Automne* ah oui ! Je vous félicite vous parlez déjà très bien l'allemand. Qui vous l'enseigne ?

— C'est le docteur qui… » une sueur glacée glissa le long de son dos, n'allait-elle pas trahir son ami et protecteur, mais ils ne perçurent pas son désarroi ; en s'éloignant la femme lui dit :

« Nous avons aussi de grands poètes chez nous, si vous le voulez je vous les ferai connaître… »

Émilie se sentit soulagée et fière d'avoir ainsi franchi la première épreuve face à l'« ennemi », mais elle ne pouvait se défaire d'un sentiment de malaise et d'incompréhension ; cette dame élégante aimant la poésie et parlant si bien le français, ces officiers à la belle prestance qui aimaient la musique, ce savant la plupart du temps en blouse blanche penché sur un bureau, ils étaient donc en Normandie pour concevoir des semences de mort et de désolation ? Et ces soldats bons vivants, qui riaient avec elle devant le château et appréciaient à l'auberge les casse-croûte et les petits verres du père Lecor,

1. *Non, c'est de Lamartine.*

ils étaient capables de se transformer en guerriers féroces ?

Ainsi va l'homme, lui expliquait le médecin, capable du pire et du meilleur, oscillant sans cesse entre le bien et le mal… Comprends-tu Émilie ? Tu n'es encore qu'une enfant mais tu es plongée malgré toi dans une période exceptionnelle de l'histoire ; on te vole ton enfance et tu grandis trop vite, il faut que tu domines l'événement, que tu apprennes à regarder la réalité en face, c'est un lourd fardeau pour tes jeunes épaules mais il faut que tu sois témoin et non victime ! Comprends-tu Émilie ?

Ce soir-là, dans la quiétude de la maison du docteur, elle commença la rédaction de son journal.

VII

Les remèdes

CHAQUE INSTANT dans la demeure du docteur Bernard et de son épouse Idelette n'était pour Émilie qu'étonnements, découvertes, ravissements. Elle aidait aux tâches ménagères, mais, bonheurs tranquilles, passait le plus clair de son temps en explorations infatigables de la bibliothèque et de la discothèque.

Il fallait la gronder pour l'obliger à sortir en de brèves promenades au cours desquelles elle évitait les chemins de l'école, de l'église et de l'auberge.

Elle s'efforçait de visiter chaque jour le petit malade et sa famille, mais se désolait de ne pouvoir trouver les mots d'un réel réconfort.

Un après-midi ensoleillé, elle s'étonna de voir la masure porte close et volets fermés. Elle savait que le médecin ne venait au chevet de l'enfant que tôt le matin et tard le soir. Elle frappa avec insistance à la porte qui finit par s'entrouvrir. Le visage inquiet et réprobateur de Françoise apparut dans l'entrebâillement ; d'un geste impératif elle signifia à la fillette de s'éloigner mais celle-ci, poussée par la curiosité, s'était déjà glissée à l'intérieur. Éblouie par le contraste entre la lumière du dehors et l'obscurité de la pièce, Émilie mit plusieurs secondes à repérer le lit où reposait l'enfant. Elle le crut mort et voulut s'approcher, la jeune fille s'accrocha à son bras et lui imposa silence. Ses yeux s'accoutumèrent peu à peu et ce qu'elle vit la figea sur place : dans la faible lueur de deux bougies allumées de part et d'autre du lit, un homme, un géant, dont l'ombre agrandie se projetait sur les murs, se tenait tel un spectre, immobile, enveloppé dans une lourde houppelande. Sa présence distillait des odeurs animales dans l'atmosphère alourdie de la chambre où des femmes agenouillées, mâchonnant des prières incompréhensibles, lançaient des regards hallucinés alternativement de l'homme à l'enfant endormi. Leurs silhouettes, confondues dans la lumière tremblante des cierges, évoquaient pour Émilie des fantômes montés du royaume des morts. De leurs lèvres s'échappaient, entre les litanies informes, des soupirs, des chuintements, des sanglots étouffés.

Tout à coup l'homme sortit de son manteau un poulet blanc qu'il tint par les pattes, les ailes battantes au-dessus de la tête du petit malade qui gémit faiblement. De sa main libre, avec un couteau, d'un geste précis il trancha partiellement le cou de l'oiseau. Les soubresauts et les battements d'ailes désespérés de l'animal agonisant, aux plumes maculées de rouge, projetèrent de multiples gouttelettes pourpres sur le crâne, le visage et le corps du petit moribond comme autant de projections d'une eau bénite miraculeusement transformée en sang. La mère, debout au pied du lit, se mit à sangloter doucement tandis que le géant, oscillant sa tête léonine, se mit à déclamer des incantations dans une langue qu'il était le seul à connaître. Un frisson glacé parcourut l'assistance ; un temps interminable s'écoula jusqu'à ce que toute trace de vie ait disparu de l'animal sacrifié. Le « guérisseur » voulut le poser sur la tête de l'enfant qui brutalement repoussa loin la couronne grotesque de plumes souillées et, en hurlant, battit l'air des quatre membres, se tordit, informe, tandis que par la bouche suppliciée s'échappait le cri d'une indicible souffrance.

« C'est une nouvelle convulsion, il faut courir chercher le médecin ! » cria Émilie en grimaçant d'effroi. Des protestations lui répondirent et le géant sans un mot tendit vers elle un bras accusateur et menaçant. N'y tenant plus, elle se rua vers la porte.

Dehors la lumière la cloua sur place, elle s'accroupit en essayant de maîtriser les spasmes douloureux montés de son ventre à ses lèvres.

« Il ne faut pas nous en vouloir, nous sommes tellement désespérés », murmura Françoise qui l'avait rejointe. Ce sont les voisines qui ont convaincu ma mère d'appeler ce rebouteux. « Il n'est même pas certain que ça marche, a-t-il dit. Il aurait fallu une tourterelle blanche pour que le sacrifice réussisse mais nous n'avons pu trouver qu'un poulet blanc, ma mère y a laissé nos derniers sous, et nous n'aurons même pas le droit de le manger car cela détruirait la magie… »

C'était cocasse et tragique à la fois. Émilie se détourna, la main sur la bouche, pour maîtriser un fou rire indécent.

« Je vais prévenir le docteur, dit-elle.

— Non, répondit la jeune fille. Nous lui sommes très reconnaissantes pour ses soins. Ma mère espère encore mais moi j'ai compris que c'est irrémédiable, à moins d'un miracle il n'y a plus de chance de le sauver... il y avait des gens qui voulaient lui faire avaler toutes sortes de tisanes, et même des limaces crues, des « calipotes » comme ils disent, il paraît que c'est bon pour les tuberculeux, mais je m'y suis opposée ! Des limaces vivantes toutes crues, tu te rends compte ! »

Un rictus douloureux avait déformé son visage en prononçant ces derniers mots. Émilie promit du bout des lèvres qu'elle ne parlerait pas de ce sorcier au médecin mais elle savait déjà que c'était un pieux mensonge.

En remontant vers le village l'esprit tourmenté, une prière spontanée lui vint à l'esprit :

« Vierge Marie, Jésus-Christ et tous les saints, faites que le petit garçon guérisse ! »

Françoise et le médecin lui-même n'avaient-ils pas parlé de miracle ? Ce miracle lui apparut telle une lumineuse réalité, proche, accessible, pourvu qu'elle y consacre toute la force d'une foi nouvelle. Jusqu'à ce jour, la messe, les cantiques, les prières répétées mécaniquement, le catéchisme n'étaient que les rituels obligés pour faire sa communion solennelle, comme l'arithmétique et la grammaire pour le certificat d'études, mais en cet instant, les yeux au ciel, une ardeur mystique nouvelle guida ses pas vers l'église.

Ne l'avait-elle seulement jamais regardée, son église ? Elle lui apparaissait soudain d'une beauté sereine. Bâtie de granit et de calcaire, dominant la grand-place, son clocher couvert d'ardoise projetait une ombre effilée selon les heures du jour sur le cimetière attenant où des ifs ancestraux répandaient leurs effluves purificateurs. On y entrait par une chapelle latérale consacrée à la Vierge, dont les murs couverts d'ex-voto proclamaient la réalité des miracles et des prières exaucées. L'église était déserte à cette heure. Elle se signa et vint s'agenouiller devant l'autel, fixant à distance la petite lumière rouge du tabernacle, témoin de la présence du Bon Dieu. Elle chuchota un « Notre Père » et un « Je vous salue Marie » tout en cherchant quelle offrande, quel sacrifice elle pouvait offrir pour le prix de la guérison du petit enfant. Elle vint ensuite s'agenouiller au pied du grand Christ en croix accroché sur une colonne face à la chaire.

Elle contempla longuement le visage torturé, suppliant, levé vers la charpente de la nef qui, telle la coque renversée d'un navire, assombrissait l'abside et irisait en faisceaux multicolores la lumière tombée des vitraux. Ce corps de plâtre peint, délavé par le temps, demi-nu avec cette plaie béante au côté, cette bouche souffrante, ces gouttes de sang sous la couronne d'épines, ces clous ensanglantés sur les mains et les pieds, loin de la rassurer lui faisait sentir l'effroi pétrifié de la mort. Elle entreprit un chemin de croix à genoux en regrettant de n'avoir pas avec elle une règle de fer comme celle sur laquelle monsieur Cassagne faisait s'agenouiller les élèves récalcitrants. Elle s'arrêta devant chaque niche, chaque tableau où les martyrs offraient à Dieu leurs indicibles souffrances Elle acheva son parcours devant la statue de la Sainte Vierge, rose et blanche sous son voile bleu qui tenait en son giron un enfant sans grâce semblable à un adulte en réduction.

« *C'est une Mère. Elle doit comprendre et partager la souffrance d'un enfant* », se dit Émilie implorante.

« Bonne Sainte Vierge, Mère de Dieu, guérissez le petit Paul !

— Émilie Lecor, que fais-tu là à cette heure ? »

Perdue dans ses suppliques elle n'avait pas entendu le curé s'approcher. Elle se sentit confuse d'être ainsi surprise dans ses dévotions car, si elle savait sur le bout des doigts les leçons du catéchisme, elle n'était pas en odeur de sainteté et ses questions à tout propos agaçaient particulièrement l'homme d'Église.

« Je suis venue prier pour la guérison du petit frère de mon amie Françoise, répondit la fillette avec humilité.

— Ah oui ! Les réfugiés qui sont dans la masure en bas du village.

— Il a une méningite tuberculeuse, le docteur dit qu'il y a peu d'espoir de le sauver, il faudrait un miracle... »

Le prêtre eut un geste évasif que l'enfant interpréta comme un aveu d'impuissance.

« Je suis content de te voir revenir dans la maison du Seigneur avec humilité.

— Mais sauvera-t-il le petit garçon ?

— Je l'ignore... Peut-être... si tes prières et tes sacrifices sont sincères... Mais les voies de Dieu sont impénétrables. »

« *Les voix ou les voies* », s'interrogea Émilie. Elle n'était pas décidée à lâcher prise :

« Monsieur le curé, vous dites toujours que Dieu est amour, alors expliquez-moi comment il peut permettre la souffrance d'un enfant innocent et exiger pour le sauver des sacrifices et d'autres souffrances ?

— Émilie ! Te voilà encore partie dans tes pensées malsaines ! Contente-toi de prier et de bien préparer ta communion solennelle pour ne pas être en état de péché. »

Le prêtre s'éloignait agacé, jugeant qu'un débat avec une gamine de cet âge était mal venu, mais la petite le rattrapa.

« Monsieur le curé, j'ai encore une question à laquelle vous ne m'avez jamais répondu : pourquoi les filles ne sont-elles jamais enfants de chœur ? Ce n'est pas juste !

— C'est notre Saint-Père le pape et monseigneur l'évêque qui en ont décidé ainsi.

— Il y aurait donc pour Dieu et l'Église deux sortes d'enfants, les garçons aussi purs que le Saint-Esprit et les filles impures indignes de servir la messe ?

— Vous, les filles, avez bien d'autres occasions de servir notre Sainte Mère l'Église » ; il allait dire « Vous donnez la vie » mais il se reprit, il lui paraissait indécent d'évoquer la maternité devant cette gamine obstinée qui ne cessait de le harceler avec ses questions embarrassantes.

« Pourtant les filles sont mieux faites pour porter l'habit, nous sommes plus soigneuses, plus propres et plus attentives au catéchisme ! Pourquoi à l'église comme à l'école, les filles comptent-elles moins que les garçons ? Ce n'est pas juste ! Et pourquoi n'y a-t-il jamais de dames prêtres ?

— C'est à cause du péché originel quand Ève a fait croquer la pomme à Adam et qu'ils ont été chassés du Paradis !

— Il était stupide à ce point le pauvre Adam ? Le Bon Dieu et le Saint-Esprit ils étaient bien contents de trouver une femme qui leur donne le fruit de ses entrailles !

— Tu blasphèmes et tu commets des péchés mortels avec tes réflexions stupides, contente-toi d'obéir et de réciter tes prières. Je veux te voir demain en confession avant la première messe ; maintenant, sors de la maison du Seigneur que tu as profanée avec ces paroles diaboliques !

— Dieu est amour, il pardonne toujours ! » dit-elle avec défi.

Il se retourna et la gifla ; elle le savait, comme l'instituteur, généreux en taloches avec les enfants récalcitrants, mais jamais encore il n'avait levé la main sur elle. Sans une larme, Émilie soutint le regard courroucé du prêtre qui, dans la dignité triomphante de son pouvoir, lui ordonna de sortir d'un doigt vengeur.

En s'éloignant la fillette ruminait une possible vengeance : rallier ses compagnes du « caté » à sa cause, qui, comme elle, rêvaient de porter la soutanelle pourpre ou violette et son surplis de fines dentelles. Elle voulait voir les têtes se plier devant elle lors de l'élévation et agiter la clochette d'airain, présenter le plateau d'argent où reposent les hosties consacrées devant les communiants qui, bouche ouverte, yeux mi-clos, attendent confiants la brûlure sur la langue du corps de Notre Seigneur Jésus-Christ. Diffuser d'un geste ample les fumées céruléennes de l'encens, parcourir le village avec le prêtre, portant la croix ou les Saintes Huiles, voir les gens sur leur passage s'écarter respectueusement, se découvrir et se signer. Ce devait être comme une montée vers le royaume de Dieu ?

Elle dénoncerait aussi ce privilège exorbitant des garçons dont l'office d'enfant de chœur était motivé moins par une foi sincère que par les profits qu'ils pouvaient en tirer dans le dos du curé : une lampée de vin de messe, une bouchée de pain bénit des dames et son merveilleux goût de brioche, les petites pièces et les gros billets lors des baptêmes, des mariages et des enterrements, et surtout, triomphe suprême, quitter l'école sous l'œil courroucé du maître quand le curé, en cas d'urgence pour une cérémonie, venait chercher un enfant de chœur en pleine classe.

Pendant le souper, avant le concert du soir, Émilie après avoir longtemps hésité fit le récit de la scène rituelle à laquelle elle avait assisté dans l'après-midi, mais ne parla pas de sa rencontre avec le curé. Le médecin ne parut pas autrement surpris et le peintre y trouva le motif d'un tableau en clair-obscur digne de l'école hollandaise.

« Cet affreux bonhomme, c'est un sorcier. Il fait peur aux gens et leur fait croire qu'il peut guérir le petit Paul ! dit la fillette d'une voix nouée.

— C'est ce qu'on appelle l'obscurantisme ! Tu observeras tout au long de ta vie combien la peur de l'inconnu, la fragilité de la vie, le besoin de mystère et de merveilleux font obstacle à la raison, à la liberté de penser et de parler. Il est tellement plus facile de se réfugier derrière les croyances des religions que de se battre pour la vérité. Comprends-tu Émilie ? répondit le médecin.

— De tout temps, dans toutes les civilisations, l'homme, tourmenté par les mystères de son existence et de sa mort, s'est inventé un au-delà pour se rassurer et espérer en autre chose que sa triste condition terrestre, affirma monsieur Léonard.

— La médecine moderne nous apprend que si la peau, les traits, la silhouette varient selon les types humains et le milieu où ils vivent, tous les êtres ont les mêmes organes, les mêmes battements de cœur, les mêmes besoins, les mêmes circuits de sang et de nerfs et je ne puis me résoudre à accepter que cette merveilleuse machine humaine soit vouée irrémédiablement au néant.

— Tu as raison, chéri, reprit Idelette. Je partage ton sentiment et ce qui me paraît plus extraordinaire encore c'est que l'être humain, petite poussière insignifiante, infime fraction de temps et d'espace dans l'univers, soit capable par son intelligence de concevoir et d'analyser cet univers qui le domine.

— L'histoire de l'humanité peut se résumer ainsi, il y a les forts qui exploitent les faibles et leur inventent un hypothétique paradis pour mieux les exploiter ! À mon avis seuls les arts donnent un sens à l'existence, les discours, les vérités imposées sont trompeurs mais l'harmonie des couleurs, des formes, des sons, la beauté des choses, la sublimation de la vie constituent un langage universel accessible à tous les hommes, déclara monsieur Léonard.

— La Vérité serait dans l'art selon toi ? Je ne le crois pas ! Regarde ce gros porc de Goering, il paraît qu'il est fou d'œuvres d'art qu'il pille partout en Europe », lui répondit le docteur.

Émilie suivait passionnément le débat en s'efforçant d'en comprendre et d'en mémoriser chaque terme ; d'une petite voix cristalline elle demanda : « C'est quoi la Vérité ? »

Les trois adultes s'interrogèrent du regard en souriant.

« Ta question est très pertinente, Émilie, lui répondit la jeune femme. La Vérité n'est pas de ce monde, nous dit la Bible. Je te l'accorde, ce n'est pas une explication ! La Vérité… c'est comme l'arc-en-ciel, tu le vois, tu te précipites à sa rencontre mais plus tu avances plus il s'éloigne. Tu voudrais le saisir mais il est inaccessible !

— C'est comme la Vérité, une illusion… une illusion d'optique, confirma le peintre.

— Je ne comprendrai jamais pourquoi Dieu donne la force et la haine aux méchants et la douceur et l'amour aux gentils, dit Émilie avec une moue de dépit.

— Les choses ne sont pas si simples avec d'un côté le Bien et de l'autre le Mal. Il n'y a pas que des innocents et des coupables. Nous avons tous nos défauts, nos lâchetés, nos lassitudes, et parfois dans le secret de nos cœurs des fautes inavouables, expliqua le docteur.

— Mais qu'a fait de mal un petit garçon pour souffrir au fond d'une pauvre maison ? »

En prononçant ces derniers mots la fillette fondit en larmes devant les trois adultes décontenancés. Après un silence gêné le docteur Bernard, d'un ton enjoué, déclara :

« Au fait, je ne vous ai pas annoncé la grande nouvelle ? Moi seul étais dans la confidence ! Devinez… eh bien, voilà ! Notre Émilie a décidé de devenir médecin ! »

Sous les embrassades et les félicitations ses larmes furent vite séchées.

« Eh bien, chère consœur, reprit le médecin, nous allons commencer tout de suite votre formation : vous connaissez le médicament qui nous permet de calmer notre petit patient : le gardénal. Vous allez voir jusqu'où peut mener un patriotisme obtus ; il s'agit du véronal découvert en 1903 par un chimiste allemand, Émile Fischer ; il l'avait nommé ainsi en l'honneur de la ville de Vérone en Italie où il avait étudié et enseigné. À cette époque avec les haines exacerbées entre la France et l'Allemagne il aurait été déshonorant de recourir à un remède allemand, mais comme c'était un grand progrès médical dont on ne pouvait se priver les têtes pensantes civiles et militaires se creusèrent longtemps les méninges pour trouver un nom qui sonnât bien français, d'où le trait de génie d'un illustre anonyme qui suggéra simplement de garder “nal”. Tu vois chère Mimi comment des grands penseurs sauvent l'honneur de la patrie !

— Racontez, racontez encore », insista Émilie impatiente.

Le médecin prit un ton plus grave.

« Chère consœur, je vais vous annoncer une toute nouvelle information sur un progrès scientifique qui pourrait être un grand espoir pour l'humanité. Dans une revue médicale que je reçois de Suisse, j'ai appris que des chercheurs anglais ont découvert une nouvelle substance capable de détruire les germes qui circulent dans le sang et développent des foyers infectieux à distance mieux que les sulfamides… Quelle révolution !

— Mais alors pour le petit Paul, ces médicaments pourraient le sauver ?

— Hélas, non ! Ces remèdes fabriqués à partir de cultures de champignons sont très rares et très chers, à tel point que les médecins qui ont commencé à les utiliser sur des soldats blessés les récupèrent dans leurs urines.

— Dans leurs urines ? »

La chose paraissait si surprenante qu'elle éclata de rire.

« Oui, dans les urines ! C'est une propriété étonnante de ce médicament qui traverse l'organisme, détruit les microbes au passage, stoppe leur développement et ressort sans avoir perdu ses propriétés curatives, de sorte que par des réactions chimiques appropriées on peut les réutiliser.

— Tu vois Mimi, la triste réalité de l'humanité : tandis que quelques-uns s'acharnent à sauver ne serait-ce qu'une seule vie, beaucoup d'autres ne pensent qu'à trouver des armes de plus en plus puissantes pour tuer de plus en plus de gens, de plus en plus vite. Il y a aussi les artisans à l'échelle humaine comme celui qui a inventé le joli nom de la mine antipersonnel bondissante qui vous coupe un homme en deux, conclut monsieur Léonard en regrettant aussitôt ses paroles devant la grimace de dégoût de la fillette.

« Malheureusement, reprit le docteur, même si les Alliés débarquaient demain, je n'aurai ni le temps ni les moyens de traiter notre petit malade avec ces nouveaux médicaments… Comprends-tu Émilie ? »

Il se mit au piano et interpréta une sonate dont le premier mouvement en apparence facile, ample et mélancolique ne pouvait s'écouter que dans le silence et la méditation. Quand le charme fut rompu, le médecin dit à la fillette :

« Il se fait tard et demain j'aurai besoin que tu ailles à la pharmacie. Tu prendras la bicyclette de mon épouse !

— Je pourrais aller chercher la mienne et j'inviterais mon amie Françoise à m'accompagner, cela lui ferait le plus grand bien ? »

Le docteur interrogea du regard le peintre qui répondit d'un signe de négation de la tête que la fillette ne vit pas mais elle comprit qu'il aurait été indécent d'insister quand les deux hommes lui firent répéter les précautions à prendre avant d'entrer dans la pharmacie.

Le lendemain matin, cheveux au vent, jupe flottante, Émilie pédalait allégrement dans l'air frais du matin sous un ciel lumineux dans unc campagne luxuriante où la guerre semblait absente. À bonne distance de la pharmacie, elle mit pied à terre, s'approcha à pas lents en lançant de brefs coups d'œil d'un air détaché vers la vitrine : le vermifuge Lune était en bonne place. La voie était libre ! Elle sortit la lettre du médecin de son corsage en souriant et le pharmacien imperturbable l'aida à charger son sac à dos.

« Fais bien attention, ce sont des ampoules de sérum, très fragiles ! »

Il lui tendit une enveloppe « à remettre au docteur et à lui seul » que la fillette avec un sourire complice glissa dans l'échancrure de son vêtement, mais le pharmacien resta de marbre et renouvela avec insistance ses recommandations.

Sur le chemin du retour, elle dut se réfugier sur le bas-côté de la route pour laisser passer un convoi allemand. Les soldats du haut de leurs véhicules lui lancèrent des appels joyeux et des gestes significatifs. Elle détourna ostensiblement la tête mais se dit aussitôt qu'il serait plus prudent de se montrer aimable ; elle avait levé la main d'un geste amical en se reprochant sa lâcheté mais le dernier véhicule était déjà loin.

Quelques instants plus tard surgirent de l'horizon tel un essaim d'oiseaux de proie, d'abord haut dans le ciel en formation serrée, puis en un ballet bien réglé, des avions aux ailes brillant d'éclats métalliques qui s'alignèrent pour prendre la route en enfilade. En quelques minutes, ce fut un déferlement d'explosions, de rugissements de moteurs, de stridences, de déflagrations. Émilie s'était laissée glisser instinctivement dans le fossé bordant la route, sans prendre garde aux orties et aux eaux fangeuses qui en comblaient le fond ; plus qu'à sa vie elle pensa au contenu de son sac. Repliée sur elle-même, serrant contre son giron le précieux fardeau pour mieux le protéger de son corps, elle ne ressentit aucune réelle frayeur tant elle était soucieuse de sauver à tout prix l'objet de sa mission.

Elle n'aurait su dire combien de temps dura cet enfer auquel succéda un bref instant de silence suspendu dans l'air infesté de fumées noires et d'odeurs de métal surchauffé, puis des plaintes, des ordres gutturaux, des appels, toutes les tonalités que la voix humaine puisse exprimer s'élevèrent. Des véhicules détruits et incendiés furent poussés vers le bas-côté et la troupe reprit sa route. C'était la première fois qu'Émilie se trouvait confrontée à la réalité de la guerre ; elle n'avait pas eu le temps d'avoir vraiment peur, elle en éprouvait même une certaine fierté. Mais trempée, les vêtements collés à la peau et maculés de boue, un tremblement douloureux de tout le corps l'envahit bientôt suivi d'une immense lassitude.

Elle sortit à grand-peine du fossé qui lui avait sauvé la vie. Par bonheur, les flacons étaient intacts. Elle finit le reste du chemin les jambes molles en poussant son vélo dont la chaîne avait sauté.

À l'approche du village elle vit de loin une silhouette noire s'avancer dans sa direction ; le dos voûté dans un manteau étriqué, trop petit pour elle, probablement don d'une généreuse dame du Secours national, Émilie mit un temps à reconnaître son amie qui marchait à petits pas précipités comme une vieille cherchant son équilibre.

« Je suis venue au-devant de toi… Du village nous avons vu le mitraillage sur la route… j'ai eu tellement peur pour toi ! Et le docteur qui attend les remèdes… »

Françoise voulut porter le sac et en connaître le contenu.

« C'est du sérum fabriqué avec de l'eau de mer stérilisée, précisa Émilie d'une voix mal assurée.

— Est-ce que tu crois que mon petit frère va guérir ? » demanda la jeune fille à bout de souffle.

Émilie prit un temps de réflexion avant de répondre ; il lui fallait trouver des mots qui ne nuisent pas au prestige du docteur Bernard et qui puissent réconforter son amie.

« Le docteur fait tout son possible mais c'est la guerre et il ne dispose pas de tous les remèdes.

— La mer c'est la vie ; des ampoules d'eau de mer, cela ne peut que lui faire du bien ! Tu as pu les sauver, c'est miraculeux !

— Il y a aussi la prière... Dieu peut l'exaucer, le médecin lui-même a parlé de miracle.

— Tu as raison, Émilie, Dieu est amour il ne permettra pas qu'un amour meure ! »

Serrant contre sa poitrine le précieux paquet, son pas se fit plus ferme, plus assuré et sur son visage levé vers le ciel, illuminé d'une confiante espérance, toute trace de peur avait disparu, tandis qu'elle psalmodiait :

« Seigneur-Dieu, Notre Père, Jésus-Christ, Fils de Dieu, Sainte Vierge, Mère de Dieu, priez pour nous pauvres pêcheurs... Et guérissez le petit Paul, petit frère, petit Dieu... Tu es sauvé ! »

Émilie, mal à l'aise, ne s'était pas jointe à ces prières. Le corps encore endolori, un doute affreux l'avait saisie : cette fille de quatre ans plus âgée qui la suivait en pleurnichant avec une foi naïve retrouvée, ces remèdes si précieux qui, elle le pressentait, ne suffiraient pas à sauver la vie de l'enfant, ce jeu ridicule autour du vermifuge Lune entre le médecin et le pharmacien, la mitraille et les bombes sur la route, le sorcier dans sa houppelande sous la lumière tremblotante des bougies, les vieilles en prière, la colère du curé devant une fille en habit d'enfant de chœur, tout cela lui apparaissait maintenant d'une absolue absurdité, un cauchemar insensé qui n'en finirait pas.

VIII

Quelques fleurs de pommier

À LA FIN DES VACANCES de Pâques, Émilie, sans cesse habitée par le fol espoir de la guérison miraculeuse du petit Paul, décida de quitter la maison du docteur Bernard où tant de confort lui apparaissait comme une offense à la Sainte Vierge dans son étable avec son enfant Dieu couché sur la paille. Rejoindre sa mansarde et la clientèle de l'auberge, l'école et l'enseignement rigide de l'instituteur, le catéchisme et les prières rabâchées, l'Armée des Vikings et ses jeux pervers fut le premier sacrifice d'un long chemin de croix offert à Dieu et à ses saints pour le prix de la vie du petit garçon. Son effroi devant la dégradation du petit malade et l'impuissance du médecin, la cruelle fragilité de la vie et les bruits de guerre qui se rapprochaient étaient autant de questions angoissantes qui l'assaillaient et auxquelles elle ne pouvait répondre autrement qu'en se réfugiant dans une religiosité nouvelle faite d'offrandes et de pénitences. Le matin, elle ne traînait pas au lit à rêver mais, dès la messe de six heures, elle allait prier devant la statue blanche et bleue de la Sainte Vierge qui recevait dans une pose hiératique, le visage extasié levé vers le ciel, son petit d'homme sur le bras, les implorations de la petite fille. « Bonne Sainte Vierge, priez pour nous pauvres pêcheurs et guérissez le petit Paul ! »

Sous la lumière vacillante d'un gros cierge, la fatigue et la ferveur de sa prière aidant, il lui semblait qu'à force de répéter sa supplique le sourire figé et béat de la statue s'animait pour elle.

Elle courait ensuite au chevet de l'enfant, les bras chargés de présents prélevés dans les réserves familiales et, le plus apprécié par la maman, des morceaux de vrai savon récupérés dans la buanderie de madame Lecor, moins cruels pour la peau fragile du malade que l'ersatz d'argile et de sable généreusement octroyé par les services de rationnement du Maréchal. Françoise et sa mère se confondaient en remerciements à l'adresse des parents Lecor. Émilie mentait la conscience tranquille car, avec sa foi nouvelle, elle se disait que prendre à celui qui possède pour donner à celui qui n'a rien était un acte de charité comptabilisé par le Ciel…

Dans la journée, dès qu'elle avait un moment disponible, elle revenait pour aider à la toilette, à changer les linges, tâches que la grande sœur était incapable d'accomplir autrement qu'en pleurant, et l'effort qu'elle faisait pour surmonter ses répulsions naturelles était encore une offrande adressée au Bon Dieu.

À l'auberge, on avait remarqué le changement de son comportement ; elle se montrait discrète, aimable, polie, et souriait gentiment aux trognes colorées des piliers de comptoir. Madame Lecor s'en étonnait :

« Eh bien ma fille, qu'est-ce qui t'arrive, t'es pas malade au moins ? Te voilà toute tranquille et gentillette ! »

Madame Cassagne, sans qu'Émilie ne se fâchât, avait osé son avis :

« Elle grandit votre fille ! Ce sont les mouvements du sang, à cet âge-là ça leur travaille le corps et le caractère. »

Malgré l'ardeur de ses dévotions, à mesure que les jours avançaient, le doute la harcelait : ses supplications, ses offrandes, ses mortifications lui semblaient vaines ; il manquait quelque chose dans le prix à payer pour la guérison de l'enfant. En confession, le curé lui-même, qui tenait toujours le même discours, ne lui apportait aucun espoir, aucune certitude pour que ses efforts soient récompensés et ses prières exaucées.

« Un Dieu d'amour dont la volonté est de faire souffrir et mourir un enfant… je ne comprends pas ! Expliquez-moi monsieur le curé ?

— Les voies du Seigneur sont impénétrables, il nous faut prier, nous soumettre à sa volonté et nous faire pardonner nos péchés.

— Mais de quoi un enfant de sept ans peut-il être coupable devant Dieu ?

— Tu me fatigues avec tes questions ! Il ne faut pas tenter Dieu c'est un péché mortel ! »

Elle résolut d'aller jusqu'au bout de son martyre et d'offrir à Dieu et à ses saints ses biens les plus précieux : sa fierté, son orgueil. La douleur d'une humiliation en public devant des gens qu'elle détestait serait le don suprême, l'épreuve la plus difficile. Le garde champêtre, Marcel Kébir, le père la Luzerne et autres bateleurs de comptoir n'étaient que des personnages inconsistants et se moquer d'eux était pour la fillette plutôt un amusement, mais s'abaisser, s'humilier devant le maire, ce gros homme vaniteux imbu de son pouvoir, sa pimbêche d'épouse et ses deux imbéciles d'enfants serait le calvaire le plus pénible à gravir. Comme Jésus-Christ montant au Golgotha, elle acceptait de subir les pires humiliations. Elle s'assura la complicité des enfants du catéchisme en leur promettant une belle surprise à la sortie de la messe du prochain dimanche.

À l'heure dite, monsieur le maire qui pérorait sur le parvis de l'église, serrant les mains avec des sourires de convention, vit soudain les gens s'écarter et monter vers lui, à genoux sur les marches les mains jointes, une gamine au regard angélique, pendant que les enfants du catéchisme psalmodiaient : Émilie s'humilie… Émilie s'humilie… D'une voix claire elle prononça :

« Monsieur le Maire, madame la Mairesse…, mademoiselle Victoire, monsieur Victor, je vous demande humblement pardon de vous avoir manqué de respect et par cette prière je supplie Dieu de guérir le petit garçon malade. »

L'édile interloqué cherchait à comprendre. Son épouse, méprisante, hésitait sur l'attitude à adopter devant cette gamine qui, sans doute pour se moquer, l'avait appelée « madame la Mairesse », tandis que les deux imbéciles dans leurs uniformes de Cœurs Vaillants ricanaient sottement. Son acte de contrition accompli, Émilie partit à reculons comme une actrice s'effaçant devant son public, avec dans le cœur la merveilleuse certitude que le miracle s'accomplirait.

Pour un ultime renoncement, elle rentra à l'auberge où ses parents s'activaient à la préparation du festin du dimanche midi.

« Papa, Maman, je ne veux aucun présent pour ma communion ! Prévenez ma marraine, je ne veux pas de montre, je voudrais que vous donniez l'argent à la famille de mon amie dont le petit frère est très malade !

— Ne te fatigue pas ! Ta marraine et ton oncle ne viendront pas ; les routes ne sont pas sûres et les trains sont mitraillés. Il faudra que tu attendes encore pour la montre. » Dieu sait pourtant qu'elle en rêvait de cette montre. Elle s'en était dessiné une à l'encre violette sur le poignet gauche qu'elle cachait sous sa manche de peur de paraître ridicule.

« Je renonce à tous les cadeaux, je veux servir Dieu et la Sainte Vierge ! »

Monsieur Lecor en avait le souffle coupé :

« Ah... Bah... nous v'là propres... Voilà-t-y pas que ma fille veut se faire bonne sœur !

— Non je ne serai pas religieuse mais médecin comme le docteur Bernard !

— Encore mieux ! Médecin... Docteur... D'abord t'es qu'une fille ! Et t'as pas idée de c'que ça coûte ces études-là ! »

Dans un élan spontané qui la surprit elle-même, Émilie s'était rapprochée de son père, elle posa une main sur son bras, prête à se serrer contre lui. Du fond de son être une bouffée d'amour insoupçonné la poussait vers cet homme bourru, âpre au gain, dur à la tâche de l'aube au couchant, cet étranger...

son père... Elle sentait que derrière cette rudesse pouvait se cacher un amour inavoué ; elle tendit son visage vers lúi dans l'attente d'un geste tendre mais il se détourna en murmurant d'une voix revêche où perçait cependant un certain trouble

« Caresse de chien donne des puces ! »

L'ombre d'un étonnement douloureux traversa le regard candide et bleu, elle eut un cri de petit animal blessé et s'enfuit vers le jardin, tandis que monsieur Léonard qui avait assisté à la scène se lançait à sa poursuite :

« Alors là, maître Lecor, vous y êtes allé un peu fort ! Rabrouer ainsi son enfant !

— Tout de même, Émile, tu exagères, c'est ta fille tout de même ! dit madame Lecor en refoulant ses larmes.

— Mêlez-vous de vos affaires ! C'est valable pour tout le monde : je suis le maître chez moi ! » hurla le père Lecor en s'adressant aux piliers de comptoir qui en étaient restés interloqués, le verre à la main.

Émilie s'enfuit vers la campagne, l'âme déchirée sans entendre les appels du peintre lancé à sa poursuite.

« Mimi reviens ! Attends-moi, je suis ton ami... »

Quand il la rejoignit elle s'était écroulée, le visage enfoui dans l'herbe d'une prairie fleurie. Avec précaution, il s'assit près de la fillette laissant une main rassurante reposer sur la courbe délicate de l'épaule secouée de sanglots.

« Mimi ne pleure plus, tu es notre fleure unique, notre soli fleur. »

Dans un élan spontané, elle se réfugia contre la poitrine du peintre, appuyée sur la douceur de la veste de velours d'où montaient des odeurs de tabac et de térébenthine. Ainsi lovée, elle prenait conscience d'une cruelle évidence : son père ne l'aimait pas. Il avait toujours voulu un garçon ! La façon dont il l'avait repoussée était une humiliation plus pénible que celle volontairement subie devant le maire et sa famille.

Après le maire et sa famille : monsieur Léonard n'osait resserrer son étreinte sur ce corps fragile blotti contre lui. En cet instant il aurait tout donné pour saisir ces reflets violines dans l'azur des yeux, ce visage qui s'apaise quand l'esquisse d'un sourire efface l'ombre de la révolte. « Aurais-je jamais, une seule fois, le bonheur de saisir sur la toile cette merveille » et cette pensée lui était une souffrance.

Quand l'enfant fut calmée, il proposa de l'accompagner à l'auberge pour tenter de réconcilier le père et la fille mais elle refusa. Il comprit son besoin de solitude et s'éloigna en lui proposant de se retrouver plus tard chez le docteur Bernard.

Ce qu'elle voulait en cet instant c'était, en une ultime prière, aller épancher aux pieds de la Sainte Vierge ce torrent de souffrances qui bouillonnait en elle. L'église était vide, les fidèles pardonnés étaient partis, la conscience tranquille, savourer le repas du dimanche ; à l'auberge on devait festoyer en ignorant son absence. Elle n'était plus de ce monde-là, elle n'avait ni faim ni soif, elle avançait dans la lumière de l'espérance, d'une confiante certitude, le miracle était proche… Avec le prénom d'un apôtre… Petit Paul sera sauvé !

En entrant dans la masure des réfugiés, Émilie comprit que l'état de l'enfant s'était encore aggravé.

« Une voisine est allée chercher le prêtre, j'ai peur, il va mourir ! » murmura Françoise en étouffant ses sanglots.

Le docteur Bernard était debout près du lit, scrutant sur le visage émacié et gris la progression de la maladie. Il semblait hésitant, désemparé, devant cette pitoyable petite vie qui s'effaçait. La maman s'était écartée vers la ruelle du lit et son regard implorant allait de la mince silhouette à peine visible sous le drap de grosse toile au visage fermé du médecin comme si tous deux refusaient encore un verdict d'échec. Elle tenait à la main un mouchoir maintes fois retourné et bouchonné, prête à refouler les sanglots qu'un reste d'espoir maîtrisait encore.

Le docteur découvrit le petit corps cachectique, effleura d'une main le ventre distendu et de l'autre chercha le pouls. Avec un gémissement de protestation l'enfant se replia en boule, refermant en lui-même sa souffrance, comme pour retrouver la position originelle de la vie.

« Il se déshydrate trop vite, je vais passer encore une ampoule de Quinton, ne restez pas là les filles », dit le médecin d'une voix qui parut à Émilie mal assurée. Françoise sortit avec sa petite sœur, mais Émilie, comme envoûtée, ne voulait rien perdre de la scène ; elle s'écarta sans quitter des yeux les mains du praticien.

L'introduction de l'aiguille sous le pli flasque de la peau ne provoqua aucune réaction. Était-ce la conséquence du sacrifice sanglant du poulet, mais Émilie eut l'impression que le crâne était devenu disproportionné par rapport au reste du corps ? Des yeux globuleux d'où s'écoulaient des sérosités sanieuses mêlées à des larmes silencieuses, les pupilles disparaissaient en demi-lune derrière l'horizon de la paupière inférieure. Brusquement, dans un râle, le corps se tendit en une rigidité spastique, les reins cambrés, la tête rejetée en arrière, les yeux maintenant animés de mouvements pendulaires, tandis que d'entre les lèvres sanguinolentes s'échappait la plainte d'une abominable détresse.

Le médecin parvint encore à calmer le petit malade qui sombra dans un coma profond. La respiration devint de plus en plus difficile, tantôt précipitée haletante, tantôt ralentie. Quand le thorax se soulevait pour la recherche désespérée d'un peu d'air, les côtes et le cou se creusaient et après chaque tirage se prolongeait l'attente angoissée de l'inspiration suivante. Au milieu de la poitrine, tel un oiseau palpitant pris en cage, les battements affolés du cœur luttaient pour s'accrocher aux derniers souffles de vie.

« Cet enfant a-t-il été bien baptisé ? » demanda le curé en entrant sans ménagement dans la chambre. Cette irruption intempestive de l'homme d'Église lui parut indécente et sa question dérisoire mais Émilie, au bord du désespoir, luttait pour croire jusqu'au bout au prodige.

« *Peut-être que Dieu et la Sainte Vierge attendaient l'arrivée du prêtre pour réaliser le miracle ?* » se dit-elle en scrutant sur le visage du petit garçon le moindre symptôme de retour à la vie. Ce n'était pas possible… après tout ce qu'elle avait fait, ses prières, ses sacrifices, ses espérances… il allait ouvrir les yeux, tendre les bras vers sa mère, se lever, regarder avec stupeur les gens assemblés autour de lui... mais non rien ! Rien que le scandale de cette atroce et innocente agonie... rien que l'ombre glacée de la mort.

Il y eut encore des soubresauts, des frémissements, des gargouillis, puis la vie s'éteignit dans les dernières souillures du petit corps martyrisé. La tête roula sur le côté, les membres se détendirent et sur le visage enfin apaisé les stigmates de la souffrance s'estompèrent laissant réapparaître la splendide et éphémère beauté de l'enfance. Les femmes autour se signèrent et l'une d'elles murmura « Un ange au ciel » sous l'œil réprobateur du prêtre.

L'enfant de chœur, agenouillé dans l'ombre, débitait des prières incompréhensibles, les mains jointes pour se donner une contenance en roulant des clins d'œil inquiets à l'adresse d'Émilie indifférente à sa présence. Le médecin dut encore s'occuper de Françoise et de sa mère et les convaincre d'accepter des calmants, puis il sortit sans un regard vers le curé en ordonnant à Émilie de le suivre. Il tira de l'eau au puits devant la maison, se lava abondamment le visage et les mains en faisant signe à la petite fille d'en faire autant. Ensuite avec un antiseptique et des compresses il lui nettoya le visage, le cou, les avant-bras et les mains et accomplit la même opération sur lui-même. Blottis l'un contre l'autre sur la margelle, un long moment de silence s'installa entre eux comme si plus rien n'existait autour que leur peine, et la désillusion de leur défaite.

« Je suis stupide, fautif, pourquoi t'ai-je embarquée dans cette galère ? » murmura le docteur Bernard en serrant la fillette contre lui.

Émilie, la gorge serrée, aurait voulu trouver des mots assez forts pour lui exprimer son affection et son admiration ; lui dire combien elle avait prié, lutté, pour la guérison du petit garçon, combien elle se sentait maintenant anéantie, trompée, dupée, combien elle partageait son découragement.

« Jamais je ne pourrai accepter la mort d'un enfant ! Cela n'a aucun sens ! Pourquoi les merveilles de la vie sont-elles si fragiles, si éphémères ? Tous ces trésors destinés à l'immonde abjection de la mort c'est incompréhensible... ! » dit encore le docteur pour lui-même, la voix brisée et le regard fixe comme si un vide s'était creusé devant lui... puis, revenant brusquement à la réalité :

« Maintenant, il va falloir s'occuper de ton amie et de sa petite sœur en espérant qu'il ne soit pas trop tard. »

Ces derniers mots remplirent d'effroi la fillette, l'hydre de la maladie n'avait-elle donc pas quitté cette maison ? L'horreur allait-elle recommencer ? Ses prières avaient été vaines, il y avait-il seulement quelqu'un, quelque part sur la terre comme au ciel, qui soit là pour les entendre ?

« C'est encore sur Rouen que ça tombe ! »

Ils n'avaient pas vu le curé sortir de la maison et s'approcher d'eux, ni perçu les coups de boutoir des explosions dans le lointain.

« Depuis une semaine, c'est chaque jour qu'ils bombardent et la cathédrale est en flammes ! Je me demande pourquoi ils s'acharnent ainsi sur la ville aux cent clochers ? » ajouta l'homme d'Église qui venait de terminer sa tâche sans beaucoup d'émotion apparente.

« Ce sont les derniers ponts entre Paris et la Manche qui sont visés », répondit le médecin d'un ton las.

« Les enfants, écartez-vous, j'ai à parler avec monsieur le docteur. »

Le prêtre fit un geste autoritaire de la main qu'Émilie ressentit comme méprisant. La révolte grondait en elle, elle avait tant de choses à dire à ce serviteur d'un Dieu cruel et impénétrable, mais l'endroit était mal choisi et l'enfant de chœur l'entraînait à l'écart. C'était « Bouboule » qui avait fait sa communion l'an passé et faisait partie de la cohorte des assistants habituels du curé.

« C'est bien ma veine ! Pour une fois que le curé m'appelle je tombe sur des réfugiés, des purotins, je vais faire peau de balle pour la petite pièce ! »

Émilie ne protesta pas, accablée par la sottise et la muflerie de ce gros garçon borné, avec qui toute conversation était impossible.

« Ouf, il fait chaud ! » dit-il en secouant les plis de sa soutanelle pour s'aérer. Il avait l'air parfaitement grotesque dans sa robe étriquée et trop courte d'où ses grosses galoches dépassaient.

« Tu ne l'enlèves pas ? Tu risques de la salir ! »

Malgré son chagrin une drôle d'idée avait germé dans l'esprit de la fillette. Elle laissa le garçon, tout émoustillé de se trouver seul avec elle, s'approcher.

« Mimi je t'aime, tu es si belle ! Je voudrais être ton amoureux. »

Elle s'écarta ; il planait autour de lui des odeurs de lait rance et de chien mouillé.

« Si tu m'aimes, prouve-le, prête-moi ton habit !

— Là c'est très grave ce que tu me demandes, sûrement un péché mortel ! »

Il hésita, se dandina d'un pied sur l'autre, et dit en rougissant :

« Je veux bien te prêter mon costume, même si je vais en enfer, mais fais-moi voir ta nature ! »

« *Compte là-dessus gros bouffi !* » se dit-elle en lui décochant un sourire complice que le garçon perçut comme un acquiescement. Après s'être assuré que les deux adultes étaient toujours en discussion, il s'exécuta promptement. Émilie, tout auréolée de la gloire de son costume, s'avança vers le curé qui s'apprêtait à prendre congé du médecin :

« Bonsoir docteur ! Ce n'est pas ce soir que nous réglerons ces problèmes. »

D'un geste machinal, il fit signe à son enfant de chœur de le suivre sans réaliser le subterfuge.

« Voyez, monsieur le curé, je me trouve très bien puisque l'habit fait le moine, moi aussi je pourrais servir la messe ! » Elle tournoyait autour de lui en s'efforçant de sourire malgré sa peine.

« Enlève-moi ça tout de suite ! Sacrilège ! hurla le prêtre. Et toi morveux, qu'est-ce qui t'a pris de quitter ton habit ? »

Il lui allongea une gifle magistrale et avança le bras encore levé vers la petite fille, réfugiée auprès du médecin. Elle affronta la menace du prêtre et se mit à crier :

« Pendant des jours, j'ai appelé Dieu, la Sainte Vierge, Jésus et tous les saints, de toutes mes forces, mais personne n'a répondu. Aujourd'hui, j'ai vu un petit enfant mourir... Je vous rends votre costume, je n'ai plus envie d'être enfant de chœur. Je crois même que je n'ai plus envie d'aller à l'église !

— Comment oses-tu parler ainsi à quelques jours de ta communion, toi qui étais la meilleure élève du catéchisme ? »

Quelques commères sorties de la masure, la mine contrite, s'offusquèrent :

« Si c'est pas malheureux de voir ça ! Manquer de respect à la religion devant la maison d'un mort.

— Elle a le diable au corps cette gamine !

— Vous me direz, avec le père qu'elle a, elle a de qui tenir ! »

Le curé, apoplectique, chercha en vain l'aide du médecin mais celui-ci avec un sourire accablé avait serré Émilie contre lui pour la calmer. Dépité, il s'en retourna en grommelant, « Bouboule » pleurnichant hypocritement sur ses talons :

« C'est pas moi ! C'est Émilie, pour s'amuser, elle voulait se déguiser... elle voulait jouer à l'enfant de chœur ! j'le dirai à ma mère ! »

Émilie et le docteur Bernard attendirent encore, serrés l'un contre l'autre, qu'ils se fussent éloignés pour regagner à leur tour le village. Dans le lointain on n'entendait plus le bruit sourd des explosions, il flottait dans l'air des odeurs de combustion accrochées à la brise marine. Émilie alignait ses pas sur ceux de son protecteur qui lui proposa de rester pour la nuit :

« Messieurs Léonard et Van Lair seront des nôtres, la musique nous aidera à oublier toutes ces misères ! »

Après le dîner l'atmosphère était détendue, le docteur lança le débat :

« Émilie nous pose une question fort intéressante : pourquoi les filles ne peuvent-elles pas être enfants de chœur ? »

Monsieur Van Lair prit la parole le premier :

« Il me semble que le rejet des filles pour servir la messe tout comme la prêtrise refusée aux femmes, reposent sur la culpabilité de la perfide Ève qui en faisant croquer la pomme à ce grand benêt d'Adam a commis ce qu'on appelle le péché originel.

— Dans la plupart des religions les femmes apparaissent comme des êtres inférieurs et dans la Bible, à part Marie, elles sont pécheresses ou servantes, dit Idelette.

— Il y a aussi le fait que lors du repas de la Cène, aucun peintre n'a fait figurer une femme autour de la table, reprit monsieur Van Lair.

— Pas de femmes parmi les apôtres ? intervint monsieur Léonard, cela reste à démontrer. N'avez-vous pas remarqué comment la plupart des maîtres italiens ont peint Jean, le disciple préféré, sous des traits où la féminité est très suggérée… ? Quand je pense qu'il n'y a pas si longtemps, les dignitaires de l'Église se demandaient si la femme a une âme !… Vous connaissez l'histoire de la Papesse Jeanne ? Encore aujourd'hui n'y a-t-il pas une commission spéciale de messieurs en robe pourpre chargés de vérifier sous les jupes du nouveau représentant de Dieu sur la Terre qu'il a bien tous les attributs nécessaires ?

— Et voilà pourquoi je suis si malheureuse d'être une fille… Ah, si Dieu avait été une femme ! conclut Émilie dans l'hilarité générale.

— Je pense simplement, continua le docteur, que tout ce qui touche à la féminité se confond avec la sexualité, origine du péché pour l'Église ; petites filles du catéchisme ou jeunes femmes en confession, ne sont-elles pas objets de tentation pour celui qui a fait vœu de chasteté ? Pas de filles au service des rites de l'Église, pas de femmes prêtres, ce sont des lois imposées par le pape et les hauts dignitaires de Rome auxquelles les fidèles de l'Église Catholique doivent se soumettre sans discussions… Des dogmes, des lois, des obligations, créés par l'homme au service du pouvoir et non de Dieu… Comprends-tu Émilie… ? »

La soirée se termina pour la fillette dans la jolie salle de bains au décor de cinéma où elle pouvait délicieusement rêver tandis que lui parvenaient depuis le salon les accents d'une sonate de monsieur Schubert qui devait être un fabuleux instituteur ! Elle ferma les yeux, se laissa glisser sous l'onctuosité fluide et parfumée où ses interrogations et ses tourments se dissolvèrent. Elle s'abandonna à une étrange volupté où plus rien n'avait d'importance que la plénitude de son corps et le silence de son âme.

Émilie ne reparut pas à l'église. À l'enterrement du petit garçon, elle suivit de loin le cercueil de bois blanc que deux hommes suffisaient à porter. Elle ne pouvait se libérer d'un terrible sentiment de culpabilité et de honte d'avoir fait croire autour d'elle qu'un miracle était possible. Ses interrogations devant cette mort cruelle ne cessaient de l'accabler au point de ne pouvoir affronter le regard de la mère et des sœurs de l'enfant. Il fallut toute l'affection attentive du docteur Bernard et de son épouse, l'humour et la fantaisie du peintre, la sollicitude de monsieur Van Lair pour qu'elle se libère peu à peu de sa culpabilité.

Françoise et sa petite sœur furent envoyées en préventorium et la mère quitta le village pour un logement plus salubre et moins exposé sur les hauteurs de Rouen. Ce fut un départ précipité, sans effusions.

Après quelques jours, quand la force des habitudes et de l'oubli commencèrent à reprendre leurs droits, Émilie vint, à l'abri des regards, s'agenouiller devant le petit tertre surmonté d'une croix de bois peinte de blanc et y déposer un bouquet de fleurs sauvages et de branches fleuries En guise de prière elle récita ce poème de Victor Hugo, appris pour le certificat d'études : « Demain dès l'aube, à l'heure où blanchit la campagne, je partirai… je mettrai sur ta tombe un bouquet de houx vert et de bruyères en fleur… »

Elle n'en avait pas trouvé. Ce n'était pas la saison ! Mais les fleurs de pommier rose et blanc qui allaient bientôt donner leurs fruits évoquaient mieux pour elle la fraîcheur perdue de cette enfance éphémère.

IX

Le Maréchal

Bien qu'ils fussent tous deux éloignés des choses de la religion, avec le commerce qui vous prend tout votre temps, monsieur et madame Lecor furent horrifiés quand leur fille annonça qu'elle avait perdu la foi, et qu'en conséquence elle ne ferait pas sa communion solennelle. De plus, elle refusait désormais d'être fille de ferme ou servante d'auberge, et commençait dès maintenant des études pour devenir médecin ! Forte du soutien du docteur Bernard et de madame la comtesse, fière des missions dont elle se voyait investie, sans en percevoir clairement le sens, Émilie, avec la reprise de l'école, refoula au tréfonds de son être sa peine et ses désillusions. Comme il y avait dans la région beaucoup de jeunes gens qui se cachaient pour échapper au Service du travail obligatoire en Allemagne, maître Lecor, sur les conseils de monsieur Cassagne, en engagea comme journaliers, sans pour autant prendre le risque de les cacher la nuit, de sorte qu'elle fut libérée de certaines tâches.

Le matin de la rentrée des vacances de Pâques, monsieur le maire ordonna à monsieur l'instituteur de réunir les élèves garçons et filles devant le perron de la mairie. Debout sur la plus haute marche, avec cet air guindé et méprisant du chef ne tolérant la moindre objection, il se lança dans un discours que le maître d'école jugea fort inconvenant face à des enfants.

« Vous savez combien les Anglo-Américains, avec la complicité de certains Français, font subir de souffrances et de destructions à notre beau pays de France. Il faut que nous nous protégions de leurs lâches bombardements ! Les caves de la mairie ne sont pas suffisantes pour vous accueillir et, en cas de combats rapprochés, une tranchée sera une meilleure protection. Vous les garçons qui serez bientôt de valeureux soldats, avec l'accord de votre maître, nous avons décidé de vous confier la mission de creuser une tranchée près de l'école. » Il fit une pause, parcourut d'un regard étonné son public comme s'il se fût attendu à des applaudissements, et reprit sa harangue :

« Ces travaux seront placés sous la direction de notre brave garde champêtre ici présent qui, comme moi, est un ancien de la Grande Guerre pendant laquelle il s'est conduit en héros. C'est donc un spécialiste en matière d'abris et de tranchées. »

Il y eut des mouvements divers, des rires étouffés dans une partie de l'assemblée autour d'une gamine blonde qui levait vers lui un visage angélique après avoir murmuré pour ses voisins :

« Si c'est le général pompette qui nous commande, faudra commencer tôt et fermer la buvette sinon on aura une tranchée en zigzag avant midi ! »

Le maire, courroucé, se tourna vers l'instituteur qui sauva la situation :

« Voilà un bon exercice pour le certificat, calculer le volume de terre, le nombre de pelletées et de brouettes, le temps passé… Allons silence ! Sinon je vais sévir ! »

Le calme rétabli, monsieur le maire reprit la parole, les yeux fixés sur Émilie impassible :

« Vous le savez, le redressement de la France demande l'effort de tous ses enfants, des plus petits, qui font de la charpie afin de fabriquer des vêtements chauds pour nos réfugiés et nos prisonniers, jusqu'aux plus grands comme vous qui travaillez dans nos champs. Cette année encore monsieur le Maréchal fait appel à vous, enfants de la France, pour protéger nos récoltes. Je passe donc la parole à notre garde champêtre qui organisera les brigades. »

Il était encore assez tôt le matin pour que l'honorable fonctionnaire municipal soit en état d'assurer ses fonctions :

« Les volontaires pour la chasse aux doryphores levez le doigt ! »

Cette lutte contre les dévoreurs de pommes de terre françaises, qui salissait les mains d'une teinture jaune tenace, à l'odeur désagréable et qui enraidissait le dos et les genoux, déplaisait à Émilie, bien qu'elle trouvât plutôt joli l'insecte aux élytres striés de noir et de safran. Les larves agglutinées sous les feuilles étaient pour les doigts fins et adroits des filles qui savaient les décoller sans léser la plante et les insectes pour les garçons qui jouaient à celui qui ferait le plus grand nombre de prisonniers pour les observer ensuite, avec un rien de sadisme, griller au fond d'une boîte.

Le premier appel ne recueillit que quelques mains levées sans enthousiasme, accessibles au comptage du garde champêtre ; il fallut l'insistance autoritaire de monsieur Cassagne pour que les volontaires soient plus nombreux.

« Viens avec nous, dit Joseph à Émilie, si c'est le garde champêtre qui nous surveille on va encore bien rigoler ! » mais la fillette restait les bras ballants, le regard ailleurs.

« Évidemment, mademoiselle Lecor est au-dessus de ces tâches », dit le maire d'un ton sarcastique.

« Émilie, allons, viens te joindre à tes camarades ! » insista le maître qui redoutait la réaction de son élève.

Il ne s'était pas trompé, avec jubilation elle laissa éclater sa révolte :

« Non, je n'irai pas ! Nous ne sommes pas des esclaves ! Depuis la guerre, nous nous sommes brisés le dos à ramasser les faines et les glands, on s'est coupé les doigts à récupérer les métaux, on s'est enfoncé des épines à cueillir les mûres et les châtaignes et maintenant encore les doryphores… Moi je dis non !

— C'est encore toi, la fille Lecor ! » remarqua le garde champêtre qui n'avait rien compris mais savait qui était la meneuse des railleries lancées contre lui.

Le maire se fit menaçant et s'adressant à l'instituteur :

« Il faudra mettre cette gamine au pas, sinon je vais m'en occuper personnellement », puis il fendit sans ménagement les rangs des enfants devant lui, avec le garde champêtre obséquieux collé à ses pas qui sentait sa gorge s'assécher sous le poids de ses nouvelles responsabilités.

Avant de rentrer en classe, monsieur Cassagne voulut connaître la raison du tumulte qui avait gravement offensé le maire et son adjoint :

« Je les déteste ces deux-là ! répondit spontanément Émilie.

— Ne prononce pas des choses pareilles ! C'est dangereux aujourd'hui ! Et tu dois le respect aux grandes personnes. »

Comme elle ne voulait pas répéter ce qu'elle avait lancé dans les rangs, ce fut Pâquerette Chauveau, la fille du boucher, ravie de complaire au maître qui rapporta :

« Émilie, elle a dit : sale collabo et puis... avec le général pompette on aura une tranchée en zigzag !

— Toi, la fille Veaufroid, tu ferais mieux de fermer ta boîte à ragoût sinon gare à tes côtelettes ! » Émilie s'était dressée telle une passionaria devant l'autre qui pleurnichait en implorant du regard le secours de l'instituteur :

« M'sieur, elle m'a appelée la fille Veaufroid ! Je le dirai à mon père... tu verras la dérouillée ! » mais au milieu de l'hilarité générale personne ne s'intéressa à sa détresse.

De retour en classe, l'instituteur eut quelques difficultés à reprendre ses élèves en main : « M'sieur, demandez à Émilie de nous chanter ses chansons », proposa Alphonse. « Oui, oui, chante Mimi », hurlèrent les garçons.

Monsieur Cassagne jeta d'abord un œil vers la mairie pour s'assurer que les deux hommes étaient partis :

« Allons, Émilie, ne te fais pas prier, chante-nous ton répertoire, un peu de détente nous fera du bien !

— Même s'il y a des gros mots ? »

Le maître fit le geste évasif de celui qui en avait entendu bien d'autres, après :

« Le garde champêt' toujours pompette
qui pue qui pète et qui rouspète
qui prend son cul pour une trompette ! »

qui le fit sourire, il rit franchement en entendant :

« Le maréchal Pétain piteux, péteux, pantin
se fait botter le popotin
par ses copains les Fridolins ! »

Et par la classe, repris en chœur :

« Sous les ponts de Paris
on voit les Chleuhs qui chient
et les Anglais baïonnette au canon
viennent leur torcher l'croupion ! »

Ce fut une formidable journée d'école, monsieur Cassagne paraissait détendu, presque joyeux ; en parcourant sa classe d'un regard circulaire, il y avait dans son attitude quelque chose comme de l'admiration.

Quelques jours plus tard, Radio Paris annonça que le maréchal Pétain entreprenait un courageux voyage pour apporter la consolation de sa présence au cœur des cités martyrisées par les bombardements anglo-américains et qu'il serait à Rouen le dimanche 14 mai pour les fêtes de sainte Jeanne d'Arc.

Monsieur le maire, en sa qualité de président départemental des amis du Maréchal, décida, avec la participation des paroisses environnantes, que des délégations d'enfants, dont le vieux soldat aimait tant s'entourer, seraient envoyées pour l'accueillir, car, d'enfants, dans la ville il n'en restait plus guère, morts ou blessés sous les bombes ou évacués vers des endroits moins exposés. Par malchance, la communion solennelle devait être célébrée ce jour-là et monseigneur l'évêque, qui avait promis de venir bénir les communiants, se décommanda en raison de la représentation officielle qu'il devait assurer pour la venue du chef de l'État français.

Émilie décida d'être du voyage ; non pas qu'elle vénérât ce vieux militaire à la voix chevrotante, mais de voir de ses propres yeux, mieux qu'aux Actualités, ce personnage, haï ou idolâtré, avec ses allures de bon papa gâteau, lui donnait le sentiment d'être le témoin d'un moment de l'histoire telle que la lui enseignaient le docteur Bernard et le peintre Léonard. Pour cela il lui fallait retrouver les bonnes grâces du curé. Après l'intervention insistante de ses protecteurs et de madame la comtesse d'Argeronne, le prêtre, moyennant son engagement à reprendre le chemin de l'église et de se consacrer à la préparation de la communion dans le silence et l'humilité, accepta que la « forte tête » soit du voyage. Émilie se sentit un peu lâche de se soumettre aux exigences de l'homme d'Église mais sa curiosité était plus forte que son renoncement.

La communion fut reportée au dimanche suivant. Au petit matin du 14 mai 1944, un crachin dense et pénétrant enveloppait la campagne dans la moiteur encore tiède de l'ensoleillement des derniers jours. Le garde champêtre et Marcel Kébir, ravis d'être les représentants de la gente adulte pour accompagner les enfants, furent les premiers au point de ralliement, le monument aux morts. Ils avaient, pour la circonstance, astiqué et accroché la panoplie clinquante de leurs exploits sur leurs beaux costumes des dimanches, et se tenaient raides, empesés sous le poids de leur gloire qui leur figeait la poitrine.

Les enfants du maire les rejoignirent bientôt. Victoire, longue jupe plissée bleu marine, chaussettes roulées sur des brodequins, tresses serrées pendouillant sous un béret crânement posé, et Victor, long short kaki sur des mollets velus, chemise militaire à poches plaquées, nuque rasée sous un béret noir avec sur le devant un insigne d'argent en forme de poisson esquissé comme un graffiti. Pour rendre leurs uniformes plus seyants, ils y avaient appendu force breloques, sifflets, écussons et rubans. À mesure que les enfants arrivaient, ils prenaient la direction des opérations, en dépit de la présence des deux adultes résignés.

« Les garçons à droite, les filles à gauche... colonnes par un ! »

Émilie attendit que les enfants fussent rassemblés pour s'avancer.

« Comment ! La fille Lecor est aussi du voyage ! » s'exclama Victoire, méprisante.

« Je suis aussi française que toi, j'ai le droit de voir le Maréchal, et ce ne sont pas vos uniformes d'opérette qui m'impressionnent ! répondit la fillette.

— Pas de place pour les communistes et les terroristes ! cria Victor.

— Tu ne me fais pas peur espèce de collabo ! » hurla Émilie en insistant sur le tutoiement.

Par bonheur, Alphonse Lempereur vint au dernier moment se joindre au groupe et les acclamations saluant son arrivée mirent fin à la dispute qui risquait de s'envenimer. Face au chef de l'« Armée des Vikings », Victor plus grand mais moins musclé jugea prudent de s'effacer.

Après une longue attente, un camion bâché déboucha sur la place.

« On nous avait promis en haut lieu un autocar », osèrent protester les deux adultes. Le milicien au volant n'eut qu'un haussement d'épaules indifférent pour toute réponse. Le voyage jusqu'à Rouen, avec les grincements de la guimbarde, les cahots de la route, les crachements du gazogène, fut un véritable calvaire. Les deux anciens combattants s'étaient installés d'autorité dans la cabine à côté du chauffeur, et les enfants du maire s'étaient accaparé les deux meilleures places à l'arrière du camion où, penchés au-dessus de la ridelle, ils pouvaient échapper à la puanteur ambiante. Quand, après quelques kilomètres, les odeurs de vomissures se mêlèrent aux fumées du moteur, Émilie proposa que chacun puisse alternativement profiter de ces meilleures places. Il fallut la force d'Alphonse pour que les tenants veuillent bien céder leurs positions privilégiées. Quand le scout récalcitrant fut envoyé valdinguer au fond du camion, la sœur sans demander son reste le rejoignit.

En cours de route, on fit une pause au bord d'un champ de blé, les deux Cœurs Vaillants et les deux anciens de 1914-1918 se dévouèrent devant l'absence de volontaires pour cueillir force coquelicots, marguerites et bleuets dont les couleurs harmonieusement assemblées ne pouvaient que ravir le Maréchal. On atteignit la ville par les hauteurs du Boulingrin après avoir traversé la Seine en amont sur un pont de bateaux qui flottaient au ras de l'eau. Devant la fontaine Sainte-Marie, les enfants purent se rafraîchir un peu. Malgré les protestations du garde champêtre, Émilie escalada la fontaine pour découvrir les toits du lycée Corneille et la longue perspective, vers l'hôtel de ville et l'abbatiale Saint-Ouen, qui se perdait dans un lointain confus de ruines et d'immeubles éventrés jusqu'à la Seine.

Une imposante limousine vint s'arrêter devant le groupe. Un homme, casquette dorée, gants blancs, était à peine sorti de la voiture que les deux anciens se plantaient devant au garde-à-vous.

« Vous venez de quel village ? demanda le galonné.

— Du village d'Argeronne, canton de La Roche-Faidherbe, répondirent en chœur les deux hommes.

— Très bien ! Avant la messe de onze heures à Saint-Ouen, le Maréchal va d'abord se recueillir devant la statue de Jeanne d'Arc au Vieux Marché.

— Faites excuse mon colonel, les enfants sont fatigués par le voyage. Faudrait pas trop les faire marcher.

— Je ne suis pas colonel ! Seulement sous-préfet, répliqua agacé le représentant de l'ordre aux paroles du père Hautecorne.

— Faites excuse, monsieur le Préfet ! C'est l'uniforme, ça impose le respect, moi qui ai fait 1914-1918 et qui était à Mers el-Kébir en 1940 j'en ai pas tellement vu des uniformes comme ça. »

Le personnage officiel promena un regard hautain sur les enfants visiblement exténués.

« Surtout pas de petits drapeaux, cela pourrait déplaire aux Allemands ! lança-t-il.

— Mais alors, osa dire le garde champêtre, le Maréchal n'aura pas droit à ses trois couleurs ? C'est-y pas malheureux de voir ça !

— Il y aura un grand drapeau flottant au-dessus de l'hôtel de ville ! C'est tout ce que vous avez trouvé comme fleurs ? Il avait été prévu un bouquet par enfant, le Maréchal les aime tant ! »

Émilie, toujours poussée par son insatiable curiosité, demanda d'une voix innocente :

« Qui donc, les fleurs ou les enfants ? »

L'homme un instant décontenancé ne sut répondre que par une menace :

« Tu as la langue bien pendue, toi ! Prends garde qu'on ne te la coupe pour t'apprendre le respect ! » puis il s'engouffra dans sa voiture qui démarra aussitôt. Les deux anciens restés pantois s'en prirent à la fillette :

« Faut toujours que tu te fasses remarquer ! Qu'est-ce que les gens vont penser de nous ?

— Parler comme ça à un supérieur. Si ça se trouve, il va nous envoyer les gendarmes ! »

Émilie fut tentée de se moquer de leur servilité, mais elle était impatiente de voir le personnage historique. Du centre de la cité, réduit à des monceaux de ruines et des squelettes d'immeubles, montaient des moutonnements de poussière et des bruines de scories qui vous irritaient les yeux et la gorge. En raison des rues encombrées et des risques d'éboulements, on dut prendre par les boulevards extérieurs.

Sur la place, il fallut se faufiler entre des rangées de véhicules de toutes sortes : ambulances, pompiers, voitures officielles, engins de la Milice. La foule était massée autour du bâtiment de pierre blanche et de faux colombages devant lequel la statue d'une Jeanne suppliante, les mains jointes, le visage douloureux levé vers le ciel, émergeait au-dessus d'une mer de casques, de képis, de bérets, de chapeaux divers, de crânes nus ou chenus, mais de tête du Maréchal point ! Émilie déclina l'offre d'un milicien qui voulait la porter pour « mieux voir » mais Rose et Marguerite se laissèrent soulever sur le capot d'un camion en faisant mine de s'extasier devant le spectacle qui s'ouvrait devant elles. Pour descendre de leur perchoir, les deux godiches tombèrent dans les bras des militaires en ricanant sottement sans être autrement gênées par les mains baladeuses qui s'égaraient sous leurs jupes. Victor, le visage empourpré et la pomme d'Adam oscillante, n'avait rien perdu du spectacle.

Des mots d'ordre furent lancés dans une totale confusion où l'on comprit que les enfants devaient se rassembler devant l'abbatiale Saint-Ouen pour saluer le Maréchal à la sortie de la messe. La petite troupe, en rechignant, sous la direction d'Émilie et d'Alphonse, reprit sa marche en sens inverse, en laissant derrière elle les deux anciens qui se perdirent dans les estaminets le long du parcours.

Sur la place de l'Hôtel-de-Ville, la foule était plus clairsemée qu'au Vieux Marché et les uniformes, policiers, gendarmes, miliciens, pompiers, défense passive, redingotes officielles, se faisaient plus nombreux que les blouses et les bleus de travail.

Quelques acclamations fusèrent, « Vive Pétain ! Vive la France ! » mais la plupart des visages restaient fermés. Quand les cloches sonnèrent la fin de la messe, Émilie réussit à se faufiler jusqu'à un groupe d'enfants endimanchés, des bouquets de fleurs à la main, à quelques mètres du parvis. Tout à coup, Émilie sentit son cœur bondir dans sa poitrine, elle le voyait à quelques mètres d'elle, ce personnage de l'histoire fidèle à son portrait qui traînait partout depuis quatre ans, avec sa moustache et ses cheveux blancs, ses yeux étrangement bleus, son pas hésitant enraidi par les ans. Entouré de soutanes, pourpres, violettes, noires, appuyé d'une main sur sa canne, il salua d'un mouvement du bras, à la fois salut amical main ouverte ou ébauche d'un salut militaire trop fatigant pour atteindre le képi. Les enfants jetèrent leurs bouquets devant le parvis quand une voix protesta derrière eux :

« Ils sont fous, empêchez-les ! Ils vont faire glisser le Maréchal ! »

C'était encore un ancien de 1914-1918 qui, prenant ses voisins à témoin, exprimait sans retenue son émotion face à son ancien chef.

« C'est la troisième fois que je le vois ! La première fois en 1917 à Verdun quand il est venu inspecter mon régiment, puis en 1928 ici même quand il est venu inaugurer la statue de Jeanne d'Arc sur la place du Vieux-Marché et aujourd'hui ! Si ce n'était sa canne, je dirais qu'il n'a pas vieilli. »

Émilie observait avec étonnement le visage ravagé de l'ancien poilu, rescapé des massacres où la vie de milliers de jeunes hommes comptait moins que quelques mètres de terrain. Les yeux larmoyants, il avait la même voix chevrotante de celui qui « avait fait don de sa personne à la France pour apaiser son malheur ». Que ne l'avait-il fait sur un champ de bataille en combattant l'envahisseur au lieu de pactiser avec lui ? La fillette s'interrogeait sur ce pouvoir de fascination qu'un homme puisse exercer sur un autre, fût-il son supérieur selon le jargon des militaires ! Le Maréchal embrassa une petite fille, serra la main d'un petit garçon, répéta son salut en direction de la foule maintenue à distance, eut à peine un regard vers les délégations et s'engouffra dans une limousine noire qui disparut dans le vacarme et les fumées des motocyclistes de l'escorte. La scène, qui n'avait duré que quelques minutes, apparut à Émilie comme une dérobade, une fuite coupable. Aussitôt, on vit descendre du haut de l'hôtel de ville le drapeau tricolore qu'exceptionnellement les Allemands avaient toléré pour la venue du chef de l'État français.

Les enfants furent conduits à la queue leu leu dans les sous-sols où leur furent distribués une gamelle de bouillon trouble, un morceau de pain sur lequel des dames en cape bleue, mi-religieuses mi-infirmières, déposaient une cuillère de compote insipide tirée de grandes boîtes de fer-blanc et deux biscuits vitaminés.

Il fallut attendre encore longtemps que le camion de la Milice vienne les chercher. Les deux Cœurs Vaillants rentraient dans la voiture de leur père. Après la traversée de La Roche-Faidherbe, la troupe, malgré sa fatigue, décida de faire le reste du chemin à pied. Après des cris et des coups sur la paroi de la cabine, le conducteur daigna enfin s'arrêter ;

le garde champêtre, le regard vague au sortir d'un sommeil imbibé, la bouche pâteuse, apparut à l'arrière du véhicule :

« Alors les mômes, pouvez pas vous tenir tranquilles ?

— Nous en avons assez d'être transportés comme du bétail ! » protesta Émilie en sautant du camion aussitôt suivie par le reste de la bande ; ils s'engagèrent d'un pas décidé par un chemin de traverse en chantant « le maréchal Pétain... et le garde champêt'... »

« Qu'est-ce qu'ils chantent les gosses ? demanda le milicien

— Bof ! Des bêtises, répondit Marcel Kébir

— On est plus très loin d'Argeronne, ils ne risquent pas de se perdre... Bon débarras ! » conclut le garde champêtre.

La troupe, heureuse de retrouver sa campagne, fut ralentie dans sa progression par le drame des chaussures qui n'avaient pas résisté aux épreuves de l'expédition rouennaise. Les galoches cloutées ou renforcées de morceaux de vieux pneus, les rares semelles de cuir prirent en charge les pauvres semelles de carton bouilli ou de bois compensé articulé, jusqu'au débouché de la grand-place du village où les deux anciens combattants se pavanaient le verre à la main, tout auréolés de la gloire des heureux privilégiés qui avaient vu, comme je vous vois, en chair et en os, le Sauveur de la France !

X

Joseph

APRÈS CETTE JOURNÉE historique, monsieur Cassagne, contraint de donner de son temps à monsieur le curé pour la préparation de la communion solennelle, fut toute la semaine de fort méchante humeur. Il dut céder deux jours entiers, le vendredi et le samedi, pour la retraite des communiants. Dans cet abus de pouvoir de l'Église, aussi scandaleux à ses yeux que la fermeture des écoles normales d'instituteurs par le gouvernement de Vichy, il voyait la revanche des congrégations catholiques qui avaient perdu depuis un demi-siècle la maîtrise de l'éducation de la jeunesse. En bon instituteur laïc, respectueux de la liberté de pensée et des traditions familiales, il avait laissé son épouse assister à la messe du dimanche et son fils faire sa communion. Pendant que ceux-ci se soumettaient aux règles obscurantistes de la religion, il profitait de cette période de relâchement scolaire pour se consacrer à sa tâche de secrétaire de mairie qui faisait de lui le personnage le plus important de la commune et lui permettait d'arrondir les mille cinq cents francs de salaire mensuel que le pouvoir en place lui allouait généreusement.

Pour les enfants, ces deux jours étaient presque des vacances. Il y avait bien sûr les leçons du « caté », les prières débitées mécaniquement, la répétition des cantiques, la préparation du cérémonial. Il y avait bien quelques distractions : ménage de l'église et de la sacristie, entretien du potager et de la basse-cour du curé, jeux de patronage sans intérêt pour ces petits paysans impatients de répondre à l'appel de la nature quand le soleil dans un ciel pur offrait un après-midi chaud et lumineux, annonciateur d'un bel été.

Le prêtre, épuisé, et madame Nicodème, au bord de la crise de nerfs au-dessus de son harmonium, bien avant la fin officielle de la retraite, laissèrent avec soulagement la joyeuse débandade s'égayer dans la campagne gorgée de lumière et de senteurs enivrantes.

« Si nous allions voir comment l'hôtel de la patrie a passé l'hiver ? proposa Joseph à Émilie en l'entraînant à l'écart de la bande.

— Et si ton père l'apprend ? Il t'avait interdit de venir au château, répondit la fillette réticente, mais aussi curieuse de retrouver cette cachette, témoin de leurs ébats l'été passé.

— Bah ! Il n'en saura rien, nous avons tout le temps, il nous croit encore à l'église ! »

Ils durent se frayer un chemin à coups de bâton à travers les ronces, les orties et les fougères pour retrouver la trouée sous le mur de torchis entourant le parc.

Toute la forêt, des sous-bois à la cime des arbres, resplendissait du vert tendre et généreux du renouveau. Le gué qui permettait l'été dernier de pénétrer dans l'île était caché sous les branches basses des sureaux et des saules et les eaux plus vives après les pluies de l'hiver. Émilie hésitait à s'engager ; Joseph, fier de montrer sa force, proposa de la prendre sur son dos pour éviter qu'elle ne mouille sa jolie robe. Sous le lierre et les noisetiers la ruine avait résisté aux rigueurs de la mauvaise saison : les murs suintaient d'humidité, le sol spongieux s'enfonçait un peu, les portraits du maréchal Pétain et du président Lebrun étaient gondolés et ternis, le buste de Marianne couvert de mousse et par le toit on voyait un morceau de ciel.

« Il y a du travail pour remettre tout ça en état ! Cet été peut-être… »

Il n'acheva pas sa phrase ; Émilie, comme si elle ne supportait pas sa présence, s'était assise à distance sur un coin d'herbes et contemplait songeuse, le menton appuyé sur ses genoux repliés, le miroitement perlé, or et émeraude, que les branches lascives des arbres de la rive faisaient naître en vaguelettes chantantes à la surface de l'onde. Avec précaution, il vint s'asseoir près d'elle.

« Ouf ! Il fait chaud ! » dit-il après un long silence d'une voix où perçait un certain trouble. Il contemplait, ébloui, la gerbe de cheveux blonds aux reflets moirés qui, dans la lumière, prenait des nuances cuivrées, et dont quelques boucles rebelles barraient l'ovale régulier du visage jusqu'aux lèvres incarnates. Elle eut un geste de recul quand il avança une main timide pour palper un pan de sa robe.

« Tu as vu comme je suis devenu fort ; je t'ai portée et tu n'es pas mouillée, moi mon pantalon est trempé, il faudrait que je le fasse sécher au soleil ! »

Il se tut, hésita, détourna la tête en rougissant et murmura :

« Tu te souviens Mimi, l'été dernier, quand on se baignait tout nus ? »

Sa voix avait des accents rauques. L'évocation de leurs ébats mit la fillette mal à l'aise :

« Nous étions des enfants ; maintenant nous avons grandi et en confession le curé va vouloir nous faire avouer nos mauvaises pensées.

— Le curé je m'en fiche ! Nous nous aimons depuis que nous sommes petits, ce n'est pas un péché, et plus tard nous nous marierons ! »

Il éclata d'un rire forcé et, saisi soudain d'une étrange pulsion où se mêlaient l'orgueil de montrer sa jeune virilité et l'émoi de se sentir regardé, en quelques secondes ôta ses vêtements et, bras et jambes écartées, s'offrit au soleil.

« Un bain de soleil, c'est bon pour la santé et ça prévient la tuberculose, c'est mon père qui le dit ! »

Émilie avait détourné son regard. Jeune fille de la campagne, elle n'ignorait rien des réalités de la vie, mais elle se sentait désemparée devant l'attitude du garçon et s'étonnait du trouble étrange qui l'envahissait.

« Déshabille-toi aussi, dit Joseph dans un souffle en caressant son pénis gonflé.

— Pourquoi fais-tu cela ? demanda-t-elle paniquée.

— Je ne sais pas, c'est plus fort que moi ! c'est agréable, presque douloureux ! » répondit-il en ricanant d'un air stupide.

Tout à coup elle eut peur, une honte inavouable, une culpabilité nouvelle qui l'oppressaient. Elle courut se réfugier sur l'autre rive, indifférente à l'eau glacée qui lui sciait les jambes.

« Mimi attends-moi ! Reviens... je t'aime ! »

Mais elle était déjà loin.

De cette aventure dans l'île, Émilie sortit meurtrie, tourmentée par le remords de sa complicité dans ce jeu et le trouble inexplicable qui l'avait saisie comme si brusquement l'enfance l'avait quittée. La nuit suivante fut peuplée de cauchemars : Pétain qui la fixait de ses yeux bleus et qui glissait sur les marches de l'église après qu'elle lui eut jeté aux pieds un bouquet de houx vert et de bruyère en fleur, le sorcier dans sa houppelande qui lui lançait au visage un poulet sanguinolent. Plus étrange encore, perdue sur la grand-place parmi une foule hilare avec pour seul vêtement une petite chemise de coton blanc qu'elle tirait désespérément pour cacher son bas-ventre ; des bouches béantes fusaient des rires grossiers et des clameurs aussi fracassantes qu'un bombardement qui la réveillèrent hébétée, couverte de sueur froide.

Au matin, il lui fallut un long moment pour revenir à la réalité. Une immense lassitude la clouait dans son lit. C'était le grand jour de la communion. Elle allait devoir une fois de plus se confesser, rester à jeun pour recevoir en état de grâce le corps de Notre-Seigneur Jésus-Christ, défiler déguisée en petite mariée du Bon Dieu, affronter le regard des gens... « À quoi bon se disait-elle, et si je n'y allais pas... ? »

Ce fut madame Lecor, inquiète de ne pas voir sa fille descendre, qui monta les deux étages car son mari était trop occupé en cuisine pour renouveler ses appels. Madame Lecor se mit en colère et tira de force sa fille du lit.

« Faudrait savoir ce que tu veux à la fin ! Tantôt tu en avais plein la bouche du Bon Dieu, de la Sainte Vierge et de tous les saints, c'était tout juste si tu ne voulais pas être bonne sœur, et maintenant tu te conduis comme une mécréante ! Arrête de n'en faire qu'à ta tête ! Avec tout le mal qu'on s'est donné pour préparer la fête... »

En raison des difficultés de déplacement, barrages allemands, contrôles de gendarmerie, mitraillages des trains et des routes, les familles éloignées avaient décliné les invitations de sorte qu'entre gens de bonne compagnie, commerçants et riches propriétaires, on avait fait bourse commune pour fêter avec les proches ce grand jour de la communion solennelle et de la confirmation sous la férule de maître Lecor en son auberge.

Émilie avait déjà refusé l'intervention de la coiffeuse pour ne pas se retrouver avec ces grotesques indéfrisables que celle-ci composait, en choux-fleurs ou en pièce de pâtisserie, après leur avoir empapilloté les cheveux, sur la tête des gamines dont les airs compassés rappelaient la bêtise prétentieuse de leurs mères. Les garçons n'échappaient pas à l'épreuve des fers et des papillotes car il était de bon ton pour cette célébration de dompter la chevelure rebelle des garnements que les mères trouvaient si mignons avec leurs frisettes et leurs crans sur le devant. Madame Lecor avait cédé pour la coiffure, Émilie garderait ses cheveux fous que quelques barrettes suffiraient à maîtriser, mais elle se mit de nouveau en colère quand on s'aperçut que la robe de communiante louée pour quelques heures et que la fillette avait refusé d'essayer auparavant était trop courte de quelques bons centimètres.

« On dirait que tu as pleuré pour l'avoir ! Il y a de quoi nous faire honte avec la façon dont tu te tiens ; on dirait une pauvresse. »

Il fallut appeler d'urgence la couturière pour rallonger la robe avec un volet de mousseline, mais quand elle voulut ajuster le corselet elle vit qu'il moulait trop visiblement une poitrine à l'aube de son épanouissement. Madame Lecor parut surprise de réaliser que sa fille avait grandi en si peu de temps.

« C'est souvent entre la communion et la confirmation que les filles ont leurs premières règles », murmura la couturière d'une voix mâchonnée, les lèvres pincées sur un bouquet d'épingles.

« Elle me prend pour une gourde cette bonne femme », se dit Émilie qui s'observait dans le miroir d'un air renfrogné.

« Cela s'appelle les Ménarches, le docteur Bernard m'a tout expliqué ; comme cela les femmes peuvent savoir si elles attendent un enfant.

— Une petite fille ne devrait pas parler de ces choses-là ! Surtout le matin de sa communion, dit la couturière, outragée.

— Tu parles comme une dévergondée, protesta madame Lecor levant une main menaçante.

— Il n'y a aucun mal à parler de la nature ! C'est plus intelligent que toutes les sornettes que les filles se racontent dans les cabinets ou derrière l'église, sans parler des coins sombres où elles jouent à papa-maman et au docteur avec les garçons. »

Les deux femmes, muettes d'étonnement devant tant d'audace de la part d'une gamine, laissèrent d'abord éclater leur courroux avec des propos acides envers le docteur qui corrompait l'innocence des enfants, et des considérations désabusées sur l'aplomb et l'immoralité de la jeunesse d'aujourd'hui.

« C'est la guerre qui veut ça ! Il n'y a plus de morale, plus de pudeur ! »

Puis elles se lamentèrent sur leurs mystérieuses maladies et les différentes façons d'y remédier avec ou sans le secours de la médecine.

Quand Émilie fut enfin prête, chacun voulut la voir. Elle se sentait ridicule dans cette robe un peu étriquée qui la faisait ressembler à une poupée amidonnée, mais chacun admira sa grâce et son élégance naturelles. Monsieur Lecor offrit une tournée générale ; les piliers de comptoir levèrent leurs verres à la santé de la communiante et à la prospérité des parents, les servantes engagées pour la circonstance vinrent admirer la petite fille dans sa blanche pureté.

Elle dut se prêter à la corvée des embrassades et subir les mentons mal rasés, les joues revêches, les lèvres humides, les souffles lourds et les haleines chargées.

« La robe de communiante, c'est quand même un beau jour dans la vie d'une fille ! » dit Louise. Madame Lecor essuya une larme attendrie avant de renvoyer son monde à ses tâches.

Les familles se réunirent devant l'auberge avant de partir en cortège pour l'église. Les parents Lecor, prétextant l'ouvrage, refusèrent d'accompagner leur fille :

« C'était le rôle de ton parrain et de ta marraine mais comme ils n'ont pas pu venir... tu n'as qu'à rejoindre ton ami Joseph et ses parents. »

Joseph, ravi de cette occasion de rapprochement, vint chercher Émilie avec un sourire un peu emprunté comme s'il redoutait la réaction de la fillette après son batifolage de la veille. Il avait lui aussi les cheveux frisottés avec des crans sur le devant, luisants de brillantine, et portait fièrement ses premiers pantalons de jeune homme.

« Nous allons marcher l'un près de l'autre comme de vrais mariés », dit-il, rouge de plaisir...

« *Me marier avec lui pour avoir la mère Cassagne comme belle-mère, non merci !* » et cette pensée provoqua un fou rire chez la fillette, que le garçon interpréta comme un aveu de réconciliation.

Devant le sanctuaire, monsieur Cassagne s'en retourna ostensiblement vers la mairie où semblaient l'attendre des tâches urgentes, tandis que les mères et les marraines, chapeautées, voilées, gantées, donnaient une dernière touche à la tenue de leur héros du jour, en jetant des regards courroucés vers les pères et les parrains qui, mal à l'aise dans leurs habits du dimanche, vidaient au dernier moment la dernière goutte du dernier verre.

Dès le portail franchi, les voix devenaient chuchotements. Il flottait dans l'air, avec les relents d'encens et de cierges consumés, des odeurs de naphtaline et d'eau de Cologne bon marché. Les mains s'effleuraient pour échanger quelques gouttes parcimonieuses d'eau bénite recueillie dans l'unique vasque, trop petite en ce jour d'inhabituelle affluence. Madame Nicodème, chapeau à fleurs et fruits, visage revêche, lèvres pincées, yeux fouineurs dissimulés sous une voilette, fière de détenir le pouvoir de la musique, avait délaissé l'orgue où, tournant le dos à l'assistance, elle ne pouvait laisser libre cours à sa curiosité. Elle préférait l'harmonium sous la chaire où elle avait toute latitude pour juger, apprécier, critiquer et alimenter la chronique locale du « qu'en-dira-t-on ».

Tandis qu'elle massacrait un peu plus qu'à l'ordinaire le sempiternel choral de Bach, le prêtre avait réuni dans la sacristie les communiants pour d'ultimes recommandations :

« Les enfants, tenez-vous tranquilles, Dieu vous regarde ! Vous sortirez par les colonnes sur les côtés en deux rangées, les garçons à droite, les filles à gauche, vous vous regrouperez devant le porche et par l'allée centrale vous avancerez vers le chœur, où je vous attendrai ; c'est Alphonse Lempereur qui ouvrira le cortège en portant la grande croix d'argent comme lors des processions ; les communiants suivront, devant les renouvelants. Vous marcherez à pas lents, la tête bien droite pour montrer que vous êtes fiers d'être chrétiens. De la main gauche repliée sur votre cœur, vous porterez votre missel et votre chapelet, et de la main droite votre cierge allumé bien dressé. Pâquerette Chauveau, tu conduiras la rangée des filles et tu prononceras les vœux au nom de tes camarades, essaye de ne pas bafouiller... Répète encore pour voir...

— Je renonce à Satan, à ses pompes et à ses œuvres et je m'attache à Dieu pour toujours...

— Joseph Cassagne, tu feras de même pour les garçons.

— Non, protesta celui-ci, je préfère être à côté d'Émilie, nous sommes toujours ensemble... vous aviez dit qu'elle était la meilleure élève du catéchisme, c'est elle qui aurait dû prononcer les vœux ! »

Le garçon, rouge de confusion, n'en revenait pas de son audace et lançait des regards empressés vers la fillette.

« Hélas, Émilie Lecor a été gagnée par le démon, elle est devenue la plus mauvaise élève, ses idées frisent l'hérésie et je ne suis pas certain qu'elle soit en état de grâce pour recevoir la sainte communion aujourd'hui... Émilie Lecor tu marcheras la dernière de la colonne des filles !

— De toute manière les premiers seront les derniers et vice versa, c'est Jésus qui l'a dit dans la Bible ! répliqua Émilie.

— Encore un péché ! Tu n'as pas le droit de lire un tel livre sans autorisation, tu es trop jeune... Nous en reparlerons plus tard, et par égard pour tes parents je ferai celui qui n'a pas entendu ! En ce moment, je t'ordonne de te taire et d'obéir. »

Les filles étaient plus nombreuses de sorte qu'Émilie se trouva seule à fermer la marche, mais cela ne lui importait pas ; bien au contraire, elle pensait aux paroles du docteur Bernard : « Au milieu de la mêlée, sois toujours debout Émilie, apprends à être seule, éloigne-toi du troupeau, ta solitude est ta liberté... comprends-tu Émilie ? »

Le grand portail fut ouvert à deux battants, un flot lumineux inonda la nef centrale rendant plus dense l'ombre sous les colonnes où les familles, regards attendris, larme à l'œil, mouchoir à la bouche, s'extasiaient devant ces enfants tout auréolés de lumière et d'innocence. Émilie chercha vainement parmi la foule un visage ami, elle n'en fut point surprise. Elle vit seulement le peintre Léonard appuyé derrière une colonne près de la sortie, le carton à dessin à la main, qui lui fit un signe d'amitié. Plus loin, une commère murmura sur son passage :

« Il y en a qui s'imaginent que la blancheur de leur communiante va nous faire oublier leurs trafics et leur marché noir ! »

Émilie se sentait terriblement mal à l'aise, ridicule même, comme dans ce lointain souvenir de petite enfance où, juchée sur la bicyclette factice d'un manège, elle pédalait inutilement dans le vide au gré d'une ronde lancinante sous les regards des curieux. Elle se jugeait lâche de participer à ce spectacle, à cette religiosité artificielle, ces femmes en extase devant leur progéniture, ces hommes empruntés pressés d'en finir, ces gamins et gamines cupides qui, sous leurs bouclettes pommadées et leurs airs de contrition, ne songeaient qu'à la fête, au bon repas, aux cadeaux, à la première cigarette, au premier petit verre. Pendant l'office elle obéissait machinalement au rituel rythmé par la clochette des enfants de chœur : debout... à genoux... assis... cantiques... tête basse, mains jointes... Acte de contrition... signe de croix... au nom du Père... Je vous salue Marie... Cette gestuelle automatique, un peu niaise, que les gens suivaient sans en comprendre la signification sous des airs de recueillement hypocrites. Tout ce qui hier la remplissait d'humilité et d'espérance, en cet instant lui apparaissait une mascarade vide de sens et étrangement distante. Plus la cérémonie lui paraissait interminable, plus elle s'en détachait en retrouvant des souvenirs d'enfance, quand petite, déjà pour tromper son ennui et éviter les gifles maternelles, elle se tortillait sur son banc en s'inventant des histoires de montée au Paradis. Sous les ogives ombreuses qui lui paraissaient immenses elle voyait les anges, petits enfants tout nus, potelés et rieurs, agiter leurs petites ailes, penchés sur le monde pour tirer les vivants vers le ciel, en s'appuyant sur le rebord moelleux des nuages.

Pendant l'élévation, elle ne baissa pas la tête et son regard s'arrêta sur le grand Christ en croix devant lequel elle avait tant prié. Écartelé sur sa croix d'infamie, le visage supplicié, les yeux mi-clos et la bouche entrouverte exprimant un dernier spasme d'agonie, la tête inclinée sur le côté en un mouvement d'abandon comme un aveu de défaite de l'innocence vaincue par la mort, Émilie retrouvait le cœur serré l'image du petit garçon moribond. Une évidence lui apparut soudain : pourquoi l'Église montrait-elle toujours cette image de mort et de torture et non pas celle de joie triomphante puisque, paraît-il, trois jours après son supplice le Christ était ressuscité ? Un Dieu d'amour, comme dit le curé ! Souffrances, désolations, tortures, bûchers, martyres effroyables des saints, flammes de l'Enfer seraient le chemin de la rédemption ? Comme le lui avait dit son amie Françoise, que vaut le sacrifice d'un seul homme, fût-il innocent, devant les hurlements des enfants écrasés, brûlés, étouffés sous les bombes et quel sens donner à l'agonie interminable d'un petit tuberculeux au fond d'une masure insalubre ? Ce sont les hommes qui sont responsables, libres devant Dieu de choisir le Bien ou le Mal, lui avait expliqué Idelette qui lui faisait lire la Bible. Mais alors, avait demandé la fillette, pourquoi les hommes de paix et de bonne volonté, les poètes et les musiciens étaient-ils si peu nombreux et si faibles face aux violents, aux égoïstes et aux imbéciles qui constituent la majorité des humains ?

Son regard s'arrêta sur ce linge pudique qui dissimulait la partie honteuse de ce corps meurtri et décharné ; était-ce là que se cachait ce que le curé appelait le Péché originel, cette différence entre l'homme et la femme, responsable de toutes les misères du monde ? Toute à ses pensées, elle suivit machinalement le groupe des filles vers le chœur pour aller s'agenouiller devant le prêtre, bouche ouverte, langue pendante, yeux baissés, pour recevoir le corps de Notre-Seigneur Jésus-Christ en prenant bien soin de ne pas le faire souffrir avec les dents comme elle l'avait appris avec des hosties fictives lors de la retraite.

À la fin de la messe, les rayons du soleil de mai vinrent embraser les vitraux de feux multicolores se posant comme des arcs-en-ciel sur la tête des communiants. Monsieur le curé y vit le Saint-Esprit descendu bénir les âmes.

Le repas de midi était le commencement des réjouissances. Copieux, mais peu animé car le passage à l'apéritif de monsieur le maire, venu saluer les familles, la présence à table du curé et l'obligation des vêpres au milieu de l'après-midi n'étaient pas propices à l'épanouissement de la fête. La salle du restaurant étant trop petite, on avait débarrassé et aménagé une grange dans la cour de l'auberge. Les murs de galandages étaient cachés sous des draps blancs piqués de fleurs des champs ; au centre, on avait disposé des planches sur des tréteaux, recouvertes de nappes blanches avec un chemin de table fait de lilas blancs et roses dont les parfums suaves se mêlaient aux relents d'écurie qui montaient du sol de terre battue. Maître Lecor, pour ne pas faillir à sa réputation, avait bien fait les choses et ressortit pour la circonstance sa toque de chef de cuisine. À l'heure dite, les mères et les marraines accompagnèrent les communiants aux vêpres, tandis que les hommes, pour la plupart heureux d'échapper à cette contrainte, alourdis de bonne chère et d'alcools, s'allongèrent dans l'herbe fraîche ou restèrent avachis sur leurs sièges sous les arbres du jardin.

Émilie n'avait aucune envie de retourner à l'église, elle tenta de s'éclipser mais ce fut madame Cassagne en colère qui la fit chercher.

« Si le curé ne te voit pas aux vêpres, cela va encore faire des histoires et c'est mon mari qui sera accusé de te mettre dans la tête des mauvaises idées sur la religion ! »

La fillette refusa de remettre le voile et la couronne sous laquelle elle se sentait ridicule.

« Tu ne vas pas entrer dans l'église tête nue tout de même ! » s'indigna l'institutrice.

Émilie s'étonna que cette maîtresse de l'école sans Dieu attache tant d'importance à ce précepte religieux et demanda innocemment :

« La chevelure des filles, cela fait aussi partie du péché originel ? Si c'est Dieu qui nous a créées ainsi pourquoi la cacher !

— Tu poses toujours trop de questions et tu veux toujours avoir raison ! répondit agacée madame Cassagne.

— Émilie a raison, dit Joseph, je la préfère en simple robe blanche et quand elle laisse flotter ses beaux cheveux blonds en gerbe d'or jusqu'à ses épaules ! »

Il rougit sous le regard interloqué de sa mère qui réalisait soudain que son fils venait de prononcer ses premiers mots d'amour à une autre qu'elle-même.

XI

La famille Bergman

La foule qui se rendait aux vêpres était plus clairsemée que le matin pour la messe. Une camionnette pétaradante, crachant les fumées noires de son gazogène, vint s'arrêter devant l'auberge. Émilie reconnut aussitôt la bétaillère d'un maquignon qui venait souvent traiter ses affaires et se restaurer à *L'Assiette normande*. La curiosité aiguisée, elle tourna vite les talons sans entendre l'appel de Joseph et les protestations de madame Cassagne pour se précipiter au-devant des quatre personnages insolites qui s'extirpaient péniblement du véhicule. Le marchand expliqua à madame Lecor accourue avoir trouvé ces gens épuisés à la sortie de La Roche-Faidherbe ; il avait eu pitié de leur détresse et comme il avait un *ausweis* il avait accepté de les prendre en charge jusqu'à Argeronne.

« Attendez, j'appelle mon mari, dit madame Lecor.

— Non, répondit l'homme, je repars tout de suite pour ne pas refroidir mon moteur. »

Il embraya aussitôt sans un mot ou un regard vers ses passagers, infestant de fumées l'ombre douce qui coulait sous les tilleuls de la place. Monsieur Lecor, qui faisait la sieste sous les pommiers au fond de son jardin, sortit sur la terrasse devant l'auberge en grognant :

« Quand Lecor y dort au fond du couloir faut pas le déranger ! » dit-il entre deux bâillements. Il lorgna d'un œil torve les nouveaux arrivants habillés de lourds manteaux et chargés de paquets ficelés et de valises fatiguées.

« Monsieur Lecor, peut-être me reconnaissez-vous ? Notre appartement est au-dessus de la brasserie de votre frère à Montparnasse. Nous voudrions une chambre le temps de rejoindre des amis en Bretagne. »

On voyait que c'était un « Monsieur » ! Il avait parlé en soulevant son chapeau d'un geste digne sans obséquiosité ; malgré les traits tirés, le visage mal rasé, il y avait dans ses propos et ses gestes une certaine solennité. Derrière lui, avec quelque chose de suppliant dans le regard, la femme souffrait visiblement dans son manteau à col de fourrure insolite en ce bel après-midi. Elle serrait contre elle un garçonnet d'une dizaine d'années qui n'en pouvait plus et dormait debout accroché à sa mère.

Émilie qui était restée à distance pour ne pas risquer une remarque humiliante de son père avait été immédiatement intriguée par l'autre garçon, un jeune homme de seize ou dix-sept ans. Il se tenait en retrait, le regard perdu, comme indifférent à ce qui se passait autour de lui ; il eut un geste d'agacement quand sa mère le toucha pour enlever des débris de paille encore accrochés à ses vêtements. Il était grand et mince, des boucles noires lui barraient le front et descendaient sur sa nuque, donnant à son visage d'une blancheur émaciée une beauté délicate teintée de féminité.

Le père Lecor les fit entrer dans une arrière-salle du café mais au moment d'en franchir le seuil une des valises portée par le jeune homme, mal retenue par une ficelle, s'ouvrit. La fillette se précipita pour aider à en ramasser le contenu ; il n'y avait que des livres et, accroupis l'un en face de l'autre, elle reçut comme une brûlure son regard dont les prunelles brillaient d'une lumière farouche. Il parut un bref instant troublé quand leurs visages se rapprochèrent et que leurs mains se touchèrent ; pour Émilie, le cœur en chamade, ce fut la révélation d'un émoi étrange et inconnu.

Maître Lecor était dans ses bons jours, il se montra aimable et prévenant comme s'il attendait ces nouveaux clients.

« Installez-vous tranquillement, le temps de préparer les chambres. Vous prendrez bien quelque chose ?

— De l'eau, s'il vous plaît, peut-être un peu de lait pour les enfants ! Nous voudrions surtout nous reposer.

— De l'eau ? On en a de la bien fraîche tirée du puits, mais vous allez préférer mon cidre ! C'est la tournée d'accueil du patron... Émilie ne reste pas là plantée comme une gourde, va aider Louise à monter les bagages et préparer les chambres, ensuite tu iras à la ferme pour avoir du lait de la traite du soir ! »

Émilie, foudroyée sur place, faillit se jeter sur son père en le martelant des pieds et des poings pour l'avoir humiliée ainsi en rappelant sa condition de petite campagnarde devant ces gens si distingués venus de la ville. Par bonheur, le garçon au regard triste ne semblait pas avoir entendu.

« Si vous aviez seulement une grande chambre où nous pourrions loger ensemble cela suffirait, dit la dame.

— Bien sûr je ne suis pas pour pousser à la dépense. Un grand lit où le petit pourrait dormir entre vous deux et un lit-cage pour votre grand fiston.

— Un lit-cage ? s'inquiéta le jeune homme soudain tiré de ses rêveries

— Façon de parler, répondit monsieur Lecor sur le ton de la plaisanterie, c'est un lit en fer qui peut se replier dans la journée pour prendre moins de place, je vous montrerai... Que voulez-vous, à la guerre comme à la guerre, comme on dit ! Pour les formalités on verra plus tard, aujourd'hui c'est la fête, les enfants ont fait leur communion ! j'espère que vous serez des nôtres à table ce soir, c'est sans tickets et sans restrictions... Mais je vois que vous êtes fatigués, je vous laisse vous reposer. »

En revenant dans la cuisine où madame Lecor s'affairait, il se frotta les mains comme chaque fois qu'il flairait une bonne affaire. Son épouse ne partageait pas son enthousiasme :

« Tout de même, il aurait pu nous prévenir ton frère avant de nous envoyer ces gens-là ! Tu étais au courant ? Tu sais qui ils sont ? »

D'un geste d'exaspération il lui fit signe de se taire et expliqua à mi-voix :

« Ce sont des juifs qui habitaient l'appartement du dernier étage au-dessus de la brasserie. Cela faisait deux ans qu'ils avaient disparu sans laisser d'adresse. Mon frère s'est arrangé avec le concierge et a eu les clefs, mais ce sont d'autres personnes qui occupent le logement maintenant, des Français !

— Des juifs ! s'exclama madame Lecor, mais au jour d'aujourd'hui on va avoir les pires ennuis d'accueillir des gens comme ça !

— Mais non ! D'abord on n'est pas forcé de savoir que ce sont des juifs, du moins les premiers jours, pour moi ce sont des clients comme les autres d'autant qu'ils avaient des papiers au nom de Martin. Ils font pauvres sur eux mais crois-moi ils ont du répondant ! Rien que ce qu'il y avait dans l'appartement, que du beau d'après ce que m'a dit mon frère ! Ils n'ont peut-être pas la bourse à Rothschild mais ils sont tous cousins, il paraîtrait qu'ils cousent de l'or dans les habits de leurs gosses ! »

Madame Lecor ne parut pas rassurée pour autant :

« Tout de même, des juifs, chez nous... qu'est-ce que les gens vont dire ?

— Arrête de pleurnicher ! Je suis le maître chez moi je reçois qui je veux, juifs, résistants, collabos, miliciens, Boches ; dans le commerce on ne fait pas de politique et tant qu'il y aura à boire et à manger pour tout le monde ils nous ficheront la paix. De toute façon, je leur ai donné la chambre d'en haut dans l'annexe, ils seront obligés de prendre l'escalier extérieur pour aller et venir, on pourra ainsi les surveiller sans en avoir l'air. »

Madame Lecor n'était toujours pas convaincue, elle déversa son courroux sur sa fille dont elle n'avait pas remarqué la présence :

« Ah, tu étais là toi ! Toujours à fouiner partout ! Tu as entendu ce que ton père a dit ? Alors pas un mot autour de nous, ce sont des clients comme les autres, si on t'interroge tu diras que tu ne sais rien… mais dis donc tu ne devrais pas être aux vêpres à c't'heure ?

— Maman c'est quoi des juifs ? demanda la jeune fille d'un air innocent pour détourner la conversation, alors qu'elle connaissait les propos haineux diffusés chaque jour à la radio et dans le journal de Rouen.

— Des ennemis de la France, ils sont responsables de la défaite et de nos malheurs ! répondit sa mère excédée avant de s'en retourner vers ses casseroles.

— Juifs ou pas, ils ont l'air bien malheureux ! Je pourrais leur porter un goûter ? Pour les enfants ? » proposa Émilie impatiente d'attirer sur elle le regard de ce garçon étrange.

Monsieur Lecor, pour une fois, donna raison à sa fille.

« C'est bien ! Il faut toujours se montrer aimable avec la clientèle. »

Quand Émilie, le cœur battant, frappa à la porte de la chambre, ce fut la dame qui lui ouvrit. Dans l'entrebâillement, elle se saisit du plateau avec précaution, remercia et referma vite de sorte que, dans la chambre restée dans l'ombre, la fillette ne put qu'entrevoir un bref instant les deux garçons allongés sur le lit, indifférents à sa présence. Déçue, elle allait s'engager dans l'escalier quand leur mère la rappela :

« Mademoiselle ? Pardonnez-moi ! C'est un peu délicat... pour les toilettes comment fait-on ? Où sont les W.-C. ?... Il n'y a pas de salle de bains ? »

Émilie crut mourir de honte sur place, elle n'avait pas pensé à ce problème ! Elle bredouilla quelques mots en dégringolant l'escalier :

« Je vais vous envoyer la bonne, elle vous expliquera ! »

Ce fut monsieur Lecor lui-même qui se chargea de monter les vases de nuit et d'expliquer qu'à la campagne, chaque matin, on allait déverser le produit des nécessités nocturnes sur le fumier près de la porcherie dont l'occupant, à l'engraissement, comme nombre de ses congénères dans la région s'appelait Adolf. Pour les commodités de la journée, on pouvait disposer d'une petite cabane élégamment décorée au fond du jardin.

Les communiants, au retour des vêpres, se précipitèrent vers Émilie pour lui rapporter les propos acerbes de madame Nicodème et la colère de monsieur le curé qui déclarèrent à l'unisson qu'elle était pour le moins exclue de la communion et vouée aux flammes de l'enfer. Émilie répondit qu'elle s'en fichait et qu'elle ne remettrait pas les pieds à l'église avant longtemps. Horrifiés devant une telle monstruosité prononcée en ce jour sacré, ils s'écartèrent d'elle et, après avoir quitté leurs beaux costumes pour des vêtements plus légers, coururent, garçons et filles, folâtrer dans les granges et les vergers, tandis que les parents, heureux d'être enfin libérés des obligations de la religion, prenaient l'apéritif sur la terrasse et dans le jardin.

Tout en écoutant discrètement les conversations, Émilie ne cessa d'épier la moindre réaction autour de la chambre des nouveaux venus dont les volets étaient hermétiquement clos. Avec les propos qu'elle entendait autour d'elle, elle comprit les risques encourus et les menaces qui pesaient sur cette famille venue s'échouer à Argeronne :

« Si tous les étrangers viennent s'installer chez nous, on n'en a pas fini avec les embêtements !

— Pour moi, ces gens-là ne me paraissent pas bien catholiques !

— Des gens qui voyagent comme ça en pleine guerre, c'est qui z'ont pas la conscience bien tranquille !

— Et habillés comme en plein hiver ! J' vous d'mande un peu ?

— Ça s'rait pas des juifs par hasard ?

— Des juifs, vous croyez ? Il ne doit plus en rester beaucoup après toutes les rafles qu'il y a eu partout !

— Avec ces valises et ces sacs, ce sont sûrement des hors-la-loi qui cherchent à se cacher ! »

Émilie était horrifiée et ne put s'empêcher d'intervenir :

« Avec ces valises et ces sacs, vous voyez bien qu'ils viennent pour le ravitaillement ; à Paris, les gens n'ont plus rien à manger, c'est normal qu'ils viennent en Normandie dans l'espoir de trouver de quoi survivre avant que les ministres de Pétain et leurs copains les Fridolins réquisitionnent nos réserves. »

L'audace de la fillette qui exprimait tout haut ce que certains pensaient tout bas laissa pantois les paysans.

Depuis qu'elle avait pris conscience de la réalité de la guerre, Émilie était à chaque fois émue par le défilé affligeant des citadins qui sur des bicyclettes grinçantes, qui à pied, boitillant dans des chaussures éculées, venaient humblement quémander contre argent comptant ou troc de quelques objets de valeur, devant le fermier méfiant, de quoi satisfaire pour un temps une faim jamais rassasiée. Aux femmes surtout, au risque de subir les foudres paternelles, elle donnait, en puisant discrètement dans les réserves de l'auberge, des œufs, des fruits, des laitages, quelques pommes de terre, qu'elle portait en courant dès qu'elles avaient quitté la place. Sur leurs visages émaciés, dans leurs yeux remplis d'une lassitude tragique, Émilie devinait que ce calvaire, ces humiliations, elles les subissaient non pour elles mais pour leurs enfants.

Bien avant l'heure du couvre-feu, monsieur Lecor ferma portes et fenêtres donnant sur la place en laissant un écriteau « Fermé pour cause de fermeture » puis s'en vint frapper à la porte de ses nouveaux pensionnaires :

« C'est le souper des communiants, allez, venez... sans façon vous êtes mes invités. »

Émilie, qui avait suivi son père, guetta dans l'ombre sous l'escalier, un peu honteuse de son indiscrétion, la descente de la famille. Elle entendit la mère dire :

« Ils ont l'air de braves gens dans ce village ! Nous y serons peut-être enfin tranquilles... Espérons car je n'en puis plus, je ne pourrai pas aller plus loin ! »

Les conversations s'arrêtèrent quand ils entrèrent dans la grange décorée, où des bougies disposées sur les tables en prévision d'une coupure d'électricité donnaient à l'ensemble une atmosphère un peu féerique. Maître Lecor lança quelques plaisanteries pour rompre le silence et proposa à ses nouveaux invités de s'installer à la table du couple d'instituteurs.

« Vous êtes aussi dans les écoles, je crois, comme ça entre collègues vous pourrez parler tranquillement ! »

La mère, entourée de ses deux fils, répondait poliment mais sans empressement aux sollicitations de madame Cassagne.

« Ce grand garçon, il poursuit certainement ses études, quel âge a-t-il ?

— Seize ans. Il est en classe de mathématiques à Henri IV.

— Très bien, et comment s'appelle-t-il ce brillant jeune homme ?

— David madame, pour vous servir, répondit le garçon en se soulevant légèrement de sa chaise ; madame Cassagne ne vit pas l'ironie qui perçait sous l'excès de politesse.

— Et ce mignon petit garçon tout brun et tout frisé, comment s'appelle-t-il ?

— Nathanaël ! répondit le grand frère avant que la maman eut le temps d'ouvrir la bouche

— Gaël, Gwenaël, Nathanaël... J'adore ces prénoms bretons ! » apprécia l'institutrice.

Émilie qui avait réussi à se placer à une table voisine vit un sourire moqueur éclairer furtivement le visage de ce David dont elle savait enfin le prénom. La maman, qui couvait d'un regard tendre l'enfant ébloui par les plats arrivés sur les tables sous les applaudissements, ne montra aucune réaction.

Ils refusèrent les pâtés et les jambons sans que personne n'y prête attention mais reprirent du potage et des tartines avec le beurre disposé à discrétion sur les tables dans des pots de terre cuite. Ils préférèrent les volailles aux rôtis et s'inquiétèrent quand on servit aux enfants des plats de côtelettes. Le père interrogea l'instituteur qui en référa au patron.

« Bien sûr que c'est pas du cochon ! C'est du veau, et du veau sous la mère, nourri au bon lait, vous z'en trouverez jamais du comme ça à Paris ; c'est même un veau réfractaire qui a échappé aux réquisitions ; encore un que les Boches n'auront pas ! »

Émilie ne cessait d'admirer l'attitude de cette famille et leur tenue à table. Elle tentait d'accrocher le regard de David, esquissait un sourire dans sa direction mais il semblait ne jamais sortir de sa rêverie. Le petit Nathanaël, fasciné par la débauche de nourriture telle qu'il n'en avait jamais vue, voulait goûter à tout et maîtrisait difficilement son agitation sous les réprimandes discrètes de sa mère.

Depuis qu'elle aidait au service du restaurant, Émilie s'amusait à observer les rituels et les comportements des gens devant la nourriture. Il y avait les personnes distinguées, comme cette famille, certains convives du dimanche et les voyageurs de passage, qui mangeaient avec distinction : élégance du geste pour porter à la bouche, de la main gauche sur le revers de la fourchette, des morceaux savamment mesurés et découpés, sans précipitation, mâchés avec retenue, silencieusement, comme respectueusement pour chaque mets, sans mouvements excessifs du visage, avec une déglutition pudique suivie sur la bouche d'un coin de serviette discret. Il y avait le plus souvent, depuis la guerre et les privations, des gens modestes, travailleurs agricoles, ouvriers des chantiers, soldats en goguette dont la préoccupation majeure était « de manger à sa faim ». Ils avaient chacun une façon de convoiter, de humer, de manipuler les aliments puis d'activer, comme disait le père Lecor, la « polka des mandibules ». C'étaient alors des nez plongés dans l'assiette, sans levée de coude, sauf pour s'humecter le gosier avec des claquements de langue satisfaits, des bouches édentées qui engloutissaient des morceaux bruyamment mastiqués et avalés sous le tremblement des bajoues flasques et les oscillations frémissantes des gosiers tendus sur des cordes de nerfs.

Émilie s'interrogeait sur cette dépendance vitale de l'être humain vis-à-vis de la nourriture ; n'était-ce pas une servitude de plus inventée par Dieu, une autre source de souffrances pour mieux l'asservir ? Elle se promit d'en discuter un de ces soirs chez le docteur.

Après les tartes et les œufs en neige, malgré la fatigue, la famille étrangère resta encore attablée par politesse. Les communiants eurent droit à leur petit verre de calvados et à leur première cigarette, les communiantes seulement un sucre trempé dans le verre de la marraine, à la condition de chanter. Émilie ne put échapper à la tradition, elle chanta « la valse brune des chevaliers de la lune chacun avec sa chacune... »

Elle aimait cette rengaine où, naïvement, elle imaginait des preux chevaliers emportant sur leurs coursiers des gentes dames, et c'étaient heaumes, oriflammes, hennins et grands voiles se profilant sous la clarté lunaire d'un monde imaginaire. Tout à coup, elle se sentit ridicule et faillit fondre en larmes quand elle vit levé sur elle le regard moqueur du jeune David pendant que l'assemblée reprenait en chœur : « Elle a fort bien chanté, son cavalier va l'embrasser… »

Joseph se précipita, il avait les yeux brillants et l'haleine fleurie. Dans la chaleur des alcools et la plénitude des estomacs, les histoires grivoises et les chansons légères commencèrent à circuler entre les tables. En s'excusant, les distingués invités quittèrent la salle des réjouissances, le petit Nathanaël s'était endormi dans les bras de son père. David sortit en adressant à Émilie un geste amical où elle crut voir une invitation à le suivre. Elle attendit quelques minutes le temps que les rires et les chansons eussent gagné toutes les tablées pour s'éclipser discrètement.

Dehors la nuit était bleue. La lumière froide de la lune faisait briller les toits d'ardoise ou de chaume et se mouvoir des ombres mystérieuses dans les vergers et les bosquets. Le cœur battant, elle s'approcha de la silhouette assise sur les marches de l'escalier ; elle attendait un geste, une parole, il lui semblait voir briller dans l'ombre d'un éclat particulier les prunelles levées vers les étoiles du garçon enfermé dans son silence.

« Vous n'avez pas sommeil ? demanda-t-elle d'une petite voix compatissante. Prenez garde de ne pas attraper du mal car ici en Normandie après une belle journée une fraîcheur monte de la terre avant la rosée matinale. »

Il ne répondit pas et lui tendit la main pour l'inviter à s'asseoir près de lui. Il n'osa pas lui avouer qu'il avait trop mangé et qu'il ne se sentait pas bien.

« J'ai entendu votre mère vous appeler Mimi, quel est votre véritable prénom ?

— Depuis que je suis petite, les gens m'appellent ainsi, je n'aime pas ce diminutif... encore moins mon prénom Émilienne ! Mon père a été déçu de ne pas avoir un fils, qui aurait porté son prénom, Émile... C'est pourquoi il m'a affublé de ce prénom ridicule... En général, on m'appelle Émilie.

— Émilienne ce n'est pas ridicule, protesta David, en tournant enfin la tête vers elle, ce n'est plus à la mode, c'est tout... mais Émilie, c'est quand même plus joli ! »

Dans la pénombre, son visage de nouveau tendu vers le firmament étoilé était d'une beauté sculpturale. Brusquement, il se confia :

« Moi je m'appelle David, David Bergman... homme de la montagne... et je suis juif ! Nous avons de faux papiers au nom de Martin... très original n'est-ce pas ! Comment dites-vous déjà ? Il y a plus d'un âne à la foire qui s'appellc Martin... Je n'en puis plus de cette errance ; je veux crier mon nom et respirer librement. Depuis trois ans, nous nous cachons, pourchassés par les Allemands, les miliciens, les bons Français, les braves gendarmes, les gentils policiers, qui font tous leur devoir et obéissent à leurs supérieurs. Ils nous embarquent dans des wagons à bestiaux pour on ne sait quelle destination. J'ai vu mes camarades de lycée s'écarter de moi et mes amis disparaître les uns après les autres. Beaucoup ont fui vers le sud. Nous, nous n'avons pas dépassé la banlieue, cachés par des collègues de mon père qui eux-mêmes ont dû fuir après dénonciation. Mon père a eu cette idée géniale d'aller dans l'autre sens... c'est ainsi que nous avons échoué en Normandie où, pensait-il, les Allemands ont d'autres chats à fouetter que de courir après des familles égarées. Nous avons pu prendre un train à Saint-Lazare et comme il est apparemment plus facile d'entrer dans une gare que d'en sortir nous avons profité d'un arrêt du convoi en pleine campagne pour sauter du wagon... Il est pourtant professeur de mathématiques en classe prépa à Henri-IV, mais je ne suis pas certain qu'il ait fait le bon calcul, voilà pourquoi vous voyez peut-être pour la première fois un juif de près ! »

Il se tut, reprenant son souffle. La nuit qui les enveloppait était encore troublée par les bruits de la fête. Les rires étaient plus discrets et, la fatigue aidant, on s'abandonnait à la nostalgie et on vibrait aux accents bucoliques du répertoire agraire : *La Voix des chênes* et *La Chanson des blés d'or, Le Credo du paysan* et *Les Cloches de Corneville.*

David avait saisi la main d'Émilie comme pour se rassurer, sans voir qu'elle pleurait doucement, juste quelques larmes silencieuses brouillant sa vue. D'une voix vibrante il se mit à déclamer :

« Pendant que des mortels la multitude vile...
Sous le fouet du plaisir ce bourreau sans merci...

ma douleur donne-moi la main viens par ici loin d'eux... Baudelaire est un de mes poètes préférés... *Le Spleen de Paris* vous connaissez ? »

Émilie ne savait que répondre, tant de choses la dépassaient dans les propos de ce garçon : le bon roi Henri, la classe prépa, Paris... Le Spleen... Baudelaire... Les mathématiques... Tout un monde fringant et prestigieux qui la fascinait et l'humiliait à la fois, elle, modeste élève du certificat et de la sixième manquée, qui ne connaissait que quelques « récitations » de Hugo et de Lamartine.

Les juifs ? Elle en avait entendu parler sur Radio Paris avec Jean Hérold-Paquis à la voix chargée de haine, Philippe Henriot sur le Poste national, orateur talentueux autant que venimeux, et certains piliers de comptoir à l'auberge qui confondaient dans une même invective les juifs, les youpins, les métèques, les francs-maçons, les communistes, tous responsables des malheurs de la France. Même le curé en chaire ou au catéchisme n'épargnait pas ses diatribes contre ce peuple maudit qui avait crucifié Jésus-Christ ! Elle aurait voulu exprimer les bouffées de tendresse qui lui oppressaient la poitrine, trouver des paroles réconfortantes, des mots drôles, mais il ne lui venait à l'esprit que des banalités.

« Vous avez de la chance d'habiter à Paris ! Depuis que je suis toute petite, je rêve de la capitale. La dernière fois que nous y sommes allés c'était en septembre 1941, comme avant chaque rentrée scolaire pour acheter de nouveaux habits. Avec ma mère, nous faisions les magasins ; entre tous je préférais *La Belle Jardinière* et je m'imaginais belle jeune fille en robe claire descendant dans son jardin un matin de printemps, au milieu des fleurs et des parfums. »

David avait enfin tourné les yeux vers la fillette maintenant volubile.

« Savez-vous ? J'adore le métro, son odeur particulière, son bruit de ferraille, ses murs de faïence blanche et ses wagons rouges et verts ; cela m'intriguait quand on passait sous la Seine ou qu'on sortait au grand jour… j'étais naïve à cette époque ! Il me semblait aussi que tous les Parisiens et les Parisiennes étaient habillés à la dernière mode avec des allures d'acteurs de cinéma. J'apprenais par cœur les noms des stations amusants ou mystérieux : Vaugirard, Odéon, Sèvre-Babylone, Montparnasse-Bienvenüe… »

Ils riaient ensemble à l'évocation de ces noms qui leur rappelaient des souvenirs heureux et se les renvoyaient comme des répliques, « Rambuteau, les Filles-du-Calvaire, Concorde, Chaussée-d'Antin… » Un élan spontané les rapprocha, le visage du garçon s'éclaira d'un sourire tendre et admiratif quand la blondeur dorée sous les rayons de lune vint se poser sur son épaule. Dans la grange, les convives, toujours à table, ne riaient plus ; ils avaient le vague à l'âme de l'après-boire et la mélancolie des fêtes finissantes qu'ils exprimaient en chantant l'espoir de toujours revoir leur Normandie, ce cher pays qui leur avait donné le jour…

XII

L'espérance folle

La nuit fut brève mais enchantée, bercée par l'image du garçon aux boucles brunes et aux prunelles brillantes sous la lune. Émilie ne s'attarda pas à rêver sous le ciel de plâtre de sa géographie imaginaire qui lui paraissait maintenant un jeu ridicule. D'ailleurs, le déroulement de la guerre et les événements de sa vie antérieure n'avaient plus tellement d'importance et dans les pages de son journal elle cherchait des jolis mots pour exprimer son nouveau trouble. À chaque instant, elle était impatiente de retrouver son nouvel ami dans l'espoir de partager avec lui des joies quotidiennes.

En montant allégrement vers la ferme avec son pot à lait, elle pensait à la Perrette de la fable. Non ! Elle ne verra pas, comme cette étourdie, son univers se rétrécir peu à peu. Il lui semblait qu'un air nouveau, porteur d'espérance, avait envahi la campagne. Elle humait la fraîcheur matinale et s'émerveillait devant les haies fleuries frémissantes d'oiseaux, les toiles d'araignées scintillantes, perlées par la rosée dans la lumière du matin que tamisait une brume délicate.

Monsieur Van Lair tempéra à regret son enthousiasme :

« Le sais-tu Émilie ? Ces pauvres gens sont persécutés et menacés d'être arrêtés à tout moment, leur présence au village risque d'entraîner des conséquences graves pour nous tous, notre devoir est de les protéger. »

Il prépara à leur attention des laitages et du pain de sa fabrication, en promettant de renouveler chaque jour ces provisions qu'elle s'empressa d'aller déposer devant la chambre haute, close et silencieuse. Elle y ajouta quelques fraises qu'au passage, en cachette de son père, elle était allée cueillir dans le jardin. Elle déjeuna en coup de vent, guettant toujours le moindre mouvement vers la chambre, puis, vaguement déçue, courut chez le docteur Bernard. Celui-ci n'eut pas, comme à l'accoutumée, un mot ou un geste d'affection, il avait l'œil sombre, le front plissé ; elle qui brûlait de lui parler de David, de leur première rencontre, lui dire combien elle le trouvait intelligent… et beau… mystérieux… Sèchement il lui coupa la parole :

« Nous n'avions pas besoin de ce nouveau problème ! Avec la Gestapo et la milice de Darnan qui rôdent partout. Il faut trouver d'urgence un moyen de les cacher… quatre ensemble, ce n'est pas possible ! On pourrait laisser les enfants à l'école dans la journée, là au moins ils seraient pour quelques heures en sûreté ; je vais tout de suite en parler à l'instituteur. »

Il avait prononcé ces mots comme pour lui-même avec une exaspération angoissée, mais sa voix retrouva des accents de tendresse quand il vit des larmes perler aux yeux de l'enfant.

« Pardonne-moi Mimi, je ne voulais pas te faire de la peine mais il faut que tu saches que nous allons vivre des moments difficiles où même nos vies pourraient être en danger ; plus que jamais nous avons besoin de toi ! Je voudrais que dès maintenant tu portes ce pli à la comtesse, il y aura une réponse que tu devras me rapporter aussitôt. »

Émilie retrouva vite son sourire ; elle prit la lettre que lui tendait le médecin et, avec une spontanéité enfantine, souleva sa robe et la glissa dans sa culotte.

« Ici, personne ne la trouvera ! » dit-elle en riant ; elle n'éprouvait aucune gêne devant ce médecin qui la connaissait depuis toute petite mais il esquissa à peine un sourire devant sa candeur.

Pour monter au château et éviter les mauvaises rencontres, elle prit son parcours favori par le chemin du Bal-Champêtre et le chemin de la Belle-Aurore. Dans la splendeur de ce matin de mai, une joie nouvelle l'inondait. Elle offrit son visage, son corps, ses sens aux fragrances des lilas et des seringats du chemin encore mouillés de la rosée du matin et se laissa griser par la merveilleuse allégresse d'exister avec le renouveau de la nature. Elle aurait voulu trouver des vers, des musiques pour chanter son bonheur mais elle ne savait que dire. Devant les grilles du château, Wilfrid, l'ami de Louise, discutait avec les gardes débonnaires :

« *Guten Tag Herr Wilfrid !* dit Émilie.

— *Guten Tag Fräulein ! Mimi jolie blümchen...*[1] Petite Fleur très jolie », répondirent en riant les soldats.

Elle franchit l'entrée en marchant à reculons et lança une plaisanterie héritée de l'humour paternel :

« Quatre jours au soldat Lecor pour être sorti du poste à reculons pour faire croire qu'il rentrait ! »

Ils riaient avec complaisance sans comprendre, ils avaient tous l'air de braves garçons aimant la vie, la rigolade, la bonne chère et les filles. Pourquoi feraient-ils du mal à David et à sa famille ?

Madame de Beaumont d'Argeronne écouta attentivement le récit de l'arrivée de la famille Bergman et tempéra elle aussi l'enthousiasme de la fillette.

« Leur présence est sûrement déjà connue de tout le village... Ce David dont vous me dites si grand bien, amenez-le-moi vite ! »

Discrètement, Émilie avait sorti de sa cachette la lettre du docteur. La comtesse la lut le front soucieux puis lui confia une grande enveloppe de papier kraft :

« Voici un pli d'une extrême importance à remettre d'urgence au docteur Bernard, je vous recommande la plus grande prudence, car s'il devait tomber en des mains étrangères ce serait une catastrophe pour nous tous ! »

Émilie hésita, lc visage empourpré, éclairé d'un timide sourire :

« Si vous le permettez, Madame, je vais faire comme avec la lettre du docteur. »

---

1. *Bonjour Mademoiselle ! Mimi, jolie fleur.*

Elle se détourna et glissa la missive entre lingerie et peau. La comtesse, émue, la prit affectueusement dans ses bras.

« Chère petite, messagère de l'espoir… partez vite maintenant ! »

Afin d'accomplir au plus vite sa mission, Émilie s'engagea dans l'allée centrale en direction du village. Le volume et la nature du papier rendaient l'enveloppe particulièrement inconfortable. Elle était à mi-chemin quand surgirent à l'entrée du château des véhicules militaires escortés de motocyclistes casqués et armés. Des hommes en uniformes noirs avec brassard à croix gammée surgirent en invectivant les gardes habituels qui se figèrent au garde-à-vous. Une peur panique l'envahit mais il était trop tard pour revenir sur ses pas. Elle sentait ses jambes peser des tonnes comme dans ses rêves où elle était poursuivie sans pouvoir fuir… et ce papier rugueux qui lui irritait la peau et qui, lui semblait-il, faisait un bruit d'enfer au moindre de ses mouvements. Elle devinait, fixé sur elle, le regard inquiet de la vieille dame derrière ses rideaux ; un sursaut de fierté la fit s'avancer vers ces redoutables soldats. Un ordre guttural, une éructation la cloua sur place : un géant à l'uniforme bardé d'insignes et de décorations, la casquette en pointe dressée vers le ciel comme une menace, une cravache lui battant nerveusement les bottes, l'interpellait.

« *Halt ! Wer sind Sie… Wohin gehen Sie ?*[1] »

---

1. Arrêtez ! Qui êtes-vous… Où allez-vous ?

« *Et s'il lui venait l'idée de me fouiller ?* » se dit-elle, en proie à la panique. Elle fut tentée de prendre ses jambes à son cou et de fuir vers le parc, mais elle se dit qu'il était capable de lui tirer dessus ? Il s'approcha, l'observa des pieds à la tête, l'effleura de la pointe de sa cravache. Émilie crut défaillir, ses poumons brûlaient, son cœur explosait dans sa poitrine, des sueurs glacées mouillaient son dos ; dans un dernier sursaut, elle se remémora des mots d'allemand appris avec le docteur :

« *Güten Tag Herr Offizier, ich bin Émilie Lecor, Freundin von Herrn Doktor Professor !*[1] »

Avec un rire sonore et un « *Raus* » impératif, il lui désigna la sortie. Malgré la folle envie de courir au plus vite avec ce papier bruissant qui lui dévorait le ventre, elle retint ses pas, se retourna calmement, fit l'effort de sourire et d'une voix assurée lança :

« *Danke schön, Auf Wiedersehen Herr Obersturmführer !*[2] »

Le rythme de la phrase et le son des mots lui plaisaient et c'était le seul grade qu'elle connaissait dans l'armée allemande. Face à l'officier ahuri, elle esquissa une révérence comme elle avait vu aux actualités cinématographiques les petites filles allemandes le faire devant les militaires, puis, à pas mesurés, elle s'éloigna en se disant qu'elle en faisait parfois un peu trop.

Le médecin l'attendait impatiemment. Il était déjà au courant de la présence des SS au château.

---

1. *Bonjour, monsieur l'officier, je suis Émilie Lecor, amie de monsieur le professeur.*

2. *Merci, au revoir monsieur le lieutenant.*

Émilie tira en souriant la lettre de sa cachette et sans vergogne se gratta le ventre avec un « ouf ! » de soulagement mais il était trop préoccupé pour apprécier son humour.

« Je voudrais que tu ailles à la pharmacie en début d'après-midi. Tu prendras la bicyclette de mon épouse ; elle n'en aura plus besoin, tu pourras la garder ! En attendant, rentre chez toi te reposer, tu dois être fatiguée après la fête d'hier !

— Non et comme nous n'avons pas classe aujourd'hui j'ai tout mon temps... »

Elle hésita et demanda timidement :

« Avez-vous parlé à monsieur Cassagne pour qu'il reçoive les enfants réfugiés à l'école ?

— Oui, mais il ne paraît pas très chaud, surtout pour le grand qui se fera aussitôt remarquer. Pour le petit, il demande à réfléchir.

— Peut-être pourrais-je aller moi-même lui demander ?

— Pourquoi pas ! À toi, sa meilleure élève, il n'osera pas refuser ! »

C'est ainsi que, quelques minutes plus tard, Émilie frappait à la porte de l'appartement de la famille Cassagne, non sans une certaine appréhension car en ce lundi où, par décision du maire et du curé, l'école était fermée afin que les communiants puissent se reposer le maître serait de méchante humeur.

Monsieur Cassagne lui-même vint lui ouvrir.

« Émilie, quelle surprise ! Serais-tu revenue à de meilleurs sentiments et décidée à travailler sérieusement ? »

Joseph, du fond de la cuisine, le nez sur ses cahiers, releva la tête et lui fit un signe de la main auquel elle ne répondit pas et sous le regard furibond de son père se replongea dans ses devoirs. Elle se fit la plus humble et la plus polie possible :

« S'il vous plaît, monsieur... Je vous prie de m'excuser de vous déranger... Je voulais vous demander, le petit garçon qui est arrivé à l'auberge avec ses parents pourrait-il venir à l'école ? »

Le maître réfléchit un instant, évitant le regard candide levé vers lui.

« C'est le docteur Bernard qui t'envoie ? Il ne fait pas ses commissions lui-même ? Il faut que j'en réfère à monsieur le maire et à monsieur l'inspecteur. »

Madame Cassagne vint s'enquérir des raisons de la présence de la fillette.

« Ma pauvre fille, tu n'as rien compris ! À vouloir te mêler de tout et à mettre ton nez dans ce qui ne te regarde pas, tu vas nous faire avoir les pires ennuis. Ces gens-là sont des juifs ! Si la Gestapo ou la Milice font une rafle, nous serons tous embarqués et peut-être même fusillés. Je ne veux pas exposer la vie de mon fils ! »

Elle avait prononcé le mot « juif » avec une intonation et une torsion de la bouche qui choquèrent Émilie, comme si c'était une incongruité. Elle ne comprenait pas comment la présence d'un petit garçon de dix ans dans une école de village pouvait poser tant de problèmes ; et pourquoi une rafle ? Qu'est-ce que c'est au juste une rafle ? Des larmes de colère lui montaient aux yeux tandis qu'elle cherchait désespérément à surmonter un sentiment d'impuissance.

« À l'école, il serait en sécurité... Avec les Allemands au château on ne risque rien, si la Milice arrive je saurai bien me sauver avec lui et le cacher... »

Elle insista avec tant de fougue que monsieur Cassagne, malgré la réprobation de sa femme, répondit :

« Bon ! Amène-le demain matin on avisera. »

Dans un élan spontané elle sauta au cou de son instituteur qui ne s'attendait pas à une telle familiarité et promit :

« Je ferai tout pour être la première du canton, je vous le promets ! »

Brûlante d'impatience, elle se précipita à l'auberge annoncer la bonne nouvelle mais, au pied de l'escalier menant à l'annexe, son père lui barra le chemin.

« Où cours-tu ainsi comme une folle ? Ne va pas encore déranger ces gens-là. Ils veulent rester dans leur chambre, je leur ai monté un plateau de déjeuner car ils refusent de descendre. »

Émilie n'insista pas, le moment n'était pas propice pour réussir son entrée au sein de la famille Bergman et, après le repas de midi, monsieur Lecor ferait sa sieste, lui laissant le champ libre. Au début de l'après-midi, elle revint chez le docteur qui devait la guetter car, quittant sa consultation, il l'entraîna aussitôt dans le jardin derrière son cabinet.

« Garde le vélo d'Idelette, c'est un cadeau, il est plus rapide et plus solide que le tien. Tu iras directement chez le pharmacien, il t'attend ! »

Il fixa sur le dos de la fillette un havresac.

« Le pharmacien le remplira de pansements et de quelques remèdes, ce ne sera pas lourd… Tu te souviens des consignes ?

— Le bébé vermifuge regarde à droite, la voie est libre ; il regarde à gauche, je fais demi-tour ; et s'il y a une lettre, je la dépose dans la boîte sous la glycine de la vieille maison », répondit Émilie sur le ton exaspéré de l'élève fatiguée de réciter une fois de plus une leçon bien apprise.

« Il regarde sur Ta droite ou sur Ta gauche, précisa le médecin.

— *Jawohl, Herr Obersturmführer !* » répliqua-t-elle amusée, mais le médecin resta de glace.

« Tu n'es pas drôle Émilie… tout cela peut te paraître un jeu… Après tout peut-être est-ce mieux ainsi ? mais je t'en supplie, sois prudente ! »

Il la regarda s'éloigner et resta songeur longtemps après qu'elle eut tourné à l'angle de la place. Il ignorait que la toute première intention de la petite avant sa mission à La Roche-Faidherbe était de se précipiter chez la famille Bergman et de retrouver au plus vite son ami David. Elle attendit un moment interminable en haut de l'escalier pour qu'enfin on consentît à répondre à ses coups insistants sur la porte.

« Ouvrez, s'il vous plaît, j'ai de bonnes nouvelles… »

La tête de monsieur Bergman apparut dans l'entrebâillement :

« Voici des fraises que je viens de cueillir au jardin… Le maître d'école est d'accord : Nathanaël pourra venir dès demain à l'école. »

Elle entendit un cri de joie d'enfant au fond de la chambre, et perdant toute retenue s'avança résolument sans que le père puisse s'y opposer.

« Avec les fraises, nous aurons bientôt des cerises et des framboises surtout si le temps reste au beau. »

Les deux garçons qui lisaient dans un coin de la pièce vinrent vers elle et lui prirent chacun une main. Émilie, consciente de son sans-gêne, n'osait affronter le regard des parents en proposant :

« Je dois aller à la pharmacie de La Roche-Faidherbe chercher des remèdes pour le docteur Bernard ; David pourrait peut-être m'accompagner ? J'ai deux vélos...

— Avec les Allemands qui sont partout, les contrôles de police et les avions qui mitraillent tout ce qui bouge sur les routes, vous n'y pensez pas ! protesta avec véhémence madame Bergman.

— Nous vous remercions vivement de vos gentilles attentions à notre égard, mais nous ne pouvons pas courir de tels risques », dit monsieur Bergman d'un ton plus conciliant, mais David qui ne semblait pas partager les inquiétudes de ses parents réagit violemment :

« Non ! Je veux y aller ; j'étouffe ici, j'ai besoin de bouger, de respirer et puisque Émilie nous dit qu'elle connaît bien les Allemands d'ici et qu'en prenant les petites routes nous ne risquons rien, je veux l'accompagner !

— Mais enfin David, serais-tu devenu inconscient ? Tu ne peux pas nous quitter comme cela ! Nous nous étions juré de ne jamais nous séparer !

— Laisse-le aller, maman, intervint le père d'un ton résigné, faisons confiance à mademoiselle Lecor qui me semble être une jeune fille sérieuse et sûre d'elle. »

Émilie remercia, toute à la joie de partager quelques moments avec son ami, bien que brusquement, sur le point de partir, des scrupules l'assaillissent. Cette escapade n'était pas sans risques et certainement pas du goût du docteur, si jamais il apprenait la présence de David. Le petit Nathanaël aurait bien voulu faire partie lui aussi du voyage ; pour le consoler, sans attendre l'assentiment des parents elle lui promit :

« Demain matin je viendrai te chercher dès huit heures pour l'école... ne t'inquiète pas pour les fournitures, j'ai tout ce qu'il faut ! »

Quand, quelques minutes plus tard, grisée par la présence du garçon elle pédalait allégrement à ses côtés dans la lumière de mai, ses scrupules s'étaient envolés. Ils avaient vite quitté la grand-route pour des chemins mal goudronnés mais plus discrets. Émilie allait et venait, dépassant David puis ralentissant pour ensuite le rattraper, comme dans une parade de séduction, sans paraître remarquer sa robe hautement retroussée et les regards furtifs qu'elle provoquait. Elle entonna à tue-tête un chant que monsieur Cassagne avait appris en secret à ses meilleurs élèves.

« Ma blonde, entends-tu dans la ville
Siffler les fabriques et les trains,
Allons au-devant de la vie
Allons au-devant du matin

Debout ma blonde
Chantons au vent
Debout Amie
Il va vers le soleil levant
Notre pays.

Dans leur triomphante allégresse
Les jeunes s'élancent en chantant
Bientôt une nouvelle jeunesse
Viendra au-devant de nos rangs... »

« C'est un chant communiste... Du front populaire ! » cria David.

Communiste ou pas, elle s'en moquait, elle aimait ce chant entraînant qui parlait de matin clair et d'espoir. Elle fit un geste d'ignorance et lança un défi :

« Premier arrivé en haut de la côte ! » mais David n'avait ni le souffle ni le mollet nerveux d'Émilie qui, gentiment moqueuse, l'attendit au sommet du vallon, là où la route filait droit entre les champs de blé mûrissant, les trèfles incarnats et les lins bleus. Ils reprirent haleine, allongés, les bras en croix, le visage levé vers l'azur, sur un tapis d'herbe tendre.

« Quand je suis seule et triste, c'est ainsi que je m'isole face à l'immensité du ciel, j'y cherche Dieu dans la course des nuages et les traits de lumière. Au bout de quelque temps, un vertige me saisit et je ne sais plus si je monte ou si je tombe dans cet espace infini. »

David, les mains croisées sous la nuque, mâchonnait la tige d'un épi de blé. Il paraissait apaisé bien que son visage gardât encore cette gravité mélancolique qui troublait tant la fillette. Lentement il se souleva sur le côté et d'un index délicat effleura le fin profil depuis le front sous la blondeur ébouriffée jusqu'à l'ourlet de la bouche ; quand il s'approcha un peu plus, elle se releva d'un bond pour masquer son trouble.

« Nous allons descendre l'autre versant de la colline jusqu'à la rivière et tu te cacheras dans un bosquet où je viendrai te rejoindre après ma course à la pharmacie... il n'est pas prudent que tu m'accompagnes en ville ! »

Ils reprirent leurs bicyclettes en silence comme si ce contact intime, au lieu de les rapprocher, avait éveillé en eux un sentiment de culpabilité.

À un détour de la route, le peintre Léonard, surgi soudain du sous-bois, les héla : « Alors les mômes où allez-vous comme ça ? »

Émilie donna quelques explications maladroites, monsieur Léonard toujours prompt à plaisanter déclara, cette fois d'un ton grave et autoritaire, que le garçon ne devait pas aller plus loin :

« Il faut te cacher mon gars ! Reste sous les arbres de la rive près de moi, et toi la petite follette sans cervelle file et ne traîne pas en ville ! »

L'entrée de La Roche-Faidherbe était barrée par le passage d'un régiment occupant toute la chaussée. Quelques passants, arrêtés sur le trottoir, regardaient fascinés cette masse humaine d'où émanait une impression de force terrifiante. Avec l'acier des fusils dressés comme autant de dards et les casques formant comme une carapace, on eût dit une longue et monstrueuse chenille aux mille pattes qui ondulait par vagues au rythme des bottes martelant le sol d'un pas cadencé. Masques figés, yeux fixés sur un monde fermé qui ne dépassait pas l'alignement de la file, tous les visages déshumanisés se ressemblaient.

Quand s'éleva au-dessus de cette masse mécanique et métallique un chant de marche « Haili, hailo, haila ! », Émilie sentit un frémissement douloureux courir le long de son dos, terrifiée de voir ces jeunes hommes s'éloigner en chantant vers une mort probable.

L'opération chez le pharmacien se passa sans incident. Quand celui-ci lui eut rempli son sac, il lui tendit un paquet de boules de gomme. Cette fois, elle osa dire qu'elle préférait un flacon d'eau de Cologne ! Il s'amusa de son audace et lui caressa les cheveux :

« Brave petite, tu as raison ! Il ne faut jamais craindre d'exprimer ses désirs et ses pensées. Rentre vite chez le docteur et sois prudente ! »

Elle crut bien faire en évitant l'avenue principale de la ville mais, dans une rue adjacente, elle se trouva nez à nez avec un groupe de miliciens qui déambulaient, arrogants, et dévisageaient d'un air provocateur les rares passants qui pressaient le pas. Un des miliciens, au risque de la faire chuter, la saisit au vol :

« Mais c'est la fille Lecor ! Qu'est-ce que tu fabriques par ici ? Montre un peu voir ce que tu traînes dans ton sac. Du marché noir, à ton âge tu n'as pas honte ?

— Ce sont des remèdes pour le docteur Bernard qui n'a plus d'essence pour visiter ses malades à cause des restrictions !

— Alors on bouffe toujours aussi bien à *L'Assiette normande* ? demanda l'un des miliciens.

— Et le père Lecor, y dort toujours au fond du couloir ? » dit un autre et tout le groupe s'esclaffa bruyamment.

Ils examinèrent minutieusement son sac. Elle n'avait pas peur comme devant les SS et parlait avec assurance sans baisser les yeux mais songeait avec effroi qu'elle avait failli entraîner David dans cette aventure. Quand ils voulurent lui faire lever les bras et palper son corps, un accès de rage la saisit :

« Vous n'avez pas le droit de me toucher ainsi ! Je le dirai à monsieur le curé et à monsieur le maire qui est un ami du Maréchal votre chef... Moi j'étais à Rouen pour l'accueillir monsieur le Maréchal ! »

Le milicien qui avait insisté pour la fouiller lui réajusta le sac sur le dos et lui donna une claque sur le postérieur en se moquant avec ses congénères de ses protestations furibondes.

« Sacrément gonflée la mouflette ! Allez sauve-toi sinon gare à tes fesses ! »

Émilie retrouva à l'endroit convenu au bord de la rivière monsieur Léonard penché sur sa toile. Il lui demanda, d'un air faussement détaché :

« Alors tout s'est bien passé ? » et contrairement à ses habitudes ne lança aucune plaisanterie.

Près de son chevalet, une paire de jumelles était posée et de l'endroit où il se trouvait on pouvait suivre les mouvements sur la route longeant la rive opposée et plus loin, en contrebas, la ligne de chemin de fer.

« Oui ! répondit dans un souffle la fillette.

— Tu n'as rien d'autre à me dire ? » demanda-t-il encore, et comme elle restait silencieuse il ajouta perplexe :

« Le docteur Bernard savait que tu n'étais pas seule sur la route ?

— Je vous en supplie, ne lui dites pas que j'ai emmené David avec moi !

— D'accord si tu me promets de poser pour moi comme je te l'ai demandé. »

Émilie était prête à accepter n'importe quoi pourvu que le médecin ne sache pas qu'elle avait trahi sa confiance. Elle enfourcha sa bicyclette et invita David à la suivre mais le peintre intervint :

« Non mon gars, toi tu restes avec moi, nous rentrerons ensemble au village ! »

En refoulant ses larmes, elle s'éloigna en pédalant rageusement. Dans le virage d'un chemin caillouteux elle perdit l'équilibre et roula dans le fossé parmi les orties et les ronces. Elle s'en dégagea péniblement les genoux et les coudes écorchés puis s'écroula en sanglotant, meurtrie de douleur, de honte et de découragement. Un long moment s'écoula avant qu'elle retrouve un peu de calme. Quand enfin elle voulut reprendre sa route les pneus de son vélo étaient crevés… C'était trop injuste ! Elle eut envie soudain de disparaître, de quitter ce monde absurde et injuste… Quelques-uns verseront des larmes, bien fait pour eux ! Puis l'oublieront très vite !

Elle arriva épuisée devant la maison du médecin. Idelette, visiblement inquiète, vint lui ouvrir : « Va vite retrouver mon mari dans son bureau ; il t'attend. »

Sans un sourire, le regard sombre, le docteur Bernard la fit entrer, referma la porte à clef et, debout, la saisit sans ménagement par les épaules :

« Ma pauvre fille, tu es totalement inconsciente, je te croyais plus intelligente ! Qu'est-ce qui t'a pris d'emmener ce garçon avec toi ? Tu n'as rien compris, ces gens sont à la merci de tout ce qui porte un uniforme et toi, fofolle, tu cours la campagne le nez au vent avec ce garçon qu'il nous faudrait cacher au plus vite, au risque de nous faire tous arrêter. »

Émilie était comme foudroyée sur place ; elle en oubliait de pleurer. Jamais elle n'avait vu cet homme, habituellement si maître de lui, dans un tel emportement ; lui qui lui avait tant appris, qui lui avait ouvert les yeux sur la beauté des choses, qui répondait avec bienveillance à toutes ses interrogations, voilà qu'il la secouait avec violence. Elle aurait voulu s'humilier, implorer son pardon, qu'il la batte, qu'il la châtie ! Tout plutôt que cette colère froide. Devant le visage embué, implorant levé vers lui, la colère du médecin tomba brusquement. Il la prit dans ses bras en la berçant doucement.

« Sèche tes larmes petite fille, pardonne-moi d'avoir été si brutal ! Rien n'est de ta faute : moi seul suis responsable et coupable de t'avoir lancée sur la route au mépris de ta jeunesse… mais tu t'en es sortie admirablement ! »

Ainsi il savait ! Les SS devant le château, les miliciens et les Allemands en ville et David qui, par sa faute, avait risqué d'être arrêté…

« Comment peut-on détester ces gens si gentils qui ne font de mal à personne, pourquoi sont-ils un danger pour nous ? demanda-t-elle entre deux sanglots.

— C'est cela la guerre, la pire des situations où les plus hideux, les plus atroces des caractères humains peuvent se donner libre cours et nous avons tous peur. Si tu savais comme j'ai peur ! J'ai peur pour toi, j'ai peur pour mon épouse, j'ai peur pour nous tous, j'ai peur pour l'avenir de l'humanité ! »

Le médecin lui soigna délicatement ses bosses et ses ecchymoses. Du salon leur parvenait une mélodie au piano.

« Une *Romance sans paroles* ! Ton ami m'a l'air d'être un excellent musicien. »

Ils entrèrent discrètement ; Idelette vit que la fillette avait pleuré, elle lui adressa un sourire compatissant en l'invitant d'un geste à s'asseoir près d'elle sur le sofa. À la fin du morceau, David resta un moment penché sur le clavier et murmura sans lever la tête :

« Depuis que les nazis sont entrés dans Paris, j'ai décidé de ne plus jouer que du Mendelssohn.

— C'est un musicien allemand du siècle dernier qui, malgré sa conversion au protestantisme, a vu ses œuvres interdites dans son pays parce que sa famille était d'origine juive », expliqua le médecin à Émilie.

David fut convié à venir jouer du piano autant qu'il le souhaiterait et à s'associer aux soirées musicales. Un long débat sur les goûts musicaux de chacun s'engagea entre le jeune homme et ses hôtes, débat dont Émilie, meurtrie, se sentit bientôt exclue. Pour la première fois de sa jeune vie elle ressentit l'étrange morsure de la jalousie ; le médecin et son épouse étaient conquis par le charme de son nouvel ami et semblaient l'ignorer elle ! Elle allait devoir partager avec lui leur affection ! Et David lui-même n'allait il pas se désintéresser d'elle et prendre sa place dans leur cœur ?

Elle rentra à l'auberge, triste et solitaire, mais, du tréfonds de son âme, montait un sentiment d'amour infini pour les êtres, les choses, sa campagne normande, son village, qui lui inondait le cœur d'une espérance infinie en la vie.

XIII

Nathanaël

APRÈS BEAUCOUP D'HÉSITATIONS, madame Bergman consentit à laisser partir son petit garçon pour l'école du village.

« Êtes-vous certaine qu'il n'y a pas de danger ? Vous êtes bien jeune pour une telle responsabilité ! Je vous le confie, protégez-le bien ! » David avait été le plus convaincant pour lever les angoisses maternelles. En chemin, Nathanaël mit spontanément sa main dans celle d'Émilie. Il ne cessait de babiller pour cacher son anxiété.

« Cela me fait tout drôle de reprendre l'école un jour de printemps après tout ce temps perdu... Quand nous étions à Paris, je me souviens, nous reprenions la classe le premier octobre... en automne ! Les arbres du Luxembourg étaient multicolores et les feuilles mortes jonchaient le sol jusque sur le boulevard. Nous ramassions les plus belles pour les sécher entre les pages de nos livres. »

À l'école, le maître les accueillit fraîchement comme s'il regrettait de s'être trop vite engagé la veille :

« Émilie, tu as une vraie tête de mule ! Je t'avais expliqué que ce n'était pas si simple d'admettre un nouvel élève sans l'accord de l'administration… et de plus un étranger ! »

Un étranger ! Elle se retint pour ne pas hurler, elle se fit au contraire suppliante :

« Monsieur, maintenant qu'il est là on ne peut pas le renvoyer, ce serait trop cruel ! Je vous en prie, gardez-le et je vous promets de vous ramener le premier prix du canton. Si des militaires arrivaient, nous aurions le temps de les voir depuis la place et je me sauverais avec lui par les jardins derrière l'école. »

L'enfant attendait sagement à distance, les yeux fixés sur l'instituteur. Celui-ci hésita et d'une voix radoucie ordonna :

« Approche ! Quel âge as-tu ? En quelle classe étais-tu ?

— J'ai dix ans, je devrais être en sixième si nous étions restés à Paris.

— Ton père est professeur de mathématiques, je crois ?

— Oui monsieur, à Henri IV et en Sorbonne et maman est… était… Elle m'apprend l'anglais et l'allemand. »

Le petit garçon se mordit les lèvres comme s'il regrettait d'en avoir trop dit.

« Bien, tu m'as l'air d'être un brillant sujet dis-moi ! Tu vas nous étonner ! »

L'enfant haussa les épaules avec une moue d'ignorance et baissa la tête. Monsieur Cassagne le fit placer à côté d'Émilie. Tous les yeux étaient fixés sur eux mais personne ne posa de questions. Il se révéla un rude concurrent pour les meilleurs élèves tant en français qu'en mathématiques. Hélas, la fin de matinée fut gâchée par l'apparition intempestive du garde champêtre. Les élèves se levèrent d'un bond, comme ils en avaient l'ordre quand un adulte entrait en classe mais, devant l'équilibre incertain du bonhomme, le maître les fit vite se rasseoir. Tous les regards se tournèrent vers Émilie, dans l'attente d'une nouvelle plaisanterie, mais elle resta impassible, bouleversée de sentir près d'elle la terreur qui avait envahi le petit garçon. Il était resté assis les bras croisés, agité de tremblements. Pour essayer de le calmer, Émilie posa une main affectueuse sur le genou secoué de soubresauts. L'ivrogne, qui s'adressait au maître d'une voix pâteuse, ne s'aperçut pas de la présence de ce petit nouveau.

« Faut profiter du beau temps, m'est avis que ça ne va pas durer ! Faut que les gars viennent me donner un coup de main, c'est monsieur le maire qui le dit ! Plus vite on s'y mettra, plus vite on finira ! »

Monsieur Cassagne ne s'opposa pas à cette logique paysanne et libéra sa classe.

Émilie raccompagna Nathanaël jusqu'à la chambre où monsieur Bergman était seul. Elle ressentit un pincement au cœur quand elle apprit que David était chez le médecin à travailler son piano, quant à madame Bergman elle était avec madame Lecor. Intriguée, la fillette trouva sa mère dans une des chambres de l'étage, en combinaison moulée sur son embonpoint, la tête relevée, les mains loin du corps, les doigts écartés ; avec ce geste gracieux, elle avait l'élégance guindée d'un mannequin de cire dans sa vitrine. Madame Bergman à ses pieds prenait ses mensurations.

« La dame va me faire un ensemble pour les dimanches, je lui prête ma machine à coudre... Si tu le veux, nous pourrions demander à madame de te faire une robe et un manteau pour l'hiver... Madame travaillait chez un grand couturier à Paris, elle était comme qui dirait une chef couturière... C'est cela hein madame ?

— J'étais styliste chez Carven », répondit madame Bergman d'un ton bref, sans lever la tête. Visiblement, cela ne disait rien à madame Lecor qui cherchait à se justifier en s'adressant à sa fille :

« Avec toutes les pièces de drap que ton père a entassées au grenier, il y a de quoi faire... et rien que du beau drap d'Elbeuf, peigné, cardé, tweed, pied-de-poule, fil-à-fil, flanelle, gabardine... »

Elle essayait sans succès de croiser le regard de la femme qui, silencieuse, s'activait autour d'elle.

« Je m'y connais un peu en matière de confection ! Avant de me marier, j'ai travaillé dans le textile, d'abord épinceteuse, puis rentrayeuse, mais c'était trop fatigant pour les yeux. Les patrons étaient gentils, on avait droit chaque année à une pièce de drap gratuite, pourtant c'étaient des ju... des israélites je crois... des Alsaciens... ça j'en suis sûre ! En tout cas, ces patrons-là étaient bien plus humains que les patrons catholiques pour qui donner un sou de plus à l'ouvrier les faisait hurler à la ruine ! »

Madame Lecor, balbutiante devant le regard froid soudain levé vers elle, chercha encore à se disculper :

« Oh vous savez ! Ce n'est pas que l'on fasse du marché noir, c'est même plutôt pour rendre service : les gens viennent pour se ravitailler et souvent ils n'ont pas d'argent, alors on échange de la nourriture contre... n'importe quoi, en somme ce n'est que du troc ! »

Afin de rompre cette situation embarrassante pour sa mère, Émilie proposa d'emmener Nathanaël en promenade. Elle avait l'accord de monsieur Bergman ; madame Bergman n'y fit pas opposition mais renouvela ses recommandations. La fillette expliqua qu'en prenant les ruelles traversières et les chemins herbeux qui serpentent entre les vergers et les prés bocagers derrière les maisons on évitait les regards soupçonneux et les mauvaises rencontres.

Le soleil de cet après-midi de mai dorait la campagne. L'air diaphane vibrait sous les couleurs et les senteurs de la végétation qu'une petite averse nourricière, tombée de quelques nuages éphémères, perlait et exaltait. Le petit garçon, comme pour chasser de son corps trop longtemps brimé les miasmes de la peur et de l'enfermement, sautait, gambadait en tous sens tel un petit animal fougueux enfin libéré de ses liens. Ils firent une pause à l'orée de la forêt. « Écho ! Écho ! » criait l'enfant, les mains en porte-voix mais seules les scansions du coucou au fond des bois lui répondaient. Émilie lui expliqua que le versant opposé de la colline n'était pas assez abrupt pour réfléchir les sons. Elle était ravie de voir la joie rayonnante du bambin mais l'absence de David la rendait mélancolique avec toujours dans la poitrine cette pointe sensible de le savoir sans elle chez le médecin. Tout à coup, l'enfant qui s'était éloigné poussa un cri en se voyant entouré d'une horde de sauvages bardés de feuillages accrochés à ce qui leur restait de vêtements, armés de lances, d'arcs, d'épées et de pistolets en bois.

Émilie accourue calma la sarabande de l'« Armée des Vikings » :

« Vous n'êtes donc pas restés avec le garde pour creuser la tranchée ? s'étonna-t-elle

— Tu parles ! À force de nous crier dessus et avec la chaleur, il n'a pas résisté à la soif, alors il s'est allongé au fond du trou pour chercher la fraîcheur et s'est endormi ; nous, on l'a laissé se débrouiller… et on s'est retrouvés au camp, répondirent en chœur les garçons.

— Vous connaissez mon ami Nathanaël, il vient de Paris et il ne connaît pas la campagne. Je compte sur vous pour jouer avec lui ! » proposa Émilie, et comme le petit, peu rassuré, hésitait, elle insista :

« Tu devrais bien t'amuser avec eux ils ne sont pas méchants… Ils font beaucoup de bêtises, tu ne vas pas t'ennuyer !

— Mais intervint Qu'à d'œil qui avait le sens de la hiérarchie, il faut un ordre du chef pour entrer dans notre armée et à cette heure il reste à la ferme à travailler avec son père !

— Je vous rappelle qu'Alphonse et moi nous sommes liés par le serment à la vie à la mort, j'ordonne donc que Nathanaël ici présent soit nommé soldat de l'Armée de Vikings », dit Émilie.

Les filles prirent aussitôt sous leur protection le petit garçon au visage fin et pâle, qu'elles trouvaient si mignon avec ses boucles brunes et ses yeux noirs.

« Viens avec moi je te prends dans ma patrouille, on va bien rigoler ! » conclut la Vaurie, en sautillant sur place.

La troupe décida de gagner l'autre rive de la Corbeline, plus sauvage et plus propice pour jouer à la petite guerre. Il fallait pour cela, par des manœuvres tactiques, braver les interdits et éviter les sentinelles allemandes. Le pont à la sortie du village et la grand-route furent franchis en ordre dispersé pour ne pas attirer l'attention de l'ennemi. Puis, une avant-garde fut lancée vers la voie de chemin de fer. D'audacieux éclaireurs vinrent coller des oreilles exercées contre les rails pour détecter l'approche d'un train, tandis que d'autres surveillaient l'apparition des patrouilles ennemies en aidant le reste de la bande à franchir les barbelés bordant la voie sans y laisser trop de fonds de culotte ou de pans de robe. Et chacun enfin de s'élancer comme les Indiens sur le sentier de la guerre, le corps demi fléchi, les genoux pliés, une petite peur excitante au creux du ventre, pour s'enfoncer triomphant sous la végétation touffue de la rive.

On avait à peine eu le temps de reprendre haleine que le ciel se déchira comme si des orages éclataient simultanément aux quatre coins de l'espace. Un énorme cigare à la queue enflammée décrivit en quelques secondes une courbe régulière d'un point à l'autre de l'horizon, laissant derrière lui des traînées de fumées noires souillant l'azur. Avec la vraie guerre qui passait au-dessus d'eux, instinctivement les enfants s'étaient jetés à terre, à l'exception de quelques fanfarons :

« C'est presque chaque jour qu'on les voit passer, ces bombes volantes que les Boches envoient vers l'Angleterre », expliqua Qu'à d'œil debout, bravant le danger.

« L'Angleterre comme Carthage sera détruite, répète chaque jour Jean Hérold-Paquis sur Radio Paris et mon père dit qu'on lui réglera bientôt son compte à celui-là ! » précisa Joseph, fier de montrer qu'il s'y connaissait en politique.

Nathanaël fut le dernier à retrouver son calme ; ce furent moins les paroles apaisantes d'Émilie et les caresses des filles que la jovialité des garçons qui le réconfortèrent. Mais l'enthousiasme des jeux était tombé ; on joua encore au sentier de la guerre pour traverser la voie ferrée mais le cœur n'y était plus. On fit une halte chez le maréchal-ferrant qui, malgré sa carrure de géant noir au milieu de l'enfer de sa forge, avait pour les enfants quelque chose d'imposant et de rassurant à la fois.

« Où étiez-vous les mômes quand le V1 est passé au-dessus du village ?

— Nous étions bien cachés sous les taillis au bord de la rivière, répondit Joseph, le cerveau de la troupe.

— Bravo ! Vous êtes tous de valeureux combattants, puis s'adressant à Émilie. Alors fillette, toujours d'attaque pour provoquer la cavalerie allemande ? »

Avec un large sourire elle fit pour toute réponse avec deux doigts de la main droite le V de la victoire. Nathanaël, intimidé, se tenait à l'écart mais ne put échapper à l'apostrophe amicale de l'imposant personnage :

« Alors jeune homme, on a besoin de se faire des muscles et des couleurs il me semble ! Il me faut un costaud pour activer le soufflet de la forge, allez au boulot !

— Allez, le Parisien, montre-nous ta force ! C'est ton tour, nous y sommes tous passés ! »

Le petit garçon, avec une énergie farouche, s'accrocha à la chaîne en grimaçant, fasciné par le rougeoiement du charbon et le façonnement du métal sous l'effet de son geste et les coups puissants du forgeron. Fier de cet exploit, sous les encouragements puis les applaudissements de la bande, il avait le visage rayonnant de quelqu'un qui renaît à la vie. On batifola encore quelque temps dans la campagne, on espionna encore les convois allemands, on lança vers l'inconnu au gré de la rivière des petits bateaux d'écorce de sapin et on se sépara à l'orée du village en se promettant de se retrouver le lendemain, jeudi, à l'église.

« Reviens jouer avec nous au patronage, proposèrent en chœur les garçons,

— Le curé nous fera encore une leçon de caté... mais, après, il nous passera des films de Charlot et puis nous irons jouer dans notre camp, précisa Qu'à d'œil.

— Je vais préparer ma potion miracle, on va bien rigoler : on va biturer les poules du curé ! dit la Vaurie salué par les acclamations de la troupe.

— Biturer les poules du curé ? s'inquiéta Nathanaël.

— T'en fait pas le Parigo, on t'expliquera demain ! » conclut P'tit Louis.

Madame Bergman ne put cacher son courroux en voyant dans quel état on lui ramenait son petit garçon : vêtements salis et déchirés, mains et visage maculés, genoux écorchés, mais tellement heureux, tellement épanoui et volubile qu'elle s'excusa auprès d'Émilie de la froideur polie de sa colère. David, qui semblait lui aussi heureux et détendu, avait déjà pris la défense de son amie.

« Je me suis fait plein de copains et demain j'irai à l'église avec eux, annonça le petit

— À l'église ? demanda la maman en lançant vers son mari un regard inquiet

— Pourquoi pas ! Là au moins ils sont en sécurité, répondit celui-ci d'un ton résigné.

— Nous n'allons pas laisser ainsi chaque jour notre fils courir la campagne avec une bande de vauriens ! protesta-t-elle mais son fils l'interrompit :

— Mais non maman, ce n'est pas ce que tu crois ! Ils sont tous très gentils et très drôles avec des noms bizarres : il y a Qu'à d'œil qui a un œil qui dit merde à l'autre, la Vaurie, mon meilleur copain, toujours en train de chahuter et d'inventer des jeux nouveaux, la Roupie qui a l'air d'un vieux chien, Ouistiti qui grimpe en moins de deux à tous les arbres, et plein d'autres, des filles gentilles qui décorent les cabanes avec des fleurs et font les infirmières dans les bagarres. »

David riait et les parents, éblouis par la gaieté de leurs fils, en oubliaient de corriger son langage.

« Avec eux, continua l'enfant, j'ai appris à faire des ricochets sur la rivière, à fabriquer des arcs et des flèches, et à faire marcher la forge du forgeron… Ils savent plein de choses : le nom des arbres, des plantes, des animaux… Demain on ira au caté, le curé nous passera des films de Charlot et après on ira biturer les poules du curé !

— Biturer les poules du curé ? s'exclama la maman horrifiée, foudroyant Émilie du regard qui, confuse, chercha vainement une explication :

— Monsieur le curé nous laisse nous occuper de sa basse-cour et de son jardin, il y a toujours quelques garçons pour faire des bêtises, on ne fait rien de mal… »

David vint à son secours :

« Émilie n'y est pour rien et c'est grâce à elle que Nathan découvre la campagne et le bonheur de rencontrer d'autres enfants même s'ils ne sont pas bien élevés… Quelle importance ? »

Il lui adressa un sourire complice et un éclair de joie traversa le cœur de la fillette. Ainsi elle ne lui était pas indifférente !

« Nous avons à l'église un harmonium et surtout un très bel orgue ancien, je pourrais demander à monsieur le curé de te permettre d'en jouer ? »

Mais avant que son fils n'ait répondu, madame Bergman était intervenue :

« Nous verrons plus tard ! Pour le moment, nous avons besoin de retrouver notre calme. Nous vous remercions de votre gentillesse. »

D'un geste ferme, à peine amical, elle ouvrit la porte et invita Émilie à aller saluer ses parents de sa part.

Avant sa première messe, l'abbé Moissan fut surpris de voir la pire élève de son catéchisme se présenter en confession de si grand matin et se demanda avec inquiétude quelle nouvelle mésaventure cette drôle de gamine allait lui révéler. En reprenant le chemin de l'église, Émilie n'avait qu'une seule idée en tête : faire accepter par le curé la présence de

David et de son petit frère dans son église, le seul endroit où ils pouvaient être en sécurité, du moins dans la journée. D'une mine humble et contrite, elle supplia le prêtre de l'entendre en confession. Dans le secret du confessionnal, elle avoua les vols dans les réserves paternelles, les impertinences envers les adultes et le manque de respect pour le Maréchal. Quand le prêtre lui demanda si elle avait eu des mauvaises manières avec les garçons, ce fut une voix angélique et deux grands yeux candides, brillant dans l'ombre du confessionnal, qui exprimèrent un amour passionné pour ce jeune homme aux boucles noires et aux prunelles ardentes.

« Ah oui ! Les juifs ! Je me demande bien ce qu'ils sont venus chercher par ici ? Et toute une famille ! Ils vont nous attirer des ennuis ! »

Elle faillit répondre que Jésus, le roi des juifs, était partout présent dans l'église, entre ses parents la Vierge Marie et le Saint-Esprit mais elle jugea cette provocation trop périlleuse pour convaincre le curé d'accepter la présence de ses protégés ; humblement elle précisa :

« Il y a un petit garçon de dix ans et un plus âgé qui est déjà un grand musicien.

— Et bien sûr qui ne sont pas baptisés ! l'interrompit le prêtre. Enfin... amène-les-moi dans notre église peut-être verrons-nous une conversion miraculeuse s'accomplir ! »

Après quelques *Ave* et quelques *Pater* vite débités, Émilie reprit son poste d'observation sous les fenêtres de la chambre haute mais en cette heure toute la famille dormait encore. De toute façon, elle ne pouvait échapper à la matinée studieuse du jeudi chez monsieur Cassagne : calcul, problèmes, dictées, grammaire, programmes sixième, cinquième… ainsi de suite… Par chance, appelé par ses fonctions de secrétaire de mairie, l'instituteur les libéra pour l'après-midi. Le jeudi restait dans la rigueur de son esprit laïc une journée réservée à l'exercice de la religion, librement choisie, ainsi autorisait-il son fils Joseph, si ses résultats étaient bons, à fréquenter parfois le patronage que le curé avait ouvert pour les enfants du village. Madame Bergman était revenue à de meilleurs sentiments. Elle accueillit Émilie avec un pâle sourire quand celle-ci vint proposer d'emmener ses deux garçons à l'église. Elle n'en renouvela pas moins ses recommandations.

En pénétrant dans le sanctuaire, David eut un moment d'hésitation. Il ne s'attendait pas à ce qu'il y ait tant de monde : outre les enfants, quelques vieillards, des femmes surtout, certaines agenouillées sur des prie-Dieu, d'autres occupées au ménage et à la décoration florale des chapelles latérales. Nathanaël ne fut pas moins surpris de voir les gens en entrant plonger la main dans une unique vasque de pierre ou s'échanger du bout des doigts quelque chose d'invisible et de mystérieux pour se signer ensuite d'un air mortifié.

« C'est quoi ce lavabo ? » demanda-t-il d'une voix claire, sous les rires étouffés des enfants du catéchisme et les regards furibonds des bigotes. Contre toute attente, Émilie vit le prêtre venir au-devant des deux garçons avec un empressement chaleureux.

« Bienvenue dans la maison du Seigneur ! »

Il posa quelques questions à David qui répondit du bout des lèvres, les yeux fixés sur un orgue monumental au fond de la nef.

« Je vois que vous admirez notre orgue, dit le prêtre, il est du dix-septième siècle comme notre église. Il a été restauré avec une soufflerie électrique peu de temps avant la guerre et monsieur l'évêque d'Évreux était venu le bénir. Des musiciens venaient même de Paris pour s'y exercer. Hélas, depuis l'exode, personne n'y joue plus et madame Nicodème, notre organiste, préfère notre harmonium d'où elle peut mieux suivre les offices. »

Il invita le jeune homme à monter à l'orgue par un escalier étroit et poussiéreux. Émilie voulut s'y engager mais David, d'un ton brutal, lui rappela qu'elle devait veiller sur son frère. Blessée, elle se dirigea vers la sacristie où les enfants commençaient à s'agiter. Quand une musique céleste envahit son église, le prêtre émerveillé les expédia :

« Allez jouer dans le jardin derrière le presbytère et ne faites pas de bêtises je vous passerai des films dans l'après-midi. »

Émilie confia à Joseph et Alphonse la garde du petit garçon qui les suivit sans méfiance puis revint discrètement se cacher derrière une colonne, fascinée par les flots harmonieux débordant des voûtes du sanctuaire. Le curé, assis devant le chœur, semblait envoûté par la magie divine des harmonies de l'orgue. Les femmes restaient figées sur place et lançaient des regards inquiets vers le fond de l'église. Derrière son harmonium, madame Nicodème ne cessait pas de ronchonner et prenait à témoin les bigotes près d'elle :

« Et pendant ce temps, on ne répète pas les cantiques, nous ne serons jamais prêts pour la procession de Pentecôte ! Pour faire vibrer comme cela les vitraux, il faut être inspiré par le diable ! Si ça se trouve, l'abbé va lui demander de jouer dimanche… Un juif qui accompagne la messe on aura tout vu ! »

Non loin de là, l'Armée des Vikings avait rejoint son camp.

« Si on allait s'occuper des poules du curé, proposa la Vaurie.

— Plus tard, ordonna le chef, nous avons des décisions importantes à prendre, il faut mettre le nouveau au courant avant de le faire entrer dans notre armée ! Puis, s'adressant à Nathanaël : si tu veux être soldat dans nos patrouilles, il faut que tu apprennes nos secrets et que tu jures de ne pas les trahir. »

Garçons et filles s'installèrent en demi-cercle face à Alphonse, le général en chef, et Joseph, le chef d'état-major qui, le plus instruit, menait les débats.

« Comment t'appelles-tu et d'où viens-tu ? »

L'enfant, peu rassuré, tenta de s'esquiver mais deux gardes du corps appelés en renfort le tinrent fermement. Il se redressa dans un mouvement de fierté :

« Je m'appelle Nathanaël Bergman et je viens de Paris. C'est mon vrai nom mais dans la clandestinité mon nom est Noël Martin. »

Les questions fusèrent aussitôt :

« C'est quoi la clandestinité ? demanda une fille

— C'est comme la Résistance, c'est pour se cacher des Boches, expliqua Joseph.

— Avec deux noms, un vrai et un faux, ça serait pas un espion des fois ? s'interrogea la Roupie entre deux reniflements.

— Si c'était un espion, il travaillerait pour les Alliés puisque les Boches le recherchent !

— Et pourquoi ils te recherchent les Boches ?

— D'abord tu es trop petit pour leur faire peur aux Boches !

— S'il n'y avait que des résistants aussi costauds que lui on pourrait l'attendre longtemps la Libération ! »

Le petit garçon, apeuré, avait baissé la tête sous les rires et les quolibets qui cessèrent brusquement quand Joseph déclara d'un ton pernicieux :

« Il serait pas juif des fois ? »

La question resta quelques secondes en suspens dans un silence glacial.

« Es-tu juif ? » demanda le chef.

L'enfant, désormais terrorisé, toujours maintenu par des bras solides, ne fit qu'un vague signe de tête.

« C'est quoi, être juif ? » demanda une fille.

Un débat s'engagea où chacun voulut donner son avis.

« Les juifs, c'est pas des gens comme les autres !

— Mon père, il dit que c'est à cause des juifs qu'on a perdu la guerre !

— Le curé, il dit que ce sont eux qui ont crucifié Jésus-Christ !

— Mais il dit aussi qu'il était le roi des juifs, alors pourquoi ils l'ont crucifié ?

— Bah ! c'est comme les Français avec Louis XVI, ils en avaient marre d'avoir un roi pour les commander et leur piquer leurs sous avec les impôts... Alors couic ! Couper cabèche !

— Ben moi, j'ai entendu dire que les juifs ils étaient baptisés au sécateur, ça veut dire quoi ?

— Ça veut dire qu'on leur coupe le bout de la quéquette, répondit Joseph toujours le mieux informé en tant que fils d'instituteur, c'est la circons... La circonscription !

— Pas du tout, contesta Alphonse, c'est la circon... la circonception... la circonception de Notre-Seigneur Jésus-Christ, c'est bien connu !

— Aux garçons on leur coupe le petit bout mais aux filles qu'est-ce qu'on leur fait ? demanda affolée la fille de la bouchère.

— Aux filles, on leur recoud la petite fente ! »

Et sous l'éclat de rire général, le petit garçon fondit en larmes.

« On va vérifier, dit Alphonse, montre-nous ton oiseau !

— On va visiter sa boutique ! » hurla la meute déchaînée.

L'enfant, avec l'énergie du désespoir et des contorsions d'animal pris au piège, se défendit vainement, puis s'abandonna aux mains perverses qui l'enchaînaient.

« Salauds ! Bande de lâches ! Dévergondés ! »

Telle la justice poursuivant le crime, Émilie avait surgi, donnant des poings et des pieds au milieu de l'assemblée qui, surprise, ne riposta pas.

« Vous êtes pires que les SS et les miliciens ; vous mettre tous contre un seul sans défense ! Je le dirai à tout le monde, au curé, au maître d'école et aux parents ! »

Tout en criant sa colère, elle aidait l'enfant à se rhabiller ; sous la peau diaphane se dessinaient les reliefs grêles d'un corps souffreteux et la vision du petit agonisant sur son lit de fagots lui traversa l'âme. Avec effroi, elle entrevit la cruelle fragilité de cette autre petite vie.

« Vous n'êtes tous que des vicieux et des dégonflés ! » hurla-t-elle avec des pleurs de rage.

Sous l'invective, la bande, mal à l'aise, s'était écartée un peu honteuse ; Alphonse Lempereur, le chef, ne voulut pas perdre la face :

« On ne lui a fait aucun mal. On voulait seulement voir comment c'est le baptême juif mais il a pas voulu nous montrer alors on l'a un peu forcé !

— C'était pour rigoler, faut pas nous en vouloir, dit la Vaurie.

— Bon, on s'excuse ! Mais tu es bête aussi, tu n'avais qu'à nous montrer ta boutique sans faire d'histoires, ajouta Joseph.

— Allez, on oublie tout ! Je te nomme chef de patrouille, proposa Alphonse.

— Tiens, le Parigo ! Je parie qu'il a jamais vu la zézette des filles, lança la Vaurie en avançant une tête de fouine vorace.

— C'est vrai ça, à Paris ils se croient les plus forts, ils sont encore dans les choux et les roses et pensent que les enfants sortent par le nombril. »

Émilie, pourtant habituée aux jeux troublants et à la curiosité exacerbée de ces petits paysans sans complexes, entraîna l'enfant à l'écart en le serrant contre elle pour mieux le protéger.

« Que va dire ta mère ? » demanda-t-elle avec angoisse car elle se savait responsable de cette agression mais il se dégagea de son étreinte.

« S'il te plaît, ne dis rien à mes parents, à David non plus, je ne crains pas leur colère mais je sais qu'ils se sentiront blessés de ce qui m'est arrivé. »

Il avait parlé d'une voix nouée par l'humiliation. Avec gravité, il affirma :

« En réalité, il ne s'est rien passé, ce n'était qu'un jeu et je veux qu'ils pensent que je suis heureux de jouer avec les enfants du village.

— C'est pas tout ça ! Moi j'ai apporté ce qu'il faut pour aller voir les poules du curé, dit la Vaurie pour faire diversion, en brandissant un bocal rempli d'une mixture jaunâtre.

— C'est quoi ? demanda Nathanaël en s'approchant, décidé à rester dans la bande.

— Du blé trempé dans du calvados. Elles adorent ça, les poulettes ! »

Une patrouille fut envoyée en avant-garde vers le presbytère : la bonne était occupée dans sa cuisine et de l'église on entendait encore l'orgue vibrer de tous ses jeux. La volaille, à l'approche des enfants, vint s'agglutiner derrière le grillage, picorant avec voracité cette manne inattendue à grand renfort de caquètements et de bruissements de plumes. Au bout de quelques secondes on vit les poules s'ébrouer, battre des ailes puis tituber, se croiser les pattes pour s'échouer ensuite somnolentes dans la poussière. Un vieux coq, fier de lui, ravigoté, sautillait de l'une à l'autre en gonflant les plumes de son cou.

Les garçons ouvrirent leurs braguettes pour rafraîchir copieusement les pauvres gallinacés. Qu'à d'œil, qui de l'avis de tous présentait les meilleures dispositions, pointa un sexe tendu entre les mailles du grillage et ajusta un jet puissant en direction du coq. Celui-ci, surpris, nullement effrayé par les rires, s'ébroua, inclina la tête à droite puis à gauche, intrigué par l'apparition de ce ver insolite, puis lança un bec puissant et vorace que le pauvre Qu'à d'œil avec son œil qui injurie l'autre ne vit pas venir. Un hurlement de douleur figea sur place l'assistance et le valeureux blessé de l'Armée des Vikings, cachant son sexe dans une main ensanglantée, se sauva à toutes jambes en appelant sa mère.

On apprit plus tard que le docteur Bernard avait adressé en urgence la victime de cet insolite combat de coqs à l'hôpital de la ville où une petite opération fut pratiquée.

L'aventure fut contée d'abondance par tout le village et la mère confirma avec affliction qu'on avait gardé son fils « en salle Celtique à cause des adhérences », une étrange maladie dont on n'avait jamais entendu parler.

À son retour, le garçon marchait les jambes un peu arquées comme un ancien de la cavalerie et à la demande sortait de sa culotte un pansement douteux d'où émergeait un petit bout de chair rose et lisse tandis que les plus intrépides de la troupe chantaient sur l'air des lampions :

« Qu'à d'œil s'est fait picorer le guilleri par le coq du curé ! Qu'à d'œil est juif… Qu'à d'œil est juif ! »

XIV

Romance sans parole

« JE SUIS IMPATIENTE de rencontrer votre ami, vous ne tarissez pas d'éloges et vos yeux brillent d'un éclat nouveau quand vous parlez de lui, dit la comtesse avec une tendresse amusée.

— Il s'appelle David Bergman, il vient de Paris... il était dans un grand lycée, il étudie les mathématiques et la musique... il joue divinement bien !

— En effet, le docteur Bernard m'a parlé de lui, et l'abbé Moissan lui a ouvert son église.

— Il a très envie de venir depuis que je lui ai décrit les merveilles du château, mais la seule vue des Allemands le terrorise.

— Eh bien, rassurez-le ! Dites-lui qu'il sera sous ma protection, je viendrai moi-même le chercher devant les grilles de l'entrée d'honneur. Les SS, ces affreux nazis, sont partis ce matin. Avec le *Herr Professor* et ses gardes, nous ne risquons rien. Amenez-moi ce David dès maintenant. »

Un téléphone sonna dans une pièce voisine. La comtesse fit signe à l'enfant de faire silence et se pencha vers la cheminée, prêtant l'oreille à une conversation en allemand. Émilie, d'abord étonnée d'une telle indiscrétion de la part de cette dame si respectable, s'interrogea sur le rôle que celle-ci jouait en espionnant ainsi les hôtes indésirables de son château, mais, trop impatiente de courir chercher son ami, elle ne s'en étonna pas.

Elle en oublia même l'heure de l'école ; tant pis pour le certificat d'études et la sixième. Toute à la joie de présenter David à la comtesse, les futures colères du père Cassagne n'avaient plus d'importance.

Avec le souci de gagner l'estime de la mère qui l'intimidait, Émilie se présentait toujours chez la famille Bergman avec un cadeau : des fleurs, un livre, des fruits du jardin, des gâteaux qu'elle préparait en cachette de son père. Bien qu'ils fussent habitués au bruit de ses pas dans l'escalier, à chacune de ses visites madame Bergman ouvrait lentement la porte et glissait un regard angoissé aux alentours par l'entrebâillement. Quand Émilie annonça avec ménagement que madame la comtesse attendait David en son château d'Argeronne, madame Bergman perdit toute contenance.

« Emmener mon fils dans ce château plein d'Allemands, vous n'y pensez pas ! Vous êtes totalement inconsciente ma pauvre fille ! Sachez-le, je n'apprécie guère les expéditions dans lesquelles vous entraînez mes enfants ! Rappelez-vous dans quel état vous m'avez ramené Nathanaël hier, tout crotté, épuisé, au point qu'aujourd'hui il est au lit avec de la fièvre... Quant à David, il est chez le docteur ! »

Elle lui claqua la porte au nez. Émilie resta quelques instants interdite devant la porte close. C'était moins la colère de cette dame ordinairement si réservée que cette morsure au cœur de la jalousie qui, de nouveau, la tourmentait : David était allé seul chez le docteur, sans elle... Sans qu'elle en fût avertie !

Quand elle sonna à l'entrée du cabinet, ce fut Idelette, le violon à la main, qui vint lui ouvrir ; du salon arrivait un flot de musique entrecoupé d'exclamations joyeuses. David, souriant et détendu, jouait à quatre mains avec le médecin, le peintre Léonard derrière son violoncelle était en extase devant le jeune homme comme s'il s'apprêtait à faire son portrait. Les deux hommes adressèrent un bref sourire à la fillette. David, penché sur le clavier, n'eut même pas un regard. De temps à autre, ils s'interrompaient et, penchés sur les partitions étalées devant eux, discutaient tous les quatre en des termes qu'elle ne comprenait pas. Elle attendit patiemment la fin du morceau, oscillant entre des débordements de tendresse pour ces êtres aimés et admirés et le chagrin qui lui serrait le cœur d'être exclue de l'univers dans lequel ils évoluaient avec la musique, les livres, les meubles, les tableaux... Voici qu'ils avaient lié une amitié, une complicité, et leur rencontre à l'origine de laquelle elle se situait, loin de la combler de joie, lui faisait cruellement sentir la médiocrité de sa condition de petite paysanne au présent étriqué entre l'école sans fantaisie, l'église sans imagination, les parents besogneux, les discours stupides des piliers de comptoir. Des larmes silencieuses noyaient sa vision des visages familiers. Ils ne virent pas l'expression douloureuse de ses yeux clairs quand elle dit d'une voix émue :

« David ! Je suis venue te chercher : madame la comtesse voudrait te voir dès maintenant. »

Le docteur conseilla la prudence pour traverser le village à cette heure mais le garçon déclara que, lassé de se cacher, désormais il allait vivre au grand jour, même si c'étaient ses derniers moments de liberté ! Émilie confirma que les SS étaient partis et qu'avec les gardes habituels il n'y avait pas de danger.

Riant et saluant militairement, Émilie franchit l'entrée principale du château sans voir combien derrière elle David était pâle.

« *Guten Tag, Grüss Gott Schönes Soldaten !*

— *Guten Tag... mamzelle Mimi, schönes Mädchen... Sie sind lustig !*[1]

— C'est mon cousin de Paris, en vacances », dit-elle en désignant son ami. Les gardes n'eurent pour lui à peine un regard.

Madame de Beaumont d'Argeronne, protégée sous une ombrelle, venait au-devant d'eux. Wilfrid qui s'affairait autour de la voiture du *Herr Professor* leur fit de loin un signe amical de la main.

« Voici donc ce David dont vous m'avez tant parlé ! »

Le garçon s'inclina avec un timide sourire.

« Donnez-moi votre bras, jeune homme. Émilie, tenez mon ombrelle et protégez-nous de ce soleil de mai, espérons que ce printemps finira mieux qu'il n'a commencé. »

1. *Bonjour... mamzelle Mimi, jolie fille... vous êtes drôle !*

Par l'allée centrale et les terrasses, ils gagnèrent l'aile que la comtesse avait pu se réserver en passant devant les fenêtres grandes ouvertes des salons du rez-de-jardin où des hommes en blouse blanche, penchés sur des tables de travail, ne relevèrent pas la tête. Dans les appartements de la comtesse, David s'extasiait discrètement sur chaque chose ; son attention fut vite attirée par un clavecin qui brillait dans la pénombre d'un angle de la pièce.

« Je sais, par Émilie, que vous êtes un excellent musicien ! Racontez-moi, que travaillez-vous ?

— En même temps que la classe de mathématiques, je suivais les cours du conservatoire... Il n'y a pas si longtemps, j'hésitais entre une carrière d'ingénieur ou de musicien mais, quand le gouvernement de Vichy et les Allemands nous ont enlevé toute possibilité de vivre comme tout le monde, mes parents et moi n'avons plus eu qu'une seule pensée : survivre ! »

Il se tut, confus d'avoir trop parlé.

« Je sais les épreuves que vous avez dû subir et les injustices dont on vous a accablés, mais gardez l'espoir, la délivrance est proche... La musique vous sauvera, personne ne pourra l'enlever de votre cœur. Qu'avez-vous travaillé jusqu'à maintenant ?

— Le piano et le clavecin puis, quand on m'a interdit le conservatoire, j'ai pu travailler l'orgue au temple de l'Étoile où le pasteur nous avait fait, à mon frère et moi, de faux certificats de baptême. »

Tout en parlant, il se tenait debout, fasciné, devant l'instrument.

« N'hésitez pas jeune homme, vous pouvez l'essayer, faites-nous ce plaisir. Ce clavecin est dans ma famille depuis deux cents ans, il fut offert à un de mes ancêtres ambassadeur à la cour de Weimar. C'est un authentique Hemsch ; il paraît que Jean Sébastien Bach possédait le même… Mes fils en jouaient autrefois, moi-même… dans ma jeunesse mais maintenant mes doigts sont gourds et mon cœur ne chante plus. »

Avec précaution, David souleva le couvercle, plia consciencieusement le taffetas brodé d'or protégeant les claviers, se pencha pour admirer le coffre de bois laqué finement décoré d'angelots musiciens et de motifs floraux aux couleurs vives où aucune meurtrissure du temps n'apparaissait, puis après une hésitation, plaqua quelques accords. Il sourit à la vieille dame qui venait de prendre place dans un fauteuil, Émilie assise à ses pieds sur le tapis. Il se tint encore immobile, plongé dans une profonde réflexion, et annonça d'une voix claire :

« Suite numéro cinq en *mi* majeur, air et variations de Georg Friedrich Haendel. »

Et ce fut l'enchantement. Une mélodie joyeuse envahit l'espace. Émilie, respirant à peine, se sentit submergée par une vague d'allégresse. Toutes les fibres de son être vibraient sous les frissons que donne la perception magique du bonheur et de la beauté. Éblouie, elle ne pouvait détacher son regard du garçon qui, légèrement incliné en avant, marquait de la tête les changements de rythme. Il ouvrait et fermait les yeux sur des visions qui n'appartenaient qu'à lui seul et faisaient briller ses prunelles d'une lumière transfigurée par la joie altière des harmonies majeures ou la gravité mélancolique des accents mineurs. Les mains fines et longues palpitaient comme des oiseaux au-dessus des claviers et sur le front, où perlaient de fines gouttes de sueur, frémissaient les boucles noires. Parfois, dans un éclair, les yeux de David la transperçaient. Il lui semblait alors qu'il ne jouait que pour elle et l'appelait dans un monde qu'elle avait cru, par dépit, par jalousie, inaccessible. Quand le morceau s'acheva, il y eut un moment d'émotion silencieuse puis des applaudissements jaillirent du dehors. Devant les portes-fenêtres restées entrouvertes, les Allemands s'étaient rassemblés en silence, attirés par la musique parvenue jusqu'à eux. La comtesse parut courroucée mais ne protesta pas quand le *Herr Professor* frappa à la vitre prêt à s'introduire dans le salon.

« Pardonnez mon audace, mais nous n'avons pu résister, mes collaborateurs et moi-même, au plaisir d'écouter votre belle interprétation. Bravo ! C'était magnifique, monsieur ! Si les Britanniques se sont approprié Haendel, il reste un musicien allemand, et comme disait le grand Beethoven il a tout décrit, tout inventé. »

David, le front levé, le regard fixe, garda une attitude hiératique comme sous l'emprise d'un rêve inachevé, ignorant la présence des Allemands.

« Jouez encore jeune homme ! De la terrasse nous apprécions votre talent. »

Après un moment de réflexion, un sourire éclaira le visage de David et une mélodie élégante s'éleva qui, par les portes-fenêtres ouvertes, s'épanouit vers l'extérieur.

« C'est doux et chantant. Je ne connais pas cette œuvre ? dit la comtesse.

— Moi je la connais ! répondit avec enthousiasme Émilie, David l'a jouée chez le docteur, c'est de Félix Mendelssohn, une *Romance sans paroles*, un musicien juif interdit par les nazis ! »

Elle se mordit les lèvres devant le regard furieux que lui lança le garçon, qu'avait-elle dit qui lui déplaise ainsi ? Madame de Beaumont ne parut pas remarquer le malaise entre les deux jeunes gens.

« C'est magnifique, mon garçon ! Avec votre talent, vous donnez du bonheur aux gens et de plus vous ne manquez pas de courage et d'audace, je vous félicite ! Apparemment, nos hôtes germaniques n'ont pas réagi. »

Après un goûter, David, rasséréné, promit de revenir autant de fois que madame la comtesse le souhaiterait. Celle-ci les raccompagna jusqu'à la grille. Pour rentrer au village, Émilie voulut faire découvrir à son ami ses chemins secrets habités par ses rêves et ses naïves émotions

« Le chemin de la Belle-Aurore, le chemin du Bal-Champêtre, le chemin du Ponant, ne trouves-tu pas ces noms jolis pour des chemins oubliés ? » demanda-t-elle timidement.

Il ignorait la signification du chemin du Ponant, lui si instruit. Il est vrai qu'il était de la ville. Il était surtout pressé de rentrer au village ! Ils marchèrent silencieux, l'un devant l'autre, par les sentiers cachés sous la verdure, quand David sur un ton bizarre prononça ces mots :

« Tu avais raison, Émilie, ils sont bien gentils tes amis allemands !

— Ce ne sont pas mes amis ! » protesta énergiquement la fillette.

Elle ne comprenait pas cette ironie cruelle et cette animosité soudaine. Pour cacher sa blessure, elle se fit conciliante :

« Si tu le veux, tu peux venir dans ma chambre, tu pourras choisir parmi mes livres. »

Sans trop savoir pourquoi cette proposition venue spontanément la troubla ; David, seul avec elle, découvrant son intimité et ses secrets de petite fille…

« Hector Malot ou Ernest Pérochon, passe encore, mais la comtesse de Ségur non merci ! »

Il regretta aussitôt le persiflage de sa réponse et, la saisissant par les épaules, l'obligea à lui faire face.

« Excuse-moi, Émilie, je ne voulais pas te blesser. Pour me faire pardonner, je vais te confier un secret : nous allons quitter l'auberge cette nuit, le docteur nous conduira, pour nous cacher, dans une ferme isolée. »

Une chape de plomb venait de tomber sur les épaules d'Émilie qui murmura d'une voix brisée :

« Mais alors, nous ne pourrons plus nous voir ?

— En cachette peut-être… », répondit-il, laconiquement.

Plutôt que de rejoindre ses parents, David décida de se rendre chez le médecin. Émilie comprit que sa présence n'était pas souhaitée ; à contrecœur, elle s'en vint vers l'auberge, affronter les sempiternelles remontrances paternelles.

Les rêves s'envolaient, les merveilles s'évanouissaient, les dures réalités quotidiennes allaient une fois de plus l'avilir.

« D'où viens-tu encore ? Toujours à galvauder par monts et par vaux avec des coteries pour nous faire avoir encore des ennuis, se plaignit la mère.

— À faire la demoiselle chez le docteur et la princesse au château ! À croire qu'elle a honte de nous ! Mademoiselle se croit très intelligente, non mais pour qui elle se prend ? Ça ne fiche plus rien à la maison et ça voudrait qu'on lui paye des études ! renchérit le père.

— Allez ! Va passer la toile dans la grande salle, faut préparer le banquet pour le dimanche de Pentecôte. »

Tandis que madame Lecor maugréait contre sa fille, monsieur Lecor se retira derrière son comptoir pour animer les débats d'après-boire sur les événements du jour et les caprices du temps. C'était l'heure où on se retrouvait entre gens de bonne compagnie à touiller les dominos et à battre le carton, sans la présence des « horsains » comme le maître d'école, le docteur et le barbouilleur de tableaux, qui venaient à des heures plus tardives vous assener leurs vérités avec des mots incompréhensibles. Quand le ton des conversations montait ou que des rivalités s'exprimaient, maître Lecor mettait les rieurs de son côté en soulageant quelques flatulences.

« Sortez, mauvais locataire », était une de ses expressions favorites, à laquelle répondaient d'autres bruits incongrus de force et de tonalité différentes qui, en écho, faisaient redoubler les rires graveleux et les rictus de satisfaction. Le père Machu, levant sa jambe valide en s'appuyant sur le comptoir, disait :

« Tiens cours après.

— Moi, déclarait péremptoire monsieur Plume qui avait de la distinction puisqu'il était retraité des Contributions, je ne pète qu'en silence et seulement en présence des Allemands, c'est ma façon de leur faire sentir que je ne peux pas les sentir !

— Mieux vaut péter en société que d'mourir tout seul. »

Telle était la philosophie de Marcel Kébir.

« Au lieu de se foutre sur la gueule, on pourrait organiser des concours de pets, ça ferait moins de dégâts, vous voyez ça d'ici : Churchill contre Hitler, de Gaulle contre Pétain, Roosevelt contre Goering, Staline contre Goebbels : des sacrés matches… et à la fin les vaincus… terrain trop gras, j'abandonne ! »

Monsieur Lecor, fier de son succès, dans l'hilarité générale, servit une nouvelle tournée, tandis que Marcel Kébir concluait sentencieux :

« Après tout, c'est la nature, ça arrive à tout le monde, nous sommes tous des pétomanes ! »

Émilie, jusqu'à l'écœurement, n'avait rien perdu de la scène, elle enrageait de remettre à leur place ces répugnants personnages. Derrière un rempart de tables et de chaises, elle lança du fond de la salle :

« Le maréchal Pétain, avec un nom comme ça, il doit être le roi des péteurs ! Il n'a pas de tickets de rationnement lui et avec les bonnes choses qu'on doit lui servir dans de la vaisselle d'or comme les rois, il doit péter comme le petit Jésus dans sa culotte de velours ! »

Elle reprit aussitôt son travail, déplaçant bruyamment les objets et s'activant sur sa serpillière au rythme du « *Maréchal Pétain, piteux, pantin péteux...* » et du « *Garde champêt' qui pue qui pète...* », indifférente aux protestations des anciens combattants.

« Regarde un peu ce que tu as fait de ta fille, avec tes plaisanteries stupides ! Elle ne craint personne et ne respecte rien ! » dit madame Lecor.

Monsieur Lecor feignit la colère, pour la forme, pour ne pas vexer la clientèle mais, au fond de lui, il appréciait la verve de sa fille et souriait derrière sa moustache.

Émilie n'en pouvait plus de supporter tant de sottise et de vulgarité. Elle laissa là son ouvrage et monta se réfugier dans sa chambre. Elle pleura longtemps de honte, de colère, de désespoir, en petits sanglots étouffés jusqu'à ce qu'une langueur apaisante fasse surgir en elle l'image de son ami : David racontant Paris, les poètes, les musiciens ; David aux boucles noires frémissantes au-dessus du clavier ; David, joyeux et disert entre le médecin et le peintre ; David qui avait ouvert ses yeux à l'espoir d'un doux et irréel bonheur et la tristesse humiliante de ne pouvoir y accéder ; David qui n'avait pas voulu d'elle pour se rendre chez le docteur. Elle aurait voulu l'étonner, l'impressionner, se faire admirer... mais dans son imagination ne venaient que des banalités. Pourtant, quelques traits, une lumière dans ses yeux quand il la regardait, un sourire étonné, et surtout cet appel fulgurant qui lui avait transpercé le cœur quand, au clavecin, il avait levé les yeux sur elle.

La voix tonitruante de son père la tira de sa torpeur :

« La soupe est servie ! Si mademoiselle veut bien se donner la peine de descendre ! Si mademoiselle n'a pas honte de souper à la même table que ses parents ! »

Elle se déclara souffrante et refusa de descendre. Madame Lecor, conciliante, lui monta une tisane :

« Tout de même Mimi, tu exagères, tu te comportes comme une moins que rien à ton âge ! » Devant le front buté de sa fille, elle s'en retourna avec des hochements résignés de la tête.

Dissimulée derrière sa fenêtre, luttant contre le sommeil, Émilie attendit, l'oreille aux aguets, jusqu'à ce que des silhouettes silencieuses se glissent dans l'ombre du jardin. Elle frissonna, avec encore cette crispation douloureuse dans la poitrine. Ils partaient comme des voleurs, sans même lui avoir dit au revoir. Aucun des chiens du voisinage n'aboya. Avec le friselis du feuillage pour seule protection, ils s'enfoncèrent dans la nuit.

Le lendemain, le premier geste d'Émilie fut de courir vers la chambre haute où le désordre témoignait d'un départ précipité. Elle recueillit quelques livres, des partitions annotées, des dessins d'enfant. Monsieur Lecor ne répondit aux questions de sa fille que par quelques grognements agacés.

Monsieur Van Lair semblait ignorer l'endroit où la famille Bergman était cachée. La comtesse savait peut-être quelque chose mais il était trop tôt pour aller au château ; quant au docteur, il était déjà parti en visite. L'absence de David laissait en elle un vide comme si une partie d'elle-même lui était enlevée, laissant une blessure insupportable. Tant pis pour les remontrances de monsieur Cassagne. Elle n'avait aucun courage pour retourner en classe. Elle rentra à l'auberge où madame Lecor s'inquiéta devant le visage tourmenté de sa fille. Elle fit appeler le médecin qui ne vint qu'en fin de matinée.

« C'est sûrement l'âge qui doit la travailler, avait dit Louise.

— Alors Mimi, que t'arrive-t-il ? Une petite flemme ? C'est vrai que tu as une petite mine », dit le docteur Bernard en entrant dans la chambre.

Il l'examina délicatement et elle retrouva des sensations d'enfance : sa présence rassurante, la chaleur de ses mains quand il la palpait, le contact de sa tête contre sa poitrine quand il écoutait sous une serviette son cœur et sa respiration, son odeur si particulière de propreté et d'antisepsie.

« Rien de bien méchant ! Un peu de fatigue sans doute. »

Les larmes aux yeux la fillette se confia :

« David est parti cette nuit avec sa famille et nous n'avons pas pu nous dire au revoir !

— Voilà donc la cause de ce gros chagrin ! Je sais que tu garderas le secret. Rassure-toi, ils sont en sécurité, du moins je l'espère… Plus tard je t'expliquerai… Tout ce que je peux te dire c'est que ton ami n'est pas loin et qu'il te ressemble, il est aussi têtu que toi ! »

David était en lieu sûr ! Rien d'autre n'avait d'importance. Émilie retrouva vite son entrain, déjeuna de bon appétit et madame Lecor fut ravie de voir combien les remèdes du docteur Bernard avaient été efficaces.

En fin d'après-midi, Émilie se rendit à l'église où l'abbé Moissan avait convoqué les enfants pour la procession de Pentecôte. Bien qu'elle sût sa présence indésirable, elle vint avec le secret espoir d'y retrouver David ; hélas, il n'y avait que madame Nicodème s'épuisant sur son harmonium en prenant les bigotes à témoin.

« À force de s'extasier devant un gamin dont on ne sait d'où il vient et qui joue de l'orgue comme un possédé, monsieur le curé ne sait plus où il en est et les enfants ne sauront pas les cantiques pour la procession ! »

Le prêtre, en effet, semblait désemparé ; il levait des yeux tristes vers le ciel, contemplait son orgue muet et se tournait ensuite, accablé, vers la musique essoufflée et sans âme de l'harmonium. Sans parvenir à maîtriser totalement le chahut, il distribua quelques ordres :

« Alphonse Lempereur, tu ouvriras le cortège avec la grande croix de vermeil devant quatre messieurs de la paroisse portant la statue de la Sainte Vierge. Les filles, vous suivrez en robe blanche ou bleue, les couleurs de notre Sainte Mère de Dieu, avec des couronnes de fleurs dans les cheveux, des fleurs blanches uniquement... Autour de moi se tiendront quatre enfants de chœur et le dernier à me suivre sera celui qui a beaucoup à se faire pardonner, monsieur l'arroseur de poules : Qu'à... Je veux dire Jules Duval ! Il devra porter à bout de bras le portrait dans son cadre de notre protectrice sainte Thérèse de Lisieux, et qu'il s'estime heureux car c'est en chemise de bure et pieds nus que je devrais le faire marcher pour sa pénitence !

— Ah non, c'est pas juste ! protestèrent quelques filles. L'an dernier c'est nous qui avons porté sainte Thérèse, même qu'on avait fait un brancard recouvert d'un drap blanc décoré de fleurs. »

Pâquerette Chauveau qui était la plus délurée ajouta avec une moue méprisante :

« Et puis Qu'à d'œil, il est plus digne de parler aux saints et à la Sainte Vierge puisqu'il est à moitié juif !

— À moitié juif ? s'étonna le prêtre.

— Ben oui ! Il ne peut plus être un vrai chrétien puisqu'il a eu la circon… la circoncession !

— La circoncision, imbécile ! cria Émilie derrière le groupe des enfants. S'il est à moitié juif, toi, la fille Veaufroid, t'es doublement idiote !

— Elle m'a encore appelée la fille Veaufroid », pleurnicha la victime en cherchant l'aide du curé, mais celui-ci était trop accaparé par le tumulte autour de lui. Émilie y vit une nouvelle occasion de le provoquer.

« Monsieur le curé, pourquoi vous ne nous avez jamais parlé de la circoncision de Jésus-Christ ?

— Évidemment, la fille Lecor, qui se croit la plus maligne, en profite pour semer le mal autour d'elle et se distinguer avec ses idées biscornues !

— Je demande seulement à comprendre pourquoi vous n'osez pas parler de ces choses, même dans le calendrier des Postes, c'est indiqué ; après le jour de l'an, le deux janvier c'est la fête de la Circoncision. Le docteur m'a expliqué que c'est une tradition dans certaines religions et beaucoup d'artistes ont décrit la scène. »

Madame Nicodème frisait l'apoplexie derrière son harmonium ; elle aurait voulu venir au secours de monsieur le curé, trop complaisant avec cette dévergondée, mais le mouchoir sur la bouche pour cacher ce qui lui restait de dents elle ne pouvait qu'éructer :

« À fréquenter des francs-maçons, des anarchistes et des communistes voilà ce que ça donne : une fille perdue avant l'âge qui blasphème ! Mais qu'attend monsieur le curé pour la jeter dehors ? »

Comme s'il avait deviné les pensées de la mégère, le prêtre hors de lui, dans le tohu-bohu des enfants du catéchisme, se jeta sur Émilie en lui accrochant un bras et le cou en criant :

« Sors de cette église ! Tu n'y reviendras qu'à genoux et suppliante quand le démon t'aura quittée ! »

D'un coup d'épaule, Émilie se dégagea des mains du curé avec une telle violence qu'il en perdit l'équilibre et que les rires s'arrêtèrent.

« Je n'y mettrai plus les pieds dans votre église, on n'y sent que la souffrance et la mort, j'y reviendrai quand les femmes ne seront plus les boniches du Bon Dieu et que les filles seront enfants de chœur ! »

Elle avait mis dans sa protestation toute la rage et la douleur de la disparition de David. Elle sortit de l'église avec l'étrange impression d'avoir grandi.

En approchant de l'auberge, Émilie comprit qu'une nouvelle épreuve l'attendait. Des hommes en uniformes noirs, l'arme au poing, avec leurs grands bérets grotesques, tels des corbeaux guettant leur pitance, entouraient l'auberge tout en surveillant la place du village. Elle avança d'un pas décidé :

« C'est ma maison, je rentre chez moi », dit-elle simplement.

Au milieu de la salle du restaurant, entre les tables et les chaises repoussées, trônait un officier aux galons d'argent, enveloppé dans une cape qui lui donnait l'allure d'un énorme oiseau de proie. Autour de lui, les miliciens s'esclaffaient obséquieusement à chaque parole de leur chef. Ils avaient des mâchoires voraces, des visages butés, menaçants, des yeux éteints ou cruels sous une boucle de métal, sorte de graffiti, caricature de poisson, accroché au-dessus de leurs fronts bas.

« Alors c'est toujours la fiesta à *L'Assiette normande* ? Pas besoin de tickets, pourvu qu'on ait de quoi payer ! »

Les habitués avaient quitté leurs cartes et leurs dominos pour s'agglutiner autour du comptoir derrière lequel maître Lecor, regard fuyant, passait et repassait un chiffon sur son zinc pour se donner une contenance.

« Je sais que votre village a envoyé une délégation à Rouen pour la visite du Maréchal. Je vous félicite : vous êtes fidèles à vos engagements, il n'y a pas de terroristes chez vous. Hein ? »

Sous l'ironie perçait la menace.

« Pourtant, à ce qu'on m'a dit, il y en a qui cacheraient des juifs… n'est-ce pas monsieur Lecor, il doit en savoir quelque chose, maître Lecor ? »

Il s'avança, arrogant, bouscula d'un coup de pied une chaise qui lui barrait le chemin et chassa d'un geste de la main les clients autour du comptoir.

Jamais Émilie n'avait ressenti un tel sentiment de honte en voyant l'expression de peur et de veulerie sur le visage de son père.

« Faites excuse mon capitaine, chez nous dans le commerce on ne fait pas de politique, le client est roi ! D'autant qu'il se fait de plus en plus rare ! Avec les frais, les impôts, les réquisitions, on ne peut pas se permettre de refuser du monde !

— Je sais, pour vous l'argent n'a pas d'odeur, même l'argent pourri des juifs.

— Je ne pouvais pas savoir qu'ils étaient juifs, ils avaient des papiers au nom de Martin ! On ne refuse pas de collaborer mais faut nous comprendre, la vie n'est facile pour personne ! Demandez à monsieur le maire, c'est un ami personnel de Marcel Déat, le chef du Rassemblement national populaire, et ma fille est allée à Rouen avec les autres enfants du village pour saluer le Maréchal… Émilie, viens un peu ici raconter à monsieur l'officier la chance que tu as eue de voir de près le Maréchal. »

Ce fut une petite fille docile agitant ses boucles blondes qui s'approcha les yeux baissés avec aux lèvres son sourire le plus niais.

« Alors comme ça, tu étais à Rouen, tu as été contente de le voir ? demanda le chef milicien.

— Qui ça ? répondit-elle d'un air de pure innocence distraite.

— Ben, le Maréchal », dit l'homme décontenancé.

Émilie sentait peser sur elle tous les regards angoissés dans l'attente d'une repartie désobligeante dont on la savait capable. Elle comprenait qu'il valait mieux se taire, s'abaisser, mais ce fut plus fort qu'elle :

« Oh, vous savez on n'a pas vu grand-chose ! Il y avait tellement de monde. On a surtout marché et on a tous été malades car au lieu d'un autocar c'est un camion puant qui nous a conduits !

— Tu l'aimes bien, toi, le Maréchal, c'est un bon papa il adore les enfants. »

Le milicien tendit la main pour l'attirer à lui et la caresser mais elle recula et récita le plus stupidement possible :

« Ça oui, on l'aime bien ! Au catéchisme, on prie pour lui et pour la France et à l'école on lui envoie des poèmes et des dessins pour sa fête et son anniversaire, comme ça on sait l'âge qu'il a. »

Avait-il saisi le persiflage de l'enfant ? Il se fit plus agressif :

« Tu les as vus toi, les quatre juifs à l'auberge ? Il paraît qu'on te voyait souvent avec l'un d'eux, un garçon un peu plus âgé que toi, tu ne saurais pas par hasard où il se cache ? »

Émilie fit de la tête un signe de négation en s'efforçant de garder dans son regard la plus lumineuse des candeurs étonnées, mais son cœur battait à tout rompre et elle sentait son sourire devenir une amère crispation. Par chance, l'homme, trop occupé à son discours, ne perçut pas sa détresse.

« Tu sais, les juifs c'est comme les rats, on en attrape beaucoup mais il y en a toujours un qui réussit à passer entre les mailles du filet. C'est comme le chiendent, t'as beau l'arracher, ça repousse toujours… Mais ne t'inquiète pas, ils n'iront pas loin, c'est une question de temps. »

Devant ce militaire sûr de sa force et de son pouvoir, face à son père entouré de ses piliers de comptoir suintant la peur, la lâcheté, la servilité, les paroles du docteur Bernard lui revenaient à l'esprit :

« Homme, que de grandeur et de bassesse dans ce seul mot ! » Une terrible certitude la saisit ; les dénonciateurs de la famille Bergman étaient devant elle : Marcel Kébir, le garde champêtre et tous les autres, son propre père peut-être ? Avec un profond sentiment de dégoût, elle se fit humble et, prétextant les devoirs du certificat proche, elle demanda à regagner sa chambre. Dans l'escalier, elle entendit l'officier demander d'un ton enjoué :

« Maître Lecor, qu'est-ce que vous nous préparez de bon pour dimanche ? En attendant sortez-nous votre meilleur calvados ! »

Dans le secret de sa chambre, elle s'enfouit sous les couvertures car elle avait froid… terriblement froid, à en trembler de honte et d'impuissance. Dans la nuit revint ce rêve singulier : parmi une foule anonyme et hilare elle n'avait pour tout vêtement qu'une petite chemise de coton blanc dont elle tirait désespérément les pans pour cacher son bas-ventre.

XV

Où est David ?

DIMANCHE OU JOUR DE FÊTE, il y avait toujours quelqu'un guettant l'ouverture du cabinet médical mais, ce matin-là, la maison restait étrangement sombre et silencieuse. Avant qu'elle eût sonné, le docteur Bernard avait ouvert la porte. Il était pâle, les traits tirés, les yeux rougis comme après une nuit d'insomnie.

« Comment te sens-tu ce matin, Émilie ? demanda-t-il affectueusement en la faisant entrer dans son bureau. Il faudrait que tu ailles au plus vite à la pharmacie, mais auparavant j'ai quelque chose à te montrer. ».

Il la conduisit dans une petite pièce attenante où, sous un appareil de radiologie, il fit glisser une plaque métallique fermée par une serrure, découvrant un double fond. Il en tira une sorte de valise qui, à en juger par l'effort qu'il fit, devait peser un certain poids.

« Ceci est un appareil radio émetteur qui nous permet de communiquer entre nous. Monsieur Léonard l'emporte dans sa charrette, caché sous son matériel d'artiste peintre pour envoyer ou recevoir des messages dans la campagne. Si l'un de nous deux devait s'absenter, il est possible que des hommes ou des femmes viennent le réclamer. Tu leur indiqueras la cachette et tu leur donneras cette clef à la condition qu'ils se présentent en prononçant le mot “Duquesne”.

— Cela veut dire quoi ce mot ? demanda Émilie, vaguement inquiète.

— C'est le nom d'un corsaire dieppois, le seul protestant reçu à Versailles par Louis XIV sans avoir jamais renié sa foi réformée.

— Un nom de Résistance alors ! »

Il parlait à voix basse comme s'il craignait que quelqu'un l'entende ou surgisse brusquement mais dans ses yeux brillaient une tendre admiration. D'un tiroir de son bureau, il sortit une chaînette d'argent à laquelle pendait une clef et la lui passa au cou :

« Mademoiselle Émilie Lecor, je vous décore de l'ordre de la liberté retrouvée. » Le ton enjoué de sa voix sonnait faux.

« Duquesne, c'est un mot de passe en quelque sorte ? » dit Émilie, pour montrer qu'elle prenait sa mission comme un jeu, mais elle était mal à l'aise avec l'impression qu'il ne lui faisait pas totalement confiance. Elle n'osa pas le questionner sur l'absence d'Idelette. Après lui avoir tendu le message, il lui fit répéter les consignes, le bébé vermifuge Lune, la maison isolée, la boîte à lettres sous la glycine… mais ne lui prêta aucune attention quand elle glissa la lettre sous sa robe ; ce manège ne les amusait plus.

« Fais l'aller-retour le plus vite possible et reviens aussitôt me rendre compte. »

La journée s'annonçait belle. À mesure qu'elle avançait dans la campagne, les bouffées d'air frais du matin, les chants d'oiseaux, les couleurs du printemps, la rosée vivifiante qui perlait dans la lumière et qui, par endroits, au creux des ondulations du bocage s'évaporait en voiles de brumes verdelettes réveillaient en elle la merveilleuse exaltation de la vie. Au contact de la nature, elle se sentait libre, heureuse, invulnérable.

Sa joie fut brève ; en ville, les Allemands et les miliciens étaient partout. Elle s'appliqua à pédaler tranquillement en chantonnant comme une gamine insouciante, indifférente au monde qui l'entoure, mais quand, en approchant de la pharmacie, elle vit le rideau baissé, une peur glacée la saisit. Elle s'arrêta à quelques mètres, examina la chaîne de son vélo, s'ébouriffa les cheveux en regardant ailleurs d'un air détaché. Non loin, deux hommes, manteaux de cuir et chapeaux enfoncés sur des faciès inquiétants, près d'une voiture noire, l'observaient d'un air soupçonneux. D'une petite voix nouée, elle reprit sa chansonnette, passa devant eux debout sur ses pédales, « en danseuse », résistant de toutes ses forces à l'envie de foncer tête baissée.

Jamais encore elle n'avait mis une telle conviction dans « la valse brune des chevaliers de la lune » pour masquer son désarroi ! Il lui fallait gagner au plus vite la maison isolée pour y déposer son message. Un vent de panique la saisit quand elle vit que l'entrée de la ruelle était gardée par deux sentinelles. Elle dut faire un long détour en ville pour retrouver l'autre débouché qui, heureusement, était libre. Il restait une vingtaine de mètres à parcourir pour atteindre son but ; par chance, les gardes avaient le dos tourné et s'intéressaient surtout à ce qui se passait sur la place.

Rasant les murs, poussant sa bicyclette à la main, elle s'approcha mais vit, terrifiée, que le lierre avait poussé et que la glycine était en pleine floraison. Des larmes plein les yeux, larmes de peur, de colère, de rage, elle fouilla la végétation pour trouver la fameuse boîte à lettres qui, rouillée et cabossée, fit un grincement d'enfer à lui glacer le sang quand elle en souleva le couvercle. Après un dernier regard affolé dans la rue déserte, elle sortit la lettre de ses sous-vêtements, la déposa et enfourcha sa bicyclette, en pédalant de toutes ses forces avec l'horrible impression que les soldats au bout de la ruelle s'apprêtaient à tirer dans son dos. Le cœur et les jambes noués par l'effort, elle couvrit d'une seule traite les cinq kilomètres depuis La Roche-Faidherbe jusqu'à Argeronne. Elle fut surprise de trouver monsieur Lenormand, le régisseur du château, assis dans la salle d'attente comme un patient ordinaire, discutant avec le médecin qui, debout contre le chambranle de la porte, surveillait en même temps les mouvements sur la place du village. Devant les deux hommes atterrés, Émilie fit le récit de son expédition ; le docteur Bernard la félicita chaleureusement mais monsieur Lenormand resta impassible et préoccupé :

« Vous devriez partir au plus vite docteur, maintenant que votre dame est en sécurité, moi j'ai le temps de les voir venir, dit-il.

— Je ne peux pas quitter mes malades comme cela, notre ami le pharmacien aura peut-être réussi à s'échapper, et il faut terminer les repérages, répondit le médecin.

— Les feux sont prêts ; il y en a quatre, alignés dans l'axe de la rampe de lancement, et le moment est favorable. Les Allemands ont enlevé une batterie pour renforcer la DCA sur les ponts de Rouen », précisa le régisseur.

Ils parlaient ainsi librement devant elle. Elle s'en étonnait, était-ce parce qu'ils la jugeaient trop naïve pour en saisir le sens ? N'était-ce pas au contraire une marque de confiance ? Pourquoi alors lui dissimulait-on l'endroit où était caché David ? La question lui brûlait les lèvres mais elle n'osait pas la poser devant monsieur Lenormand, qui, avec son allure de vieux Gaulois sévère, l'intimidait. Quand celui-ci sortit avec une ordonnance alibi à la main, Émilie s'inquiéta de l'absence d'Idelette. Ému, le médecin lui répondit :

« Elle est partie rejoindre sa famille en Engadine, une magnifique région de la Suisse. Elle ne voulait pas me quitter, j'ai dû insister pour qu'elle soit en sécurité. Il faut que tu saches petite fille que nous risquons de vivre ici des moments difficiles... Elle m'a bien recommandé de te donner sa bicyclette, son poste de radio, son Gramophone, ses disques ainsi que tous les livres que tu choisiras dans sa bibliothèque. »

Il s'efforçait de paraître jovial mais sa voix avait des accents douloureux :

« Elle nous a laissé aussi ses chocolats, nous allons en préparer un en son honneur ! »

Il la fit asseoir près de lui sur le sofa et l'enlaça :

« J'aurais tant aimé avoir une fille comme toi ! »

Elle aima le contact chaud et rassurant de son corps d'homme. « J'aurais tant aimé avoir un père comme lui ! » pensa-t-elle sans oser le dire. Elle mourait d'envie de lui demander où était caché David, mais c'était comme pour les messages à la pharmacie ou chez la comtesse, des secrets ! Le jeu, en définitive, ne lui déplaisait pas, elle en ressentait même de la fierté.

« Je vais t'aider à porter tous ces cadeaux chez toi. Auparavant, finis ton chocolat, il est un peu refroidi mais bien meilleur avec cette peau plissée et veloutée sur le dessus ! »

Il accompagna Émilie jusque dans sa chambre. Tandis qu'elle rangeait avec soin les présents reçus, et qu'il découvrait avec attendrissement ses trésors et ses secrets de petite fille, il prenait conscience avec effroi de sa culpabilité. Étonné par la précocité et la vivacité d'esprit de cette gamine, n'aurait-il pas dû la laisser vivre une enfance insouciante au lieu de l'entraîner sur un chemin semé d'embûches. N'était-ce pas pour satisfaire sa curiosité de scientifique qu'il observait sans ménagement l'évolution de cette jeune intelligence ? Un élan de tendresse le précipita vers elle, il l'embrassa sur la joue, elle se laissa faire en riant, un peu surprise de cette familiarité :

« Ma chérie, tu vas avoir treize ans et avec cette guerre, comme pour tant d'autres, on aura saccagé ton enfance… mais je le sais, tu seras un grand médecin ! Tu seras émerveillée de découvrir les mystères de la vie. Rappelle-toi que chaque être humain, du plus humble au plus éminent, est unique dans son corps et son esprit au sein de la multitude. Il n'est rien, un grain de poussière dans l'infini de l'univers, mais il a en lui la capacité de concevoir et d'explorer des vérités encore inaccessibles... N'est-ce pas merveilleux ?... Comprends-tu, Émilie ? »

Cette dernière était captivée par les paroles du médecin. Elle les gravait dans son esprit avec le sentiment de vivre là encore, sans en comprendre parfaitement le sens, un moment essentiel de son existence.

« Souviens-toi toujours, deux seules choses comptent pour lesquelles tu devras lutter : la beauté des choses et le respect de toute vie. Quelles que soient la couleur de leur peau, la forme de leur visage, le pays d'où ils viennent, le sang des hommes a le même vermillon, la même odeur douceâtre quand il est répandu et la même noirceur quand il sèche ! Leurs cœurs ont les mêmes battements et leurs voix les mêmes rires et les mêmes sanglots... Comprends-tu, Émilie ? Je ne peux pas me résoudre à accepter que tout cela n'ait aucun sens et finisse dans l'abjection, la pourriture et l'absurdité du néant... »

Il avait prononcé ces derniers mots d'une voix brisée et plongé son visage dans ses mains pour cacher ses larmes devant l'enfant qui l'observait, décontenancée. Elle découvrait avec une stupeur douloureuse qu'ainsi un homme, un savant, un être beau et fort, pouvait s'effondrer et pleurer comme un enfant ! Ce fut pour Émilie une terrible révélation : il était désarmé, vulnérable, tragiquement humain. Elle allait lui poser la question qui la tourmentait : où était caché David ? Mais on frappa à la porte.

« Alors, les tourtereaux, on fait bande à part. »

Le peintre Léonard fit irruption dans la pièce avant même qu'on l'eût invité.

« Mission remplie ! C'est pour la nuit de lundi à mardi. Espérons qu'il ne pleuvra pas ! »

Il parut ne pas voir leurs visages éplorés.

« Tu ne vas pas la garder pour toi seul notre petite colombe ! C'est ta disciple d'accord mais moi c'est mon meilleur modèle. »

Les deux hommes quittèrent la chambre d'Émilie et déclinèrent l'offre de madame Lecor de participer au festin du dimanche midi.

La salle du restaurant était envahie, outre quelques familles dont celle du maire, par des officiers de la Milice, venus avec des femmes fardées qui parlaient haut et riaient fort. Émilie déjeuna seule dans un coin de l'arrière-cuisine et se consacra à la corvée de vaisselle ce qui lui évitait de devoir paraître en salle. Insidieusement, sa mère l'interrogea :

« Tu ne saurais pas, par hasard, où est passé le garçon brun avec lequel tu sortais, la Milice et les Allemands le cherchent toujours, tu sais que ton père risque d'aller en prison si on ne le retrouve pas…

— Qui est-ce qui les a dénoncés ? » demanda la fillette en serrant les dents.

Madame Lecor eut un moment d'hésitation.

« Avec tout le monde qui passe ici, ça va, ça vient alors… et puis tout le monde les a vus arriver le jour de la communion !

— Les lâches, les bandits ! » cria Émilie malgré le voisinage des miliciens. Elle n'en pouvait plus de supporter tant de haine et de bêtise.

C'est vers son île, par ses chemins secrets, qu'elle courut cacher sa détresse. Des idées de vengeance, de châtiments implacables se bousculaient dans sa tête à l'encontre de tous ces traîtres, ces criminels, ces fourbes...

« Je les hais tous... copains comme cochons. Qu'ils crèvent ! »

Quand elle retrouva son calme, une évidence lui apparut : sauver David, le cacher, si jamais il venait à réapparaître, n'était-ce pas ici dans cette oasis de verdure et d'eau au milieu d'un parc touffu qu'il y avait le meilleur refuge ? Au milieu des Allemands, qui aurait l'idée de venir l'y chercher ?

Tout l'après-midi, elle s'activa, balayant, grattant, lavant... Lors d'allers et retours discrets entre l'île et sa maison, elle aménagea un espace où l'on pouvait survivre décemment. Sans toucher au lierre qui les cachait, elle prit soin de s'assurer que les vieux murs de brique et de silex restaient bien isolés de l'humidité ambiante. Il manquait seulement de quoi dormir à la place de cette couche précaire de fagots et de feuillages. Elle ne pouvait s'en charger seule, et chercher de l'aide c'était, tôt ou tard, trahir ce secret qu'elle voulait garder pour elle seule.

Le soleil était encore haut dans le ciel quand l'heure allemande sonna au clocher de l'église. Épuisée, en sueur, salie, elle s'allongea sur l'herbe pour contempler, heureuse, le résultat de ses efforts. L'image de David ne la quittait pas, et de s'imaginer tous deux blottis dans cet abri protégé des fureurs du monde faisait naître en elle un trouble nouveau, mêlé d'appréhension et d'espoir. Saisie d'une pulsion soudaine, elle se déshabilla, pour rien, comme cela… pour le plaisir de s'exposer au soleil, de se sentir belle et libre. Elle fit une brève toilette au bord de la rivière, puis, était-ce le souvenir des jeux de l'été dernier avec Joseph, elle se sentit ridicule et se rhabilla promptement ? Elle comprit intuitivement que la présence espérée de David auprès d'elle, dans cet univers isolé et tranquille, serait une tout autre aventure.

Satisfaite, elle contempla son œuvre. Après avoir franchi le gué, elle répandit à l'entour une poignée de poivre empruntée dans la cuisine de maître Lecor : était-ce au cinéma du dimanche ou dans les conversations du café, elle avait entendu dire que c'était un bon moyen d'éloigner les chiens policiers lancés à la poursuite des fugitifs.

XVI

L'île secrète

Elle avait perdu la foi et le curé l'avait chassée de l'église mais, toujours dévorée de curiosité, Émilie n'avait pu résister au désir de suivre, au moins de loin, le déroulement de la procession. Il y avait foule en ce lundi matin de Pentecôte. Elle attendit patiemment la fin de la messe en traînant ses pas derrière l'église, quand tout à coup, aux cantiques sirupeux et aux plaintes poussives de l'harmonium, succéda un ouragan de musique qui, comme un défi au lieu et aux croyants, s'étendit au-delà des limites du sanctuaire.

« David est revenu ! David était caché dans l'église ! »

Une joie indicible, irréfléchie, la précipita par la sacristie, vers l'escalier étroit qui menait à l'orgue.

« Respectez la Maison du Seigneur et les lois de notre Sainte Mère l'Église ! »

Une fraction de seconde, elle crut que cet ordre s'adressait à elle, mais elle comprit aussitôt le danger : le portail avait été ouvert à deux battants, laissant entrer un flot de lumière, et la grand-place était envahie par des gendarmes et des miliciens dont certains, l'arme au poing, s'avançaient sur les marches de l'église :

« Le Maréchal, votre chef, vous interdit de pénétrer dans ce sanctuaire, vous devez rendre les honneurs militaires devant l'autorité religieuse. »

Impressionnés par la détermination du prêtre, ils reculèrent. Émilie bondit vers David qui frénétiquement faisait éclater l'orgue de tous ses jeux. Avec la force de sa peur, elle l'arracha de son clavier :

« David, viens vite, la Milice est devant l'église ! »

Les derniers rangs de la procession étaient encore sur le parvis quand elle réussit à l'entraîner vers la sacristie.

Le regard perdu, il semblait encore sous l'emprise de sa musique et voulait rejoindre la maison du médecin. Elle se mit en colère et le tira de force vers un sentier détourné :

« Arrête de faire l'imbécile, ils vont fouiller toutes les maisons, tu es obligé de me suivre... J'ai une cachette où tu seras en parfaite sécurité ! »

Elle se lança dans une course effrénée mais il était incapable de la suivre. Elle revint sur ses pas pour l'attendre ; ses craintes redoublèrent quand elle vit de loin une patrouille approcher et menacer de leur couper le chemin. Par chance, une escadrille d'avions à basse altitude tourna au-dessus du village, semant la panique chez les militaires et dispersant les fidèles. Ils purent ainsi gagner l'orée de la forêt. En reprenant peu à peu sa respiration, David demanda :

« Sais-tu où se trouve la ferme de Hauts-Vents, c'est là que ma famille est cachée.

— C'est loin ! Même en prenant par la forêt, il y a une bonne heure de marche… mais alors, toi où étais-tu ? interrogea la fillette.

— Moi, j'avais choisi de rester chez le docteur comme il me l'avait proposé. »

Émilie, une nouvelle fois, ressentit cette estafilade au cœur ; ainsi, le docteur Bernard, malgré tout ce qu'elle avait accompli, l'avait laissée dans l'ignorance de la présence du garçon chez lui ! En ruminant son amertume, elle reprit sa marche sans aucune compassion pour les difficultés de son compagnon à la suivre. Ils marchèrent longtemps en silence.

En avançant à travers la campagne familière, elle remarqua des fumées insolites s'élever au-dessus des rideaux de hêtres et de peupliers derrière lesquels les fermes isolées étaient dissimulées. Ce ne pouvait être en cette saison des feux d'herbes ! Animée d'un mauvais pressentiment, elle proposa au garçon, qui n'avait rien remarqué :

« Je vais d'abord y aller seule, reste caché je viendrai te chercher après m'être assurée qu'il n'y a pas de danger. »

Il ne voulut rien savoir :

« Je veux retrouver mes parents, que je n'aurais jamais dû quitter ! Tu es sûre de bien la connaître la ferme des Hauts-Vents, nous ne sommes pas perdus, depuis le temps que nous marchons ? » demanda-t-il, avec une inquiétude croissante.

Ils s'avancèrent prudemment mais l'odeur des incendies précipita leurs pas. La maison principale brûlait et tout ce qu'elle avait contenu était éparpillé dans la cour : vêtements, linges, meubles éventrés, ustensiles divers. Plus âme qui vive à l'entour, ni hommes ni bêtes, seuls des cadavres d'animaux éventrés ou écrasés et des traces de pneus dans la boue sanguinolente témoignaient du passage des pilleurs.

David, affolé, courait en tous sens dans la propriété dévastée, puis devant Émilie, médusée, il tomba à genoux, les mains ouvertes, la face levée vers le ciel et prononça d'une voix angoissée mêlée de révolte et de résignation une étrange prière dans une langue inconnue.

Émilie attendait, décontenancée, qu'il retrouve un peu de calme pour le convaincre de la suivre jusque dans l'île :

« Ne restons pas là, les miliciens peuvent revenir... Je vais te conduire dans ma cachette secrète. »

Résigné, il lui emboîta le pas.

Depuis un sentier dominant la route, ils aperçurent un convoi de véhicules militaires encadrant un camion chargé d'êtres humains agglutinés les uns contre les autres : des hommes, jeunes pour la plupart, quelques femmes de tous âges, qui semblaient protéger à l'arrière du véhicule un petit garçon le bras levé comme un ultime salut au paysage qui s'effaçait devant lui dans un écran de poussière. David poussa un hurlement et dévala la pente à travers le sous-bois pour courir à leur poursuite. Émilie réussit à le plaquer au sol et, stupidement, faillit céder au fou rire en pensant aux leçons de rugby du père Cassagne. Ils luttèrent, lui pour se dégager, elle pour le retenir, chacun avec les mêmes douleurs et le combat se termina par une étreinte. Les plaintes du jeune homme avaient l'âpreté d'un fauve blessé et la fillette, pour tenter de le consoler, se serrait un peu plus contre lui à chaque tentative pour se dégager.

« Partons vite d'ici ! dit la fillette, en cachant mal son impatience, tout n'est pas perdu ! Je vais aller voir madame la comtesse et Le *Herr Professor*, ils ont sûrement le moyen de faire libérer ta famille.

— Tu crois ? Cela serait possible ? »

Le visage tourmenté du garçon s'éclaira d'une telle lueur d'espoir qu'elle s'en sentit coupable, devinant l'incertitude de sa démarche.

Il se laissa guider docilement jusqu'à l'anfractuosité du mur de torchis dissimulé sous les broussailles.

« Nous sommes à l'intérieur du parc. Il est abandonné depuis la guerre, les officiers font du cheval dans les allées autour du château et les sentinelles restent toujours devant les grilles de l'entrée mais ne s'aventurent jamais dans cette partie trop touffue », expliqua Émilie.

Devant le gué, tandis que David observait craintivement le courant, elle remonta avec une impudeur enfantine les pans de sa robe qu'elle enserra autour de ses cuisses et dit en riant « comme les haut-de-chausses des mignons du roi Henri » sans voir le trouble que son geste provoquait chez le garçon qui, les jambes du pantalon enroulées, hésitait à s'engager.

« Suis-moi bien : il y a par endroits des trous d'eau qui peuvent être dangereux. »

Ils longèrent sur une dizaine de mètres la rive opposée avant de déboucher dans la clairière où, avec une gaieté affectée, elle s'écria :

« Bienvenue dans l'hôtel de la Patrie ! Ici tu ne crains rien, personne ne peut deviner ta présence. »

Il fit quelques pas dans l'île, promenant un regard méprisant autour de lui : « Et tu crois que je vais rester ici comme une bête tapie dans sa tanière ? »

Une vague de découragement submergea la fillette qui se retint pour ne pas fondre en larmes, elle qui avait tant espéré un mot, un geste de reconnaissance ! Déjà il tournait en rond en proie à une agitation dont elle comprit vite le sens :

« Qu'est-ce que tu attends ? Va vite voir la comtesse afin qu'elle intervienne auprès de l'officier allemand pour faire libérer ma famille ! »

Dépitée, elle courut vers le gué sans se retourner, indifférente à la morsure de l'eau qui plaquait sa robe sur son corps. Elle sortit du parc par son chemin secret, rentra discrètement à l'auberge pour se changer et revint au château par l'entrée principale où les gardes avaient perdu leur air débonnaire habituel.

« Mamzell' Mimi plus venir… *Verboten, los* partir vite… *Raus !* » mais en riant, Émilie leur échappa sans qu'ils osent l'arrêter. « *Mimi nein… schnell komm her.* »

La comtesse l'accueillit avec empressement et promit son aide et celle de son régisseur pour protéger David, mais quand il fut question d'intervenir auprès des Allemands les espoirs de la fillette s'envolèrent douloureusement.

« Je crois savoir que le professeur a des démêlés avec les SS et ceux-ci sont sur le point d'envahir le château. Je crains que l'on ne puisse rien pour ces pauvres gens, si nous sauvons votre ami ce sera une grande victoire ! Vous savez ce que l'on dit en pareil cas ? Qui sauve un seul de ces persécutés, sauve l'humanité… »

La vénérable dame, émue devant le visage cruellement déçu de la fillette, chercha à la rassurer :

« Allez, petite messagère de l'espoir, du courage ! Tout cela finira bientôt ! Je sais où vous cachez votre ami ! Mais c'est une tâche trop lourde pour vos jeunes épaules, l'aide de monsieur Lenormand et de son épouse vous est indispensable, d'autant qu'ils connaissent le domaine mieux que quiconque. Je vous conseille de les rencontrer dès maintenant. »

Émilie n'osa pas confier à la comtesse que ce couple de serviteurs qui lui étaient tout dévoués, encore aujourd'hui, réveillait en elle d'anciennes terreurs enfantines. L'homme était de haute taille, un corps massif tout en muscles, le visage buriné au menton volontaire émergeant d'une moustache en crocs, les yeux d'un bleu sombre, sous d'épais sourcils, qui se posaient avec une froide sérénité sur les êtres et les choses. Il émanait de ce paysan une impression de puissance maîtrisée par la lenteur mesurée du geste et de la parole. C'était disait-on un « taiseux ». Il venait parfois à l'auberge. Il se tenait à distance, dans un coin derrière son verre, tirant sur sa pipe à petites bouffées, promenant sur l'assemblée les regards ironiques de celui qui n'en pense pas moins, puis s'éclipsait discrètement avec pour seul salut à la compagnie un doigt porté au bord de son chapeau. Homme des forêts et des rivières, il faisait fuir les enfants et inspirait une méfiance respectueuse aux adultes qui voyaient en lui un sage ermite un peu sorcier. Jamais il ne s'était intéressé à Émilie qui ne l'observait que de loin et lui trouvait une ressemblance avec l'image du Vercingétorix de son livre d'histoire.

Son épouse effrayait, elle aussi, les enfants dont elle cherchait pourtant la rencontre avec un frénétique besoin d'amour mais elle était sourde et muette et ne s'exprimait que par de grands gestes et la même onomatopée : « Oh là là… oh là là. » Quand elle descendait au village, elle cherchait après Émilie, la seule qui ne fuyait pas à son approche, et qui, mortifiée de pitié et de honte, se soumettait à l'épreuve de ses baisers mouillés. Homme et femme de peine pour qui le travail était la seule raison de vivre, ils connaissaient tous les métiers sans en avoir appris aucun. Ils habitaient, dans les communs du château, une chaumière qui semblait à la petite fille comme une maison de sorcière des contes de son enfance.

Aussi était-ce avec appréhension qu'Émilie frappa à la porte de leur chaumière. Monsieur Lenormand apparut, occupant tout l'encadrement de la porte. Elle se demanda comment un tel géant pouvait habiter une maison de nains ? Elle entra dans une longue et étroite salle au plafond de poutres noircies et au sol de tommettes brillantes d'usure, faiblement éclairée par le feu de la cheminée et quatre fenêtres basses au jour parcimonieux. Cela sentait le propre et les odeurs rustiques : feu de bois, cires anciennes, marmite mijotant. Brièvement, elle expliqua l'objet de sa visite. L'homme l'écouta sans un mot, fit quelques signes à sa femme qui revint avec un panier chargé de victuailles, puis il sortit, laissant la fillette se soumettre aux effusions mouillées « oh là là », pour réapparaître chargé d'un matelas et de couvertures. Dehors, tel l'ogre et ses bottes de sept lieues, il chaussa ses énormes cuissardes qui lui faisaient tant peur quand elle était petite, et, d'un signe de tête, lui ordonna de le suivre en portant le panier de provisions. Elle attendit d'être assez loin de la chaumière pour changer son fardeau de main et essuyer ses joues encore humides des baisers de la pauvre femme.

Devant le gué, avant qu'elle ait pu émettre la moindre protestation, il la souleva dans ses bras et, en quelques enjambées, la déposa sur l'autre rive. Ils trouvèrent le garçon tapi dans l'ombre de la chambre rudimentaire – « comme une bête au fond de son terrier », pensa douloureusement Émilie. Il eut un mouvement de recul devant ce géant inquiétant qui l'enveloppait de son ombre et lui disait d'une voix qui se voulait rassurante :

« Allons, mon gars, du courage ! Nous voici compagnons d'un même combat... Ici tu n'as rien à craindre, la petite et moi nous allons assurer le ravitaillement ! »

Aussitôt David s'enquit du résultat de la démarche auprès de la comtesse et des Allemands. Émilie ne put que lui mentir et, malgré sa gêne, le laisser espérer. Dans le regard que lui lança monsieur Lenormand, elle comprit qu'il approuvait son attitude et qu'une amicale complicité était née entre eux. Après une brève hésitation, il proposa :

« Émilie, tu pourrais rester à dormir chez moi, toi aussi garçon, je vous le dis c'est un secret mais cette nuit ça risque de cogner dur, l'aviation alliée va bombarder la base allemande et le village ne sera peut-être pas épargné. » Puis il proposa à la fillette de l'aider à passer le gué, mais David sur un ton presque suppliant demanda : « Non Émilie reste ! S'il te plaît reste encore. »

Émilie remercia vivement monsieur Lenormand pour son aide précieuse. Il n'insista pas et promit de revenir chaque jour matin et soir. Ils convinrent d'un code, trois cognées sur l'arbre le plus proche du gué pour s'annoncer. Quand ils furent seuls, Émilie installa sur une serviette le contenu du panier et dit gaiement :

« Monsieur est invité pour un pique-nique au bord de l'eau », mais David malgré une faim évidente gardait un air renfrogné.

« Il faudra que tu expliques à ce brave homme que je ne mange pas de porc ! » dit-il avec hargne. Sans s'étonner, elle goûta le jambon et le pâté tandis qu'il dévorait le fromage, les tartines beurrées et les confitures. Ils burent l'un après l'autre à même la laitière en riant des dégoulinages qui leur descendaient jusqu'au cou.

Rassasié, David parut de meilleure humeur. Il fit quelques pas dans la clairière, contempla songeur l'eau murmurante qui s'écoulait à ses pieds puis revint vers Émilie qui, accroupie, rangeait soigneusement les reliefs de leur repas. Il la contempla longuement. Elle leva vers lui des yeux remplis d'une interrogation muette et candide. Il s'allongea sur un tapis de mousse et l'invita à venir près de lui. Docile mais surprise de cette invite inattendue, sans sourciller, elle laissa approcher de son visage le front barré de boucles brunes, les lèvres au dessin gourmand et les prunelles où brillait une lumière semblable à celle entrevue au-dessus d'un clavier. Elle ferma les yeux et resserra les jambes. Elle sentit ses cheveux, son front, ses paupières, sa bouche délicatement effleurée tandis qu'un étrange désir d'abandon mêlé de crainte l'envahissait. Il se fit soudain plus pressant et glissa une main sous la jupe relevée. Dans un sursaut de pudeur offensée et de pressentiment confus, douleur ou plaisir, d'une faute imminente, elle revit dans un éclair les ailes ensanglantées du coq blanc sur le visage livide de l'enfant agonisant. Alors, affolée, elle se précipita vers le gué sans entendre les appels du garçon.

« Émilie reviens, pardonne-moi ! Je ne voulais pas... Je t'aime. »

Elle courut à perdre haleine comme pour chasser de son être la culpabilité de son égarement puis, calmée, rentra à l'auberge retrouver le monde réel et les conversations qui tournaient autour des derniers événements : la procession dispersée par le mitraillage des avions anglais, heureusement sans faire de victimes, la rafle dans les fermes où se cachaient des réfractaires au Service du travail obligatoire en Allemagne mais aussi quelques juifs, les SS qui surveillaient maintenant le village... À mesure que le débat s'échauffait, c'était à celui qui se prétendait le mieux informé, à celui qui parlait le plus fort... les chances d'un débarquement entre Calais et Dunkerque pour venger l'humiliation de juin 1940 plutôt qu'en Normandie après l'échec de Dieppe en août 1942... la remontée des Américains par l'Italie et le Sud avec la Corse libérée depuis septembre 1943... les gaz qu'ils n'ont pas encore utilisés car, c'est bien connu, les Allemands sont les plus forts en chimie… les armes secrètes… les armes nouvelles, les lance-flammes, les bombes de plusieurs tonnes, soufflantes, à retardement, incendiaires, paralysantes… Derrière ces facondes, ces délectations à parler des meilleurs moyens d'attenter à la vie, massacres, tueries, carnages, destructions… en pensant que ça n'arriverait qu'aux autres, se cachait le lâche qui avait dénoncé des pauvres gens. Ce qu'Émilie entendait la confortait dans sa détermination de tout faire pour sauver David. En montant vers sa mansarde, elle avait un peu la nausée mais elle se sentait encore habitée par le souvenir doux de leur enlacement.

Dans la quiétude de sa chambre, elle choisit un disque, Haendel de préférence, et un livre, Maupassant, parmi les cadeaux de l'épouse du médecin. Elle s'allongea sur son lit, sans pouvoir détacher de son esprit l'image du garçon et son geste audacieux, cette main remontant sous sa robe qu'elle avait agrippée dans un sursaut de défense. Et s'il allait recommencer ? N'avait-il pas crié « je t'aime » quand elle s'enfuyait ? Cette pensée accentua son trouble…

Dès le premier jour où David était apparu et qu'un tressaillement nouveau l'avait saisie, sa présence ne l'avait pas quittée, elle occupait ses rêves, ses pensées, ses interrogations ; était-ce cela l'amour ? Ce désir obsédant de retrouver au plus vite l'être que l'on vient de quitter et sans qui le monde paraît vide… Elle n'ignorait rien des réalités de la vie, les explications du docteur Bernard, les garçons impudiques fiers de leur virilité, les filles maniérées et leurs secrets, les baisers d'amour des héros du cinéma du dimanche après-midi, les rengaines lénifiantes des amants séparés entendues à la radio entre les messages de propagande. Avec l'attente anxieuse de ce saignement mystérieux et vaguement coupable, c'était tout un déferlement d'interrogations et d'appréhensions qui tourmentaient son imagination. Elle se savait jolie de visage mais son corps lui était étranger et quelque peu méprisable avec ses exigences et ses aires encore inexplorées ; lui vint alors la tentation de mieux se connaître.

Elle se précipita dans la chambre de ses parents où un miroir sur la porte de l'armoire permettait de se voir entièrement. Elle se déshabilla et, de face, de profil, en cambrant les reins, en bombant le torse, elle contempla sa silhouette, un peu déçue d'y voir l'enfance encore toute proche. « Je suis une fille », se dit-elle avec fierté ; ses vêtements sous le bras, elle regagna sa chambre, et la crainte d'être surprise ainsi accentua son excitation. Elle se glissa dans ses draps, les mains lovées entre ses cuisses, l'esprit encore accaparé par l'audace de David.

« Je l'aime, oh comme je l'aime ! » murmura-t-elle. Alors avec des gestes doux et prudents elle prit possession de son être intime, se révélant les replis, les émergences, et leurs métamorphoses imminentes. C'était tendre et agréable, avec l'attente confuse d'une volupté entrevue puis croissante, jusqu'à ce que des ondes obscures viennent raviver devant ses yeux l'image de l'enfant moribond tandis que dans son ventre palpitaient les ailes ensanglantées de l'oiseau blanc.

Elle bondit de sa couche vers la table de toilette, s'aspergea par tout le corps à l'eau glacée et se frotta avec frénésie comme si elle voulait effacer les traces d'une faute. « Qu'est-ce qui m'arrive ? se demanda-t-elle, cette fille qui a fait cela est une autre que moi ! »

Épuisée, elle s'endormit.

C'est l'appel de Louise pour le souper qui la réveilla. Il lui sembla avoir dormi une éternité et dans le jour gris de sa chambre elle ne savait plus si c'était le matin ou le soir de sorte que la nuit venue elle n'avait plus sommeil. Derrière sa fenêtre entrouverte, elle attendit le bombardement annoncé en se grisant des senteurs des jardins qui, magnifiées par la moiteur de cette nuit de printemps douce et calme, montaient jusqu'à elle. La lune était entourée d'un halo clair, présage de beau temps et des pampres de nuages qu'elle irisait de clair-obscur la masquaient d'une mouvance intermittente.

Tout à coup, des feux s'allumèrent sur la colline d'en face et, en quelques minutes, un grondement vite amplifié monta de la profondeur du ciel. Ce fut aussitôt l'enfer avec le rugissement des avions en piqué laissant derrière eux des gerbes rouges, jaunes, blanches puis noires. La campagne, éclairée comme en plein jour, tremblait jusqu'aux limites de l'horizon sous les coups de boutoir des explosions et les crachements mécaniques des canons. Émilie, fascinée, regardait ce spectacle de fin du monde qui restait à distance du village ; elle n'éprouvait aucune peur mais une angoisse douloureuse, tendue vers le garçon qu'elle devinait terré au fond de sa cachette. Une envie dévorante de le rejoindre l'étreignit. L'embrasement ne dura que quelques minutes, l'air se chargea de cendres et d'odeurs soufrées. Sans qu'elle puisse en expliquer la raison elle fut prise d'un énorme fou rire ; cette nuit illuminée lui avait rappelé les feux d'artifice du 14 Juillet et des fêtes votives d'autrefois quand le bon peuple rassemblé s'extasiait le nez en l'air « oh la belle bleue, oh la belle rouge ! » et applaudissait à l'apothéose multicolore du « bouquet final ».

XVII

Aux mains des miliciens

Le lendemain matin, le premier geste d'Émilie fut de courir dans l'île, impatiente de savoir comment David avait passé la nuit sous le bombardement. Ce fut un silence inquiétant qui suivit les trois coups cognés sur l'arbre près du gué. Ses appels restèrent sans réponse. Elle se rassura en songeant qu'il avait dû passer la nuit dans la chaumière de monsieur Lenormand, ce qui réveilla en elle l'amertume de la jalousie. Déçue, elle rentra à l'auberge et se prépara à contrecœur à reprendre le chemin de l'école. Joseph vint à sa rencontre avec l'air compatissant et vaguement moqueur de l'ami qui sait tout :

« Je vois que tu vas mieux ! Mon père est furieux contre toi, il dit que tu as fait semblant d'être malade et que tu n'as rien à faire au château et que tu te laisses emberlificoter par les combines du toubib, et que c'est pas comme ça que tu auras ton certificat.

— Si tu savais comme je m'en fiche du certificat ! Si je voulais, je pourrais demain être dans un grand lycée à Paris !

— Arrête de me faire marcher, on sait bien que le père Lecor il ne les lâchera pas comme ça, ses sous !

— Je n'ai pas besoin des sous du père Lecor, comme tu dis, il y a plein de gens qui s'intéressent à moi !

— Vantarde, tu me fais marcher ! En attendant, on aimerait bien savoir ce que tu fricotes avec ton copain juif ? Mon père il dit que c'est à cause des juifs que les gars du STO ont été arrêtés.

— Mon copain juif, il est loin maintenant… parti dans la Résistance et il pourrait bien revenir un de ces jours pour te casser la figure !

— Tu parles ! Moi les gars de la Résistance, je les connais, les FTP, ils s'appellent, les Francs-tireurs partisans, ce sont eux les plus forts ! »

Émilie comprit qu'il ne fallait pas provoquer plus avant ce garçon qui seul pouvait se douter de l'endroit où David était caché.

« Si tu me parles encore de mon copain juif, je cours raconter à tes parents que leur gentil petit garçon bien studieux, bien obéissant, adore sortir sa boutique à tous les vents et chercher ce que les filles cachent sous leurs jupes ! »

Joseph ne sut que ricaner stupidement, avant de rejoindre le groupe des garçons.

Au moment d'entrer dans la cour de l'école, Émilie aperçut un attroupement devant la maison du docteur Bernard. Elle reconnut aussitôt, parmi les badauds, les uniformes noirs et les bérets ridicules de la Milice. Spontanément, elle se débarrassa de son cartable, fonça tête baissée, bouscula les gens qui, à bonne distance, observaient la scène et, au moment où le médecin était tiré sans ménagement hors de son cabinet, avec toute l'énergie de sa révolte, avant que les miliciens aient réagi, elle s'accrocha à ses jambes en hurlant :

« Ils arrêtent notre médecin ! Défendez-vous, défendez-nous ! » mais chacun de détourner la tête, chacun de s'éloigner. Plus les efforts et les coups s'abattaient sur elle pour lui faire lâcher prise, plus la rage de résister décuplait ses forces.

« Assez perdu de temps, embarquez la môme avec ! » dit un chef.

Ils furent jetés ensemble au fond d'un fourgon qui démarra aussitôt. Ils réussirent à se caler contre une paroi et pour la protéger des cahots qui leur meurtrissaient le corps le médecin referma ses bras sur l'enfant, encore tremblante de fureur et d'humiliation. Il avait encore tant à lui apprendre, elle avait encore tant de questions à lui poser, ils avaient encore tant de choses à partager, mais l'angoisse, la puanteur et le vacarme du camion leur soulevaient l'estomac et gênait toute communication.

« Il va en faire une tête le père Cassagne quand il va voir que je manque encore l'école ! » dit Émilie avec un pauvre sourire. Le docteur lui répondit en la serrant un peu plus fort contre lui.

« Tout au long de ta vie, rappelle-toi, Émilie..., méprise la force bestiale et les valets serviles ! »

Il aurait voulu trouver des mots simples et chaleureux mais sa voix se fondit dans les rugissements du moteur.

Ils roulèrent longtemps sans pouvoir distinguer, à travers les étroites vitres grillagées, la direction prise. Soudain, un arrêt brutal les sépara. Émilie, surprise, n'eut pas le temps de se défendre quand les miliciens les arrachèrent du véhicule. On était en pleine forêt, au milieu d'une clairière inondée de lumière, dans le ciel bleu couraient quelques nuages blancs. La fillette goûta le bref plaisir d'une bouffée d'air boisé et offrit son visage au soleil, sans voir l'horreur ravager le visage du médecin.

« *Ils ne vont tout de même pas nous assassiner ici !* » s'alarmait-il.

À distance, des hommes, chapeaux noirs et manteaux de cuir, semblables à ceux qui attendaient devant la pharmacie, surgirent d'une Traction et se jetèrent sur lui.

« Qu'est-ce qu'on fait de la fille ? » demanda un des miliciens qui ne reçut comme réponse qu'un geste impératif de la main lui enjoignant de s'éloigner.

Émilie eut une dernière vision fugitive du docteur Bernard par la lunette arrière de la voiture : tourné vers elle, avec un sourire douloureux, ses yeux la fixèrent jusqu'à l'ultime seconde. Malgré les menottes, il agita les mains dans un signe d'adieu. À travers ses larmes, la petite fille vit comme un oiseau pris au piège, luttant désespérément pour prendre son envol.

Deux miliciens la firent monter entre eux à l'avant du camion. Elle s'efforça de maîtriser sa douleur face à ces hommes qui venaient de livrer aux Allemands l'être qu'elle admirait le plus… avec David. Elle concentra ses pensées sur le paysage qui défilait devant elle.

« Que ma Normandie est belle en toutes saisons, dit-elle comme une provocation.

— Interdit de parler ! » hurla un des miliciens, en lui coupant le souffle par un coup de coude dans les côtes. Il voulut lui passer des menottes mais elles étaient trop larges pour ses frêles poignets. Ils traversèrent des villages, des bourgs, où dans les rues presque désertes les rares passants marchaient sans un regard vers le sinistre véhicule, le dos voûté comme si une charge de souffrance alourdissait leurs épaules.

Ils atteignirent une ville assez importante qu'elle ne connaissait pas et qui semblait avoir été épargnée par la guerre. Les gens allaient et venaient devant les boutiques ouvertes, avec une apparente insouciance. D'autres restaient attablés aux terrasses et profitaient de la douceur du temps. Elle s'étonna de ce contraste et se dit avec amertume qu'il n'y avait pas d'égalité entre les hommes, entre ceux qui luttent et ceux qui regardent tranquillement passer le temps.

Le camion s'arrêta enfin dans la cour d'une grande bâtisse entourée de hauts murs. Émilie fut bousculée et jetée sur le pavé gras.

« Qu'est-ce que c'est que ça ? » vociféra depuis le perron celui qui devait être le chef, bien qu'il fût en civil.

« Ben, mon commandant, elle nous a fait un tel cirque quand on a coincé le toubib qu'on a pas pu s'en défaire ! C'est une vraie furie et gueularde avec ça !

— On va pas s'emmerder avec une gosse ! » dit le chef, puis après réflexion :

« Mettez-la au frais, ça la calmera ! Elle serait pas juive des fois ? Il paraît que le toubib en cachait aussi…

— Non, c'est la fille du père Lecor, l'aubergiste d'Argeronne. Allez savoir de quel côté il est ? Ils sont tous à retourner leur veste !

— Bon, on verra plus tard, gardons-la sous la main, en attendant ! »

Les deux miliciens emmenèrent Émilie sans ménagement dans une pièce qui avait dû être autrefois une chambre à coucher. Des lambeaux de papiers peints fleuris, lourds de moisissure et d'humidité, pendaient en plusieurs couches sur les murs crasseux. Au milieu gisait une espèce de canapé à demi défoncé où ils s'affalèrent après avoir ouvert leurs blousons et dégrafé leurs ceinturons, tout en gardant sur la tête leur large tartine noire où brillait l'insigne en forme de petit poisson.

Pour maîtriser son angoisse, Émilie, tapie dans un angle de la pièce, concentra ses pensées sur cet objet qui lui inspirait du dégoût.

« *Comment se nomme cet insigne ? La francisque ? Non, ça c'est l'emblème de Pétain, une hache à double tranchant, l'arme des Francs… une lettre grecque ? Le docteur m'avait expliqué… Gamma ? Alpha ? L'alpha et l'oméga… le début et la fin… je ne sais plus.* »

Une immense lassitude l'écrasait à nouveau ; elle refoula ses larmes pour ne pas sombrer dans la honte de pleurer devant ces tristes personnages qui semblaient l'avoir oubliée. Avachis sur leur siège, les jambes allongées, l'œil torve et vitreux, ils buvaient à même le goulot des apéritifs de différentes couleurs, fumaient, rotaient, flatulaient sans retenue.

Face à tant de bestialité elle chercha un autre objet où concentrer son attention mais tout autour d'elle ce n'était que laideur et répugnance. Elle ferma les yeux et l'image de David, son sourire toujours teinté de mélancolie, son regard noir et profond, ses mains fragiles et blanches, ses boucles brunes ondoyantes, ses gestes, illuminèrent l'ombre de ses paupières baissées. Quand elle les rouvrit, l'un des miliciens, le front barré par l'effort, lisait un illustré, l'autre plus agité ne cessait de l'observer. Il parut hésiter, lança un œil vers son acolyte absorbé par le déchiffrage de son bouquin et s'approcha lourdement de la fragile silhouette recroquevillée dans un coin.

« Qu'est-ce que tu fricotais avec le toubib ? »

La fillette, si faible, si vulnérable aux pieds de cette brute qui la tenait à sa merci, sentit son cœur s'emballer et une peur viscérale lui tordre le ventre.

« Tu pourrais répondre quand j'te cause ! » et comme l'enfant, la tête enfouie sous ses bras repliés, ne bougeait pas, il la souleva et la plaqua contre le mur.

« Fous-lui la paix, grogna l'autre, c'est qu'une gosse !

— Ouais, justement c'est intéressant à c't âge-là ! Au fait quel âge as-tu ? Treize, quatorze ? » et comme elle ne répondait toujours pas, il accentua sa pression en lui soufflant une haleine fétide en pleine figure.

« Tu sais Marcel, on devrait la travailler un peu… elle sait peut-être plus de choses qu'elle en a l'air ! »

Il semblait embarrassé, hésitant à pousser son interrogatoire sans la complicité de son collègue.

Il approcha une cigarette incandescente du visage de la petite.

« J'pourrais faire une belle cicatrice sur ce joli minois ! Tu sais qui c'est toi, Aurore, le courrier des gaullistes ? La Belle Aurore même, qu'ils l'appellent, il paraît qu'ça s'rait la comtesse... un peu décatie la Belle Aurore ! J'la vois pas faire le courrier avec ses guiboles... C'est peut-être une copine à toi ? À moins que ce soit un homme... ça s'rait pas le toubib des fois ? La Belle Aurore, j'te d'mande un peu, y s'rait pas d'la jaquette flottante ton toubib, des fois ? »

Satisfait de ses propos il éclata d'un rire gras.

Émilie sentit une flamme nouvelle s'éveiller en elle ; cette Aurore qu'ils recherchaient c'était... Toute sa volonté se tendit vers une seule pensée : résister !

Le triste personnage la harcelait avec de plus en plus de violence. Il vit la clef attachée à son cou.

« Qu'est-ce que c'est que ça ? demanda-t-il.

— C'est la clef des champs, répondit-elle.

— Et en plus, elle se fout de ma gueule, attends voir ! »

Bloquée contre le mur, Émilie tenta vainement d'échapper aux gestes odieux mais chaque tentative pour se libérer ne faisait qu'accroître la pression des pattes immondes.

« Hé Marcel ! C'est qu'elle promet la môme ! C'est qu'ça a d'jolis petits nénés, ça doit avoir aussi un petit minou qui pousse ? Peut-être que mademoiselle voudrait prendre un bain... »

Dans un ultime sursaut de défense, elle se souvint du coup du père Lecor déjà expérimenté avec les garçons de l'« Armée des Vikings », et lança un genou en avant ; l'homme lâcha prise en grimaçant, les mains sur le bas-ventre, son acolyte appuyé contre le chambranle de la porte riant à gorge déployée.

« Ah ah ! Elle t'a bien eu la mouflette ! » et l'autre se déchaîna ; des pieds et des poings il se mit à cogner sur l'enfant pelotonnée à terre. Depuis les raclées paternelles, elle avait appris, bras et jambes repliés, la meilleure façon de se protéger et, pour mieux expulser sa douleur, elle hurla avec le reste de ses forces. Puis il la saisit à bras-le-corps et l'emporta dans un galetas contigu où trônait une antique baignoire à l'émail écaillé strié de crasse ancienne d'où montaient des remugles d'égout. Il tenta de lui arracher ses vêtements mais elle se débattit avec tant d'énergie qu'il ne put que les déchirer et la balança dans la baignoire en faisant jaillir un flot d'eau glacée. Le corps zébré de lames d'acier, les oreilles bourdonnantes, le nez, la bouche, les poumons inondés de liquide nauséabond, elle lutta désespérément mais, après un temps indéfini, une étrange sensation de résignation fit place à la peur. Les yeux obstinément fermés elle flottait au-dessus des ténèbres que les douleurs, en éclairs fulgurants, déchiraient. Puis son corps se détendit ; elle voulut lancer un dernier cri de sa gorge étranglée mais elle perdit connaissance.

Quand elle revint à elle, Émilie sentit des gestes délicats l'envelopper dans une couverture, tandis que des éclats de voix en français et en allemand s'élevaient autour d'elle. Elle garda les yeux clos jusqu'à ce que des bras secourables l'emportent ; elle les rouvrit en reconnaissant une voix familière qui paternellement cherchait des mots simples pour la rassurer :

« Petite Mimi, jolie *blümchen*, plus avoir peur, vilains soldats punis ! »

C'était Wilfrid, sanglé et casqué, qui la portait et quelques-uns des gardes du château qui maintenaient à bonne distance avec leurs fusils pointés sur les deux miliciens le dos au mur. Il y avait aussi le *Herr Doktor Professor* en uniforme qui les invectivait :

« Vous n'êtes pas des soldats mais des bandits sadiques, martyriser une enfant, une compatriote ! Le viol est puni de mort dans les armées qui ont de l'honneur… »

Wilfrid la conduisit jusqu'à la voiture du *Herr Doktor* à l'arrière de laquelle l'attendaient son épouse et la comtesse. Pendant tout le voyage, elle garda obstinément les yeux fermés sans dire un mot, sans répondre aux sollicitations affectueuses des deux femmes. Ses vêtements en lambeaux cachant à peine sa nudité et surtout cette odeur pestilentielle ramenée de l'abominable baignoire l'accablaient de honte. Quand enfin elle se résolut à revenir à la réalité, c'était encore Wilfrid qui la portait à travers les galeries du château ; il avait quitté son casque et la tenait comme un objet précieux. Elle vit défiler sous les lambris dorés les portraits des gentilshommes et des dames de qualité et s'imagina en princesse délivrée de la caverne des brigands qui retrouvait sous les regards de ses ancêtres admiratifs le domaine de ses rêves de petite fille… hélas, le prince charmant qui la portait, malgré sa gentillesse, n'était pas celui qu'elle aurait désiré !

Sous la conduite de la comtesse, l'ami de Louise la déposa délicatement sur le lit d'une chambre au décor suranné et s'écarta avec un geste amical de la main ; malgré l'uniforme il émanait de cet homme une bonté simple et spontanée.

« Maintenant nous allons nous occuper sérieusement de vous, petite fille », dit la comtesse en s'asseyant au bord du lit.

Émilie encore tremblante, enveloppée dans la couverture imprégnée d'odeurs et d'humidité, ne savait comment bouger tant elle se sentait humiliée.

« Je vous ai préparé un bon bain chaud et fais chercher des vêtements chez vos parents. Ils savent que vous passerez la nuit chez moi. »

Elle aida Émilie à gagner la salle de bains attenante et s'affaira à divers préparatifs tandis que l'enfant immobile fixait fascinée l'eau bleue mousseuse comme si elle se remémorait l'épreuve qu'elle venait de subir.

« Voyons, mon petit, qu'attendez-vous ? Ôtez cette couverture et jetez-moi ces frusques ! »

Avec une sollicitude maternelle, elle l'aida à se glisser dans la baignoire.

« Voilà, très bien ! Détendez-vous, posez votre tête, allongez les jambes, ne pensez plus, laissez votre esprit et votre corps se laver de toutes ces salissures, je reviens dans quelques instants. »

Émilie s'abandonna avec délice à la chaleur caressante de l'eau parfumée qui l'enveloppait comme un baume bienfaisant, en laissant promener son regard autour d'elle. Le décor était bien différent de la modernité fonctionnelle de la salle de bains du docteur Bernard. Ici c'était comme au cinéma, des marbres, des faïences fleuries, une robinetterie dorée en forme de tulipe et de col de cygne, des plantes vertes, des flacons multicolores alignés. Elle était debout à se savonner quand la comtesse revint ; avec une réaction de pudeur elle se replongea dans l'eau.

« Chère enfant, ne soyez pas gênée, dit la comtesse en riant, j'ai beaucoup d'affection pour vous et si j'avais eu une fille j'aurais aimé qu'elle vous ressemblât... Bien ! Si vous le voulez, nous allons faire un shampooing pour redonner vigueur à cette belle toison. »

Avec une résignation enfantine, Émilie se soumit aux gestes maternels de la vieille dame qui, manifestement, prenait un grand plaisir à les accomplir. Elle se laissa doucher et leurs rires se mêlèrent quand par mégarde celle-ci fut aspergée.

Après l'avoir séchée et enveloppée dans un grand linge blanc, madame de Beaumont passa avec des gestes tendres un onguent sur les ecchymoses et les hématomes disséminés sur cette chair fragile, la revêtit d'une longue chemise ornée de dentelles, puis l'aida à se recoucher. Une femme de chambre vint lui servir un plateau ; Émilie réalisa soudain que son dernier repas était bien loin. Quand elle fut calmée et rassasiée, la comtesse vint à nouveau s'asseoir près d'elle ; elle semblait embarrassée.

« Je vous remercie infiniment, Madame, de m'avoir délivrée. Avec celle du docteur j'ai maintenant une certaine expérience des salles de bains », dit la fillette avec une pâle mimique. Malgré son air soucieux la vénérable dame ne put retenir un sourire.

« C'est bien mon petit, non seulement vous avez du courage mais en plus vous avez de l'humour ! Vous avez raison, c'est comme cela qu'il faut affronter les épreuves de la vie. »

L'instant d'hilarité passé, la comtesse retrouva son air grave et hésitant :

« Ma chère Émilie, vous n'êtes plus une petite fille, vous devenez une très jolie jeune fille... Je voudrais savoir... enfin je voudrais vous poser une question ? »

Émilie ne comprenait pas les hésitations de la dame qui cherchait ses mots :

« Le docteur Bernard vous a peut-être expliqué... ces affreux miliciens, ces sales types qui vous ont brutalisée... ont-ils attenté à votre corps, à votre... comment dire... à votre intimité féminine... ? Racontez-moi exactement quels ont été leurs gestes. »

Un peu confuse, la fillette fit le récit de l'arrestation du docteur, l'arrêt en forêt et l'intervention de la Gestapo, la brutalité du milicien et ses tentatives pour la déshabiller, mais elle s'abstint de parler du coup de genou bien placé et des plaisanteries grossières sur la Belle Aurore. La comtesse fut rassurée sur l'intégrité du corps de la jeune fille et son aptitude à se détacher des conséquences des violences subies.

« David et le docteur, demanda gravement, Émilie, que vont-ils devenir ? La Résistance ne pourrait-elle pas les délivrer ?

— Je ne peux pas vous dissimuler la vérité, nous sommes tous préoccupés en ces jours sombres où la barbarie triomphe. Le médecin est un homme tellement bon, tellement courageux ! Quant à son épouse et votre ami David, n'ayez crainte, ils sont en sécurité, ces salauds de miliciens ne les trouveront pas. »

Ces salauds de miliciens ! Cette expression avait quelque chose d'incongru dans la bouche de cette dame respectable qui s'efforça de sourire pour s'excuser.

« Allons, chère enfant, ne perdez pas courage : nos alliés vont bientôt venir nous délivrer et la Résistance lavera toutes ces sordides iniquités. »

Madame de Beaumont d'Argeronne, avec une attention toute maternelle, refit l'arrangement du lit, puis, avec une tendresse admirative, contempla le visage apaisé sous l'effervescence des boucles blondes, la bouche à la moue étonnée encore enfantine, la lumière azurée du regard aux reflets violines où se lisait une intelligence en son épanouissement. Elles s'enlacèrent un long moment et des larmes silencieuses glissèrent sur les joues discrètement poudrées de l'honorable dame.

Restée seule, Émilie s'étira voluptueusement dans les draps fins, les images des heures passées défilèrent devant ses yeux, les douleurs et les humiliations allaient bientôt s'estomper, ses paupières s'alourdirent et comme au cinéma le mot « fin » se fondit dans le noir.

« Bah dites donc ! Faut pas vous en compter vous quand vous dormez, une fois et demie le tour du cadran malgré tous les bruits du dehors. Madame la comtesse avait interdit qu'on vous réveille. »

La femme de chambre tira d'un geste brusque les rideaux et un jour gris entra dans la chambre.

« Dépêchez-vous, Madame vous attend pour déjeuner, elle veut que vous mettiez cette robe. ».

Elle disposa sur un fauteuil une robe comme devaient en rêver toutes les jeunes filles, une robe de princesse ! Émilie flottait un peu dedans mais la comtesse fut éblouie en la voyant paraître.

« Je savais que cette robe vous irait à ravir ! Elle est digne de votre beauté. Je l'ai portée dans ma tendre jeunesse pour mon entrée dans le monde, comme on disait à l'époque... J'avais trois ans de plus que vous et je n'avais pas votre belle santé. »

Les lueurs dansantes des flambeaux se reflétaient sur les cristaux et les porcelaines d'une table somptueusement dressée.

« J'ai voulu ce repas d'apparat pour honorer votre courage et votre beauté. »

La jeune fille, intimidée, surveillait à table chacun de ses gestes et veillait à ne faire aucun bruit avec la bouche avant de répondre poliment aux questions de son interlocutrice. Elles n'échangèrent que des banalités mais à la fin du repas la comtesse parla avec gravité :

« Chère Émilie, je sais, par le docteur Bernard, que votre souhait le plus cher est d'aller au lycée et de faire votre médecine. Vous méritez cet avenir, aussi ai-je conçu pour vous un grand projet. Il faut d'abord que je vous dise que de graves événements nous menacent et qu'un moment décisif de cette guerre risque de se jouer ici dans notre beau pays de

Normandie. Il m'a été conseillé de quitter le château et de rejoindre notre hôtel de la plaine Monceau ; s'il y a de grandes batailles, Paris sera probablement ville ouverte… Petite Émilie, venez avec moi, je vous emmène à Paris ! »

Le visage de l'enfant s'empourpra ; elle prenait parfaitement conscience de la chance qui lui était offerte, mais qu'allait devenir David sans elle et comment avouer à cette respectable dame les liens qui l'attachaient à lui !

« Il y a le certificat d'études bientôt. Si je n'y suis pas, monsieur Cassagne va en faire une maladie !

— Le certificat ? Ma pauvre enfant, vous valez mieux que ça ! Si vous y tenez, vous pourrez le passer à Paris. Moi, ce que je vous propose, c'est un bon lycée à la rentrée d'octobre après quelques cours de rattrapage pendant l'été. »

Avec un sourire bienveillant, la comtesse, qui avait deviné ses pensées, la rassura :

« N'ayez aucune crainte, votre protégé sera bien entouré ; monsieur Lenormand et bien d'autres seront là pour le soutenir, et après la destruction de leur base les Allemands vont devoir quitter le château.

— Et mon père ? Il ne me laissera pas partir, il dit que les filles n'ont pas besoin de faire des études !

— Votre père ? J'en fais mon affaire ; je vous engage comme demoiselle de compagnie. Il vous laissera partir pourvu que je lui verse votre salaire. Votre travail consistera à me faire la lecture le soir et c'est vous qui choisirez les œuvres et les auteurs. »

Émilie était désemparée, elle avait épuisé tous les arguments qui lui permettaient de rester auprès de David, mais la tentation était grande de partir. Paris, la grande ville qui la faisait rêver, un lycée au nom prestigieux... contre son univers familier, la médiocrité, la bassesse...

« Quand partez-vous ? demanda-t-elle timidement.

— Demain soir, nous voyagerons de nuit, pour éviter les attaques aériennes, derrière la Mercedes du Professeur, ce qui nous permettra de passer les barrages policiers. Réfléchissez bien, chère enfant, je ne veux pas vous contraindre mais que pouvez-vous espérer ici ? Maintenant, allez vous changer, emportez la robe de bal, je vous l'offre, elle vous va à ravir... Monsieur Lenormand va vous reconduire chez vous ; je passerai vous voir lors de mon départ, après le couvre-feu, pour connaître votre décision. »

Avant de quitter le château, Émilie aurait voulu remercier les Allemands de l'avoir tirée des griffes des miliciens mais le régisseur l'en dissuada ; il lui prit fermement la main et l'entraîna sans un mot. Les gardes les laissèrent franchir les grilles, ils connaissaient l'homme et s'étonnèrent entre eux du sérieux inhabituel de la petite fille. Avant les premières maisons du village, monsieur Lenormand lui demanda :

« Le docteur Bernard t'avait confié un secret, quelque chose de caché dans sa maison ? » Sans répondre elle porta la main à son cou, elle avait oublié la clef probablement arrachée par le milicien, elle avait trahi la confiance du médecin !

Elle n'osa pas lui demander le code mais il avait deviné la raison de sa panique.

« Ne t'en fais pas, j'en ai une autre accrochée au cou de ma femme ! Duquesne ! » dit-il avec un clin d'œil ironique. Après un temps de réflexion, il lui demanda :

« As-tu une poussette... comment ça s'appelle... un landau ? Quelque chose pour promener tes poupées... »

Émilie se tut, partagée entre la colère et le fou rire, « *Non mais pour qui me prend-il ce vieux bonhomme ? Est-ce que j'ai une tête à traîner une poupée dans les rues du village... ?* »

« Il faut récupérer l'appareil sans toucher aux scellés que le maire a fait poser sur la maison et le transporter sans attirer l'attention, mais ce sera trop lourd pour toi. Il suffira que tu me sortes la valise, c'est moi qui la porterai. »

Il lui proposa de la retrouver le lendemain soir, dans le jardin derrière le cabinet médical, et s'en retourna sans autre forme de procès... Demain soir ? s'étonna la fillette, il n'était donc pas au courant du départ de la comtesse ? N'étaient-ils pas pourtant tous engagés dans les mêmes actions, la comtesse et son régisseur, le peintre, le médecin, le pharmacien, monsieur Van Lair... Avaient-ils aussi entre eux des secrets non partagés ?

Et elle, la Belle Aurore, quels secrets avait-elle encore à découvrir ?

XVIII

Premiers émois

À L'AUBERGE, Émilie trouva ses parents effondrés ; les miliciens avaient mis la maison à sac en se servant largement dans les réserves. Maître Lecor se voyait ruiné et contraint de fermer *L'Assiette normande*. Le peintre Léonard avait disparu depuis trois jours sans donner signe de vie et sans avoir payé sa note du mois. En regard de ces événements, l'arrestation de leur fille par la Milice avait peu d'importance puisqu'elle était protégée par l'officier allemand et madame la comtesse. La fillette écouta d'une oreille discrètement compatissante leurs jérémiades. En ce dernier jour de mai, elle n'avait qu'une idée en tête : rejoindre David au plus vite. Elle réussit à remplir un panier de provisions, de beurre et de crème, de pain, de fruits rouges subrepticement cueillis dans le jardin de son père et d'une bouteille de cidre bouché. Par le Bal Champêtre, le Ponant, la Belle-Aurore, qui lui paraissaient plus beaux que jamais, elle avançait l'âme remplie d'allégresse. Le gué fut franchi sans encombre, le temps chaud et sec des derniers jours avait fait baisser le niveau des eaux. Elle trouva David endormi, recroquevillé au fond de la ruine avec près de lui des mets auxquels il avait à peine touché. Il consentit à se lever quand elle lui montra les provisions qu'elle avait apportées.

« C'est le champagne de maître Lecor, dit-elle joyeusement en brandissant la bouteille.

— Je n'aime pas ce breuvage, rien de comparable avec le champagne ! Autant boire l'eau de la rivière, mourir empoisonné, sous les balles allemandes ou les bombes alliées... À quoi bon !

— Ne dis pas cela ! » répondit-elle la voix brisée. Sa joie s'était évanouie ; elle chercha désespérément un mot, une expression capable de faire naître sur le visage renfrogné du garçon une lueur de contentement.

« Monsieur Lenormand est certes un brave homme mais il n'a pas encore compris que je ne mange pas de porc. Il faudrait que tu lui réexpliques... Trouve-moi aussi du savon et du linge de toilette car ce monsieur n'a qu'une notion très vague de l'hygiène ! »

Devant les fraises et la crème, il s'anima un peu. Émilie, en digne fille de cabaretier, fit sauter le bouchon de la bouteille qu'elle avait mise à rafraîchir entre deux pierres au bord de la rivière et aspira goulûment la mousse qui en jaillit, avant de la tendre à son compagnon. David hésita, but au goulot une longue rasade, essuya sa bouche d'un revers de main et laissa échapper un rot qui les fit ensemble éclater de rire.

Émoustillé par l'alcool et comme pour se libérer du poids des longues heures de solitude, il se lança dans une frénésie de paroles évoquant tour à tour Paris, le Conservatoire, les mathématiques, Rome,

Athènes, les athlètes combattant nus, les nymphes, les sylphides…

Les rayons de soleil qui perçaient au-dessus d'eux, les frondaisons mouvantes de la forêt enveloppaient d'ombres et de lumière la longue silhouette dégingandée. La fillette, subjuguée par l'exaltation soudaine de cet être entré dans sa vie, lui découvrait un charme nouveau, une aisance de geste et de parole. Elle le voyait, éblouie, comme un danseur dans un théâtre de verdure.

Brusquement, il se calma et invita Émilie à s'asseoir dans l'herbe près de lui. Il était redevenu silencieux et mélancolique.

« À Paris, j'avais une amie aussi brune que tu es blonde, aussi jolie que toi. Nous nous retrouvions après le lycée et nous restions de longs moments devant la porte de son immeuble à parler de nos lectures, de nos projets, de nos poètes et musiciens préférés. Elle s'appelait Myriam, un prénom hébreu qui signifie "révolte"… Elle était courageuse et fière… Elle refusait de porter l'étoile jaune que les gens de Pétain et les Allemands nous imposaient. Moi, l'étoile de David, je la portais comme une provocation contre tous ces imbéciles qui nous regardaient avec mépris et agressivité, et comme un témoignage de solidarité avec ceux, trop rares, qui avaient pour nous un sourire d'amitié et d'encouragement. Ce n'était que veulerie, lâchetés, orgueil bestial du plus fort qui, sûr de son impunité, prend plaisir à tourmenter le plus faible. À la concierge qui nous invectivait et nous chassait de son entrée, Myriam souriait et affrontait avec la plus exquise politesse les vociférations de la harpie. Un jour que nous nous étions mis à l'abri dans le couloir de l'immeuble, elle nous injuria et voulut nous chasser :

« "Regardez-moi ça, hurlait-elle, ça n'a même pas un nom français et ça se croit ! Et ton étoile jaune, qu'est-ce que tu en as fait, salope !"

« Nous sommes sortis sous la pluie sans nous défendre, Myriam avec un sourire de défi, moi avec l'envie de frapper l'ignoble pipelette, de cogner sa face déformée par la haine et la bêtise. Aujourd'hui, j'ai honte de ma lâcheté…

« Le lendemain je l'attendis en vain à la sortie de son lycée. Je sus par des voisins que la commère était allée la dénoncer au commissariat de son quartier. Le soir même la police française venait l'arrêter.

— Cette jeune fille, tu sais ce qu'elle est devenue ? demanda Émilie d'une voix étouffée par la compassion.

— Enfermée au camp de Drancy puis envoyée en Allemagne ; il paraît que les nazis ont ouvert des camps de travail pour les juifs. Je me demande à quoi peut leur servir une frêle jeune fille de quinze ans ? Depuis qu'elle est partie, mon enfance, ma jeunesse se sont fondues dans la peur permanente d'une errance de bête traquée. J'ai honte d'avoir abandonné les miens, de ne pas les avoir accompagnés dans ce voyage vers l'inconnu… »

Il se tut et tourna vers Émilie un visage noyé de larmes. La fillette se resserra contre son épaule et caressa timidement la nuque aux boucles brunes ébouriffées.

Tout à coup, le ciel fut déchiré par un essaim d'avions fouillant l'espace tels de grands oiseaux de proie.

« Des doubles-queues ! hurla la jeune fille, ils vont mitrailler Argeronne !

— Non, des Lightning P 38, précisa le garçon qui observait calmement le ballet aérien, ils s'éloignent déjà...

— C'est maintenant chaque jour que les avions mitraillent tout ce qui bouge sur les routes mais aussi dans les champs, nous allons peut-être tous mourir bientôt », reprit Émilie d'une voix brisée.

Pour cacher son désarroi elle vint s'asseoir juste au bord de la rivière, la tête appuyée sur ses genoux repliés, bercée par le murmure des eaux. Protégée sous la nef ondoyante de la cathédrale de verdure, elle éleva une prière secrète : « *Mon Dieu protégez David, sa famille et son amie Myriam !* »

Depuis la mort du petit Paul, elle n'avait jamais plus prié mais la précarité de leurs vies réveillait en elle le besoin d'offrir ses propres souffrances pour protéger cet être ténébreux dont elle attendait des paroles, des gestes de tendresse avec la tentation refoulée de se précipiter dans ses bras. À distance, elle vit que le garçon l'observait. Quand elle revint près de lui elle perçut un frémissement comme s'il avait peur ou froid malgré la chaleur de ce bel après-midi et dans ses yeux passait une flamme qu'elle n'avait encore jamais vue, sauf peut-être quand il avait joué au clavecin chez la comtesse et qu'il l'avait regardée. C'était une lumière venue du fond de son être, qui la transperçait sans qu'elle puisse dire si c'était du bonheur ou de la souffrance.

Il se souleva sur le côté et prononça d'un seul trait, le regard lointain pour masquer sa gêne :

« Émilie, je t'aime ! Ton image occupe chacun de mes instants, je suis trop jeune encore pour avoir connu des femmes et demain peut-être je mourrai sans avoir découvert le mystère d'un corps féminin ! »

Elle devinait le désir du garçon et confusément la pensée de s'y soumettre ne l'effrayait pas ; elle sentait que ce n'était plus les jeux puérils d'antan mais le début d'un événement d'une gravité inouïe, la fin de l'enfance... L'amour peut-être... et maintenant, en cet instant, elle se disait que plus rien ne lui importait de ce qui pouvait arriver.

« Je ne voudrais pas te faire du mal, t'humilier... je voudrais te demander... mon plus cher désir... serait de te voir... de te contempler nue ! »

Il cherchait des paroles pour ne pas la blesser et sa voix était étonnamment douce et calme ; ils se tinrent un long moment silencieux serrés l'un contre l'autre, n'osant cependant croiser leurs regards. Elle ne résista pas quand, agenouillé près d'elle, il tenta avec des gestes malhabiles de lui enlever sa robe, une petite robe simple de l'été dernier, un peu étriquée sur la poitrine. Elle leva instinctivement les bras pour la faire glisser au-dessus de sa tête. Elle ne portait en dessous qu'une chemise et une petite culotte de coton blanc. Quand la chemise à son tour passa par les épaules, découvrant les rondeurs frémissantes à l'aube de leur épanouissement, le garçon balbutia :

« Ma petite, mon amour... ma joie, mon bonheur ! »

Elle bougea légèrement pour faciliter les gestes qui la découvraient, et lorsque sa dernière parure glissa le long de ses jambes serrées une étrange volupté la saisit ; elle se sentait comme emportée, telle une frêle voile sous la tempête, par des forces obscures qui la faisaient osciller entre la peur d'un abandon coupable et l'attente d'un plaisir inconnu.

Alors, surmontant un reste de pudeur offensée elle ferma les yeux et s'abandonna, résignée, à la curiosité avide qui coulait sur son corps et aux mains hésitantes qui prenaient possession de son être secret. Elle sentait le garçon s'agiter et son souffle devenir haletant. Il s'attarda, fasciné, sur cette mystérieuse source de vie, ce sillon surmonté d'un fin duvet blond d'où émergeaient comme d'une fleur à peine éclose bourgeon et pétales de chair rose. Quand elle rouvrit les yeux, elle vit qu'il était nu et ne put refréner un mouvement de frayeur devant ce corps blanc, maigre, ce ventre velu et, entre ces hanches étroites, ce sexe dressé, démesuré : un homme dans sa réalité, sans commune mesure avec les attributs pendouillant de ses compagnons de jeu. Brusquement, il se détourna et courut se cacher dans la cabane enfouie sous la verdure. Émilie crut s'évanouir quand, avec une fulgurante brutalité, les ailes blanches ensanglantées sur la tête du petit agonisant vinrent battre devant ses yeux.

Elle avait à peine retrouvé son calme que David réapparut, un sourire de joie tranquille illuminait son visage. Avec une force inattendue, il la souleva dans ses bras et se précipita avec elle dans la rivière, faisant jaillir des étincelles d'eau dans la lumière de mai. Ils étaient beaux et sains, un garçon et une fille au premier matin du monde, innocents, vulnérables, leurs rires se fondaient dans le chant fluide de la rivière et les frémissements de la forêt, chemins d'eau et de verdure qui les unissaient l'un à l'autre.

Malgré la moiteur chaude de cet après-midi, l'eau de la Corbeline était encore froide. Ils se séchèrent au soleil, l'un près de l'autre, se touchant encore avec une infinie délicatesse, silencieux et mélancoliques, le visage levé vers la trouée d'azur et de vert au-dessus de leur tête. David osa parler le premier :

« Je te demande pardon, Émilie ! Je ne voulais pas te faire du mal, pardon... Je ne voulais pas... J'ai honte, mais si tu savais comme le corps d'un garçon est difficile à comprendre et à contrôler. J'ai seize ans et il me semble que je vais mourir bientôt, pourquoi ne suis-je pas parti avec ma famille ? Depuis que je suis dans ce trou, une agitation bestiale me dévore et des fantasmes me tournent la tête. Je rêvais de connaître ton corps pour meubler ma solitude de ton image. Je ne pourrai jamais te remercier assez d'avoir eu une telle confiance en moi, de m'avoir donné l'immense bonheur de te contempler dans ta pureté juvénile. J'ai terriblement honte, car je ne me rendais pas compte que tu étais encore une petite fille. Plus j'ai peur, plus mon esprit s'égare, plus mon corps me tourmente

— Moi aussi je t'aime... depuis le premier jour. »

Émilie aurait voulu trouver des mots jolis pour exprimer ses sentiments mais, après cette tendre confession, son émotion était trop forte. Une lumière pourpre déclinante engendrait des ombres mouvantes dans les sous-bois quand David la raccompagna jusqu'au gué en la devançant pour écarter les branches et les fougères sous ses pas. Ils se séparèrent après une dernière étreinte pudique.

« Émilie, si tu m'aimes, ne reviens plus ! Ton image illumine mes pensées mais j'ai trop peur de te faire du mal ! »

Les joies de cette journée s'envolèrent avec ces paroles mais elle ne protesta pas. Confusément, elle en comprenait le sens et se disait qu'il devait exister des bonheurs tristes et des plaisirs douloureux. Quand elle fut sur l'autre rive elle se retourna. David avait disparu.

« Monsieur l'instituteur est venu pour te parler ; il n'a pas l'air content. Comme tu n'arrivais pas, je l'ai laissé monter dans ta chambre où il t'attend. »

Madame Lecor n'avait jamais vu sa fille dans une telle colère. Les émotions accumulées de cette journée et l'intrusion abusive de cet homme qui avait autorité sur elle et qu'en cet instant elle méprisait déclenchèrent chez Émilie une rage folle. Elle monta quatre à quatre les deux étages et jaillit furibonde dans la pièce où monsieur Cassagne, assis sur son lit, promenait des regards tranquilles autour de lui.

« Tu espères lire tout ça ? » dit-il d'un ton moqueur, devant les livres empilés sur les meubles, autour du lit et aux quatre coins de la chambre. À une question embarrassante, lui avait dit un jour le peintre Léonard, réponds par une autre question.

« Pourquoi n'avez-vous rien fait pour protéger les juifs et nous délivrer le docteur et moi des griffes des miliciens ? cria l'enfant.

— Tu ne comprends rien à la situation, ma pauvre fille ; nous opposer à ces arrestations c'était risquer de voir le village incendié et des otages fusillés.

— Je ne suis pas votre pauvre fille et vous n'avez pas le droit de fouiller dans mes affaires ! » hurla-t-elle.

Nullement impressionné par son courroux, il feuilleta quelques volumes.

« Il y a même de la poésie ! Baudelaire ! Tu y comprends quelque chose ? »

Face à cet homme que peu de temps auparavant elle respectait, elle découvrait derrière sa faconde méprisante qu'il était comme d'autres d'une déconcertante médiocrité. Mal rasé, le cheveu gras, le col douteux, les ongles noirs, il n'avait rien de l'hygiène parfumée du médecin ni de l'élégance bohème du peintre ; même son aspect physique la mettait mal à l'aise. Elle se rappelait la façon dont il menait sa classe ; trop bonne élève, elle n'avait jamais subi ses méthodes pour corriger les cancres, et les chahuteurs : à genoux sur une règle de fer, le tronc droit les mains derrière le dos, ou bien les coups de règle sur les mains tendues les doigts en pointe, les oreilles ou les cheveux tirés, mais dans sa révolte elle voyait en lui quelque chose du milicien qui l'avait torturée. Négligemment, il se pencha pour examiner une valise restée entrouverte, elle se précipita et la referma d'un geste brusque en affrontant le regard de l'instituteur.

« Vous n'avez pas le droit ! répéta-t-elle tandis qu'il devenait menaçant.

— Tes parents m'ont mis au courant. Alors comme ça, il paraît que tu veux nous quitter ?

À quelques jours du certificat, tu es complètement folle !

— Obligez mon père à m'envoyer au lycée l'an prochain sinon je pars avec madame la comtesse à Paris.

— Je n'ai aucun pouvoir pour contraindre ton père, c'est qu'il a la tête dure le père Lecor et tu es bien sa digne fille quand tu fais cette tête-là ! Finalement, il n'a pas tort ton père, un emploi de bureau à la Poste ou aux Chemins de fer pour une fille comme toi ne serait pas une mauvaise solution ! »

Il avait dit « une fille comme toi » ! Voulait-il l'humilier, la blesser ? Était-ce la jalousie, sa fierté d'instituteur menacé par la perte d'une première du canton ou son orgueil de père dont le fils, trop bon élève mais dénué de toute spontanéité et d'imagination, était dépassé par la vivacité et l'intelligence de cette gamine ?

« Tu dois avoir confiance en moi qui t'ai tout appris. Un jour tu comprendras que ces gens-là se sont servis de toi en te faisant courir de grands risques. Ils te font entrevoir un monde où tôt ou tard ils te feront comprendre que tu n'as pas ta place, tu n'es qu'une petite paysanne, une fille du peuple et tu ne seras jamais qu'une servante manipulée au service de leur cause. Eux, ce qu'ils veulent c'est défendre leurs privilèges de classe. Nous, ce que nous voulons, c'est une société sans riches ni pauvres où le pouvoir appartient aux ouvriers et aux paysans.

— Pourquoi me dites-vous tout cela ? Avec ces gens-là, comme vous dites, j'ai plus appris qu'avec vos discours, vos leçons de morale et vos réprimandes. »

Il voulut se montrer amical, esquissa un geste de la main pour lui caresser les cheveux. Elle s'écarta brutalement et ce qu'il vit dans ses yeux le subjugua.

« Allez, ne fais pas ta mauvaise tête ! Reviens dans ma classe ! Joseph t'attend, tu l'aimes bien Joseph ? Vous faites une belle équipe ensemble, nous allons faire du bon travail ! »

Elle ne répondit pas et se dirigea vers la porte, l'ouvrit avec une audace qui la surprit elle-même. L'instituteur chercha une sortie cinglante qui ne lui fit pas perdre la face ; il promena un regard méprisant sur l'univers intime de la fillette et ne trouva à prononcer qu'un dernier affront :

« Tu es vraiment une drôle de petite bonne femme, ce serait dommage que tu finisses fille de salle au service de la limonade ou boniche chez les bourgeois ! »

Dès qu'Émilie fut seule, elle se jeta sur son lit et étouffa des sanglots de colère dans son oreiller ; la tête lui faisait mal et le désordre de la chambre avec les livres et les vêtements éparpillés laissait en elle un profond sentiment de lassitude et d'indécision… Oui, elle allait partir, ne serait-ce que pour faire enrager cet imbécile de maître d'école ! Paris, un grand lycée, la médecine, un avenir doré… ils allaient tous en crever de jalousie… Mais David n'avait-il pas besoin d'elle comme elle avait besoin de lui ? Saurait-il jamais à quel renoncement elle allait se résoudre par amour pour lui ?

Au crépuscule, la voiture de la comtesse s'arrêta devant l'auberge et d'en bas la voix tonitruante du père Lecor retentit :

« Émilie, descends tout de suite, madame la comtesse t'attend ! »

Madame Lecor avec obséquiosité la poussa vers la portière ouverte.

« Émilie, dis merci à madame la comtesse qui t'offre une belle place, toi qui rêves toujours de Paris… Mais où est ta valise ? »

Madame de Beaumont fit monter la fillette dans la voiture et referma la portière afin d'écarter les parents.

« Je vous remercie infiniment, pardonnez-moi madame mais je ne peux pas partir maintenant, dit Émilie au bord des larmes.

— Chère enfant ! Je regrette profondément cette décision mais je la respecte, elle vous honore. Je vous répète cependant que votre ami est sous la protection de mon régisseur et de beaucoup d'autres de nos amis. Vous avez été pour nous un ange précieux et nous nous en souviendrons pour l'avenir. Gardez confiance. »

Elle lui remit un paquet en lui recommandant d'en prendre grand soin.

« C'est un précieux objet, gardez-le, en mémoire de moi. Je vous confie aussi le château, vous avez toute liberté de vous y promener, mon régisseur le sait. »

Le chauffeur allemand aida Émilie à descendre ; elle ressentit le claquement de la portière comme un couperet qui la séparait d'une partie de son enfance.

Dans sa chambre, elle défit le paquet avec des gestes minutieux ; elle reconnut une porcelaine de Meissen souvent admirée dans le salon de musique, deux figurines du XVIIIe siècle, un berger offrant une fleur à sa bergère en tournant doucement sur un air du divin Mozart et ce fut David au clavecin qu'elle revit. Sa gorge se noua mais aucune larme ne vint, elle avait trop pleuré ces dernières heures.

Émilie faillit en oublier le rendez-vous avec monsieur Lenormand pour récupérer le poste de radio chez le médecin.

« *Madame de Beaumont devait en ignorer l'existence puisqu'elle m'avait invitée à partir dès ce soir* », se dit-elle.

Une pluie abondante s'abattit sur le village de sorte qu'elle put quitter l'auberge sans être vue. Abrité sous un chapeau à larges bords qui dégoulinait comme une gouttière trop remplie, les épaules protégées sous des sacs de grosse toile, monsieur Lenormand l'attendait stoïquement et ne lui fit aucun reproche.

« Il fait un temps à ne pas mettre un chien dehors », grommela-t-il sous sa moustache perlée de gouttes d'eau ; elle faillit répondre :

« *Et moi qu'est-ce que je fais là ? ; pour qui me prend-il ce vieux bonhomme ? Non seulement il croit que je ne suis qu'une petite gosse jouant à la poupée, mais en plus il me traite moins qu'un chien !* »

Elle jugea plus prudent de se taire car, avec sa stature, il l'impressionnait comme un spectre dans la nuit. Il avait descellé un soupirail. Il ordonna à la fillette de s'y glisser en la retenant par les bras.

Elle y laissa un morceau de sa robe et quelques égratignures car, ainsi suspendue, ses pieds ne touchèrent pas le sol de la cave. Il lui passa une lampe électrique.

« Allume-la le moins possible, pour économiser la pile ! »

Dans la maison saccagée, elle ressentit une honte à profaner l'intimité de ce couple qu'elle aimait et admirait. Il lui semblait sentir leur présence ; aussi ne s'attarda-t-elle pas et retrouva sans difficultés l'appareil qui avait échappé aux fouilles des miliciens. Afin de compenser l'insuffisance de sa taille, elle s'aida d'une caisse posée contre le mur.

« C'est bigrement lourd ! » dit-elle en passant à bout de bras le poste par le soupirail. Monsieur Lenormand l'aida ensuite à sortir en la tirant sans ménagement par les deux bras.

« Maintenant, rentre chez toi et n'en bouge plus ; dans les heures qui viennent, mieux vaudra se tenir à l'abri. Madame est partie, tu n'as plus à venir au château. »

La fillette sentit la colère bouillonner en elle... Après tout ce qu'elle avait fait !

« Madame m'a aussi confié la garde du château, j'ai le droit de m'y promener comme je veux, elle sait que David a besoin de moi, c'est moi qui l'ai tiré des pattes des miliciens. Vous n'avez pas le droit...

— Bon ça va, ne te fâche pas ! Voyez-vous ça, la petite chatte qui sort ses griffes ! Ne t'inquiète pas, ton ami ne manque de rien, je lui ai donné une longue planche qu'il peut placer entre deux rives sans se mouiller et le soir il dîne et dort chez nous. Le seul problème c'est qu'il est très délicat, pas question de jambon, de pâté, de saucisson... comme si une affaire de religion avait un sens quand on crève de faim ? Allez, retourne te coucher ; tu connais le chemin je ne te reconduis pas ! »

Et sans autre forme de procès il s'enfonça dans l'ombre.

Dans la nuit, malgré le mauvais temps, les combats aériens s'intensifièrent. Avec les tirs de défense allemands, les passages des lourds bombardiers, les attaques en piqué, les mitraillages, les explosions, il était impossible de dormir. Entre deux déflagrations proches, Émilie entendit des hurlements depuis la chambre de Louise qui jouxtait la sienne. Elle se précipita et trouva la jeune servante sous son lit enroulée dans des couvertures.

« Mimi ne me quitte pas... reste avec moi ! J'ai peur, ils vont nous tuer... Je ne veux pas mourir ! »

Face à cette terreur hystérique, Émilie en oubliait sa propre peur. Elle pensait surtout à David. Elle dut consentir à partager la couche de Louise qui répétait en gémissant :

« À deux on a moins peur. »

Serrée dans ce lit étroit, au contact de cette chair pulpeuse et odorante elle se sentait mal à l'aise.

« On est bien comme ça, dit la jeune femme en se lovant, on pourrait se raconter des histoires, ça nous calmerait !

— C'est quoi faire l'amour ? demanda Émilie à brûle-pourpoint

— Pourquoi me demandes-tu ça ? À ton âge, tu n'as pas honte !

— Allez dis-moi ! s'impatienta la fillette.

— Ben, c'est quand un homme et une femme couchent ensemble

— Tu l'as déjà fait ?

— Dis donc, ça ne te regarde pas ! Et puis d'abord, tu es trop jeune. Mais dis-moi, tu n'aurais pas déjà un petit copain, toi ? »

Émilie ne répondit pas, elle comprenait soudain que sa curiosité pouvait la conduire à trahir la présence de David, d'autant que Louise insistait :

« Faudrait pas que tu me prennes pour une gourde ! Si tu crois que je n'ai pas compris ton manège, tes allées et venues n'importe quand, à piquer dans les provisions au nez et à la barbe du père Lecor, même que s'il s'en aperçoit ce sera moi qui écoperai, c'est pour les beaux yeux du garçon brun, hein ? »

Émilie s'était dressée prête à se battre :

« Si tu me trahis... », elle n'acheva pas sa phrase car Louise, en colère, l'avait plaquée sur le lit.

« Non mais des fois, pour qui tu me prends ? Ce n'est pas parce que Wilfrid et moi nous nous aimons que je vais aller dénoncer aux Boches un pauvre gamin juif ! C'est vrai qu'il est beau gosse ! Tu as bien fait de le cacher ; je ne sais pas où et d'ailleurs je m'en fiche ! Allez raconte-moi comment ça se passe ? »

Elle s'était allongée sur le côté la tête appuyée sur une main, avide de savoir.

Émilie comprit qu'elle pouvait lui faire confiance et parler de David était pour elle un réel bonheur. Elle fit un récit pudique et mesuré des moments passés en compagnie du garçon mais la jeune fille devinait plus qu'elle n'entendait.

« Alors, si je comprends bien vous étiez à poil tous les deux au bord de la rivière ! Bah ma petite, tu perds pas ton temps ! À mon avis, t'as pas intérêt à répéter ce petit jeu si tu veux rester pucelle !

— C'est quoi pucelle, demanda, candide, la fillette.

— Tu as beau être la protégée du docteur et la future première du canton, tu as encore beaucoup à apprendre.

— Le docteur Bernard n'a pas eu le temps de tout m'expliquer. Allez, dis-moi, sinon je te laisse et je vais dormir ailleurs !

— Ben c'est quand on a encore son pucelage, qu'on est vierge quoi !

— Mais alors c'est quoi un pucelage ?

— C'est comme un rideau au fond de la fente qui s'ouvre quand tu as tes règles et qui se déchire quand le garçon il te rentre son machin et après, si tu ne fais pas gaffe, tu te retrouves avec un polichinelle dans le tiroir ! »

Émilie était choquée par la vulgarité et l'ambiguïté des paroles de la jeune femme mais elle brûlait d'en savoir plus.

« Mais ça doit faire drôlement mal ; alors quand on dit qu'une fille est vierge elle ne peut pas avoir d'enfant ?

— Mais non t'as rien compris, si elle attend un enfant c'est qu'elle n'est plus vierge !

— Et la Sainte Vierge, comment elle a fait pour accoucher tout en restant vierge ?

— C'est le Saint-Esprit qui est passé par là ! Oh ! et puis tu m'agaces avec tes questions, t'es vraiment encore qu'une gosse ! Maintenant faut dormir, demain il y a de l'ouvrage et le père Lecor va nous sonner les cloches. »

Louise lui tourna le dos et en quelques secondes sombra dans un sommeil sonore. Absorbées par leur conversation, elles ne s'étaient pas rendu compte de la fin de l'alerte. On ne percevait plus que des grondements d'orages lointains. Émilie se glissa avec précaution hors du lit et regagna sa chambre.

Malgré une grande lassitude, le sommeil ne vint pas. Elle resta dans l'ombre les yeux grands ouverts ; comme une frêle barque dans la tempête, les idées, les images, les paroles se bousculaient dans sa tête. C'était moins l'image de la copulation décrite pas la jeune servante, somme toute banale pour une enfant de la campagne, que les exigences dégradantes de son corps et le désarroi face à l'éveil de ses sens qui lui révélaient la réalité tourmentée de son destin de fille… de femme… Quelle signification ? Quels liens il y avait-il entre les « vilaines manières des enfants », les questions insistantes du curé en confession, les plaisanteries graveleuses et les regards concupiscents des piliers de comptoir, l'attirance réciproque des garçons et des filles, la bestialité du milicien ? Qu'en était-il de l'amour dans ce fatras ? L'amour partagé entre deux êtres ? Le péché originel ?

Quand d'en bas l'appel de son père la réveilla, une aube grise effaçait lentement les ombres. Elle eut l'étrange impression de n'avoir pas fermé l'œil de la nuit.

XIX

Les Américains

« CE N'EST VRAIMENT PAS la peine qu'on se donne tout ce mal pour quelqu'un qui n'en vaut pas la peine », dit haut et fort madame Cassagne quand Émilie se présenta d'un air résigné devant la classe de son mari. Celui-ci ne fit aucun commentaire mais fit mine de se désintéresser de son élève pendant toute la matinée. Lors de la récréation de dix heures, une escadrille tourna au-dessus du village sans mitrailler ; les élèves se réfugièrent dans la tranchée inachevée qui se révéla, après les ondées de la nuit, un véritable cloaque où les enfants, pataugeant dans le fond marécageux et se frottant contre les parois, furent transformés en momies d'argile. L'irruption du garde champêtre épargna au maître la fastidieuse épreuve de calmer le chahut engendré par les tentatives de nettoyage.

« Monsieur l'instituteur, venez vite, il faut empêcher ça, ils réquisitionnent les chevaux. »

Les enfants, libérés, coururent vers la place du village envahie par une inhabituelle foire agricole : les boulonnais à la croupe puissante, les percherons à la robe pommelée, les ardennais aux jambes velues, sous les jurons, les cris de colère et les ordres gutturaux attendaient impassibles leur triste destin. Et les hommes, les doux, les brutaux, les cruels ? Ils voulaient défendre leur bien qui allait être sacrifié comme en 1940 sur les routes de l'exode ou comme en 1914-1918 sur le front. Monsieur le maire réussit à négocier et sauva un attelage double pour les travaux de la commune et un cheval pour deux fermes. Il y eut des coups de crosse et de cravache tant aux humains qu'aux animaux pour que s'organise une pesante procession suivie à distance, comme le feraient dans un cortège funéraire, les amis du défunt. Avant que le dernier cheval ne disparaisse à l'angle de la place, on entendit des cris humains mêlés à des hennissements et, tirée à la longe, poussée à la croupe par un groupe de soldats, « Coquette » apparut avec son propriétaire accroché à son col. Les soldats riaient, hurlaient des ordres, mais en vain ; la bête, qui n'obéissait qu'à la voix nasillarde de son maître, refusait de se laisser dominer et celui-ci, agrippé à sa crinière dans une étreinte désespérée, n'avait que des paroles de consolation : « Va ma fille ! J'te laisserai pas ! » mais aucun « Hue Coquette » à la résonance si particulière.

Il y eut un dernier sursaut de l'animal et de l'homme sous les coups. Le père Lezurié lâcha prise et son cheval apeuré le piétina. Le blessé se souleva péniblement, esquissa un geste d'adieu vers cette compagne qui avait partagé ses jours et ses peines, et avec un dernier borborygme de sa bouche déformée laissa retomber sa tête.

Émilie, restée à distance, ressentit un terrible sentiment de pitié et de remords ; s'il n'aimait pas les enfants qui le lui rendaient bien, il ne devait pas être si méchant homme puisqu'il avait donné sa vie pour sauver son vieux cheval ! Il fut le premier mort des combats pour la libération d'Argeronne.

Au-dessus de la cohue, assis sur un muret de l'église dominant la place, le carton à dessins sur les genoux, le crayon à la main, Émilie aperçut le peintre Léonard. Elle courut vers lui ; il portait son grand chapeau noir des mauvais jours qui dissimulait mal sa chevelure abondante sous un pansement lui enserrant le front.

« Monsieur Léonard, je suis si triste quand vous n'êtes pas là !

— Mimi, ma solifleur ! Tu vois, j'applique les leçons de mon maître rouennais Théodore Géricault, le peintre des chevaux et des morts. »

Il affectait une allure désinvolte mais le ton de sa voix sonnait faux. Il interpella les gens qui revenaient de l'église où ils avaient porté le corps du père Lezurié :

« Ils ont pris vos chevaux comme ils prennent vos récoltes et demain ils prendront vos femmes et vos enfants comme ils ont pris les juifs, avec la bénédiction de Pétain et sa clique ! »

Personne ne répondit ; quelqu'un osa demander la raison de ce pansement.

« J'ai été pris sous un éboulement en aidant à dégager des gens sous les décombres de leur maison. » Lui, ordinairement si prompt à la plaisanterie, son visage marqué de plis amers devint pathétique :

« Ils ont détruit ma ville, votre ville. Depuis le 19 avril, c'est chaque jour qu'ils viennent marteler les plaies ouvertes et attiser les incendies. La cité aux cent clochers ne sera bientôt plus qu'un tas de cendres... La cathédrale, les églises, les hôtels des siècles passés, les maisons à colombages, les dentelles de pierre du palais de justice, la Bourse, la Petite Provence, le front de Seine, le théâtre des Arts, mon théâtre ne sont plus que des pans de murs noircis ! Le plus horrible était d'entendre les appels déchirants des enterrés vivants au fond des caves. Si on ne parvenait pas à les dégager à temps, la mort ne leur laissait comme alternatives que brûlés vifs dans l'incendie, étouffés par les fumées et les poussières ou noyés par l'eau qui se déversait des canalisations crevées ! Alors à la pioche, à la pelle, avec nos mains, avec nos ongles, nos larmes, nos dents, nous tentions de les arracher à l'enfer... Pouvez-vous imaginer des débris humains jonchant le sol, des bras, des têtes, des jambes, des carcasses informes... et l'odeur, calcinations, putréfactions, excrétions, pestilences... C'est cela la guerre !

— Arrêtez de raconter toutes ces horreurs ; il y a des enfants ! protestèrent des femmes.

— Eh bien quoi des enfants ? Il ne faut pas leur cacher les réalités de la guerre ! Ne sont-ils pas les premières victimes ? »

Les hommes hochaient la tête avec l'air entendu de ceux qui en avaient vu d'autres sur les champs de bataille.

Exaspéré, il bouscula les gens agglutinés autour de lui et se précipita vers l'auberge en invitant Émilie à le suivre jusque dans son atelier.

Là il se jeta sur un fauteuil déglingué et se plongea dans la contemplation silencieuse d'un tableau inachevé. La fillette aurait voulu lui dire qu'elle connaissait déjà par le récit de son amie Françoise le martyre subi par leur bonne ville de Rouen, mais elle sentit qu'il ne fallait pas troubler sa méditation. D'ailleurs elle aimait cette atmosphère particulière de l'atelier du peintre, si différente, mais tout autant appréciée que celle observée chez le médecin ou dans les salons du château.

Autour de trois chevalets porteurs d'ébauches s'étalait un désordre organisé : boîtes multicolores débordantes de brosses et de pinceaux, toiles de tous formats, palettes, cartons à dessins, tubes écrasés, faïences et porcelaines ébréchées, fleurs séchées, racines tordues, pierres de toutes formes et de toutes couleurs, livres, vêtements posés çà et là, revues… une débauche d'objets hétéroclites qui ne semblaient pas posés par hasard et sur lesquels planaient des odeurs d'essence, d'huile et de tabac froid. Il émanait de ce bric-à-brac la cohérence harmonieuse de la vie secrète des choses.

Émilie s'était allongée sur le canapé, de côté, la tête appuyée sur une main, feuilletant un des nombreux livres d'art éparpillés à même le sol. Souvent en ce pays, à la fin d'une journée de grisaille, un soleil timide venait percer les nuages. Quelques rayons ombrés vinrent caresser le visage de l'enfant. Le peintre la contempla longuement et, par des gestes rapides et précis, jeta sur une toile les reflets de cet instant magique. Elle garda la pose. Elle ne se lassait jamais d'observer l'étrange manège de l'artiste devant son motif ; à l'atelier, au premier étage de l'auberge où il la prenait comme modèle, ou dans la campagne devant un arbre, une prairie, un champ de blé, une rue de village, un bord de rivière, il restait un moment indéfini, le regard fixe dans une méditation silencieuse, comme s'il cherchait à saisir l'aura mystérieuse des choses pour la fixer sur la toile. Puis, il se déplaçait pour trouver le meilleur angle de vue, hésitait, revenait à son point de départ, et brusquement s'emparait avec frénésie de ses tubes, de ses brosses et de ses pinceaux, et c'était un véritable miracle de voir en peu de temps se structurer les touches de couleurs, éblouissantes d'harmonies et d'équilibre. Entre-temps il s'accordait des pauses, et, protégé sous un large parasol, ombrelle par beau temps, parapluie par mauvais temps, il enchantait la campagne avec son hautbois aux accents ensoleillés ou son violoncelle aux frémissements mélancoliques des ciels lourds.

Il avait proposé à Émilie de l'initier à son art ; sur une palette, il disposait des boulettes de couleurs basiques et la laissait s'exprimer.

« Quand je ferme les yeux, c'est extraordinaire, je vois des tableaux d'une beauté fabuleuse mais je n'arrive pas à les reproduire ! » disait-elle en riant.

Hélas, il lui restait toujours un trop de peinture dont, en bonne petite Normande qui n'aime pas gaspiller la marchandise, il lui fallait trouver l'utilisation et une place sur son tableau, de sorte que son « œuvre » s'achevait en taches disparates, traduisant selon monsieur Léonard une vision abstraite très personnelle. Ses tentatives picturales la lassèrent vite ; elle préféra jouer au modèle ou le suivre dans la campagne « sur le motif » comme il disait et l'aider à pousser la charrette où, cachés sous le matériel, elle avait remarqué sans oser poser de questions, une paire de jumelles, une boussole et un carnet chargé de signes incompréhensibles. Chaque instant passé auprès de cet artiste la fascinait et se fixait dans sa mémoire comme un éclair de fantaisie et de joie. Perdue dans ses rêveries, Émilie s'endormit la tête posée sur son bras replié. Quand elle se réveilla, le peintre l'observait toujours.

« Je ne me lasserai jamais de te peindre ! Tu es chaque jour plus belle avec quelque chose de nouveau... Il y a dans tes prunelles la lumière de l'amour ! »

Elle se sentit rougir jusqu'à la racine des cheveux. Pouvait-il deviner ce qui s'était passé entre David et elle ? Peut-être les avait-il surpris dans le secret de la forêt ? Pour cacher son trouble elle l'interrogea :

« Le docteur Bernard ? Savez-vous ce qu'il est devenu ?

— Nous savons qu'il a été emprisonné à Rouen puis probablement emmené dans un camp en Allemagne ; il faut espérer jeune fille. C'est un homme solide et courageux, il s'en sortira ! »

Devant l'air pathétique de la fillette, il voulut la distraire et sortit de ses cartons des reproductions de tableaux en énumérant les titres et les auteurs : la source, l'espérance, des nymphes, des dames à leur toilette, le déjeuner sur l'herbe :

« À quoi te font penser ces tableaux ? »

« *Pourquoi me montre-t-il toutes ces femmes nues ?* » se demanda la fillette

« Je n'aime pas celle-là ! répondit-elle en désignant la toile de Manet, pourquoi cette dame est-elle toute nue au milieu de ces hommes habillés ? Ce n'est pas correct !

— En peinture et en sculpture, c'est l'exaltation de la beauté des corps que recherche l'artiste, en particulier le corps féminin... L'artiste est un peu comme le médecin, il s'efforce de révéler les charmes, les mystères de la féminité qui sont sources de vie et de bonheur. »

Il la fit asseoir près de lui et dit en cherchant ses mots :

« Émilie je voudrais te demander... te proposer... Depuis que tu es toute petite tu as été mon modèle préféré, maintenant je voudrais faire avec toi un travail plus accompli. Je te donnerai vingt francs par séance de pose, cela te fera pas mal d'argent pour ton entrée au lycée, mais il faudra que tu te plies à certaines règles, mon plus cher désir est de te voir ainsi en source, en ondine... Nous ferions des séances à l'atelier et dans la nature. »

Monsieur Léonard semblait tellement heureux de cette perspective qu'elle n'osait le décevoir, mais de là à poser nue comme la dame sur le tableau ? Il l'avait déjà peinte ainsi quand elle était petite, « Mimi à sa toilette, le Tub, le Bain... », des tableaux qui, paraît-il, avaient eu un grand succès dans les salons de Paris ou d'ailleurs. Elle en avait gardé un souvenir d'ennui et d'inconfort et d'y repenser la mettait encore mal à l'aise, mais maintenant qu'elle était grande...

Le peintre n'insista pas, il espérait que l'idée ferait son chemin dans l'esprit de la fillette qui continuait, pensive, à feuilleter les reproductions. Soudain, elle tomba sur une image que spontanément elle déclara ne pas aimer. Dans une unité de couleurs indécises c'était un enchevêtrement caricatural de corps déchiquetés, hommes et animaux mélangés, bouches hurlantes, bras levés suppliants.

« C'est une œuvre de Pablo Picasso, un peintre espagnol installé en France depuis longtemps, un grand peintre ! D'abord classique puis cubiste et abstrait, un peu touche-à-tout mais assez génial dans son genre. Il a composé ce tableau pour protester contre la destruction d'une ville qui s'appelait Guernica que les fascistes de Franco et les avions allemands ont bombardée sans raison militaire, pour le simple plaisir de massacrer des innocents, des femmes et des enfants. C'était pendant la guerre d'Espagne, une petite ville du Pays basque… *Viva la muerte*, vive la mort, ils criaient, les salauds ! Nous, hein Mimi ! Nous choisissons la vie ! Nous crierons toujours vive la vie ! »

Il entonna la chanson de Trenet :

« C'est la vie qui va, qui vient, vive la vie, vive l'amour ! »

Émilie adorait ce Fou chantant qui, sur des rythmes nouveaux, chantait la joie, les petits oiseaux, les fleurs bleues et les amourettes.

En ce début de juin, la nature se trompa de saison ; grisaille et bourrasques donnaient à la campagne l'apparence désolée des jours de décembre. Entre les prairies gorgées d'eau, la boue alourdissait les chemins, les fleurs pliaient piteusement sous l'averse et des suaires de brume s'étiraient le long de la rivière dont le cours gonflé et rageur interdisait toute traversée sans risques.

Émilie et David ne communiquaient plus que d'une rive à l'autre et la fillette voyait avec une inquiétude grandissante la détresse de son ami. Elle s'en ouvrit à monsieur Lenormand mais le brave homme l'assura qu'il ne manquait de rien. Elle venait chaque jour, malgré le temps exécrable, balancer par-dessus la rivière les provisions qu'elle avait préparées bien enveloppées dans un linge, avec quelques livres empruntés dans la bibliothèque du docteur Bernard. Depuis qu'elle y avait accès par le soupirail, elle avait entrepris de ranger la maison saccagée par les miliciens mais elle passait le plus clair de son temps à rêver aux bonheurs passés et à s'imprégner, non sans scrupule de l'intimité silencieuse de ce couple dont elle sentait intuitivement la présence. Meurtrie de sa propre solitude, elle se sentait coupable de ces intrusions et surtout de ne pouvoir partager l'isolement de David. Monsieur Léonard avait à nouveau disparu sans la prévenir, il n'y avait plus que Louise pour comprendre sa souffrance.

Le premier dimanche de juin, comme elle « avait son après-midi », celle-ci proposa, joyeuse, à Émilie d'aller ensemble à *L'Eden* de La Roche-Faidherbe où on donnait un film de Tino Rossi, *Naples au baiser de feu*. Malgré son amour du cinéma, la fillette refusa ; ce n'était pas la perspective de faire les dix kilomètres à pied qui la rebutait mais elle détestait ce gominé mielleux à la guitare lascive que toutes les filles adulaient. Pourtant, le titre lui-même, bien qu'elle s'en défendît, un baiser de feu, faisait naître en elle un étrange trouble. Elle préféra se réfugier dans le secret de sa chambre, entre ses livres et ses disques. Après quelques heures d'isolement par ce dimanche terne, elle ressentit le besoin d'aller respirer dans sa campagne et de partager quelques instants avec David, même s'ils étaient séparés par la montée des eaux de la Corbeline.

Quand elle fut en chemin, un ronronnement lourd dans le ciel bas lui fit lever les yeux. Sortant des nuages, une forteresse volante aux reflets métalliques, des étoiles blanches sous les ailes, amorça une longue courbe descendante. Aussitôt les tirs des canons allemands éclatèrent autour en boules noires. Mécaniquement elle compta, un, deux, trois, quatre... et une gerbe de feu jaillit de l'appareil. Deux corolles blanches s'ouvrirent derrière l'avion, suivies de plusieurs autres mais qui aussitôt s'enflammèrent, ne laissant que des formes noires tombant vers le sol comme des oiseaux abattus en plein vol. Une fraction de seconde plus tard, le brasier explosa en plusieurs morceaux incandescents qui s'éparpillèrent en rugissant dans la campagne.

Émilie avait tôt fait de repérer les endroits où les parachutistes étaient tombés, mais elle n'était pas la seule ! L'Armée des Vikings était sur le sentier de la guerre ; par chance, ses soldats étaient plus pressés de courir vers des débris de l'appareil qui flambaient en plusieurs endroits de la forêt que de partir à la recherche des rescapés, de sorte qu'elle se retrouva seule à fouiller les sous-bois. Elle ne put retenir un cri de frayeur quand elle se trouva face à un géant, revolver au poing, bottes fourrées, blouson de cuir à col de fourrure. Il abaissa son arme et s'accroupit à hauteur de la jeune fille :

« *Don't be afraid, Baby*[1].

— *Good afternoon Sir !* répondit Émilie qui avait retrouvé son sang-froid. *I suppose you are an american pilote, aren't you ?*[2] »

Il était aussi impressionnant que le forgeron et avait comme lui des rigoles de sueur sur un visage noirci de fumée, mais à défaut de moustaches un sourire aux dents étonnamment blanches.

« *But you speak english very well ! What's your name ? Can you find anybody to help us ?*[3] »

Sans attendre de réponse, il s'était redressé et observait les alentours.

« *Follow me !*[4] »

D'un geste impératif, elle fit signe au soldat de la suivre et s'engagea dans les fourrés quand un bruit de voix les fit se plaquer au sol. Émilie reconnut aussitôt monsieur Léonard en compagnie d'un homme aux cheveux blancs dont la prestance lui rappelait monsieur Bergman. Ils encadraient l'autre parachutiste. Les deux Américains se congratulèrent avec des tapes dans le dos et une volubilité que les Français calmèrent en leur signifiant plus de prudence.

« Qui est cette jeune personne ? demanda le monsieur distingué.

---

1. *N'aie pas peur, petite !*
2. *Bonjour monsieur ! Je suppose que vous êtes un pilote américain, n'est-ce pas ?*
3. *Mais tu parles très bien anglais ! Comment t'appelles-tu ? Peux-tu nous trouver de l'aide ?*
4. *Suivez-moi !*

— C'est notre Belle Aurore, notre petite Émilie. Nous vous en avions parlé le docteur et moi, répondit le peintre d'un ton respectueux.

— Ainsi c'est vous mademoiselle qui contestez l'autorité du curé et du maître d'école ? Suffragette avant l'heure, bravo continuez ! »

Son visage grave s'était éclairé d'un bref sourire. Il se retourna aussitôt vers le peintre qu'il appela Vinci, au grand étonnement de l'enfant.

« Que faire en attendant que le groupe les prenne en charge ? Les Allemands vont ratisser le pays d'un moment à l'autre, on pourrait les cacher quelque temps dans les caveaux du cimetière.

— Mais il y a déjà des armes ! »

Les deux hommes parlaient à voix basse, comme s'ils voulaient ne pas être entendus par la fillette. Avec aplomb, elle les interrompit :

« La meilleure cachette que je connaisse c'est le vieux moulin dans l'île au milieu du parc du château d'Argeronne.

— Mais c'est au milieu des Allemands ! s'étonna l'homme aux cheveux blancs.

— La plus grande partie du parc est abandonnée ; au château, il n'y a que des dessinateurs et quelques gardes à l'entrée qui ne sont pas méchants. Je les connais bien ! précisa Émilie.

— Qu'en pensez-vous, Vinci ?

— Je pense que c'est la meilleure planque et avec notre Belle Aurore comme guide, qui connaît mieux que quiconque les chemins raccourcis et les bras de la rivière, nous y serons rapidement. C'est qu'elle l'aime sa campagne normande, notre petite sauvageonne !

— Eh bien soit ! Vous en prenez la responsabilité. Prévenez aussi qui vous savez ! Je n'ose penser que cette mission va reposer sur les épaules d'une gamine ! »

« *Il m'agace celui-là avec ses airs de commandeur ! Pour qui me prend-il et pourquoi se moque-t-il de monsieur Léonard en l'appelant Vinci, comme Léonard de Vinci ?* » pensa Émilie en retenant sa protestation.

Devant les deux résistants ébahis, elle ordonna aux Américains, allongés sur l'herbe comme à un pique-nique :

« *Get up ! Do you want to come with me ?*[1] »

Ils se levèrent en riant et emboîtèrent son pas. Avant de s'éloigner, elle lança aux deux adultes ébahis :

« Quand vous aurez gagné la guerre, j'espère que les femmes pourront voter et que les filles seront aussi enfants de chœur ! »

En suivant les chemins couverts, le nez au vent, les oreilles et les yeux aux aguets, Émilie eut un moment de panique en prenant conscience de ses responsabilités ; ce n'était plus le jeu de la guerre avec l'Armée des Vikings mais de vrais guerriers qui avançaient derrière elle, le revolver au poing. Elle s'interrogeait surtout sur la façon dont David allait les accueillir.

À la suite des pluies récentes, le mur de torchis s'était en partie écroulé obstruant la trouée cachée sous les broussailles. Les deux géants escaladèrent l'argile friable et se passèrent la fillette en riant

1. *Debout ! Vous voulez bien venir avec moi ?*

malgré ses protestations. Devant le gué, Émilie vit que le niveau des eaux était encore monté.

« *We must cross the river*[1] », dit elle en hésitant.

Elle s'apprêtait à ôter ses galoches et ses chaussettes quand elle se sentit à nouveau soulevée dans les airs avec l'impression de voler au-dessus de l'eau. Avec délicatesse, ils la déposèrent sur l'autre rive. Les Américains étaient joyeux et parfaitement détendus comme s'ils avaient déjà oublié la tragédie à laquelle ils venaient de survivre...

Quand David apparut, enveloppé dans une couverture, le visage blême, il eut d'abord un sursaut de peur qui s'effaça vite quand Émilie lui eut expliqué la situation.

« J'ai vu les deux parachutes descendre et les autres s'enflammer... les pauvres gars ! Nous serons un peu à l'étroit mais rien n'est plus insupportable que cette solitude et ces bruits de guerre autour de moi sans comprendre ce qui se passe. »

Avec une étonnante facilité, il engagea la conversation avec les Américains au point qu'Émilie se sentit un moment exclue.

« David, explique-leur bien toutes les précautions à prendre pour ne pas vous faire repérer.

— Apporte-moi encore de quoi écrire et tout ce que tu peux trouver à lire ! Je vais perfectionner mon anglais. Apporte-nous aussi un jeu de cartes, des dés...

— *What's your name*[2], demanda un des aviateurs.

1. *Nous devons traverser la rivière.*

2. *Comment t'appelles-tu ?*

— *Her name is Émilie, Mimi*[1]*...* », répondit David, en prenant Émilie par l'épaule pour l'entraîner à l'écart sous les sifflements admiratifs.

« OK Mimi... Très joli, Mimi ! *She is the most courageous and prettiest girl in the world*[2]. »

David avait quitté sa couverture et son visage avait repris quelques couleurs. Timidement, il serra Émilie contre lui et l'embrassa fraternellement ; elle répondit à son étreinte, seulement pour lui communiquer sa chaleur. Quand ils se séparèrent les Américains, avec des sourires complices et des clins d'œil entendus, prononcèrent des mots qu'elle ne comprit pas.

« Ils veulent te faire traverser de nouveau la rivière », précisa David, et avant qu'il réagisse elle volait à nouveau au-dessus de l'eau.

Avant de rentrer au village, elle s'arrêta chez le régisseur du domaine qui ne parut pas s'étonner de la présence des nouveaux réfugiés dans l'île. Il grogna dans sa moustache :

« J'espère qu'ils ne sont pas juifs comme ton copain, parce que nourrir tout ce monde sans cochonnailles au jour d'aujourd'hui, ça va pas être facile ! »

Il promit de réparer le mur d'argile en laissant accessible le passage secret sous la végétation, afin qu'Émilie puisse contribuer au ravitaillement de leurs protégés.

Émilie s'en retourna avec au cœur des sentiments partagés : une nouvelle amertume. La présence des

1. *Elle s'appelle Émilie, Mimi...*

2. *C'est la plus courageuse et jolie fille du monde !*

deux Américains n'allait-elle pas accaparer David et le détacher un peu plus d'elle ? Ou au contraire, leur compagnie n'allait-elle pas plutôt l'aider à combler sa solitude !

Dans Argeronne, son attention fut tout de suite attirée par un attroupement devant l'église. Maintenue à distance par des sentinelles allemandes une foule regardait, silencieuse, l'étalage indécent des restes des aviateurs abattus : lamentables carcasses disloquées, désarticulées, calcinées, pitoyables reliefs de ce qui avait été des êtres humains. Deux cadavres avaient gardé forme humaine où, malgré les cheveux brûlés, les figures noircies, les membres rétractés, les yeux vides étrangement ouverts sur l'inconnu, se devinait encore une incroyable jeunesse. Les enfants n'étaient pas les moins avides à contempler ce triste spectacle et l'Armée des Vikings, pour une fois disciplinée, s'était faufilée au premier rang malgré les protestations du garde champêtre :

« Barrez-vous les gosses, c'est pas un spectacle pour vous ! »

Impressionnés, les valeureux guerriers normands se réunirent en leur camp où un débat fut lancé pour décider d'une action à entreprendre afin d'honorer ces aviateurs venus d'un autre monde.

« Avec les Boches, on n'a pas le droit de chanter *La Marseillaise* mais on pourrait traverser la place en chantant *Le Chant du départ*.

— On pourrait s'agenouiller devant les morts et réciter un *Notre Père*.

— On pourrait se cacher et crier de loin "Vive nos libérateurs !".

— Nos libérateurs, c'est vite dit ! En attendant, qui c'est qui prend les bombes sur la gueule, c'est nous autres ! »

Ainsi, les avis des enfants étaient aussi partagés que ceux des pères ! Les circonstances étaient propices à l'invention d'un nouveau jeu ou d'une nouvelle provocation des adultes. Émilie songeait surtout à s'assurer du silence des enfants en détournant leur attention. Pour ne pas heurter les prérogatives des chefs et leur laisser l'initiative, elle leur suggéra à l'oreille d'organiser un cérémonial qui recueillit l'enthousiasme général. Alphonse, le commandant en chef, prit le premier la parole :

« Il faut qu'on s'engage pour lutter à la libération de notre patrie, les Boches vont rechercher les deux parachutistes qui ont réussi à sauter. Si on nous interroge nous devons jurer de ne pas parler. Nous allons prêter serment dans un lieu sacré !

— Avant, ajouta Joseph, nous allons cueillir des fleurs, bleues, blanches et rouges, pour les jeter comme un drapeau sur les héros morts pour la France. Allez-y, il y en a plein les jardins et les prairies. »

Quelques instants plus tard, les quelques vieilles en prière ou affairées autour des autels virent, stupéfaites, les garnements ordinairement si turbulents s'agenouiller, humbles et recueillis, devant le grand Christ en croix, des bouquets de fleurs tricolores à la main. Émilie, qui connaissait le message de la Radio de la France Libre pour l'avoir souvent entendu chez monsieur Van Lair, récita :

« Honneur et patrie, les Français parlent aux Français ! Aujourd'hui mille quatre cent soixantième jour de la lutte du peuple français pour sa libération… »

C'était un calcul approximatif mais qui seyait bien à la solennité de la cérémonie. Joseph lut ensuite le pacte qu'ils avaient préparé :

« Je jure de lutter jusqu'à la mort pour la libération de la patrie. Je jure devant Dieu et son fils Jésus-Christ de ne révéler à personne les secrets dont je pourrais avoir connaissance ! »

L'un après l'autre, garçons et filles, un genou à terre, la main droite levée, prononcèrent haut et clair « Je le jure ».

Devant l'église, les badauds, surpris de les voir si graves et si déterminés, s'écartèrent pour laisser passer la petite troupe. Il y eut un moment d'hésitation quand les soldats allemands, avec lassitude, leur signifièrent de ne pas s'approcher plus avant ; d'un geste large Émilie lança ses fleurs. Il y eut des murmures dans l'assistance mais personne n'empêcha chaque enfant d'accomplir avec gravité le même geste et les fleurs éparpillées sur les gisants formèrent bientôt un linceul couleur d'espoir et de liberté.

Le maire et le garde champêtre accoururent en fendant la foule :

« Ils sont fous ces gamins ! Jeter des fleurs sur les corps des Américains, sous les yeux des Allemands, c'est de la provocation. Ces morts n'ont que ce qu'ils méritent, venir ainsi détruire nos villes et nos compagnes… euh nos campagnes ! hurla le maire.

— Allez, ouste, rentrez chez vous les gamins ! » renchérit le garde champêtre pour montrer au premier magistrat qu'il avait de l'autorité ; celui-ci, apercevant Émilie, se mit à l'invectiver :

« C'est encore toi la fille Lecor qui a tout manigancé ! Je vais m'occuper de toi une bonne fois pour toutes. Si ton père n'arrive pas à te dresser, je vais m'en charger et tu entendras parler du pays ! »

Il s'avança, menaçant, mais l'enfant sans baisser les yeux lui lança :

« Le docteur Bernard, qui l'a dénoncé ? Ce sont vos copains de la Milice qui l'ont arrêté ! »

L'homme, sidéré par l'audace de cette gamine, baissa piteusement le bras et pour se donner une contenance hurla l'ordre au garde champêtre de faire évacuer la place.

Avec la sérénité des héros bravant les dangers, les enfants s'éloignèrent en silence, les filles réconciliées bras dessus bras dessous, les garçons tête haute, fiers de leur exploit. À bonne distance, les bras en croix comme des ailes, virevoltant de droite à gauche et de gauche à droite, modulant de la voix le vrombissement des avions et le bruit de la mitraille, les plus intrépides formèrent une escadrille qui se dispersa dans la campagne.

XX

6 juin 1944

Le lundi matin, en se rendant à l'école, les enfants virent qu'il ne restait rien de l'horrible exposition de la veille ; tout avait été enlevé, balayé ; il ne restait pas même une fleur. Monsieur Cassagne ne fit pas la leçon de morale obligatoire en début de classe, mais commenta l'événement :

« C'est courageux ce que vous avez fait jeunes gens, mais totalement irréfléchi ; votre attitude aurait pu entraîner de lourdes conséquences pour nous tous ! Pour aller au combat, il faut être organisé et suivre les mots d'ordre des chefs et ne pas foncer tels des chiots fous. »

La matinée, avec les passages d'avions et les alertes répétées, ne fut qu'un va-et-vient entre la cave trop petite pour pouvoir y étudier et les salles de classe trop exposées. Monsieur le curé offrit sa sacristie à madame Cassagne pour les petits et les moyens. Ils trouvèrent là un abri solide accolé à l'église, sous l'aile protectrice de la divine Providence, laissant ainsi la place aux candidats et candidates du certificat, plus à l'aise pour travailler sous les voûtes de pierre de la mairie. Ce n'est pas sans une certaine froideur que monsieur Cassagne, faisant contre mauvaise fortune bon cœur, accepta cette collaboration momentanée entre l'école du peuple et le clergé.

Toute la journée de ce 5 juin, il fit un temps épouvantable, ciel bas et gris, bourrasques, brumes jusqu'en fin d'après-midi où, balayée par la brise du front de la marée, la couche nuageuse consentit à laisser passer un pâle soleil. Émilie en profita pour courir vers ses protégés avec une bouteille de calvados subrepticement tirée d'un des fûts du père Lecor.

« *Cela les réchauffera* », se disait-elle.

La rivière roulait des eaux grises peu engageantes et l'île était silencieuse ; elle dut répéter les manœuvres d'approche pour signaler sa présence. Ce fut un David détendu qui apparut en premier :

« Émilie, ne te fais pas de soucis pour moi ! Je perfectionne mon anglais et je m'amuse comme un fou. Je les plume au poker ; j'ai déjà gagné mon voyage à New York, du moins en cailloux...

— *Hello, Mimi ! Come and stay with us !*[1] » lança un des Américains prêt à s'engager dans l'eau quand la fillette brandit la bouteille.

« *Throw the bottle over the river !*[2] » cria l'autre en position de goal.

Le temps parut plus clément dans la nuit du lundi au mardi. Une lune capricieuse sous les déchirures des nuages éclairait de temps à autre l'ombre de la terre qui ne cessait de gronder sous les orages

---

1. *Bonjour, Mimi ! Viens et reste avec nous !*
2. *Jette la bouteille par-dessus la rivière !*

lointains, sans qu'il soit possible de les distinguer entre les colères du ciel ou le tonnerre des batailles.

Émilie refusa de descendre au sous-sol avec sa mère et Louise. Elle resta toute la nuit enveloppée de couvertures, accrochée à sa fenêtre, avec le pressentiment que quelque chose d'important se préparait. Au petit matin, quand des lueurs rougeoyantes s'allumèrent sur l'horizon, elle sombra malgré elle dans un inconscient endolori.

Un silence insolite après le vacarme de la nuit était tombé sur la campagne comme si le temps était suspendu dans l'attente d'une catastrophe imminente. En ouvrant les yeux, elle vit qu'il n'y avait rien du ballet habituel des matins de printemps sur les toits et dans les vergers ; les oiseaux semblaient avoir déserté la campagne. Seules, des envolées de corneilles sur la cime des grands arbres au loin encombraient le ciel de leurs vols noirs et de leurs sinistres criaillements. Jamais il n'y avait eu autant de *Windows* accrochés aux buissons du jardin ; elle aperçut, amusée, deux poupées habillées en soldat, accrochées par un petit parachute aux branches d'un cerisier. Elle s'habilla à la hâte et courut chez monsieur Van Lair où la traite était commencée. Dans la grange, des hommes sales, hirsutes, étaient rassemblés près du poste radio, d'autres épuisés étaient couchés sur la paille, tous avaient une arme à la main. Le peintre Léonard sortit du groupe et vint les bras tendus vers Émilie :

« Petite Émilie, ma solifleur, ma joie ! Enfin, ils ont débarqué ce matin à l'aube sur les côtes de la Manche et du Calvados ! Souviens-toi toute ta vie de ce jour ! Par toute l'Europe s'éveille enfin l'espoir d'une libération prochaine. »

Le débarquement ! Mot tant de fois entendu et attendu, mot chargé d'espoirs ! Ce mot avait pour Émilie une résonance magique. Elle se laissa entraîner dans une valse étourdissante en chantant « la valse brune des chevaliers de la lune... ». Le premier mouvement d'enthousiasme passé, elle n'eut plus qu'une pensée : courir à perdre haleine pour annoncer à David la grande nouvelle, voir son visage rayonner et sa joie éclater ! D'une rive à l'autre, elle appela :

« David, David, les Alliés ont débarqué cette nuit sur les côtes de Normandie ! Nous allons bientôt être délivrés, tu retrouveras ta famille, ton lycée... Sa joie sombra aussitôt quand le garçon apparut, enveloppé frileusement dans une couverture, et lui répondit avec indolence :

« Nous le savons déjà, monsieur Lenormand nous a prévenus. »

Il se retourna et prononça quelques mots à ses compagnons restés à l'intérieur.

« *Pretty Mimi, brings us again Calvados !*[1] » cria l'un d'eux.

Elle qui se voyait messagère d'espoir accueillie comme le Messie s'en retourna meurtrie. Son impatience de courir aux nouvelles chez monsieur Van Lair lui fit oublier sa déception. Quelques hommes du Maquis étaient encore présents, groupés autour d'un jeune homme les écouteurs aux oreilles qui lui fit un clin d'œil amical. Tout en remplissant sa

1. *Jolie Mimi, apporte-nous encore du calvados !*

laitière, le fermier l'informa qu'à sept heures trente le général Eisenhower, commandant en chef des forces alliées, avait demandé à la population normande de s'éloigner des côtes de trente kilomètres.

« S'il croit que c'est facile ! commenta simplement l'enfant.

« Nous sommes loin de cette limite mais il va falloir être très prudents. Surtout ne dis rien à l'auberge : il faut attendre les annonces du Poste national et de Radio Paris. Je suis curieux d'entendre la façon dont ils vont présenter les choses !

— Radio Paris ment, Radio Paris ment, Radio Paris est allemand », chantonna Émilie qui avait retrouvé son enthousiasme.

À l'école, comme leçon de morale, monsieur Cassagne fit observer aux élèves, debout, une minute de silence et prononça d'un ton solennel : « Jeunesse de demain, souvenez-vous toute votre vie de ce mardi 6 juin 1944 ! »

À l'auberge, c'était l'affluence des grands jours. Avec le mauvais temps, si les bêtes « étaient à l'herbe » bien protégées sous les rideaux de peupliers et de hêtres, dans les champs gorgés d'eau les travaux étaient impossibles et les récoltes compromises. On se lamentait encore de la réquisition des chevaux et de la mort du père Lezurié, mais du débarquement, si chacun savait, personne n'osait en parler encore, même à mots couverts, jusqu'à ce que, peu avant midi, Radio Paris révélât que des parachutistes anglo-américains, rapidement neutralisés par les défenses allemandes, avaient tenté de sauter sur les côtes de la Manche. Monsieur Lecor, comme les autres, avait son poste de radio échappé à la réquisition bien caché derrière les alignées de bouteilles, mais, en raison de la gravité de l'événement et l'annonce d'un discours de Pétain, il n'hésita pas, pour satisfaire la clientèle aux aguets, à installer l'appareil bien en évidence sur son comptoir. La voix chevrotante du vieux maréchal s'éleva dans un silence attentif et perplexe mais encore respectueux. Il demandait aux Français de se tenir à l'écart des combats qui allaient se dérouler sur notre sol et déplorait qu'une fois de plus ce fût notre patrie qui souffre d'un conflit entre des armées étrangères. Des hochements de tête, des regards hésitants, des sourires ironiques s'échangèrent avant que l'unanimité se fasse sur la nécessité, après de tels événements, de raviver les gorges desséchées et de réchauffer les esprits par quelques tournées arrosées, pour relancer les conversations.

« Si ça s'trouve, c'est qu'une manœuvre de diversion comme en août 1942 à Dieppe ; si ça échoue, les Allemands nous renverront peut-être nos prisonniers ?

— C'est pas gagné ! Rommel, c'est un crac dans son genre et son mur de l'Atlantique c'est du solide !

— Oui, comme nous en 1940 avec notre ligne Maginot !

— Au fond, il n'a pas tort le Vieux ! C'est la guerre entre les Boches, les Angliches et les Amerloques et c'est sur notre dos qu'ils la font.

— Au début, il nous disait de collaborer pour construire une nouvelle Europe et maintenant il nous dit de rester neutres, ça ne tient pas debout !

— Il radote le Vieux ! Vous vous rendez compte, quatre-vingt-huit ans en avril dernier ! Vous confieriez vos affaires à un bonhomme de cet âge ?

— C'est peut-être pour ça qu'ils l'ont installé à Vichy, une ville de malades...

— C'est surtout la clique qu'il a autour de lui, les Laval, Déat, Doriot, Darquier de Pellepoix, Darnand...

— Joseph Darnand, le chef de la Milice, celui-là, c'est le pire ! On a beau dire mais les miliciens c'est tous des bandits, des repris de justice qui ont tous les droits, pire que la Gestapo ! »

Émilie ne prêta qu'une attention distraite à ces conversations. Elle était impatiente de connaître la suite des événements. Par chance, la classe de l'après-midi fut écourtée par le maître lui-même, sans cesse sollicité à l'extérieur par ses fonctions à la mairie. L'attente fut longue jusqu'à la traite du soir où Émilie était autorisée à revenir dans la ferme de monsieur Van Lair pour écouter la radio. Elle apprit ainsi que les forces alliées, des milliers de bateaux et d'avions, avaient déferlé sur les plages au nord de Caen, sur un front de soixante kilomètres, tandis que l'infanterie, les blindés et les parachutistes s'étaient avancés sur une profondeur de dix kilomètres. Les ponts de l'Orne étaient conquis et deux petits ports pouvaient déjà être utilisés : Courseulles et Port-en-Bessin.

À partir de ce jour, Émilie consacra le plus clair de son temps à suivre les événements. À l'école elle en oubliait le certificat, à l'auberge elle se posait à peine à l'heure des repas et dans son île elle se sentait devenir intruse. La ferme de monsieur Van

Lair devint son lieu de prédilection où des hommes et quelques femmes venaient par petits groupes se reposer et écouter la radio dans la grange puis s'en retournaient vers des destinations secrètes.

Le soir du 6 juin, à l'heure du couvre-feu, Émilie avait tressailli comme les autres en entendant la voix grave du chef de la Résistance sur les ondes de la radio anglaise :

« La bataille suprême est engagée... C'est la bataille de France... et c'est la bataille de la France ! »

Ce général de Gaulle, dont elle n'avait jamais vu l'image, devait être un sacré Gaulois, grand comme monsieur Lenormand, fort comme le forgeron et beau comme le docteur Bernard ; et cette voix vibrante, solennelle, aussi impressionnante que celle des comédiens de tragédies classiques qu'elle écoutait, envoûtée, sur les ondes de la Radio nationale.

Après le discours du Général, la grange se vida et Émilie se retrouva seule avec l'opérateur anglais resté coiffé de ses écouteurs. Il était jeune, vingt ans peut-être, les cheveux ébouriffés, d'un blond-roux, les yeux d'un bleu tendre, mais son sourire avait quelque chose d'aguicheur et de vulgaire. Il lui fit signe de monter jusqu'à lui et lui tendit les écouteurs. Elle entendit alors, émerveillée, une musique nouvelle rythmée, semblable à celle de ce fou chantant qu'elle admirait. En répondant à son sourire elle esquissa un mouvement de balancement cadencé des épaules comme une invitation à la danse. D'une voix doucereuse il prononça quelques mots qu'elle ne comprit pas et sans méfiance le laissa s'approcher de plus près ; alors, d'un geste précis, sans brutalité, il lui saisit les genoux et glissa les mains sous sa robe. En dépit des écouteurs qui en s'arrachant lui blessèrent les oreilles, elle dévala la muraille de paille et se sauva mortifiée par autant de honte que de rage ; cet imbécile avait gâché ces instants prodigieux ! Qu'avait-elle fait pour attirer sur elle de tels gestes ? Encore la malédiction du péché originel porté par la femme ? En ce jour d'espérance, jamais la douleur de la disparition du docteur Bernard et l'apparente indifférence de David ne lui parurent aussi cruelles.

Le mercredi 7 juin après la classe du soir, monsieur Cassagne annonça que, par décision de monsieur l'inspecteur d'académie, la date des épreuves du certificat était avancée et fixée au vendredi 16 juin. Il valait mieux, dans l'attente d'événements imprévisibles, faire passer rapidement les candidats afin de les rendre à leurs familles et fermer l'école si les combats se rapprochaient.

« Il nous reste donc dix jours pour mettre les bouchées doubles, je compte sur vous tous pour défendre l'honneur de notre école », déclara le maître pour encourager ses poulains.

Émilie s'était résolue à admettre que sa présence dans l'île n'était plus souhaitable en raison du mauvais temps et de la cohabitation devenue difficile entre les trois clandestins qui passaient la plupart du temps cachés dans la chaumière de monsieur Lenormand. En compagnie de Joseph, tout émoustillé de retrouver son amie, sous l'œil inquisiteur de l'instituteur, elle se gava de dictées, de conjugaison, de grammaire, de trains qui se croisent, de robinets qui se répandent dans des bassins que l'on vide en même temps, de règles de trois, de pourcentages, de partages inégaux, d'intervalles réguliers, de surfaces, de volumes, de capacités… tous les secrets de cette célébration solennelle, du savoir et de la morale républicaine qu'était le certificat d'études primaires.

Traditionnellement, l'examen, présidé par monsieur l'inspecteur assisté de deux instituteurs et deux institutrices venus des cantons voisins, se déroulait à La Roche-Faidherbe, le chef-lieu. L'appel des élèves était fixé à huit heures, mais bien avant une foule bigarrée se pressait devant l'école choisie comme la plus propice à accueillir les élèves et leurs examinateurs : parents anxieux qui couvaient d'un œil sévère cette progéniture dont ils espéraient des raisons d'être fiers, garçons gominés, brillantinés, coincés dans leurs habits du dimanche, fillettes discrètement enrubannées figées dans des robes sans fantaisie. Ils étaient venus pour la plupart à pied depuis les villages et les hameaux ou en carriole attelée. Parfois à bicyclette avec le précieux candidat sur le porte-bagages ou la future lauréate en amazone sur le cadre. Quelques rares privilégiés avaient sorti pour l'occasion l'automobile échappée aux réquisitions ; ils faisaient claquer les portières avec la désinvolture de ceux qui ont du bien, sans se soucier de leurs gazogènes puants qui incommodaient les gorges déjà serrées par l'attente de l'examen.

Pour les enfants d'Argeronne, village le plus éloigné du canton, à l'initiative du maire et sous la conduite du garde champêtre, une charrette tirée par un solide percheron rescapé des réquisitions avait été apprêtée pour le confort et la sécurité de la douzaine de candidats. On avait pour ce faire tapissé les parois avec de vieux matelas, accroché un drapeau blanc et recouvert le dos de la rosse d'un drap, croix rouge sur fond blanc, ce qui devait, en principe, assurer une protection efficace contre d'éventuels mitraillages. Un tel équipage ne passa pas inaperçu dans les rues de La Roche-Faidherbe, il y eut des rieurs, des railleurs, mais beaucoup trouvèrent cette installation judicieuse et prudente. Certains collègues de monsieur Cassagne, en revanche, jugèrent que l'apparition d'un tel attelage de romanichels, qui rappelait par trop l'exode de 1940, était indécent et troublait la solennité de ce grand jour…

Un silence respectueux se fit quand monsieur l'inspecteur entouré de ses assesseurs procéda à l'appel nominatif de chacun affecté d'une place et d'un numéro d'ordre.

Orthographe, grammaire, arithmétique, géométrie, composition française, la matinée fila comme un éclair avec une déconcertante facilité. Pendant ce temps, le garde champêtre et plusieurs autres guetteurs surveillaient le ciel pour prévenir toute alerte ; ils se relayaient entre l'effort de vigilance la tête levée au zénith et le réconfort le coude levé dans les bistrots du coin.

À la pause de midi, repas tirés des sacs ou des gamelles, monsieur Cassagne qui était d'un autre jury vint s'informer du moral de ses troupes et évaluer les chances de chacun. L'après-midi était consacré à l'histoire-géographie et aux épreuves artistiques et manuelles. Monsieur l'inspecteur, partisan de l'école bigéminée, avec un souci d'égalité entre les sexes, avait remplacé l'épreuve de couture par le dessin et l'épreuve de chant, où le trop fameux Maréchal nous voilà était toujours au programme, par la récitation.

L'histoire ne consista qu'en quelques dates ennuyeuses mais la géographie fut pour Émilie l'objet de ses rêveries : la Loire, ses affluents, ses villes principales. Le mont Gerbier-de-Jonc... Orléans, Beaugency... Notre-Dame de par ici... Vendôme... Tours, le jardin de la France... Angers et le Roi René... Nantes la porte des Amériques... Ces lieux, ces cours d'eau, aux noms mélodieux qui sentaient, comme dans la chanson, si bon la France et qu'elle suivait d'un doigt rêveur sur les cartes en se promettant d'aller un jour en remonter le cours jusqu'aux sources mystérieuses.

Parmi les textes choisis par son instituteur, le jury lui fit réciter la fin de *La Mort du loup* ; quand elle se tut après le dernier vers « refermant ses grands yeux, meurt sans jeter un cri... » il y eut un moment de silence chargé d'émotion ; monsieur l'inspecteur enleva ses lunettes pour mieux observer ce petit phénomène et murmura « mais elle a l'étoffe d'une vraie tragédienne cette petite ! ».

À la proclamation des résultats, monsieur Cassagne eut le triomphe un peu amer, bien que tous ses poulains fussent reçus, avec deux mentions très bien, son fils et Émilie, monsieur l'inspecteur, ardent défenseur de l'égalité entre garçons et filles, ne proclama qu'une seule et unique « Première du Canton » Émilie devançant Joseph de deux points. La fillette avait obtenu la note maximale dans toutes les matières excepté en rédaction, ce qui fit dire à madame Cassagne sur un ton pincé « que si elle avait eu 20 sur 20 en récitation comme une vraie actrice, tout cela pour le plaisir de se rendre intéressante, il eût été anormal qu'elle eut aussi 20 sur 20 en rédaction où seul un vrai écrivain pouvait obtenir la note la plus élevée... ».

Le retour vers Argeronne s'annonçait triomphal. Il n'y avait que des lauréats pour monter à bord de la charrette du garde champêtre qui, la langue épaisse et le regard vague, s'épuisait à compter ses passagers. Joseph les regarda partir avec regrets, en sa qualité de fils d'instituteur il devait suivre ses parents conviés au traditionnel banquet des examinateurs sous la présidence de monsieur l'inspecteur d'académie.

Les enfants, fatigués après cette journée riche en émotions, se laissèrent bercer au rythme des cahots de la route. Ce n'était qu'une accalmie de courte durée. Émilie proposa de rentrer à pied en coupant à travers bois pour devancer l'attelage et faire une bonne farce au bonhomme qui, confiant en l'orientation instinctive du cheval se laissait gagner par une épaisse somnolence.

« Discrètement on quitte un à un le chariot, on se cache dans les taillis au bord de la route pour lancer nos cris de guerre, puis on se retrouve à l'entrée du village... vous imaginez la tête du garde champêtre quand il verra qu'il nous a perdus en chemin ! »

Quand à un détour de la route il fut brutalement tiré de sa torpeur par l'hymne à sa gloire monté de derrière les buissons :

« *Le garde champêt' toujours pompette*
qui pue qui pète et qui rouspète
qui prend son cul pour une trompette »

il se dressa sur son char, le fouet vengeur levé, et cria à tout hasard :

« C'est encore toi la fille Lecor, je t'ai reconnue ! »

Le cheval effrayé fit un écart et l'homme, battant des quatre membres pour sauver un équilibre incertain, bascula au fond du tombereau où la voix éraillée se perdit sous un fatras de matelas et de couvertures. L'animal s'apaisa et reprit sa route tandis que du capitonnage secourable montait bientôt un ronflement sonore. Devant les parents atterrés qui l'attendaient sur la grand-place, le garde champêtre perdit encore de son prestige quand, soudain dégrisé, il vit la charrette vide derrière lui ; il eut beau en tourner et retourner le contenu : nulle trace d'enfants ! Quand ceux-ci surgirent en chantant leur hymne à sa gloire et en brandissant comme des trophées les attestations de leur succès, les rires et les acclamations l'accompagnèrent jusqu'à l'auberge où, en bonne médecine, il s'en alla soigner le mal par le mal avec force rincettes et tournées générales.

Du succès de sa fille, maître Lecor fit peu de cas ; avec un grognement il se demanda si c'était bon pour le commerce entre les jaloux et les flatteurs. Madame Lecor, toujours affairée, embrassa sa fille et lui promit de tout faire pour qu'elle puisse aller à l'école supérieure de jeunes filles pour passer son brevet, sans avoir de pension à payer. Le peu d'empressement de ses parents à saluer sa performance laissa à la fillette une amertume vite dissipée ; elle était surtout impatiente de courir aux nouvelles chez monsieur Van Lair qu'elle n'avait pas revu depuis ces jours de préparation intensive de l'examen.

Émilie apprit que le mercredi 14 juin le général de Gaulle, débarqué le matin à Courseulles-sur-Mer, avait prononcé un discours important à Bayeux, première ville de France libérée et miraculeusement épargnée par les combats, grâce, disait la rumeur publique, à la protection de la Sainte Vierge dont la statue dans la cathédrale était chaque jour, depuis l'entrée des Allemands à l'été 1940, l'objet de prières et d'offrandes de la part des habitants, se relayant jour et nuit à ses pieds. Le Général avait regagné Londres le soir même.

Le roi d'Angleterre en personne était venu saluer ses armées le vendredi 16 juin pendant qu'elle passait son certificat. Le plus incroyable, dans les récits que lui faisait monsieur Van Lair, fut la création d'un port artificiel devant la plage d'Arromanches avec des éléments flottants en béton, amenés depuis l'Angleterre : « c'est la plus formidable armada de tous les temps, un exploit stratégique et technique unique dans l'histoire ! » répétaient admiratifs les hommes armés qui venaient de temps à autre écouter la radio. Le jeune homme aux cheveux roux n'était plus là et la fillette apprenait des mots nouveaux, *gooseberry, mulberry,* en s'interrogeant sur l'humour britannique venu planter des buissons de groseilliers et de mûriers autour d'Arromanches.

Dans le secret de sa chambre elle écoutait Radio Paris et le Poste national qui, entre deux vociférations triomphantes, ne cessaient de diffuser le message de Pétain ordonnant aux vrais Français de se tenir à l'écart des combats, d'obéir à son gouvernement et de ne pas aider les Anglo-Américains venus ravager notre sol. La voix chevrotante du vieil homme l'agaçait de plus en plus. L'occupant, pourquoi disait-il toujours l'« occupant » comme il aurait dit le voisin, l'invité, le locataire, le visiteur et non pas comme tout le monde le Boche, le Frisé, le Chleuh, le Doryphore, le Fridolin, le Vert-de-gris… ! Elle ne comprenait pas pourquoi ce chef, soi-disant héros de Verdun, héros en chambre bien au chaud les pieds au sec, le ventre plein, n'était jamais monté à l'assaut la poitrine offerte aux mitrailleuses adverses comme sa profession le lui imposait et comme il l'imposait à d'autres, pour maintenant se faire le complice de ses anciens ennemis ? Est-ce un métier que d'être militaire ? Elle savait que ni le docteur Bernard ni le peintre Léonard n'aimaient les uniformes mais ce général de Gaulle l'aimaient-ils, comme les anciens aimaient Pétain ?

De son succès au certificat d'études on ne parla plus guère ; tout le monde autour d'elle, même David qu'elle avait appelé depuis la rive, trouva que cette réussite était dans l'ordre des choses et qu'il aurait été fort surprenant qu'il en fût autrement.

XXI

La Libération s'avance

« VOILÀ LE RETOUR des corbeaux sur nos plaines, dit monsieur Léonard en quittant précipitamment sa table.

— Ils se feront jamais oublier ceux-là ! » ajouta madame Lecor en se réfugiant dans sa cuisine. En ce dimanche 18 juin, après la grand-messe, quelques familles étaient venues fêter les succès de leur progéniture au certificat d'études. Le maire, le curé et quelques membres du conseil municipal avaient tenu à participer à ces agapes pour féliciter l'instituteur et ses élèves qui avaient fait, par leur réussite, honneur à la réputation du village. La matinée avait été calme, les Allemands s'étaient décommandés, on était entre gens de bonne compagnie. Les mets étaient plus simples qu'à l'ordinaire mais assez copieux pour l'époque. Les conversations tombèrent à plat et les nez plongèrent dans les assiettes quand les miliciens, le chef à la cape noire et deux de ses acolytes, s'installèrent d'autorité à une table. Ils avaient la tranquille assurance de leur pouvoir et lorgnaient sur les plats servis autour d'eux.

« *L'Assiette normande* est toujours bien remplie à c'que je vois ! Allez, mangez ça va être froid !

Profitez-en c'est peut-être le dernier ! » lança goguenard l'officier.

Un frisson parcourut l'assistance quand il annonça sans ménagement :

« Les Allemands vous donnent encore vingt-quatre heures pour retrouver les deux aviateurs américains abattus, sinon ils prendront des otages parmi la population... J'aime mieux vous prévenir qu'ils sont un peu énervés en ce moment, les Allemands, et les troupes de choc qui montent du Midi ne font pas de cadeau ! Des villages entiers qu'ils brûlent comme le vôtre, avec les femmes et les enfants, tout le monde dans l'église, quelques grenades incendiaires, et la question est réglée... !

— Au nom de l'Église et du Maréchal je proteste ! La Convention de Genève... ? intervint le curé

— Ils se la mettent où je pense la Convention et je connais des coins où même les curés ont été pris en otage ! »

Le prêtre restait sans voix devant le sourire provocateur du milicien.

« On dirait que cela vous fait plaisir... toutes ces exactions, ces crimes... !

— On vous l'avait annoncé au départ, avec nous dans la bagarre pour une dent c'est toute la gueule, dit un nabot en uniforme noir au sourire édenté.

— Mon commandant ! clama le maire, je suis officier de réserve et vous connaissez ma fidélité au Maréchal auquel j'ai prêté serment dès 1940, je réponds de la plupart de mes administrés...

— Certes, répliqua le milicien, mais en votre qualité de premier magistrat de la commune vous risquez d'être le premier sur la liste. Vous devez prendre vos responsabilités. Entre-nous, vous devez bien vous douter quels sont ceux qui sont susceptibles d'aider des terroristes dans votre village ? »

Le maire se rassit livide, sous le regard éploré de son épouse. Victor roulait des yeux paniqués et Victoire pleurnichait. Toutes les têtes étaient baissées excepté celles de monsieur et madame Cassagne, figés, le regard ailleurs, dans une dignité muette, et Marcel Kébir toujours prompt à proclamer son anglophobie.

« Moi qui étais dans la marine, avec ce que j'ai subi en Algérie c'est pas moi qui irais les planquer les Rosbifs !

— Pour moi, énonça le garde champêtre, ils ne peuvent pas se cacher dans Argeronne : dans la vallée c'est que prairies et bocage, sur la colline c'est que de la forêt de chênes et de hêtres sans taillis ni fossés pour se cacher et après c'est le plateau et les champs !

— Nous, sur la Somme et à Verdun c'était à la baïonnette qu'on montait face aux Boches… je veux dire les Allemands, et depuis c'est à notre chef le Maréchal qu'on reste fidèles, alors s'il nous dit de collaborer on collabore ! proclama un des anciens avec des tremblements dans la voix.

— Et maître Lecor, dit brusquement le milicien en se retournant, il ne dit rien ? Il en voit pourtant du monde derrière son comptoir… Il ne sait pas reconnaître des juifs mais des aviateurs américains il ne les aurait pas aperçus des fois ? »

L'aubergiste avec un sourire forcé chercha désespérément une réplique bien sentie mais son inspiration était tarie.

« Et votre charmante fille, continua le milicien, on ne l'a point vue, sa présence nous manque !

— Avec toutes les sottises qu'elle a faites et son manque de respect je lui ai interdit de servir en salle quand il y a du monde à table !

— Faites-la venir, ordonna l'officier, j'aime bien bavarder avec elle ! »

Émilie, qui suivait la scène depuis la cuisine, bouillait de rage devant la veulerie des héros des guerres antérieures et le cynisme des miliciens dont elle savait de quels exploits cruels ils étaient capables. Elle avait encore, imprégnés en elle, les remugles de l'immonde baignoire, la terreur et le dégoût de leurs gestes. Quand son père l'appela d'une voix à l'autorité mal assurée, elle s'avança d'un pas ferme sans un regard vers les gens attablés qu'elle méprisait.

« *Guten Tag, Herr Obersturmführer !*

— Non mais voyez-vous ça ! mais c'est que ça parle allemand ça madame !

— Qu'est-ce qu'elle a dit, qu'est-ce qu'elle a dit », répétaient inquiets les autres miliciens en voyant leur chef perdre la face devant cette gamine provocante qui ne baissait pas les yeux

« C'est vrai, j'oubliais, mademoiselle est protégée en haut lieu ! ça ne serait pas gentil de trahir ses protecteurs allemands… ! Elle les aurait pas vus, des fois, les parachutistes américains, la petite *gretchen* ?

— Vous ne croyez pas qu'ils ont attendu qu'on vienne les chercher à l'endroit où ils sont tombés ? Il y a belle lurette qu'ils ont quitté la région !

— Et comment tu sais ça toi ?

— Bah c'est évident ! »

D'avoir affronté le front levé ce barbare bouffi d'orgueil, Émilie eut une pensée émue pour ses protégés dans l'île et le docteur Bernard dans la nuit de son exil. Le milicien la laissa s'éloigner en la suivant d'un air songeur avec dans le regard une certaine admiration qui n'échappa à personne, puis il lança d'un ton enjoué :

« Alors maître Lecor, qu'est-ce que vous nous servez de bon aujourd'hui ?

— Du lapin à la casserole avec des petites patates et des carottes nouvelles et au dessert des fraises, rien que des produits de mon jardin, rien de hors la loi ! »

L'atmosphère resta tendue pendant tout le repas ; beaucoup auraient voulu s'en échapper mais personne n'osait bouger en la présence des miliciens. Maître Lecor venait de proposer un pseudo-vrai café de sa recette, orge grillée, chicorée agrémentée de quelques grains authentiques, précieusement rescapés d'avant-guerre, quand une puissante voiture allemande avec sur les ailes des fanions à croix gammées vint se garer devant l'auberge. Wilfrid le chauffeur, après un clin d'œil complice vers Louise, demanda à parler à mademoiselle Émilie de la part de son chef. La fillette traversa la salle du restaurant sous les regards intrigués et hostiles et se présenta devant l'automobile dont une portière s'ouvrit.

« *Gutten Tag Fraü, Gutten Tag Herr Professor* » dit-elle en esquissant une discrète révérence. Elle savait qu'à ce geste de respect le couple d'Allemands serait sensible, mais surtout elle jubilait de sentir peser sur elle les regards des autres la guettant derrière les fenêtres en ruminant leurs griefs face à une telle provocation.

« Mademoiselle Émilie, nous rentrons en Allemagne. En souvenir voici un recueil des œuvres de nos poètes et de nos musiciens, des lieder comme vous dites en France. Ainsi, comme nous l'espérons, vous pourrez progresser dans notre langue. La guerre se rapproche, soyez prudente jeune fille, il vous faudra trouver un abri pour vous protéger. »

Avec effroi, Émilie pensa qu'il avait peut-être découvert le secret du vieux moulin dans l'île mais il n'y avait aucune menace dans sa voix.

« N'allez plus au château, poursuivit la dame, que ce soit la Gestapo ou la Milice qui l'occupent, ce sont des militaires sans scrupule, la honte de nos pays respectifs. Si il y a encore un Dieu et qu'il ne nous ait pas abandonnés, il permettra que les enfants comme vous soient sauvés pour l'avenir de nos nations. »

D'un geste amical de la main et une inclinaison de la tête, ils la saluèrent, et la portière se referma comme un couperet. Émilie regarda la voiture s'éloigner en se disant que certaines grandes personnes, peut-être parce qu'elles étaient étrangères, avaient des comportements incompréhensibles : ainsi ces Allemands aimant la musique et la poésie, venus en Normandie installer des armes terrifiantes, sans scrupule, sans aucune émotion apparente. Hélas, le docteur Bernard n'était plus là pour lui expliquer cette bizarrerie.

Elle n'avait pas prêté attention aux miliciens venus la harceler :

« Qu'est-ce qu'ils t'ont dit ? Qu'est-ce qu'ils t'ont donné ? Montre-nous ! »

Ils feuilletèrent les livres allemands comme s'ils contenaient des messages ; le dialogue secret entre un officier supérieur allemand et une gamine de treize ans leur paraissait tellement incroyable !

« Nous avons parlé de poésie et de musique », leur répondit la fillette avec dédain.

Ils se concertèrent et quittèrent l'auberge sans se préoccuper des autres convives.

« Ils n'ont même pas demandé l'addition, grommela maître Lecor.

— De toute façon, tu n'aurais pas eu le courage de la leur présenter », répliqua madame Lecor.

Le silence réprobateur des vertus offensées s'abattit sur Émilie. Le maire et son épouse la dévisageaient sans savoir quelle attitude adopter vis-à-vis de cette gamine déconcertante qui conversait sans aucune gêne avec un officier supérieur allemand. Victor et Victoire ricanaient. Le couple d'instituteurs ne cachait pas son hostilité, monsieur Cassagne la toisait comme si elle avait dit une incongruité et sa femme, écarlate, essuyait sa colère sur son fils qui, le nez dans son assiette, tirait des œillades obliques pour accrocher le regard de son amie :

« C'est une honte de voir cela, je ne veux plus te voir avec cette fille ! Tu m'entends ? Plus jamais, avec tout ce qu'on a fait pour elle… ! »

À pas lents Émilie affronta les regards haineux, accusateurs, ahuris, et parfois, lui semblait-il, admiratifs. Dans cette atmosphère oppressante elle fut prise de nausées ; ce n'était pas seulement les odeurs de mangeaille, d'alcool, de mauvais tabac et de transpiration humaine que le « sent bon » du dimanche ne suffisait pas à effacer, mais la vue de ces visages bouffis, de ces corps repus, de cette satisfaction étalée, de cet égoïsme tranquille. Ils crevaient tous de peur, mais manger, boire, se délecter, se remplir la panse était dans l'immédiat le plus important. C'était pour ceux-là, qui ne prenaient aucun risque, pour qu'ils vivent et prospèrent, que le docteur Bernard et tant d'autres avaient disparu dans les prisons de la Milice et de la Gestapo !

Elle se réfugia dans la cuisine où Louise pleurait à chaudes larmes au-dessus de sa vaisselle : Wilfrid suivait son chef en Allemagne et risquait d'être envoyé sur le front russe ! Elle tenta de la rassurer mais ne trouva pas les mots ; elle se sentait lasse et angoissée comme au sortir de ces rêves idiots où elle était nue au milieu d'une foule hilare.

Le besoin de respirer le nez au vent pour se laver de ces miasmes la jeta dans une course effrénée à travers la campagne. Elle fonça jusqu'au sommet de la colline où elle s'écroula haletante. En reprenant son souffle elle contempla, comme si c'était la première fois, le paysage qui s'étalait à ses pieds et remontait en pente douce sur le versant opposé de la vallée. Elle avança encore vers les limites de la plaine où se déployait l'opulence des champs de céréales blonds, de trèfles mauves et de lins bleus, ponctués des gouttes écarlates des coquelicots. Ce fut un moment inattendu de grâce insolite et paisible ; même les bruits sourds du lointain s'étaient tus comme si la guerre n'existait plus. Une brise légère se leva, le ciel s'ouvrit, l'introuvable soleil de juin vint réchauffer la verdure mouillée et illuminer les ardoises bleutées, les tuiles vernissées et les chaumes fleuris des toits d'Argeronne. Vers l'ouest, des nuages sombres s'accumulaient en masses boursouflées frangées de pourpre et d'or, couronnées de blanc, semblables à de lointaines montagnes aux sommets enneigés.

Dans son âme, dans sa chair, émerveillée par tant de beauté, elle vibrait d'amour pour ce pays, cette Normandie « qui lui avait donné le jour ». Le « sanguimpurquabreuvenossillons » lui inspirait une répugnance instinctive mais le mot « patrie » qu'à l'école, à l'église et à la radio elle entendait quotidiennement rabâché prenait en cet instant tout son sens.

L'école ne devait se terminer que le 14 juillet, après la distribution des prix. Émilie décida de ne plus y retourner maintenant que le certificat était passé. Monsieur Cassagne protesta pour la forme mais en fut plutôt soulagé.

Émilie avait trop à faire entre les séances de pose chez monsieur Léonard, le suivi des événements qu'elle consignait avec application dans ses cahiers d'écolière et les visites dans l'île, où elle courait par ses chemins de verdure et d'eau, les bras chargés de victuailles, le cœur battant de joie et de crainte à la fois. Malgré les aménagements faits par monsieur Lenormand, l'inconfort grandissait et la survie y devenait de jour en jour plus difficile. Dans ce havre protégé, l'enthousiasme des premiers jours s'était dissipé avec les caprices du temps ; David était retombé dans une tristesse que la jovialité forcée de ses compagnons ne parvenait plus à dissiper. Dès qu'une éclaircie réchauffait la campagne, Émilie accourait. Les deux Américains se chamaillaient pour savoir celui qui offrirait ses bras pour qu'elle ne se mouillât pas. Puis ils s'écartaient discrètement avec un clin d'œil complice à l'adresse de David qui semblait retrouver un peu de joie de vivre. Les jeunes gens suivaient les contours de l'île, n'échangeant que des paroles banales, des sourires timides, des regards hésitants comme si le souvenir de leurs ébats amoureux avait laissé en eux la gêne lancinante d'une culpabilité dont ils ne pouvaient se défaire. C'était à qui romprait l'attente pudique d'une attirance partagée. Un geste tendre, maladroit, une pression de la main, l'effleurement d'une épaule, un visage discrètement rapproché, une caresse ébauchée, une lumière soudain allumée entre les prunelles noir et bleu, des boucles brunes et blondes mêlées, des lèvres enfin qui s'attirent sagement… Ces instants, c'était la fille qui les appelait mais c'était le garçon qui en rompait le charme :

« Émilie, pardonne-moi ! Une fièvre en moi me dévore, je voudrais me fondre en toi… ton image ne me quitte pas et dans mon esprit tourmenté elle éloigne de ma mémoire le souvenir de ma famille disparue. »

Déconcertée par ces élans fougueux qui retombaient dans un abattement mélancolique aussi vite qu'ils étaient apparus, la fillette ne savait répondre qu'avec des paroles d'une consternante banalité et souvent des larmes, alors qu'elle aurait voulu trouver des jolis mots, des images de bonheur, des vers flamboyants. Elle osa une fois :

« Ainsi sont mes larmes, des gouttes de rosée fragiles posées sur les lèvres des fleurs par des oiseaux agiles.

— Oui pas mal ! on dirait du Paul Géraldy ! » avait répondu le garçon.

Elle ignorait qui était ce Paul Géraldy, mais l'ironie qu'elle lut dans son sourire lui transperça le cœur ; jamais plus elle ne se risqua à dévoiler les secrets de sa composition.

Avant de se séparer, laissant planer entre eux un malaise fait de tristesse et de sensualité refoulée, David, avec une volubilité exagérée, comme s'il voulait cacher son trouble, se lançait dans une conversation animée avec les deux aviateurs, entrecoupée d'éclats de rire forcés. Émilie ne pouvait en saisir que quelques bribes et malgré les gestes amicaux des Américains elle sentait la morsure de la jalousie l'envahir. Ils étaient tous trois dans un monde dont elle était exclue.

Pour oublier sa peine, elle se passionnait pour le déroulement des événements, l'écoute de la radio chez monsieur Van Lair et les rencontres avec les maquisards qui passaient au retour de leurs expéditions nocturnes. Ils ne s'étonnaient plus de sa présence. Il y avait parfois des femmes parmi eux et Émilie ne se lassait pas d'admirer leur jeunesse, leur élégance qui, malgré la rudesse de leur combat, habits masculins, gros godillots, pantalons flottants, transparaissaient par des notes discrètes autant que charmantes : un peu de rouge, un ruban ou une fleur dans les cheveux, un foulard négligemment porté. Elles respiraient la fraîcheur, la joie de vivre, l'espérance et témoignaient à l'enfant une tendre affection. Ce furent elles, un soir, qui protestèrent et prirent sa défense quand le grand chef, l'homme aux cheveux blancs, venu soutenir le moral de ses troupes, voulut l'évincer :

« Que fait-elle là, la gamine ? À cette heure elle devrait être au lit ! »

Émilie avait senti son sang bouillir ; avait-il déjà oublié comment elle avait conduit les deux Américains dans l'île ?

« Au dodo les suffragettes », avait-il ajouté en riant.

« Décidément je n'aimerai jamais les chefs », se dit-elle en cherchant une réplique pour ne pas perdre la face devant ce vieil homme qui la prenait pour une demeurée.

« Je suis témoin des événements historiques pour les générations futures, m'avait dit le docteur Bernard, et je respecte sa parole ! Connaissez-vous seulement la dernière nouvelle ? Pas plus tard que samedi dernier, le 17 juin Hitler est venu en France à Margival, près de Soissons, pour rencontrer Rommel, Jodl, Von Rundstedt et toute sa clique… La conférence de Soissons moi je vous le dis, pour les Boches c'est la fin des haricots… ! »

Des rires fusèrent, mais le chef resta impassible, il devait être de la ville et ne rien connaître à la culture des potagers ! Il n'en laissa pas moins la fillette suivre les conversations et les échanges d'informations en oubliant ostensiblement sa présence.

« Le mardi 13 juin les premiers V1 sont tombés sur Londres et depuis les tirs ne cessent pas, pourtant plus de vingt-cinq bases avaient été repérées et détruites par la RAF, nous ne nous étions pas trompés dans leurs orientations : 15 degrés nord-nord-est, c'est bien la direction de Londres, précisa monsieur Léonard.

— Avec leurs nouvelles rampes mobiles mieux cachées au fond des forêts, l'aviation a du mal à les repérer et surtout ces fameux V2, propulsés par oxygène liquide, dont plusieurs dépôts sont cachés dans les grottes le long de la Seine, à moins d'une attaque de front je ne vois pas comment les déloger... Peut-être en barrant les voies d'accès ? Mais nous n'en avons pas les moyens tant en hommes qu'en matériel », expliqua un des maquisards.

Une jeune femme se leva :

« À quelque chose malheur est bon ! C'est bien triste pour la population londonienne mais cela montre bien la fureur destructrice des nazis qui préfèrent massacrer des civils, des femmes et des enfants, plutôt que de diriger leurs coups sur la zone des combats.

— Heureusement pour nous, car avec ces armes nouvelles on ne donnerait pas cher du maintien de la tête de pont des Alliés sur nos côtes ! » affirma une autre.

Après un silence chargé de méditations angoissées qui figea l'assistance, les débats reprirent :

« Les nazis ne s'en cachent pas, détruire, massacrer au-delà de tout entendement humain, c'est bien pour cela qu'ils les nomment armes de représailles massives !

— Le plus terrible, c'est cet été pourri, ces tempêtes incroyables pour la saison...

— Les ports artificiels d'Arromanches et de Saint-Laurent-sur-Mer qui n'ont même pas résisté plus de quinze jours aux déferlantes de la Manche !

— À croire que le Bon Dieu hésite encore à choisir son camp !

— Il y a quand même quelques bonnes nouvelles, le Cotentin est coupé en deux, les Américains assiègent Cherbourg, les contre-attaques nazies sur Villers-Bocage et Tilly-sur-Seulles sont repoussées

— Oui mais à Caen, qui devait être délivrée au septième jour du débarquement, les SS tiennent toujours l'aérodrome de Carpiquet !

— La belle forêt de Cerisy est ravagée et Valognes, le Petit Versailles normand est détruit ! » conclut d'une voix émue le peintre Léonard.

L'annonce des « messages personnels » vint détendre un peu l'atmosphère. Entre les bébés qui mangent leur soupe, les moutons qui sautent les barrières et la tante Adélaïde qui rase sa moustache, Émilie fut saisie d'un pressentiment confirmé par le regard qu'échangèrent monsieur Van Lair et monsieur Léonard quand elle entendit : « L'été venu trois oiseaux quitteront leur nid. » Elle savait la séparation inéluctable et le souhait exprimé par les deux aviateurs de rejoindre les lignes alliées, mais celles-ci étaient encore loin d'Argeronne. Le message avait parlé de trois oiseaux, David serait-il du voyage ? Elle s'en ouvrit à monsieur Léonard qui, avant de lui répondre, l'invita à sortir de la grange :

« Je ne voulais pas te parler devant les autres, c'est un secret entre nous, Il y a déjà trop de gens qui connaissent la cachette dans l'île… je me doutais bien que tu comprendrais vite ! C'est la vérité, ils vont partir, ils marcheront la nuit et dormiront le jour, pris en charge à chaque étape par un groupe du maquis. »

L'heure du couvre-feu était passée. Tout à coup une pensée glaciale lui cisailla l'esprit : l'été venu disait le message ; le 21 juin... mais quel jour sommes-nous ? Mercredi 21 juin premier jour de l'été de l'an 1944 ! Elle s'accrocha à la veste du peintre :

« Je veux savoir ! Quand doivent-ils partir exactement ? Cette nuit... ? »

Il se retourna et l'attira contre lui :

« Tu as compris ! Oui ils partent cette nuit et c'est monsieur Lenormand qui est chargé de les conduire jusqu'au premier relais.

— Je veux être là quand ils partiront, je veux dire au revoir à David, c'est peut-être la dernière fois que je le verrai, dit la fillette prête à crier sa révolte.

— Tu connais le caractère de ce brave Lenormand, s'il te voit dans ses jambes il ne sera pas content et pensera que ta présence risque de faire capoter l'opération !

— Je me fiche de ce qu'il pourra penser ! Si vous ne me laissez pas voir mon ami je ne poserai plus jamais pour vous ! »

Devant la détresse de la petite il s'avoua vaincu, et le moment venu la laissa, tapie dans l'ombre, surveiller les abords de l'île. L'attente ne fut pas longue ; malgré l'épaisseur de la nuit, elle vit monsieur Lenormand chaussé de ses bottes de sept lieues venir installer une longue planche et une corde tendue entre deux arbres au-dessus de la rivière. David fut le premier à traverser et, avant que le peintre ai pu l'en empêcher, elle courut se jeter dans ses bras.

« Petite Émilie, ma joie, ma souffrance ! »

Il n'avait pu retenir un cri bref de surprise et serrait convulsivement la fillette contre lui. Un rayon de lune éphémère vint embellir leurs visages. Ils s'enlacèrent, se respirant longuement pour enfouir au fond de leurs mémoires le souvenir de leur fièvre et de leurs parfums.

« Tu es complètement fou d'avoir amené la gamine ! protesta monsieur Lenormand à l'adresse de monsieur Léonard, qui lui répondit sur le même ton.

— J'aurai bien voulu t'y voir ! On ne la manie pas comme ça la petite, elle a entendu le message en même temps que nous et n'a pas été longue à comprendre, je n'ai pas pu m'en défaire, elle voulait dire adieu à son copain… on lui doit bien ça tout de même ! »

Le bonhomme grommela dans sa moustache et s'en retourna aider les deux Américains qui, aussitôt, se précipitèrent vers Émilie, la soulevèrent de terre à grand renfort d'exclamations joyeuses et de tapes amicales dans le dos. Ils portaient des vêtements civils étriqués qui ne pouvaient tromper personne et leur donnaient l'allure de paysans tout droit sortis d'une opérette normande. Enfantine, elle posa en riant des baisers sur leurs joues rugueuses. David, pour prolonger le plus possible ces derniers instants, les laissa s'éloigner ; dans une dernière étreinte il murmura à l'oreille : « Mon petit amour espère, espère toujours, espère encore, jusqu'à la désespérance. »

C'était une nouvelle déchirure qui s'ouvrait sur leur jeunesse meurtrie. Émilie savait que des jours sombres, solitude, peurs, dangers, l'attendaient, mais qu'à tout jamais elle n'oublierait la dernière image de ce visage tourné vers elle, transfiguré dans la clarté lunaire, ni ce petit geste de la main inscrivant dans son âme, avant de se fondre dans la nuit, le souvenir de son premier amour.

Ils rentrèrent à l'auberge par les venelles protégées sous la végétation enténébrée. Émilie ouvrait la marche rythmant d'un pas ferme une ultime prière venue spontanément à ses lèvres :

« Mon Dieu faites qu'ils réussissent. Faites qu'il ne leur arrive rien… »

Au peintre qui s'essoufflait derrière elle, elle demanda :

« Et comment saurons-nous s'ils sont arrivés à bon port ?

— Par un nouveau message, les oiseaux ont retrouvé un nid… quelque chose comme ça.

— Quand nous serons certains qu'ils ont réussi je poserai pour vous comme vous le souhaitez… comme la *Source* ou la dame du *Déjeuner sur l'herbe*.

— Ce sera pour moi un grand bonheur ! Tiens, je doublerai ton cachet de modèle », répondit-il sans voir son visage empourpré.

Dans la solitude de sa chambre elle chercha longtemps le sommeil. Pour tenter d'apaiser la douleur de l'absence elle ne cessait de s'interroger sur le sens de l'exhortation du peintre à vouloir la faire poser nue. C'était certainement une faute, un péché, d'aller ainsi s'exposer pour être regardée par tout le monde comme ces femmes nues des musées. Il lui avait maintes fois expliqué : la perfection, les mystères du corps humain, la beauté, l'harmonie, l'émotion esthétique... mais elle restait partagée entre le désir de contenter cet homme si chaleureux et original qui lui manifestait toujours de délicates attentions et un sentiment de culpabilité où se mêlaient crainte, pudeur en même temps qu'une étrange excitation.

À l'idée de devoir apparaître ainsi devant lui, une évidence se fit jour dans son esprit : si se montrer nue était une offense à l'Église elle le ferait comme une affirmation de sa liberté, une protestation contre le curé et sa religion ; après tout, Adam et Ève n'étaient-ils pas nus ; au Paradis les bienheureux et en Enfer les damnés ne sont-ils pas tous nus ? Se montrer nue serait aussi une provocation contre les instituteurs et leur morale, contre le maire et sa sainte famille, contre les clients de l'auberge et leur sottise, contre tous les lâches, les profiteurs, les miliciens, les collabos... Surtout, s'il devait lui en coûter, se déshabiller serait un tendre sacrifice offert à la sauvegarde de David et de ses amis, une épreuve dérisoire en regard de ce qu'elle avait vécu jusqu'ici, une vengeance pour scandaliser tous ces gens en bravant leur vertu et leurs bonnes mœurs. À quoi bon attendre le prochain message ? Cela valait bien les vingt francs promis !

Le lendemain, le temps fut particulièrement maussade. Émilie, après la ferme de monsieur Van Lair, rejoignit l'atelier du peintre qui, pour chasser l'humidité ambiante, avait allumé un feu dans sa cheminée ; en cette saison la chaleur devint vite étouffante. Assise sur le divan au fond de la pièce elle lisait tout en observant du coin de l'œil monsieur Léonard penché sur ses toiles. Un silence studieux les enveloppait. Il semblait absorbé par son travail mais elle sentait son regard interrogateur se poser par intermittence sur elle. Ils n'avaient échangé que quelques banales paroles.

Sans un mot, elle posa son livre, croisa les jambes et lentement comme si elle pensait à autre chose enleva ses sandales et ses chaussettes puis s'allongea sur le sofa. Elle portait une petite robe chasuble fermée dans le dos par une fermeture Éclair qu'elle glissa en se soulevant à demi. D'un bond elle se leva, la robe tomba à terre et en une fraction de seconde le reste de ses vêtements s'éparpilla en désordre à ses pieds. Elle se tint debout, le cœur battant, un bras croisant sa poitrine, l'autre pendant avec une candide gaucherie. Quand le peintre vit s'avancer vers lui, dans sa naïve et splendide nudité, cette merveille de la nature, Vénus naissant au premier matin de la Création, il sut, ébloui et sans voix, qu'il tenait son chef-d'œuvre.

XXII

Le peintre et son modèle

Il y avait à peine une semaine que David et les deux Américains avaient quitté leur refuge ; Émilie savait que le voyage serait périlleux et d'une durée incertaine. Chaque matin et chaque soir elle était à l'écoute des « messages personnels » avec une anxiété grandissante. Les combats autour de Caen s'éternisaient et la Libération que l'on avait crue prochaine devenait incertaine. Il ne se passait pas de jour sans qu'un avion soit abattu en flammes, un convoi mitraillé sur la route, un train explosé à proximité d'Argeronne, mais, comme le front était encore loin du village, les gens semblaient s'habituer à ces bruits de guerre, et se préoccupaient surtout du mauvais temps qui retardait les travaux des champs et compromettait les récoltes. Émilie se réfugiait en de longues rêveries solitaires dans sa chambre ou dans son île. La lecture et la musique comblaient cette partie de son être que l'absence de David lui avait arrachée. Le reste de son temps elle posait sans retenue chez monsieur Léonard. Les premiers temps cela égayait le morne enchaînement des jours, mais peu à peu elle se lassa car il devenait de plus en plus exigeant ; il était pris d'une sorte de frénésie créatrice comme si le temps lui était compté. Plusieurs toiles étaient en cours, des pastels, des aquarelles, des sanguines, une multitude de dessins. Il appelait Émilie à n'importe quel moment de la journée, tantôt juste le temps de saisir un geste, une expression, tantôt pour de longues séances où elle ne voyait que sa tête apparaître par intermittence, hâve, hirsute d'un côté ou de l'autre du chevalet qui vibrait sous le déchaînement des touches. Il ne se mêlait plus à la clientèle bruyante de l'auberge et faisait monter ses repas. Les parents Lecor étaient ravis de savoir leur fille chez le peintre et ne se posaient pas de questions.

« Quand elle est chez monsieur Léonard au moins on est tranquilles, pendant ce temps-là elle ne galope pas à travers la campagne à nous faire avoir des ennuis ! »

Émilie découvrait avec étonnement, non sans une certaine crainte, l'exaltation de l'artiste devant sa création : il portait sur elle le même regard qu'il avait devant un paysage, un ciel, un bouquet de fleurs, un objet insolite mais parfois elle s'effrayait d'y voir comme une hallucination, le reflet d'une vision qu'il était le seul à percevoir, et lui, si prompt à la gaieté, à la fantaisie, aux plaisanteries parfois un peu lourdes, devenait en ces moments-là d'une exigence presque tyrannique comme s'il oubliait qu'elle n'était encore qu'une enfant :

« Ne fronce pas les sourcils, souris, ne plisse pas ton front… redresse-toi… mets ton bras derrière la nuque… relève tes cheveux… ne regarde pas par la fenêtre… quitte ton livre… Allonge ta jambe, non pas celle-là, l'autre… » Il la couvrait de fleurs, de colifichets, de tissus bariolés et la coiffait de chapeaux extravagants.

Elle se pliait à ses exigences mais finissait tôt ou tard par se lasser. Elle s'enveloppait alors, telle une tragédienne en scène, d'un drap blanc et se promenait dans l'atelier, feuilletant les livres, détaillant divers objets, puis allumait la radio en faisant glisser l'aiguille d'une station à l'autre à travers les multiples parasites et brouillages. Cela l'agaçait mais il ne refusait pas de quitter son travail pour commenter avec elle les informations.

Elle apprit ainsi que le gouvernement du Maréchal faisait des funérailles nationales à Philippe Henriot, le ministre de l'Information, lâchement assassiné le 28 juin par des terroristes à la solde de la « juiverie internationale et de la franc-maçonnerie anglo-américaine alliées aux communistes ». Son collègue Jean Hérold-Paquis déversa sa bile avec plus de rage que jamais sur l'Angleterre qui, « comme Carthage, sera détruite ». Émilie connaissait les voix sur Radio Paris et le Poste national de ces deux sinistres personnages qui lui faisaient froid dans le dos : l'un suintant la haine et la rage des lâches, l'autre usant de ses talents oratoires au service de l'occupant.

« Cela sert à quoi un ministre de l'Information ? demanda la fillette.

— À rien, lui répondit le peintre, ou plutôt si, à mentir, à museler la vérité pour tromper les gens ; l'information n'a pas à être réglementée, c'est l'essence même de la liberté. Tout gouvernement qui a un ministre de l'Information est ennemi de la liberté : maintenir les peuples dans l'ignorance, les empêcher de penser et de s'exprimer, cela s'appelle une dictature, retiens cela Mimi… ! »

Une autre nouvelle, réjouissante celle-là, leur parvint quelques jours plus tard. Le lundi 17 juillet, le Maréchal Rommel commandant le front de Normandie, maître d'œuvre du mur de l'Atlantique, rejoignait son quartier général à La Roche-Guyon quand sa Mercedes escortée de motocyclistes et d'un véhicule blindé fut mitraillée vers 16 heures près du village de Sainte-Foy par deux Spitfire en maraude. Après avoir reçu les premiers soins par monsieur Marcel Lecène, pharmacien à Livarot, il fut transporté sans connaissance à l'hôpital de la Luftwaffe à Bernay puis ramené en Allemagne.

« Il paraît qu'il a été bien amoché, en v'la un qu'est pas prêt d'chanter d'sitôt j'irai revoir ma Normandie ! » conclut maître Lecor en son auberge.

À la fin de juillet les radios françaises, relayant les radios allemandes, annoncèrent triomphalement que, par la grâce divine, le führer Adolphe Hitler avait échappé miraculeusement à un attentat perpétré le 27 juillet 1944 par des traîtres impitoyablement châtiés. Émilie eut le pressentiment que le *Herr Doktor Professor* pouvait être impliqué dans ces événements. Elle l'associa dans ses prières avec les êtres qu'elle aimait, non pas qu'une foi nouvelle l'eût touchée, c'était plus une interrogation au ciel qu'une supplique mais, comme disait son père, une petite prière ça n'engage à rien, ça ne coûte même pas le prix d'un cierge à l'église et si ça ne sert à rien au moins on n'aura rien perdu !

Les autres nouvelles n'étaient guère réjouissantes, l'espoir s'amenuisait au fil des jours teintés de grisaille et d'attente inquiète. Juillet ne fut pas plus clément que juin et la terre normande fut labourée de cruelle façon : les Anglais et les Canadiens s'enlisaient dans la plaine de Caen, les Américains s'empêtraient dans les haies et les fossés du bocage, les trop rares et trop brèves éclaircies empêchaient l'aviation alliée de profiter de la maîtrise du ciel.

Après deux longs mois d'incertitude, tandis que le général Montgomery, à la tête des armées britanniques, contenait au sud de Caen le plus gros des armées allemandes, un général américain du nom de Patton ouvrit une brèche à travers le Cotentin jusqu'à Avranches. L'avance des divisions américaines, précédée d'un tapis de bombes lâchées par 1 500 bombardiers lourds, fut si rapide que ceux-ci bombardèrent trop court sur leur propre avant-garde. Dans cet effroyable sillage, Coutances, Saint-Lô, Villedieu-les-Poêles, avec maints jolis villages et calmes hameaux furent réduits en cendres et leurs habitants, s'ils en réchappaient, n'étaient plus que des morts-vivants errant dans la campagne dévastée. Une violente contre-attaque allemande sur Mortain pour couper la ruée américaine sur le Perche et la Bretagne fut clouée au sol par les Typhon et les Mustang qui, bénéficiant d'une apparition miraculeuse du beau temps, larguèrent en piqué leurs bombes sur les tanks des divisions « Das Reich » et « Hitlerjungen ».

À l'écoute de la radio chez monsieur Van Lair, des cris de joie jaillirent enfin quand on apprit que le général Leclerc à la tête de la 2e DB, débarquée le 1er août à Vatteville, venait de libérer Alençon le 12 août, contribuant ainsi à l'encerclement des forces allemandes dans Falaise. Trois jours plus tard la Première Armée française venue d'Afrique, commandée par le général de Lattre de Tassigny, débarquait avec les Américains sur les côtes de Provence. Des armées françaises qui venaient laver l'humiliation de 1940... ! Même devant le comptoir de monsieur Lecor il y eut quelques jubilations spontanées.

Émilie vibrait avec les autres à chaque nouvelle information qu'elle pouvait suivre maintenant non seulement par Radio Londres, Radio Sottens et le bouche-à-oreille, mais aussi par les journaux clandestins, souvent de simples feuilles ronéotypées distribuées clandestinement. Pendant ses séances de pose chez monsieur Léonard elle avait dessiné aux crayons de couleur une carte de la Normandie avec ses fleuves, ses villes, ses rivières dont elle imaginait les méandres entre les vertes prairies et les forêts mystérieuses. Sur chaque nom de lieu elle avait planté dans le carton une allumette fendue avec un petit drapeau, Union Jack ou Bannière étoilée face aux svastikas.

Malgré sa volonté de vivre intensément l'instant présent, elle ne cessait de penser à David, dont elle attendait toujours le message. Elle comprenait la douleur de ces femmes qui depuis quatre années attendaient elles aussi le retour d'un être cher. Les rengaines à la mode la faisaient pleurer le soir dans sa chambre :

« Je suis seule ce soir avec mes rêves, je suis seule ce soir sans ton amour... j'attendrai le jour et la nuit j'attendrai toujours ton retour... »

Entre Mozart et Schubert, jamais elle n'aurait avoué au docteur Bernard et au peintre Léonard qu'elle aimait Léo Marjane et cette Rina Ketty avec ces « sombres héros et ses mantilles » et ces « j'atten nedré... » aux accents exotiques. Ils se seraient certainement moqués d'elle !

Il y eut quand même en août des jours ensoleillés. Le peintre l'emmena pour quelques séances au bord de la rivière mais le chant du hautbois ou du violoncelle, entre deux poses, était étouffé par le bruit des combats qui se rapprochaient. Ils se réfugièrent à l'atelier ; le cœur n'y était plus, Émilie se languissait dans l'attente et le peintre perdait son inspiration. Il semblait fatigué et sans oser l'interroger elle avait remarqué qu'il partait certains soirs dès la nuit tombée et ne rentrait qu'à l'aube. C'est ainsi qu'un matin il vint frapper à sa porte.

« Mimi j'ai une bonne nouvelle, nos trois oiseaux sont enfin arrivés à bon port.

— Vous avez entendu le message ? demanda la fillette en regrettant de n'avoir pu être présente.

— Non répondit-il avec un pâle sourire, des amis communs nous ont informés... »

Sur le visage de l'enfant planait encore l'ombre d'un doute, il tenta de la rassurer :

« Il faut avoir confiance, je sais de source sûre que ton ami David est en sécurité mais je dois te prévenir que de grands dangers nous menacent. Les Allemands sont en train de perdre la bataille de Normandie ; sur le point d'être encerclés dans la poche de Falaise, ils se replient vers nous pour tenter de traverser la Seine. Nous allons voir passer une armée en déroute avec des SS en arrière-garde qui, avec la rage de leur défaite, sont capables des pires atrocités… Alors garde-toi ! Prie ton Bon Dieu qu'il te protège et cours te réfugier dans ta cachette secrète à la moindre alerte. »

Émilie le regardait mais ne l'écoutait pas, elle pensait à David ; elle aurait dû sauter de joie en apprenant que son ami était sauvé mais elle se sentait frustrée de ne pas avoir elle-même entendu le message tant attendu.

« Chère Émilie, reprit le peintre, je suis obligé de partir.

— Emmenez-moi ! supplia-t-elle.

— Je ne t'abandonne pas ma solifleur mais ce serait criminel de t'emmener, tu as déjà tant fait pour nous ! Je pars car je sais que le docteur Bernard et tous nos amis, là où ils se trouvent, espèrent en nous. »

Une voiture vint chercher les tableaux de monsieur Léonard ; lui-même ne partit qu'à la tombée de la nuit, n'emportant qu'un faible bagage. Il confia les clefs de son atelier à la fillette ainsi que trois toiles parmi les plus belles qu'il avait réalisées en lui recommandant d'en prendre soin en cas de menaces sur le village.

« Elles sont à toi. Si je ne devais pas revenir, elles t'aideront dans l'avenir… »

« Et pourquoi ne reviendrait-il pas ? » se dit-elle la gorge serrée sans oser l'interroger.

Une fois de plus Émilie ressentit la froide oppression de l'abandon, il ne restait pour la protéger que monsieur Lenormand, trop bourru, et monsieur Van

Lair, trop occupé. La famille Cassagne était partie depuis juillet, peut-être dans son Midi natal. Le maire avait disparu et sa maison cadenassée, volets clos, cachait son opulence provocante derrière ses murs rehaussés de tessons de bouteille. Maître Lecor avait fermé *L'Assiette normande* et autour du comptoir du café ne venaient plus que quelques rares habitués. Émilie traînait ses heures de solitude comme de lourds fardeaux. Dans le secret de son refuge insulaire, ses rêveries s'illuminaient de l'image de David et réveillaient en elle des émois qu'elle avait oubliés. Au fil des jours, elle qui d'ordinaire, vif-argent comme l'appelait parfois sa mère, ne savait que sautiller, courir, gambader, galoper, fut gagnée par une lassitude singulière avec au tréfonds de son être une petite voix perfide qui lui soufflait « à quoi bon ! ». La seule pensée de la nourriture lui soulevait le cœur et des douleurs vagues l'obligeaient parfois à gagner sa chambre. Madame Lecor ne s'inquiéta pas outre mesure de la santé de sa fille : « ce sont ses nerfs qui se nouent et son sang qui la travaille », et comme il n'y avait plus de médecins à plusieurs lieues à la ronde quelques tisanes furent suffisantes.

Émilie croyait ne rien ignorer des secrets féminins, le docteur les lui avait clairement expliqués, mais à l'approche de ses treize ans elle savait qu'il était temps de devenir femme, et les transformations de son corps lui apparaissaient maintenant effrayantes avec l'obsédante attente de ce sang mystérieux. Certains soirs, repliée au fond de son lit en cherchant une position qui puisse calmer les douleurs erratiques, elle pensait au curé et son péché originel, à l'anathème jeté sur Ève, « tu enfanteras dans la douleur ! », aux cris déchirants des femmes en couches entendus par curiosité ou inadvertance dans quelque maison du village, à David, à l'amour… et souvent lui revenait en fermant les yeux la vision obsédante de l'oiseau blanc aspergeant de ses ailes ensanglantées le visage torturé de l'enfant agonisant.

Le matin d'une aube grise elle se réveilla le corps glacé, replié sur la désagréable sensation d'une tiédeur visqueuse qui lui paralysait les jambes. Blessée, humiliée, elle fondit en larmes devant ce corps immonde, souillé, dont elle avait perdu le contrôle. Elle souleva lentement son drap et fut à demi rassurée en voyant que ce n'était que du sang répandu ; comme un voile qui se déchire, une page qu'on arrache, elle comprit que cette meurtrissure venait de lui arracher son enfance. Elle resta un long moment immobile, désemparée ; elle tressaillit à l'appel matinal de son père :

« C'est pas bientôt fini de traîner au lit comme ça, là-haut ? »

Elle appela timidement mais il ne l'entendit pas et revint plus tard à la charge : « Alors la sauterelle, faudra-t-y que j'aille te déjucher ? »

Émilie se leva péniblement, s'enveloppa de son drap sali et d'une voix suppliante appela sa mère, qui arriva avec Louise sur les talons. Les deux femmes comprenant la situation éclatèrent de rire. Madame Lecor gifla sa fille et devant son regard éploré lui posa un baiser sur le front.

« Alors te voilà grande fille à présent ! On va arranger ça ! »

Tandis que Louise se précipitait pour monter de l'eau chaude, Émilie se vit redevenue petite fille à la merci des gestes maternels. En un tournemain, elle se vit lavée, sanglée, emmaillotée de linges inconfortables. Jamais elle ne s'était sentie aussi ridicule, asservie par ces affaires de femmes qui lui tombaient dessus sans prévenir. Elle qui se croyait si bien informée, elle qui jugeait les filles de son âge « déjà formées » vulgaires et stupides, voilà que dans ce corps aliéné aux exigences de la nature elle se sentait avilie, désarmée, avec à l'âme la mélancolie d'une liberté disparue… la liberté de l'enfance.

« Te voilà empotée comme une poule qui aurait trouvé un couteau ! Ma pauvre fille tu n'en as pas fini avec tous ces cadeaux que le Bon Dieu nous a réservés à nous les femmes ! » lui dit sa mère ; elle qui était plutôt avare de caresses avait de la tendresse dans ses gestes et dans la voix une chaleur nouvelle que l'enfant ressentit comme la révélation d'une complicité féminine.

« S'il te plaît maman, ne dis rien à mon père il se moquerait de moi. »

Mais rien n'échappait à monsieur Lecor ; il vit les linges sanglants qu'on emportait à la buanderie et comprit aussitôt.

« Alors ça y est la voilà demoiselle ? C'est pas trop tôt, ça fait deux mois qu'ils ont débarqué les Anglais… C'est vrai que ça fait bien des guerres qu'ils n'ont plus leurs habits rouges ! »

XXIII

Le chaos

Il ne restait d'autorité officielle à Argeronne que l'abbé Moissan, curé de la paroisse, et le père Machu, garde champêtre. Les combats se rapprochaient et l'inquiétude grandissait. Le maire et l'instituteur, sans doute pour des raisons différentes, avaient, avec leur famille, quitté discrètement le village. On installa au centre de la grand-place une réserve d'eau en prévision des incendies avec toutes sortes de récipients : seaux, baquets, tonneaux, lessiveuses. Cela faisait bien longtemps qu'il n'y avait pas eu de fête au village ; après des années de suspicion, d'égocentrisme et de délation, une joyeuse chaîne humaine s'organisa depuis les fontaines, les mares et la rivière, entre adultes et enfants réconciliés, sous un soleil chaud et généreux. On se taquinait, on se poursuivait en riant, en s'aspergeant. Même le garde champêtre, qui pourtant détestait l'eau, fut arrosé sans protester. Émilie, attirée par les mouvements et les échos de ces réjouissances, ne put résister au plaisir de se laisser entraîner dans un tourbillon de jeux d'eau qui la réconcilia avec l'Armée des Vikings. Quand les opérations de remplissage furent accomplies, les enfants, trempés et heureux, lui proposèrent de se retrouver au « fief au Danois », leur camp secret.

« Viens voir ce que nous avons fait pendant ton absence... »

L'Armée des Vikings se montra ravie de la compter à nouveau dans ses rangs. Il y eut bien quelques reproches, surtout parmi les filles, toujours un peu jalouses, mais on se réconcilia quand Émilie s'extasia devant l'œuvre accomplie. Avec des tissus aux trois couleurs dénichés dans les armoires familiales, taillés et cousus par les filles, fixés par les garçons sur leurs armes, l'Armée des Vikings s'était dotée de drapeaux et bannières bleu-blanc-rouge, de quoi afficher un patriotisme ardent et accueillir dignement les libérateurs.

Un tel prestigieux décorum ne demandait qu'à s'exposer ; Alphonse, le chef, sur proposition de la Vaurie, toujours incapable de tenir en place trop longtemps, proposa de monter sur la colline pour voir si des fois on ne voyait pas les Alliés arriver. La troupe quitta discrètement le village par ses chemins secrets, mais ne put échapper à la vigilance du garde champêtre, toujours à l'affût ; heureusement, par cette chaleur, il avait la gorge trop sèche et les jambes trop molles pour courir à la poursuite des garnements.

« Petits malheureux, cachez vite ces drapeaux vous allez nous faire repérer, les Boches peuvent survenir à tout instant... Ça, c'est encore une idée de la fille Lecor ! »

Sous les taillis en lisière de forêt, on installa un camp provisoire délimité par l'alignement des lances, des oriflammes, des fanions et on s'allongea sur l'herbe pour se chauffer au soleil et s'inventer de nouveaux jeux...

Soudain sorti de la forêt apparut un géant en uniforme noir, sans casque, le visage maculé sous une crinière léonine de cheveux roux, le corps bardé de bandes de balles enroulées autour du cou, des épaules jusqu'au ventre, avec, serré contre lui, un énorme fusil. Il vit les drapeaux dressés, poussa un cri et tira une rafale dans cette direction. Les enfants se plaquèrent au sol sous le sifflement des balles et la crépitation des branches hachées au-dessus de leurs têtes.

« Il va nous tuer ! hurla la petite Violette.

— Je ne veux pas mourir », sanglota Rose, en rampant comme pour mieux s'enfouir dans la terre.

Il fallut toute l'autorité du chef Alphonse pour calmer la panique qui gagnait ses troupes.

« Il nous faudrait des drapeaux blancs pour montrer qu'on se rend !

— C'est vrai ça ! On a pas le droit de tirer sur un drapeau blanc ! confirma Qu'à d'œil.

— Si on levait les bras en l'air, peut-être qu'il nous laissera partir ? » suggéra P'tit Louis en tremblant.

Le soldat s'était accroupi derrière un arbre à quelques dizaines de mètres, on voyait le canon de son fusil dépasser.

« Les filles qui ont des culottes blanches enlevez-les, on pourra les lever au bout d'un bâton, le Boche comprendra qu'on se rend, ordonna le chef.

— Moi je ne peux pas, ma culotte est rose, murmura Pâquerette entre deux sanglots.

— C'est toujours aux filles de se dévouer ! Pourquoi pas vos caleçons les gars ? protesta Émilie.

— Ils sont pas très blancs, dit Paul Ponce, un peu gêné.

— Et moi j'en ai pas, ricana la Roupie.

— Toi qui parles allemand, vas-y ! » proposa Alphonse à Émilie.

Le soldat lança plusieurs appels impératifs, auxquels Émilie répondit :

« *Herr Soldaten... Bitte... Ich bin ein Mädchen.* »

Marguerite, qui avait toujours été la moins réticente à montrer ses dessous aux garçons, se dévoua et le guerrier ahuri vit s'élever lentement au-dessus des buissons un petit linge blanc au bout d'une branche tandis qu'à ses oreilles résonnaient des mots familiers :

« *Kamarad ! Wir sind Kinder... Kriegsgefangene...*[1] »

Puis un à un, en tremblant, les enfants se levèrent, les bras en l'air. Le soldat s'approcha, dévisagea, encore méfiant, chaque enfant puis éclata d'un gros rire.

« *Ach ! Kinder ! Kriegsgefangene !?... Raus nach Hause...* à la maison ! »

Il leva son fusil, hurla un ordre guttural et tira une rafale en l'air. Ce fut une envolée d'étourneaux affolés, une chevauchée fantastique qui dévala la colline. Jamais les valeureux guerriers, fiers de leurs ancêtres normands, n'avaient couru aussi vite ; d'ailleurs ils ne couraient pas... ils volaient, ils planaient, la peur leur donnait des ailes et les rendait insensibles aux épines, aux fougères, aux branches qui leur écorchaient, leur fouettaient, leur griffaient

1. *Camarade ! Nous sommes des enfants... prisonniers de guerre...*

visages et mains, mollets et cuisses, sans soucis pour les pans de robe, les morceaux de chemise restés accrochés aux obstacles du sous-bois, pour enfin s'écrouler à bout de souffle et à bonne distance dans un fossé secourable. Les peurs furent vite oubliées ; chacun se sentait fier d'avoir affronté l'ennemi et secrètement heureux d'en avoir réchappé. Hélas, pour ne pas être exposés aux foudres paternelles, cette page héroïque resta secrète et ignorée.

La guerre se rapprochait un peu plus chaque jour. Par tous les chemins d'Argeronne, on vit passer le lent et pitoyable cortège d'une armée en déroute : soldats dépenaillés, affamés, boitant et se soutenant mutuellement, convois hippomobiles tirés par des bêtes épuisées, chargés de blessés qui juraient ou geignaient à chaque cahot de la route. Les villageois restaient méfiants derrière leurs fenêtres ; on savait que c'était la Wehrmacht qui refluait à la recherche de ponts hypothétiques pour traverser la Seine et qu'en arrière-garde, fermant la marche, c'étaient les SS, les pires nazis. Avec eux, il ne fallait pas jouer aux petits soldats comme les FFI sinon gare aux représailles !

Un matin, on crut la libération arrivée ; on vit déboucher sur la grand-place une petite troupe en tenue kaki avec de drôles de casques plats comme des assiettes renversées. Ils avaient le visage noirci comme des charbonniers. Ils avançaient prudemment mais, en apercevant les baquets d'eau au milieu de la place, ils ôtèrent leurs blousons et leurs chemises et, avec des cris de joie, se rafraîchirent en s'éclaboussant comme des gamins. Avec tous les genres d'uniformes qu'on avait vu passer au village on hésita un peu avant d'aller vers eux, mais toute crainte fut vite dissipée : c'étaient des Canadiens ! Et qui plus est, des Canadiens français. Ce fut le délire. On se congratulait, on s'extasiait, on s'embrassait, on s'appelait cousins et merveille des merveilles :

« Eux autres, ils causaient comme nous, comme nos grands-pères ! Vous avez vu comme ils sont beaux, nos petits libérateurs ! »

Émilie, comme les autres filles, se laissa enlacer, embrasser, soulever de terre, troublée elle aussi par ces hommes d'une incroyable jeunesse, aux odeurs de cuir et de sueur virile. Le cidre et le calvados coulèrent à flots, les enfants offrirent des fleurs et des fruits contre des tablettes à mâcher et des cigarettes au parfum de miel.

Subitement la fête tourna au drame. L'enfer commença par de brèves explosions, puis une mitraille et, rasant les murs, on vit déboucher sur la place des soldats aux uniformes tachetés comme des peaux de bêtes féroces, les casques cachés sous des couronnes de feuillage. En un clin d'œil, la foule se dispersa, les Canadiens ripostèrent avant de s'échapper par l'arrière des maisons, mais quelques-uns, encerclés au milieu du village, levèrent les bras. Les tirs cessèrent brusquement, un silence pesant tomba, bientôt entrecoupé de gémissements et de vociférations.

De la fenêtre de sa chambre où elle s'était réfugiée, Émilie horrifiée vit les SS, l'arme braquée, pousser devant eux les Canadiens captifs dont certains étaient encore torse nu. Ils avançaient avec réticence sous les coups de crosse, jusque devant l'église. À peu de distance, les nazis firent cracher leurs armes dans le dos de leurs prisonniers.

« Comme des lâches, des assassins ! » hurla Émilie, éclatant en sanglots.

Puis leur sinistre besogne terminée, ils revinrent tranquillement au milieu de la grand-place, l'arme à l'épaule, en plaisantant comme des chasseurs au retour d'une battue. Le curé, revêtu de ses habits sacerdotaux, vint bénir les corps étendus devant son église. Dans sa révolte face à ce nouveau spectacle de la barbarie humaine, Émilie se dit que les gestes mécaniques, la pauvre compassion de l'homme d'Église pour ces jeunes êtres, dont le sang imprégnait le sol normand, étaient une bien dérisoire consolation pour ceux qui allaient les pleurer du fond des forêts canadiennes sur les bords d'une rivière qui avait donné son nom à leur régiment : « la Chaudière ».

La soldatesque se répandit dans le village et se livra au pillage : boutiques, greniers, caves, basses-cours... Les SS tiraient au revolver sur les volailles et riaient de les voir exploser ; ils tranchaient d'un coup de baïonnette le cou des lapins et des agneaux. Ils obligèrent les femmes à préparer leurs ripailles et les hommes à leur servir à boire. Le curé, avec deux enfants de chœur accrochés à ses pas, fit le tour des maisons pour conseiller de cacher au mieux les jeunes filles afin de leur éviter les pires malheurs.

« Monsieur le curé, prenez nos filles avec vous dans votre presbytère, elles seront sous la protection de la Sainte Vierge, supplièrent les mères.

— Je ne peux pas me charger de toutes les petites filles du village », se défendit le prêtre, mais avec la promesse de l'aide quotidienne des femmes pour apporter les matelas, les couvertures, la nourriture et vider les seaux de nuit il céda.

Le prêtre n'insista pas quand Émilie refusa de le suivre. Elle était résolue à gagner au plus vite son refuge. Ses parents, occupés à servir les nazis qui avaient envahi l'auberge, n'insistèrent pas. Elle s'habilla en superposant plusieurs vêtements, choisit quelques livres, son journal, de quoi écrire, une couverture enroulée et serrée par une corde, puis, avec d'infinies précautions, enveloppée dans des linges, la boîte à musique qu'elle enfouit au fond du havresac qui lui avait tant servi pour ses commissions au service du docteur et de la comtesse. Ce bel objet était le dernier lien qui l'attachait aux êtres disparus qu'elle avait aimés. Puis elle alla quérir de quoi subsister dans les réserves paternelles. Au moment où elle quittait subrepticement la maison, sa mère l'interpella :

« Où t'en vas-tu, harnachée comme ça ?

— Je vais me cacher dans la forêt, je connais un endroit sûr, je ne peux plus supporter cette guerre et tous ces soldats !

— Tu es folle, c'est pas le moment de courir la campagne, va te réfugier au presbytère comme les autres filles !

— Non ! Je préfère mourir au grand air que d'être étouffée ou brûlée vive sous les ruines de la maison.

— S'il faut mourir autant mourir ensemble ! » dit madame Lecor en sanglotant.

Elle serra convulsivement sa fille dans ses bras et lui couvrit le visage de baisers mouillés. Émilie fut tentée de repousser cet élan de tendresse hystérique qui lui inspirait plus de pitié que d'amour.

« Va, ma fille, suis ta destinée ! Ton père a dit qu'il fallait s'attendre à une contre-attaque des Alliés… Tu as peut-être raison d'aller te cacher. ».

Dans l'isolement de son île, bercée par le murmure chantant de la rivière et le frémissement soyeux de la ramure, Émilie retrouva un peu de sérénité. Elle sortit avec précaution la boîte à musique de son enveloppe et l'installa sur une pierre pour la protéger de l'humidité. Tapie dans la pénombre de sa cachette, enveloppée de couvertures, elle contempla un temps indéfini les délicates figurines du passé tournant sur un air de Mozart ; elle remontait à chaque fois le mécanisme en laissant ses pensées vagabonder et ses sens s'engourdir, comme si elle cherchait à remonter aussi le cours du temps. Elle grignota quelques provisions mais son estomac restait noué. Elle sentit la nuit l'envelopper peu à peu. Autour d'elle, la guerre semblait s'être éloignée ; elle ne percevait plus que des explosions lointaines et des tirs sporadiques. Sans quitter des yeux la statuette de porcelaine qui brillait dans l'ombre et lui rappelait David au clavecin, elle s'endormit.

Ce fut d'abord un ronflement amplifié de bête fauve endormie, puis une nuée d'oiseaux de proie, ailes contre ailes, qui vint envahir l'espace de cet exceptionnel matin d'été. En quelques secondes, Émilie, encore engourdie de mauvais sommeil, se précipita hors de la cabane et vit avec effroi tomber au-dessus de sa tête des chapelets de points noirs. Avant de réaliser qu'il s'agissait de bombes, elle sentit les premières explosions faire trembler le sol et plier les arbres sous une tornade chargée d'odeurs suffocantes. Il n'y eut que deux vagues et les avions allèrent plus loin lâcher leurs semences de mort. Mue par sa curiosité plus forte que sa peur, la fillette, d'un mouvement spontané, franchit la rivière et courut vers le bourg pour découvrir un paysage dévasté : terre éventrée par des trous énormes, arbres déchiquetés, chemins défoncés, broussailles incendiées...

La campagne blessée vomissait ses entrailles ! Le château avait été épargné mais l'entrée du village était méconnaissable, des gravats encombraient la rue centrale et les ruelles latérales. De certaines maisons il ne restait que les façades aux fenêtres vidées comme des yeux morts. D'autres maisons n'étaient plus que des pans de murs qui laissaient voir de façon indécente les pauvres restes de la vie quotidienne de leurs habitants : meubles brisés, lits saccagés, chambres profanées, lambeaux de papiers peints noircis pendant lamentablement, objets hétéroclites gisant pitoyables et dérisoires dans un amoncellement sacrilège. Des incendies couvaient çà et là ; entre leurs lueurs rougeâtres et l'épaisse fumée qui obscurcissait le ciel, les gens affolés hurlaient, titubaient tels des spectres montés de l'Enfer, errant dans ce décor d'apocalypse.

Quand elle s'avança sur la grand-place, Émilie vit que la mairie-école n'avait plus de toit. Soudain, foudroyée sur place, elle tomba à genoux, le cœur trop douloureux pour pouvoir bouger, la poitrine trop bloquée pour pouvoir respirer, l'esprit trop sidéré pour pouvoir pleurer. De la maison du docteur Bernard, il ne restait qu'une façade que les flammes léchaient encore. Les livres, les tableaux, les instruments de musique, les meubles normands, écrasés, détruits à tout jamais, il ne restait plus rien de ces merveilles qui avaient ébloui son enfance.

Plus jamais elle ne vivrait ces moments exaltants, la musique, la lecture, les longues discussions, les interrogations, les réponses, dans les lumières tamisées et le confort tranquille du salon, la jolie salle de bains où elle aimait tant se prélasser... et la voix chaleureuse du docteur... « Comprends-tu, Émilie ? »

« Ne reste pas là, petite, ça risque de s'effondrer sur toi ! » lui cria quelqu'un avant de s'enfuir.

C'était le monde entier qui s'écroulait autour d'elle. Il avait plu tout l'été ; pourquoi en ce jour où le village d'Argeronne brûlait fallait-il qu'il fasse aussi beau ? Elle adressa au ciel une brève prière pour appeler une ondée salvatrice qui vienne laver toutes ces ignominies et éteindre les incendies mais l'azur au-dessus des fumées restait ironiquement bleu et les pluies coutumières obstinément absentes. Comme un automate, ses pas la conduisirent vers l'église, dont le clocher était décapité. Elle ne s'en étonna pas, elle avait entendu dire que c'était là que se postaient les observateurs et s'embusquaient les tireurs.

Dans la nef à ciel ouvert, les colonnes dressaient comme des moignons des restes d'arches amputées, suspendues au-dessus d'un amas de gravats où gisait intact, le visage plus torturé que jamais, encore accroché à sa croix, le grand christ de plâtre et de bois peint. « Un vrai miracle ! » dira certainement le curé.

À bonne distance, au fond de son jardin, à part des fenêtres soufflées et sans carreaux, le presbytère tenait solidement debout. Devant la porte elle appela :

« Monsieur le curé, vous êtes là ? »

Elle pensait avec inquiétude aux filles enfermées dans la cave. Des cris hystériques lui répondirent et le prêtre apparut. Sa soutane était sale et déchirée, son visage buriné par la fatigue.

« Petite malheureuse, où étais-tu ? Tes parents doivent être morts d'inquiétude ! Reste avec tes camarades ! Malgré tes péchés, le Bon Dieu et la Sainte Vierge te protégeront. »

Émilie faillit parler du grand christ en croix rescapé au-dessus des ruines mais cette image avait quelque chose d'incongru dans la désolation générale. Elle tourna les talons sans un mot ; le curé la laissa s'éloigner avec la même compassion dans le regard que celle qu'il aurait eu pour une condamnée à mort marchant vers son destin.

Péniblement, à travers les décombres, elle voulut regagner l'auberge qui de l'autre côté de la grand-place semblait ne pas avoir trop souffert.

Soudain, annoncées par de longs sifflements, de nouvelles explosions vinrent lacérer les ruines. Cela ne tombait pas du ciel mais montait de derrière la colline. Instinctivement, elle se jeta à terre, saisie une nouvelle fois par la peur, une peur hideuse, avilissante, une peur de bête traquée. Elle se souvint de la tranchée creusée derrière l'école ; par bonds successifs, elle s'y précipita, le corps plié comme avec l'Armée des Vikings sur le sentier de la guerre ; ce n'était plus un jeu mais, une fois de plus, la réalité abominable de la mort frôlée à chaque instant. Elle se laissa rouler dans l'excavation et cogna de toutes ses forces contre la porte grossière qui en ménageait l'entrée.

« S'il vous plaît, ouvrez-moi ! supplia-t-elle.

— Foutez le camp, y a pas de place ! On est déjà les uns sur les autres », répondirent plusieurs voix chargées de haine.

Les sifflements et les explosions devenaient de plus en plus intenses et rapprochés. De toutes ses forces, décuplées par la terreur, elle cogna, s'arc-bouta et la porte céda. Elle reconnut, émergeant de l'ombre, deux têtes défigurées par la colère qui scrutaient le ciel.

« C'est l'artillerie maintenant, au moins du 75, dit Marcel Kébir.

— Ça doit être les Boches qui préparent une contre-attaque, répondit le garde champêtre.

— C'est qui ? rugit une harpie du fond de la tranchée.

— C'est la fille Lecor, la Émilie, répondit le garde champêtre. Barre-toi, il n'y a pas de place pour toi ici. »

Il la repoussa violemment mais, avec toute la rage de sa révolte et de son dégoût devant tant d'égoïsme et de méchanceté, Émilie s'accrocha à lui.

« Fermez la porte, elle va nous faire repérer cette salope ! hurlèrent encore les criailleries de sorcière où elle discerna la voix de la mère Nicodème.

— Tu ne fais plus la fière, hein ! Tu t'es bien foutu de not'gueule ! Allez ouste fous l'camp, va rejoindre tes copines chez le curé ! »

Elle eut beau crier, se débattre bec et ongles, pieds et poings, les deux hommes étaient les plus forts. Ils la jetèrent hors de la tranchée à coups de pied et bloquèrent la porte. Elle resta tapie dans l'excavation de l'entrée, abasourdie par la cruauté de ces gens qui la connaissaient depuis sa petite enfance, se prétendaient amis de ses parents en profitant de leurs largesses et qui, délibérément, l'envoyaient à la mort. Elle en oubliait sa peur et n'entendait plus les explosions ; alors de toute la force de sa rancœur elle cria sa vengeance :

« Sales collabos... *Le garde champê't toujours pompette et qui rouspète, qui pue, qui pète, qui prend son cul pour une trompette...* »

Malgré les coups reçus, elle trouva encore l'énergie de se lever et de se jeter dans un trou profond en se disant que deux bombes ne pouvaient pas tomber successivement au même endroit. Au fond de cette crevasse salvatrice elle se terra tremblante de répugnance et de ressentiment contre l'humanité entière, contre ceux qui faisaient la guerre et ceux qui la subissaient. Elle ne souffrait pas vraiment, les douleurs et la peur avaient fait place à une crispation froide de tout son être. Elle se sentit soudain soulevée puis roulée sous un amoncellement de mottes de terre par une explosion proche dont elle n'avait pas perçu le sifflement annonciateur. Électrisée par la terreur de se voir ensevelie vivante, elle trouva encore la force de se hisser jusqu'au bord, la bouche grande ouverte pour trouver désespérément un peu d'air à travers les vapeurs des explosifs puis elle sombra dans l'inconscient.

Quand elle revint à elle, elle était enveloppée de silence. Elle essaya de déglutir mais sa gorge était nouée et sa langue collée au palais avait un goût d'argile et de sang. S'aidant de ses index, elle voulut déboucher ses oreilles obstruées d'où des envolées de cloches, des bruits d'enclume venaient en battements douloureux cogner à son crâne. Elle tenta de se lever mais retomba aussitôt comme emportée par une balançoire endiablée qui tournait dans tous les sens.

Vaincue, résignée, elle se replia sur elle-même. Mourir à treize ans, c'était injuste mais dans l'ordre des choses... Elle se souvenait avoir entendu le médecin ou le peintre, ou peut-être même un des piliers de comptoir, raconter que les gens, avant de mourir, voyaient défiler en un film rapide les événements importants de leur vie. Elle était trop épuisée, vidée de toute substance, pour réveiller sa mémoire mais une seule image l'habitait : David, ses boucles brunes et ses mains blanches au-dessus du clavier. Alors, elle éclata en lourds sanglots et sombra à nouveau dans l'inconscience.

Elle se réveilla comme au sortir d'un cauchemar et se demanda un bref instant ce qu'elle faisait dans ce trou immonde. Le bombardement avait cessé et les bouleversements de sa tête s'étaient calmés. Péniblement, elle se releva avec l'intention de rejoindre la maison familiale et se lança en zigzaguant à travers les ruines fumantes. Chaque pas était une épreuve. Elle évoluait dans une atmosphère étrangement ouatée, dissociée du monde extérieur ; des gens l'interpellaient mais elle les ignorait. Elle devait s'arrêter souvent, s'accroupir ou s'appuyer sur quelque objet de proximité pour vomir et maîtriser les vertiges qui la faisaient tituber. Ses yeux, sa bouche, ses poumons étaient desséchés par les fumées et les odeurs devenues familières de soufre, de métal brûlant, de sang et de chair humaine consumée.

Émilie trouva ses parents occupés à déblayer les gravats qui encombraient le rez-de-chaussée de l'auberge, le café et la grande salle du restaurant étaient à peu près intacts.

« Émilie, te voilà dans un drôle d'état, on était morts d'inquiétude, tu étais avec monsieur le curé ? Tu as vu, ton père a eu la bonne idée d'ouvrir en grand et de fixer toutes les portes et fenêtres de l'auberge, ainsi presque toutes les vitres ont résisté ! »

Avec effroi, la fillette réalisa qu'elle était sourde en voyant les lèvres de sa mère bouger sans qu'elle entende le son de sa voix.

« Nous devrions partir, nous cacher dans la forêt comme les autres.

— Pourquoi parles-tu si fort ? On n'est pas sourds.

— Nous devrions partir », répéta l'enfant, prête à accueillir ses parents dans son île.

Monsieur Lecor se mit en colère :

« Tu n'as pas besoin de gueuler comme ça ! Jamais de la vie je ne quitterai ma maison ! Et pour aller où ? J'ai refusé de partir à l'exode en 1940 et la suite a prouvé que j'avais raison. »

Puis, d'un geste large désignant le délabrement de son auberge :

« Les Allemands sont partis cette nuit avant le bombardement par l'aviation ; quel gâchis ! Le village est détruit et pas un seul Boche de tué ! »

Sans insister, Émilie se dirigea vers la cuisine, elle avait hâte qu'un bon lait frais vienne lui laver le corps de tous ses miasmes ; elle se chargea de deux laitières, mais sa mère l'arrêta :

« Pas la peine de te fatiguer, la ferme a brûlé sous les bombes et les malheureux sont restés tous les deux sous les décombres. Ton père a eu un sacré courage, malgré l'incendie, il a réussi à ouvrir les étables avant que les vaches soient brûlées vives ; fallait entendre comme ça beuglait ! »

La tête toujours enserrée dans un étau, elle n'avait perçu que quelques mots et fit répéter sa mère ; elle comprit qu'une nouvelle partie de son enfance venait de lui être arrachée : plus jamais elle n'irait « au lait » dans la lumière et la rosée de l'aurore dès potron-minet ou potron-jacquet, ni explorer les voix des ondes de capitale en capitale sous l'œil magique du poste de radio.

Retrouver la solitude de son île, fuir au plus vite ce monde injuste et cruel ! Elle monta dans sa chambre pour prendre de nouveaux vêtements, puis, en catimini, se réapprovisionner dans ce qui restait des réserves paternelles après le passage des SS. Sans trop savoir ce qu'elle en ferait elle tira au tonneau une bouteille de calvados, de la « goutte », de la « gnole », de la jeune, du pur jus de l'année, de celle qui tue les vers et qui fait oublier les soucis, comme disait le père Lecor.

En approchant du château elle vit avec effroi une colonne de fumée s'élever au-dessus des frondaisons. Malgré les vertiges qui lui tourneboulaient la tête et les nausées qui lui soulevaient le cœur, elle réussit à gagner la lisière du parc. Un camion de la Milice était arrêté devant le perron et des hommes dans leur sinistre uniforme déménageaient des meubles de toutes sortes, tableaux, objets d'art ; trop occupés par leur pillage ils laissaient s'étendre un incendie qui couvait dans une des ailes.

Il y eut tout à coup une fusillade, un milicien s'écroula, les autres s'aplatirent au sol et ripostèrent vers les communs d'où étaient partis les coups de feu. Un besoin irrésistible d'emporter elle aussi un objet du château, non pour voler mais pour sauver quelque chose de ce qu'elle avait adoré, la poussa spontanément vers le salon de musique apparemment sauvegardé mais souillé de poussière et de débris. Sans hésiter, elle choisit le buste de petite fille dont la beauté, le charme et le sourire frondeur l'avaient toujours séduite : *Sabine Houdon par son père*. La statue sur son socle devait peser pas moins d'une quinzaine de kilos mais l'acharnement à vouloir la sauver du pillage lui donna des forces nouvelles.

Dehors, la fusillade s'était éloignée. À grand-peine mais avec une farouche détermination, elle traversa le parc jusqu'à son refuge ; il lui semblait que la tête de marbre se réchauffait contre sa poitrine comme si elle transmettait son énergie et sa vie à l'image de cette petite fille née deux siècles avant elle. Parvenue enfin au terme de ce chemin de croix, elle prit encore le temps d'installer sa nouvelle amie à côté de la porcelaine de Meissen et s'abandonna à leur contemplation. Les vertiges et les acouphènes avaient régressé mais elle ne percevait toujours pas les murmures de la rivière, les bruissements de la forêt et le chant des oiseaux. Elle se sentait sale, tout le corps entaché des souillures de cette guerre dont elle réalisait maintenant le miracle d'avoir survécu. Elle se dévêtit, lava avec application ses vêtements dans l'eau claire, se frotta vigoureusement et s'étendit nue sur la mousse pour se sécher. Elle ferma les yeux, attentive à l'éveil de ses sens. Elle pressentit le basculement de son être quand l'image grandissante de David penché sur elle l'enveloppa et réveilla en elle cette attente inquiète, presque douloureuse, d'un plaisir imminent avec la honte de s'y abandonner. Elle se rhabilla promptement, elle avait froid et faim.

L'ombre venue elle s'enroula dans ses couvertures à même le sol, la tête appuyée contre son sac ; elle se sentait épuisée mais le sommeil ne vint pas. Elle eut beau faire tourner la boîte à musique et parler à sa nouvelle amie Sabine dont le marbre aux lignes pures se détachait dans la nuit, elle se sentait terriblement abandonnée et révoltée devant tant d'injustices : la maison du docteur avait brûlé avec tous ses trésors mais celle du maire était debout, monsieur et madame Van Lair étaient victimes de cette guerre de libération pour laquelle ils avaient tant lutté alors que le garde champêtre et Marcel Kébir couraient encore ! Ses émerveillements, ses rêves de petite fille, la beauté des choses… Tout était parti en fumée ou réduit en poussière.

« *Eli, Eli lamoena sabachtanie !* » Elle songeait aux dernières paroles du Christ sur la croix que le docteur Bernard lui avait apprises, en lui faisant écouter *Le Chant des ténèbres.*

« C'est du latin ? avait-elle demandé.

— Non, de l'araméen », avait-il répondu dans la douce quiétude de son salon que jamais plus elle ne connaîtrait.

Émilie se sentit soudain très vieille, elle saisit la bouteille de calvados, la huma et réprima une grimace. Elle avala une gorgée, et une brûlure traçante lui déchira la poitrine ; à la deuxième gorgée, un feu envahit tout son corps, encore quelques lampées et une chaleur apaisante lui descendit de la racine des cheveux à la pointe des orteils. Des vagues ondulantes la faisaient voguer au-dessus de la mer ou planer dans des jardins fleuris. Après une dernière gorgée, le niveau de la bouteille avait baissé mais les peurs, les destructions, les explosions, les uniformes, toutes ces misères n'avaient plus aucun sens ; elle s'envolait, délivrée, au-dessus de ce monde de cauchemars.

Le château en flammes fut la dernière vision de l'esprit embué d'Émilie. Elle fut prise d'un énorme fou rire, puis d'un besoin irraisonné de crier, de chanter à tue-tête pour expulser toutes les meurtrissures, toutes les souillures de son corps et de son âme. Une rengaine, le souvenir d'un moment de joie d'autrefois, Ray Ventura et ses collégiens, lui revint en mémoire :

« Tout va très bien, madame la Marquise
Tout va très bien, tout va très bien
Pourtant il faut, il faut que l'on vous dise
On déplore un tout petit rien

Un incident, une bêtise,
La mort de votre jument grise…
C'est qu'le château était en flammes,
Mais à part ça, madame la Comtesse…
Tout va très bien, tout va très bien ! »

Les derniers mots s'étouffèrent dans sa bouche et le rire finit en sanglots, elle s'écroula dans un sommeil léthargique.

XXIV

La Libération… enfin !

ÉTAIT-CE LE MATIN, était-ce l'après-midi ? Combien de temps avait-elle dormi ? Émilie resta un long moment à s'interroger au sortir d'un sommeil de plomb. Le corps endolori, la tête lourde et la bouche encartonnée, elle se leva péniblement pour aller offrir son visage à la pluie froide et serrée qui avait succédé aux heures ensoleillées des jours précédents.

Retrouvant peu à peu la notion du temps, sa première pulsion fut de courir vers le château. Le toit du corps central était effondré mais les ailes, malgré des murs noircis, éclatés par places d'impacts de balles, étaient debout, sauvées peut-être par la pluie. Devant le perron, elle vit la carcasse brûlée du camion de la Milice. Elle se dirigea vers les communs qui paraissaient avoir échappé aux destructions et fit plusieurs détours pour éviter les cadavres de miliciens dispersés et abandonnés dans les allées sablonneuses où s'étalaient des flaques de sang noir. Devant les écuries l'un d'eux gisait dans une curieuse position, étendu à moitié assis, les jambes repliées sous lui, la tête rejetée en arrière, une fourche était restée plantée droite dans sa poitrine. Par l'entrebâillement d'une porte déchiquetée par la mitraille, elle passa une tête prudente et poussa un cri d'horreur : un homme immense, comme flottant au-dessus d'elle, était cloué, crucifié à une poutre, la tête inclinée sur le côté dans la même attitude de souffrance et d'abandon que le Christ en croix de l'église. Il n'avait plus de visage et de la moustache reconnaissable des stalactites de sang séché tombaient sur la poitrine ouverte de haut en bas d'où débordaient des viscères noircis que des essaims de mouches ponctionnaient goulûment en un monstrueux bourdonnement. Le sol de terre battue était défoncé, piétiné, réduit en une bouillie immonde de sang et de déjections d'où montaient des relents fétides.

Elle se précipita dehors, faillit buter sur le corps enfourché dont elle avait oublié la présence, et s'écroula dans l'herbe pour vomir toute cette ignominie, cette horrible réalité de la guerre.

Il fallait fuir, quitter au plus vite ce mortel endroit, mais de la chaumière des gardiens elle perçut des cris plaintifs inarticulés. Malgré la terreur d'assister à de nouvelles horreurs, elle savait qu'elle ne pouvait se dérober à l'appel de la pauvre femme sourde et muette qui avait dû sentir sa présence. Horrifiée, Émilie vit qu'elle était à demi nue, les vêtements en lambeaux, suspendue par les mains les pointes de pied touchant à peine le sol. Son visage, strié de ravines sanguinolentes, était creusé de deux orbites déshabitées, comblées par une glaire sanieuse au-dessus d'une bouche béante édentée d'où jaillissait une plainte inarticulée lancinante. Quand la fillette, surmontant son dégoût, réussit à la détacher, elle se sentit agrippée par la poigne désespérée de la pauvre infirme, sourde et muette par erreur de la nature et maintenant aveugle par l'incommensurable cruauté humaine. Sans comprendre ses intentions, Émilie se laissa entraîner hors de la masure vers l'étang derrière la ferme. À quelques mètres de la rive la malheureuse lâcha brusquement le bras endolori de la fillette et, droit devant elle, s'enfonça dans l'eau marécageuse qui lui collait aux jambes, puis d'un seul coup disparut dans un remous fangeux aussitôt recouvert par les lentilles d'eau qui se refermèrent sur elle comme un linceul verdâtre.

Petite fille égarée dans un monde de brutes en furie, Émilie tomba à genoux, le visage implorant levé vers le ciel mais il n'y avait au-dessus d'elle qu'une épaisse masse de nuages noirs qu'aucune lumière ne semblait pouvoir traverser. Elle ne comprenait pas comment des hommes qui avaient été des enfants, nés de mères qui avaient souffert pour leur donner la vie, pouvaient être capables de commettre des actes d'une telle barbarie contre leurs semblables. Comment peut-on mépriser la vie à ce point ? Comment peut-on se repaître de la souffrance et de la mort ? Paralysée, au bord de la rive, les pensées d'Émilie se bousculaient dans sa tête endolorie ; y aurait-il un jour, quelque part, un avenir, une justice, qui rendent grâces aux victimes et châtient les coupables ?

Pour échapper à tant de désolations, le besoin la saisit de courir éperdument jusqu'à l'étouffement, jusqu'à l'arrêt de son cœur, jusqu'à ce que ses jambes l'abandonnent et que sa vue s'obscurcisse. Elle fut stoppée dans sa course par une formation de tanks surgie de la plaine et qui, tel un troupeau de taureaux en furie, dévalaient la colline. Leurs canons menaçants, forces viriles, bestiales, dressés en l'air comme des sexes mâles, crachaient par intermittence leurs déjections. Les chars contournèrent les ruines du village qui ne constituaient pas un obstacle important. Avant de disparaître sur l'autre versant de la vallée, leurs chenilles d'acier avaient raviné la campagne, défoncé les chemins d'Argeronne et souillé les eaux de la rivière.

Elle décida de rejoindre son refuge quand son attention fut attirée par un objet insolite arrêté au bord de la route. Intriguée, elle s'approcha avec précaution, c'était seulement un landau déglingué et abandonné : serait-il possible qu'il y eût un enfant dedans ? Il était vide mais d'un fossé proche elle entendit des plaintes étranges, pas vraiment des voix d'enfant ; elle s'avança et ne put retenir un mouvement de recul : deux soldats étaient allongés, visiblement à bout de forces, l'un d'eux avait une jambe enveloppée de pansements.

« *Bitte Fräulein, haben Sie... Essen bitte, Brot...* »

Celui qui avait parlé, la tête dépassant à peine le bord du fossé, scrutait anxieusement les alentours, tandis que le blessé gémissait au fond, insensible à l'eau croupissante. Ils n'avaient ni casques ni armes. Ils semblaient très jeunes, l'âge de David peut-être ? Aussi blonds qu'il était brun et dans leurs yeux Émilie vit une semblable détresse. Ils ressemblaient moins à des militaires agressifs qu'à de pitoyables pantins flottant dans des uniformes trop grands pour leurs corps d'adolescents mal nourris et sur leurs visages tourmentés se lisait encore la clarté vulnérable de l'enfance. Ils ne jouaient pas à la guerre comme dans l'Armée des Vikings quand les blessés se tordaient de douleur par terre en se tenant le ventre « pour de rire » et que les morts ressuscitaient après la bataille avec des cris de joie.

« *Mein Kamerad ist verletzt*… Nous attendre Americains… nous pas mourir… » et tout tremblant, misérable, comme un enfant perdu, il fondit en larmes.

Émilie, bouleversée, cherchait désespérément ses mots :

« Pas rester là… *don't stay here… Kommt mit mir…* »

Elle aida à charger le blessé dans la voiture d'enfant mais les roues voilées se bloquèrent rapidement sur les inégalités du terrain. Ils gagnèrent tant bien que mal un bosquet à l'écart de la route. Elle s'efforça de retrouver son calme et de réfléchir à la façon d'affronter ce nouveau drame où elle se trouvait entraînée.

Il fallait, avant tout, quitter cet abri précaire mais comment convaincre les deux garçons de la suivre jusqu'à son refuge ? Elle répéta « *Kommt mit mir* » ; une discussion s'engagea entre les deux Allemands, elle comprit que le blessé qui avait beaucoup de mal à s'exprimer voulait en rester là mais son compagnon refusait de l'abandonner. D'autorité, il le chargea sur ses épaules, sans tenir compte de ses cris de douleur. Ce fut une montée au supplice, chaque pause, chaque nouveau départ étaient pour chacun une épreuve atroce, le porteur grimaçant, le porté gémissant.

Parvenus enfin devant le gué, le blessé plongea sa jambe dans l'eau claire dont la fraîcheur parut le soulager un instant. Ils l'allongèrent ensuite sur un lit de branchages au fond de la cabane. Le corps agité de soubresauts, les traits figés, seuls les yeux oscillant sous les coups de boutoir de l'indicible souffrance exprimaient la conscience désespérée de la lutte pour la survie. Émilie, pour soulager ses douleurs, voulut lui faire boire du calvados. Il fallut se mettre à deux pour lui faire ouvrir la bouche et malgré un spasme laryngé qui faillit l'étouffer un peu du brûlant breuvage passa entre les mâchoires contracturées. D'une voix rauque et gargouillante le malheureux prononça quelques mots où la fillette crut reconnaître « *Mutti..., Schnee...* »

Elle comprit qu'il appelait sa mère et sentit son cœur se briser.

« *Weihnachten*... Noël... la neige... il croit... », expliqua avec un triste sourire son camarade. Quelques secondes plus tard le corps entier fut agité de violentes contractures en ondes paroxystiques qui montaient des membres tendus vers le thorax rigide jusqu'à la tête rejetée en arrière. Les paupières bridées, les commissures labiales étirées d'où s'écoulait une salive sanguinolente, les dents découvertes donnaient au faciès lisse et figé une caricature de rire, un rictus sardonique comme pour se moquer de l'infernal calvaire que le regard, encore mobile et conscient, exprimait dans les derniers sursauts de lutte contre la scandaleuse, la cruelle, l'incompréhensible injustice de la mort.

Puis les yeux se voilèrent, il y eut une accalmie, le blessé sombra dans un état comateux entrecoupé de râles irréguliers qui creusaient sa gorge où, sous la peau tendue, palpitaient les artères et se creusaient entre les tendons, des vides que l'air ne parvenait plus à combler.

« *Mein Kamerad schläft* », dit le jeune homme pour se rassurer.

Ils sortirent sans bruit de la cachette, soulagés sans se l'avouer d'échapper à l'affreuse odeur qui s'y était répandue. Manifestement, il ne percevait pas la gravité de l'état de son ami. Émilie avait vite reconnu la terrible maladie dont le docteur Bernard lui avait parlé en faisant ses vaccins.

« Très bon diagnostic », aurait-il dit avec sérieux. Il lui avait expliqué que la riche terre normande si propice à l'élevage des chevaux renfermait à l'abri de l'air le terrible bacille de monsieur Nicolaier, un médecin allemand ! Mais comment dire tétanos… vaccination ?

« *Ich hab Hunger… Bitte essen…* manger ? »

Ses yeux brillèrent quand la fillette déballa ses provisions. Jamais les tartines beurrées, le pâté, le jambon, les fruits de chez maître Lecor ne furent tant appréciés. Le garçon se jeta sur la nourriture avec la frénésie goulue d'un jeune chiot, sa bouche ne semblait pas assez grande ; pour s'excuser de son manque de retenue, il lançait de temps à autre vers Émilie des regards à la fois coupables et reconnaissants.

« Il n'a pas dû manger depuis longtemps », se dit elle en se souvenant que parmi les horreurs de cette guerre une des choses qui l'avaient le plus apitoyée était cette obsession, cette détresse des êtres face au besoin de manger, jusqu'à en perdre toute dignité.

Ils étaient assis, côte à côte, au bord de la rivière. Les bruits de guerre étaient éteints, un coucou scandait son chant mécanique au fond de la forêt mouillée pour saluer un timide soleil venu chasser la dernière averse. Émilie mangeait du bout des lèvres, gênée par la présence du blessé au fond de sa cachette, tout en observant du coin de l'œil le garçon à la faim insatiable. Il avait des cheveux blonds presque blancs, ébouriffés, tombant sur les oreilles et la nuque, séparés par une raie médiane qui lui donnait un air de gamin frondeur. Il s'empara de la bouteille de calvados et sans voir le geste de retenue de la fillette en avala une bonne gorgée qui le fit tousser mais raviva sur son visage une expression de plaisir. Enfin rassasié, il sourit avec une spontanéité juvénile, s'étira et s'allongea sur l'herbe.

« *Ich bin Wolfgang und du ?*

— Wolfgang comme Mozart ? demanda Émilie.

— *Ja ! Wolfgang Amadeus Mozart...* » et d'une voix claire il se mit à chanter.

« *Die Zauberflöte*, affirma Émilie fière de montrer sa culture.

— *Ja !* » répondit-il étonné, et son chant que l'adolescence n'avait pas altéré s'éleva comme un miracle au-dessus du murmure des eaux vers la cime des frondaisons.

Il se tut brusquement au milieu de son chant, un voile de mélancolie assombrit son visage et ses yeux levés vers le ciel se remplirent de l'infinie tristesse des bonheurs enfuis. Il resta un moment plongé dans une profonde réflexion et essuya des larmes qui avaient perlé au bord de ses cils.

« *Wolfgang Mozart, ich liebe Amadeus,* aimé des dieux ! » dit Émilie désolée de ne pouvoir mieux communiquer.

« *Ich bin siebzehn und du ?* »

Elle hésita, son véritable prénom lui semblait ridicule, Émilienne, Émilie, Mimi peut-être ? Les soldats à l'auberge trouvaient cela joli, Aurore ? C'était beau mais donner son nom de code à un ennemi n'était-ce pas trahir ses amis ? Elle se résolut pour son diminutif :

« *Mimi Sehr schön !* Vous beaucoup jolie mademoiselle ! »

La jeune fille sourit, le garçon se rapprocha, lui prit doucement la main et timidement murmura :

« Si pas la guerre nous amis, *Freunde, spazieren…* promenade. »

« J'aurais pu l'aimer, se dit Émilie, il doit être beau sans ce visage malpropre un peu boutonneux, cette tignasse et cette ridicule petite touffe de poils au menton. »

« *Danke schön* pour bon manger ! *Ich bin müde…* Moi dormir ! »

Il paraissait enfin détendu, presque heureux ; il se souleva, explora d'un regard circulaire les alentours, tendit l'oreille vers le moulin d'où ne parvenait aucun bruit, hésita, roula sur le côté et s'endormit aussitôt. Elle resta assise près de lui, guettant le rythme de sa respiration. Elle savait que le silence qui régnait depuis le refuge était synonyme de mort.

Tout à coup, des bruits confus, des jappements de chiens, des voix de plus en plus perceptibles réveillèrent une nouvelle fois sa peur ; elle posa une main sur l'épaule du garçon mais dut le secouer tant il était profondément endormi.

« Wolfgang, réveille-toi ! »

Il se leva d'un bond au moment où sur l'autre rive un groupe d'hommes armés tenant des chiens en laisse comme dans une partie de chasse surgit du sous-bois. Ils avaient tous des brassards tricolores, à leur tête marchait le garde champêtre.

« *Achtung !* Partisans... terroristes ! » hurla le jeune homme dans la direction du moulin, puis il s'élança le long de la rivière, quand un premier coup de feu l'atteignit.

Il tomba dans l'eau, se redressa, voulut courir encore, faisant jaillir des gerbes d'eau qui étincelaient dans la lumière quand un second tir le fit sombrer dans l'onde claire dont la surface se teinta d'un nuage rouge autour d'un toupillon de cheveux blonds et s'y enfonça. Émilie, debout, hurla sa révolte, une fois de plus accablée par tant de lâcheté et de bêtise ; elle avait vu distinctement le garde champêtre ajuster son fusil :

« Assassins ! Lâches ! Ils étaient sans armes, ils étaient trop jeunes pour faire la guerre. Ils attendaient les Américains pour se rendre ! »

Il fallut la force de plusieurs hommes pour la maîtriser.

« Qu'est-ce que tu foutais avec ce Boche ?

— Tu te rends compte de ce que t'as fait ? Cacher un Boche !

— Peut-être qu'il l'a obligée, ce salaud ? »

Mais Émilie n'entendait pas leurs paroles, elle ne cessait de se débattre, de crier « assassins,

assassins ! ». De vomir sur les jambes les plus proches fut pour elle un bien modeste soulagement.

« Faites-la taire, bon Dieu, faites-la taire ! vociférait le garde champêtre.

— Hé, les gars, dans la cabane, il y en a un autre ; il est passé tout seul celui-là, annonça un des hommes d'un ton enjoué.

— Tu as vu comme il l'a eu avec sa pétoire le père Machu, avec du douze comme pour le sanglier, lança un autre sur le même ton.

— Faut pas oublier qu'en 1914 j'étais tireur d'élite, se glorifia le garde.

— Qu'est-ce qu'on va faire de la gosse, lui demanda encore un des hommes ?

— Emmenez-la à la mairie de La Roche-Faidherbe, c'est là qu'est le QG, elle va retrouver son maître d'école, il saura la corriger comme il faut. »

Il fallut la poigne de deux hommes pour lui faire traverser le gué ; le père Machu vint à leur aide et des deux mains lui enfonça la tête sous l'eau… « pour la calmer », répondit-il aux quelques regards réprobateurs qui osaient s'étonner de son geste.

Elle fut portée, bousculée, entraînée de force puis jetée sans ménagement dans un camion à fond plat semblable à celui des miliciens. D'autres hommes s'engouffrèrent dans des Traction avant ornées de drapeaux tricolores et de croix de Lorraine peintes en blanc sur les portières. À ces détails près, c'était le même cortège qui, quelques semaines auparavant, l'emportait avec le docteur Bernard vers une destination inconnue.

À travers les vitres grillagées, elle regarda, accablée, s'éloigner, telle la carcasse noire d'un vaisseau fantôme, les ruines encore fumantes du château. Tout au long du chemin jusqu'au chef-lieu, elle vit les premiers soldats alliés. La plupart détendus et hilares, allongés sur leurs véhicules qui formaient une chaîne ininterrompue ou debout, le verre de cidre et de calvados à la main, trinquant avec les habitants, un peu surpris de cet accueil au milieu des ruines dont ils étaient en partie responsables.

Devant l'hôtel de ville s'agitait une foule bigarrée, civils porteurs de brassards tricolores et souvent d'une arme, uniformes disparates, casques, képis, calots, bérets, casquettes posés sur des têtes qui affichaient toutes la même tranquille assurance du guerrier vainqueur. Personne ne s'étonna de voir passer une toute jeune fille entourée d'hommes en armes. Émilie se laissa conduire à travers un dédale de couloirs. Elle avançait maintenant comme un automate, ses vêtements collés à la peau avec une étrange sensation de déjà vu, déjà vécu.

Dans une grande salle, derrière une table recouverte d'un tapis vert, siégeaient une dizaine d'hommes et seulement deux femmes qui ne semblaient pas être les moins déterminées à afficher l'orgueilleuse et froide résolution de ceux qui sont investis d'un pouvoir sur leurs semblables. Des relents de tabac, de mauvaises haleines, d'aisselles suintantes, de pieds mal lavés alourdissaient l'air environnant. Monsieur Cassagne, au milieu, blouson de cuir, barrettes d'argent sur le béret et les épaulettes, apparaissait comme un chef.

« C'est la fille Lecor qui a encore fait des siennes ; on était en train de nettoyer le secteur quand on l'a trouvée avec deux Boches au fond du parc du château », expliqua le garde champêtre en la poussant devant lui.

« Ne me touchez pas ! hurla aussitôt la fillette. Je l'ai vu, c'est un assassin ! Il a tué avec son fusil de chasse un jeune soldat qui n'avait pas d'armes et qui attendait les Américains pour se rendre. »

Émilie, qui ne quittait pas des yeux son instituteur, eut la conviction qu'il évitait son regard ; il se pencha à l'oreille de ses voisins qui approuvèrent et ordonna :

« Mettez-la avec les autres, ça lui servira de leçon ! »

D'un geste dédaigneux de la main, sans même un coup d'œil vers l'enfant, il indiqua que l'affaire était réglée.

Par un escalier sombre et humide, Émilie se retrouva poussée sans ménagement derrière une porte grinçante. Lentement, sa vue s'accommoda à la lumière grise qui tombait parcimonieuse de quelques soupiraux grillagés aux vitres brisées. Elle s'appuya le dos contre un mur dont la froide moisissure des pierres et l'odeur de salpêtre lui transpercèrent le corps. Autour d'elle, des voix de femmes s'élevèrent :

« Quelle honte ! Bande de lâches ! Ils arrêtent même des gamines !

— Bande de salauds, ça a quel âge : quatorze, treize ?

— Pauvre petite !

— Ils lui ont laissé ses beaux cheveux blonds ! »

Émilie ne put retenir un geste de recul quand elle vit qu'une des femmes qui avait parlé et s'avançait vers elle avait la tête rasée. Ses yeux étaient maintenant adaptés à la demi-obscurité ; elle vit avec effroi, assises ou accroupies à même le sol ou bien debout au pied des soupiraux, le visage levé comme pour implorer un peu de lumière ou d'air frais, une douzaine de femmes qui toutes étaient tondues. Certaines avaient une croix gammée peinte en noir sur le front, d'autres avaient les vêtements en lambeaux cachant à peine des chairs blanches meurtries, à d'autres enfin il ne restait au sommet du crâne qu'une houppe grotesque. Toutes avaient des plaies sanguinolentes laissées par les coups de ciseaux et les griffures des tondeuses.

Du fond de la cave montaient de temps à autre des plaintes de chaton blessé. Elle vit d'abord une femme âgée, un peu à l'écart des autres, repliée sur elle-même, qui se balançait doucement en psalmodiant une litanie incompréhensible au rythme de ses mains qu'elle passait alternativement sur sa tête pour lisser une chevelure qu'elle n'avait plus. Plus loin, d'autres femmes étaient penchées sur un coin d'ombre d'où montaient des vagissements ; horrifiée, Émilie aperçut une toute jeune mère, d'une beauté transfigurée malgré l'ignominie des injures faites à sa personne, qui serrait sur son sein dénudé un bébé de quelques mois. Elle fit signe à la fillette de venir s'asseoir près d'elle et en souriant lui confia son enfant qui se mit à gazouiller. Un peu empruntée par le précieux fardeau, elle sentit, émue, cette petite vie fragile palpiter contre sa poitrine et la pénombre du sinistre enfermement s'effacer devant le visage lumineux de l'enfançon. Des pas précipités, des ordres brefs, des grincements de porte la ramenèrent à la réalité.

« Ils ne vont pas nous fusiller tout de même ! » lança une voix affolée.

Monsieur Cassagne, galons d'argent en évidence, revolver à la ceinture, entouré de ses partisans, un officier français habillé comme un Américain, une femme, elle aussi en uniforme à l'allure altière, firent irruption dans la cave sans se préoccuper des détenues dont quelques-unes se mirent à pleurer ou à protester.

« Lecor Émilienne », appela l'instituteur en insistant bien sur le prénom. Émilie resta tapie dans l'ombre sans répondre.

« Allez la chercher, ordonna-t-il à la femme, je la connais c'est une vraie tête de mule ! »

La fillette se débattit en criant qu'elle voulait rester prisonnière si les autres femmes n'étaient pas libérées, mais quand du fond de sa prison elle entendit la voix familière de monsieur Léonard l'appeler elle se précipita. Il bouscula la troupe qui manifestement n'était pas disposée à le laisser voir le triste spectacle des détenues et, la soulevant de terre, l'emporta sans que les autres ne s'y opposent.

En repassant par les bureaux, l'officier et quelques civils fiers de leurs brassards voulurent lui faire signer des papiers :

« Je suis le protecteur de cette enfant et je n'ai pas de compte à vous rendre ! Savez-vous qui elle est ? C'est Aurore, la Belle Aurore, un des meilleurs courriers de notre réseau Duquesne ! Regardez dans quel état vous l'avez mise… Vous avez de quoi être fiers ! Laissez-nous passer !

— Se servir d'une gamine et l'exposer aux pires dangers, ce n'est pas à votre honneur, dit monsieur Cassagne d'un ton provocateur.

— Oh vous l'instit' ! Ne parlons pas d'honneur, entre les combines de la mairie et les mots d'ordre du Parti vous avez su louvoyer ! C'est comme votre justice populaire... Quel honneur ! Quel courage ! Il n'y a pas de quoi pavoiser !

— Vous insultez nos martyrs ! Avec nous, c'est le peuple de France qui se libère et sans l'Armée rouge jamais vos troupes capitalistes ne vaincront les nazis !

— Oui, je sais ! Vous me l'avez déjà sortie celle-là : l'Union soviétique vaincra car c'est le seul pays où la classe ouvrière est au pouvoir ! Et les enfants dont les parents sont déportés en Sibérie, comment vous en servez-vous ? Votre Staline je lui trouve une fâcheuse ressemblance avec un autre moustachu ! »

Les deux hommes, sans l'intervention de l'officier, en seraient venus aux mains.

« Messieurs, je vous en prie, l'heure n'est pas au débat politique et à la discorde. Laissez l'infirmière s'occuper de l'enfant ! »

Mais Émilie ne voulut rien savoir et resta accrochée au cou de monsieur Léonard. Cette femme, avec son béret de côté sur une chevelure incertaine, son ceinturon serré pour masquer une taille trop épaisse, son pantalon étriqué sur des fesses adipeuses, sa face bouffie d'orgueil n'avait rien d'une infirmière, plutôt une cheftaine de patronage, une caricature de militaire viril. Elle en avait d'ailleurs un soupçon de moustache sous le nez.

Devant la détermination de monsieur Léonard, on les laissa partir sans autres formalités. Épuisés, ils s'assirent un moment sur les marches du perron de l'hôtel de ville, serrés l'un contre l'autre, contemplant en silence la foule qui s'agitait autour d'eux. Malgré les ruines alentour, ça faisait flotter des petits drapeaux en chantant des *Marseillaise* approximatives, ça s'embrassait, ça s'apostrophait. Un accordéon jouait quelque part et ça tournait autour. On acclamait des soldats flegmatiques et souriants, étonnés de cette ferveur délirante, mais ravis d'embrasser des filles aguichantes qui leur lançaient des fleurs. Les enfants couraient en tous sens, grimpaient sur les tanks et les engins blindés en quémandant des friandises et des cigarettes que les militaires leur distribuaient généreusement.

« Voici enfin le spectacle de la Libération tant attendue », dit le peintre d'un ton désabusé, puis après un silence :

« Hier on se méfiait, on se méprisait, on s'ignorait, on se dénonçait et maintenant on s'embrasse, on se congratule et demain tout recommencera, les forts écraseront les faibles, les profiteurs se moqueront des honnêtes gens ! »

Émilie raconta comment le garde champêtre l'avait frappée après qu'elle eut apporté son aide aux deux jeunes Allemands. Il la félicita.

« Le père Machu est une brute alcoolique et bornée ! Mais reconnais que tu avais pris une bonne avance sur ta vengeance avec tes petites chansons ! »

Un sourire malicieux, vite effacé, éclaira le visage de la fillette qui demanda :

« Ces pauvres prisonnières dans les caves de la mairie, qu'ont-elles fait de mal pour que les gens se soient ainsi acharnés sur elles ?

— Elles ont aimé ! L'amour est le meilleur de ce que l'être humain puisse donner. Que leur importait que les hommes qu'elles ont aimés fussent allemands. Pour quelques moments de chaleur humaine et de pauvres bonheurs, les voilà livrées au déferlement de la haine et de la bêtise ?

— Ils ne vont pas les fusiller j'espère, dit Émilie d'une voix brisée.

— Ils vont seulement les humilier, les garder quelque temps en prison, les battre peut-être. Ceux qui commettent de tels actes ne sont pas des résistants, ce sont les combattants de la dernière heure, des sadiques qui font payer aux plus faibles le prix de leur propre lâcheté. Nous n'étions que quelques-uns quand il fallait prendre des risques ; l'immense majorité des gens obéissait à l'autorité en place. Ils attendaient tous que le vent tourne, seulement préoccupés de leur misérable survie : ne pas faire de vagues, se soumettre, regarder ailleurs pour ne pas voir l'ignominie, et surtout manger… se remplir la panse… se fondre dans le troupeau… triste humanité !

— Mais pourquoi les libérateurs laissent-ils faire de telles choses sur des pauvres femmes sans défense, il y en avait même une avec son bébé… c'est ignoble ! »

Le peintre ne répondit pas ; il promenait un regard méprisant sur la foule.

« C'est la raison politique ! Il ne faut pas heurter de front la colère populaire ! Ceux qui crient aujourd'hui justice et vengeance pour faire oublier leur couardise ne sont que des chiens rampants qui gueulent de loin et viennent lécher la main qui les bat car en même temps cette main remplit leur gamelle. Ils saluaient les Allemands en 1940 pour leur discipline et leur correction, ils acclamaient Pétain il y a seulement quelques semaines comme demain ils acclameront de Gaulle... Méprise-les, chère Émilie, ne les crains pas ! Sois toujours au-dessus de la mêlée ; choisis toujours la justice et la liberté plutôt que l'ordre et le pouvoir, la pensée et la beauté, plutôt que la force et les vociférations ! Et comme disait le docteur Bernard, respecte les maîtres que tu auras choisis et ignore les chefs donneurs de leçons ! »

Il se tut, fixa intensément la jeune fille dont le regard bleu se perdait loin au-dessus de la foule en liesse ; il aurait donné des années de travail pour saisir à ce moment l'expression de son visage où le reflet de l'intelligence, l'intensité de la réflexion laissaient encore s'épanouir la fragile pureté de l'enfance.

« Le docteur disait aussi que la science apporterait le bonheur à l'humanité ? Vous, vous disiez plutôt que c'était l'art ?

— Ma pauvre chérie, il y a encore tellement de chemin à faire contre la bêtise et l'ignorance. Pour eux, la musique se résume à un air de java à l'accordéon, la peinture aux scènes de femmes nues et pour ce qui est de la littérature, ils confondent *Les Mémoires d'outre-tombe* avec un film d'horreur et Chateaubriand avec une marque de brillantine ! »

Émilie proposa d'aller à la pharmacie mais monsieur Léonard l'en dissuada :

« L'officine est fermée après avoir été pillée.

— Comme la maison du docteur, ce n'est pas juste ! Et le pharmacien ?

— Arrêté par la Gestapo, probablement déporté en Allemagne comme le docteur. Ils ont été dénoncés… ils n'ont pas parlé puisque je suis encore là ! »

Il se tut et son visage d'éternel étudiant facétieux fut empreint d'une gravité soudaine. Avec effroi, il attendait les questions d'Émilie sur les scènes de massacre du château, et pour détourner son attention lui raconta comment il avait sauvé ses trésors après le passage du garde champêtre et de sa troupe.

« La boîte à musique ne marche plus, sans doute à cause de l'humidité dans la cabane, mais la porcelaine est intacte, je l'ai récupérée de force des mains même du père Machu qui se préparait à la revendre. En revanche, le buste de Houdon a plus souffert, un de ces imbéciles a tiré dessus au pistolet ! »

Avant que la fillette n'ait réagi, il l'entraîna par la main en se faufilant à travers la foule en liesse. Hors de la ville, ils prirent des chemins détournés pour éviter les convois qui filaient vers l'est. La campagne normande était défigurée. Les arbres dressaient leurs corps mutilés comme de grotesques épouvantails, les prairies étaient souillées, jaunies, brûlées par de larges nappes d'huile, la terre était noire, goudronneuse, collante à leurs pas. L'air était appesanti d'odeurs de graisse consumée, de métal calciné, et, plus insupportable encore, les effluves des corps, hommes ou animaux, en putréfaction. Ils avançaient en contournant des carcasses de tanks, de camions et des trous de bombe profonds comme des cratères de volcan. Par endroits se dressaient encore des croix sommaires auxquelles étaient accrochés des casques de différentes armées indiquant qu'il y avait là-dessous les restes de soldats malchanceux. Des corbeaux fouineurs, des chevaux fous, des vaches errantes, les mamelles gonflées, beuglant de douleur, étaient les seuls vestiges de vie dans cette apocalypse pestilentielle.

« Avance, Mimi, ma solifleur, ne regarde pas ! » répétait le peintre en pressant le pas et en tirant Émilie par le bras. Malgré son essoufflement, il se mit à réciter la liste des cités martyrisées : « Valognes, Saint-Lô, Tilly-sur-Seulles, Villers-Bocage, Mortain, Chambois, Troarn, Villedieu-les-Poêles, Thury-Harcourt, Caen, Rouen… C'était le prix à payer pour notre libération ? Je ne pourrai plus jamais les peindre ! »

Peu avant Argeronne, ils firent une pause.

« Tu as vu, petite fille, la guerre c'est ça : désolation, laideur, puanteur, la pire des choses qui soit donné à l'humanité de subir !

— Mais comment peut-on éviter la guerre ? demanda Émilie, incrédule.

— Hélas ! une fois déclenchée on ne peut l'éviter. C'est avant, en se battant pour la justice, la fraternité, la force de la pensée, la culture, les arts. J'ai toujours détesté tout ce qui touche à la chose militaire, la force, l'obéissance, l'uniforme, les tambours et les clairons… mais j'ai dû comme beaucoup renoncer à mes idéaux car ce débarquement presque miraculeux, avec tant d'autres, je l'attendais et je me suis battu pour qu'il réussisse.

— Nous les Normands, nous aurons le plus souffert pour la libération de la France !

— C'est la vérité, mais, hélas, nous ne sommes pas les seuls, chaque région de notre pays a eu son lot de souffrances. »

Maître Lecor brandit le poing et poussa un cri de colère en voyant Émilie entrer à l'auberge :

« Ah te voilà toi ! Dans quel pétrin tu nous as encore mis ? Paraît que tu protèges les Boches maintenant ? »

Madame Lecor, accourue depuis sa cuisine, étouffait ses pleurs dans son tablier.

« Ma pauvre fille, qu'est-ce qu'on va devenir avec toi ? »

Monsieur Léonard s'interposa avec véhémence et expliqua aux parents médusés la conduite courageuse de leur fille « Aurore ». Il invectiva au passage quelques piliers de comptoir goguenards et commanda un repas pour deux à servir dans son atelier. Émilie évita toute confrontation, elle n'avait qu'une hâte : débarrasser son corps des miasmes de ces derniers jours. Elle monta seule les deux étages avec des brocs d'eau chaude ; Louise ne pouvait l'aider, elle avait disparu depuis plusieurs jours, peut-être partie à la conquête de nouvelles amourettes ?

Le peintre et la jeune fille déjeunèrent en tête à tête en écoutant les nouvelles à la radio. Ce n'était plus Radio Paris mais la Radiodiffusion de la Nation française qui annonçait triomphalement le franchissement de la Seine par les troupes alliées à Elbeuf, Vernon et Mantes et surtout la libération de

Paris par les Parisiens debout comme leurs pères sur les barricades, aidés par la 2e DB du général Leclerc. Le lendemain, le général de Gaulle était à l'Arc de triomphe et descendait les Champs-Élysées.

« De Gaulle, Leclerc de Hautecloque, de Lattre de Tassigny. Cela fait beaucoup de ci-devant pour sauver la République ! » commenta simplement le peintre Léonard.

C'était le vendredi 25 août 1944.

XXV

La justice populaire !

LES LIBÉRATEURS prirent racine sur la terre d'Argeronne et remodelèrent sans ménagement le paysage. D'énormes bulldozers tracèrent de nouvelles voies à travers les ruines. Au sommet des collines, hêtres et chênes centenaires furent abattus pour ne pas gêner le passage des avions vers l'aérodrome aménagé sur le plateau. Des tentes et des maisons préfabriquées transformèrent le parc du château en camp retranché où, disait-on avec inquiétude, étaient camouflés carburants et munitions. Les chemins d'Argeronne étaient devenus des cavées effondrées et boueuses qu'Émilie parcourait avec une infinie mélancolie ; plus jamais elle n'irait courir, émerveillée dans la rosée du matin, vers son chemin de la belle Aurore ; plus jamais les amoureux n'iraient danser par le chemin du Bal-Champêtre ou s'embrasser le soir dans le secret du chemin du Ponant.

Comme il fallait bien vivre, les affaires se réorganisèrent. Le boucher s'installa dans un bâtiment annexe de l'auberge et reprit, avec l'aide de maître Lecor, son ancienne et fructueuse activité plus ou moins clandestine. Le boulanger, autour de son four à pain rescapé, construisit une boutique de fortune et *L'Assiette normande*, bien que fort amoindrie, redevint le centre des rencontres.

Tout le monde avait été peu ou prou gaulliste ou résistant ; parmi ceux qui avaient par trop exprimé leurs sympathies maréchalistes, seul Marcel Hautecorne, que personne n'appelait plus Marcel Kébir, osait encore se montrer, mais humble et taiseux, il ne se mêlait plus aux conversations. Il suivait, l'œil fixe, le front plissé par l'effort mental, les joueurs de cartes et de dominos, eux-mêmes relégués au fond du café afin de ne pas gêner le bruyant va-et-vient de la nouvelle clientèle généreuse en dollars, pour laquelle la grande salle du restaurant avait été rapidement réaménagée.

Maître Heurtemotte, disparu avec sa famille avant l'arrivée des Alliés, avait été déchu par contumace de ses fonctions de maire, mais personne ne toucha à sa maison ; à croire que les tessons de bouteilles sur les murs étaient une barrière efficace !

Monsieur Plume, en sa qualité de retraité des Contributions, fut désigné par le commissaire de la République de Rouen maire intérimaire, dans l'attente des futures élections. Il ne prenait jamais parti, écoutait chacun d'un air entendu en caressant sa barbiche et concluait les débats dans l'hilarité avec son inévitable « Embrassons-nous Folleville ! ».

La mairie était trop délabrée pour accueillir le nouveau conseil municipal. La première réunion publique se tint à l'auberge. Monsieur Cassagne, accompagné de sa femme et de son fils, vint pour la dernière fois remplir ses fonctions de secrétaire de mairie. Il faisait beau, on ouvrit largement portes et fenêtres donnant sur le jardin où coulait, vaporeuse, la lumière de septembre. Les anciens combattants avaient sorti leurs drapeaux qui, après quatre ans d'enfermement, sentaient un peu le moisi. Émilie, qui ne voulait à aucun prix manquer ce spectacle, s'installa discrètement derrière les balustrades de l'escalier de gros chêne menant à l'étage.

Monsieur Plume, ceint de l'écharpe tricolore, ouvrit la séance et céda aussitôt la parole à monsieur Cassagne, représentant la Résistance et le Gouvernement provisoire de la République, après l'avoir remercié pour son rôle à l'école et à la mairie, et son action au maquis puis félicité pour les hautes fonctions qui l'attendaient dans l'avenir.

Debout avec la même sévérité quand, en classe, il donnait les résultats d'une composition, l'instituteur s'adressa à l'assistance résignée :

« Avec le général de Gaulle, nos camarades vont partager le pouvoir, pour chasser l'ennemi et reconstruire la France ! C'est nous les Francs-tireurs partisans qui avons formé les forces vives de la Résistance contre le fascisme et l'oppresseur nazi. Rappelez-vous février 1943 : ce sont nos Alliés, nos camarades de l'Union soviétique, qui ont remporté à Stalingrad la première victoire sur l'ennemi et aujourd'hui, si les Anglo-Américains sont encore loin du Rhin, l'Armée rouge est devant Varsovie aux portes de l'Allemagne. C'est par la classe ouvrière que la guerre sera gagnée et notre pays libéré. »

Cette envolée lyrique fut diversement appréciée ; il y eut des applaudissements polis et quelques murmures que le nouveau maire calma en parlant de ce que tout le monde attendait : le ravitaillement sera assuré et les dommages de guerre appréciés à leur juste valeur.

Émilie n'avait prêté qu'une oreille distraite aux discours mais n'avait pas quitté des yeux son ancien maître. Petite, elle avait craint et admiré cet homme mais de le voir aujourd'hui singer les manières de tous les militaires, qu'ils fussent amis ou ennemis, la mettait mal à l'aise. Avec son revolver au côté, son brassard tricolore au bras gauche, son blouson de cuir, son ceinturon, son béret et ses galons qu'il arborait fièrement, elle comprit que maintenant elle le méprisait.

« C'est un pantin comme les autres ! Tu vois Mimi, ce n'est plus un maître c'est un chef ! » souffla à l'oreille d'Émilie le peintre Léonard venu s'asseoir près d'elle dans l'escalier.

« Il me fait penser aux miliciens qui nous ont emmenés avec le docteur, répondit Émilie avec effroi.

— Tu as raison, Mimi, mots d'ordre, discipline, obéissance au chef, orgueil de l'uniforme ! En bonne héritière de la sagesse normande, je te le répète, méfie-toi, méfie-toi toujours ! Méfie-toi de ceux qui veulent t'imposer leurs idées : regarde le bel exemple, ton ami Joseph, le fils de l'instituteur, comme il est bien dressé ! »

De l'endroit où elle était placée, elle n'avait pas vu Joseph droit comme un i, fier, le menton levé, debout devant les drapeaux des anciens combattants, le béret crânement tiré sur le côté, le cou enserré par un foulard rouge sur une chemise blanche.

« Tu vois comme il a bien appris ses leçons, la tête bourrée des ambitions paternelles ! »

Les débats tournaient à la confusion, chacun pleurant sur son sort et tous s'interrogeant sur le devenir de ces billets verts, dollars en monnaie de singe imposés par les Américains.

Un repas devait être servi aux membres du nouveau conseil municipal par les bons soins de maître Lecor. Louise n'étant pas reparue depuis plus de deux semaines, Émilie aida sans rechigner en cuisine mais refusa de paraître en salle ; elle ne voulait en aucun cas être confrontée une nouvelle fois à la famille Cassagne. Pendant le service, madame Lecor annonça incidemment à sa fille :

« Ton maître d'école veut te voir, il s'étonne que tu ne sois pas venue le saluer. Allez vas-y, il t'attend ! »

Penchée avec obstination sur sa vaisselle, Émilie fit la sourde oreille, puis, à l'insistance de sa mère, elle répondit exaspérée :

« Non je n'irai pas ! je n'ai plus d'ordres à recevoir de ce militaire d'occasion. Il ne m'impressionne plus et j'aurais tant de choses à lui reprocher...

— Tu vas nous faire avoir encore des histoires ! » se lamenta sa mère.

Quelques instants plus tard, ce fut Joseph qui vint en reconnaissance.

« Émilie, mon père n'est pas content, il veut te parler. »

Devant le silence de la fillette parfaitement indifférente à sa présence, il promena une moue dédaigneuse autour de lui, puis, cherchant ses mots, se balança d'un pied sur l'autre :

« Tu as vu, mon père il est capitaine dans la Résistance !

— Et moi, je suis la fille du général de Gaulle ! » répliqua Émilie, sans lever la tête.

Joseph, bombant le torse, se fit arrogant :

« Maintenant que nos camarades sont au pouvoir, mon père va encore monter en grade, même qu'il sera peut-être député. Nous allons partir à Paris, il a tout prévu ! J'irai à Henri-IV ou à Louis-le-Grand, je ne sais pas encore, puis après ce sera Centrale ou Polytechnique. »

Émilie montrait toujours la même indifférence mais se demandait quel rapport il pouvait y avoir entre le bon roi Henri et le Roi Soleil ? Centrale n'était-ce pas le nom d'une prison et Poly... quelque chose... Elle se demandait comment elle avait pu éprouver quelque sentiment pour ce garçon bouffi d'orgueil ; il fallait lui clouer le bec à ce coq dressé sur ses ergots !

« Tu peux aller faire le fier à Paris, il n'empêche, tes parents et toi, vous n'avez pas digéré que je sois nommée première du canton avant toi !

— Tu parles d'un succès, première chez les ploucs oui !

— Le premier des ploucs c'était toi et je ne connais pas de féminin à ploucs ! Et les ploucs de Normandie tu étais bien content qu'ils vous fournissent à bouffer tes parents et toi pendant quatre ans ! Fiche-moi le camp ! Va-t'en pleurer dans les jupes de ta “moman” et montrer ta boutique aux Parisiennes, moi je l'ai assez vue ! »

D'un geste vengeur, un torchon imbibé d'eau de vaisselle vint engluer le visage du garçon et dégouliner sur le beau foulard rouge.

Finalement, ce fut le capitaine Cassagne en personne qui vint trouver Émilie dans sa cuisine. Elle s'attendait à des reproches mais apparemment Joseph ne s'était pas vanté de sa mésaventure.

« Alors Émilie, tu ne réponds pas quand je t'appelle ? Tu fais encore ta mauvaise tête ? Tu es intelligente mais tu ne te rends pas compte de la gravité de tes actes, protéger deux Allemands en pleine bataille de la Libération ! »

Émilie se défendit la rage au cœur :

« Quand je les ai vus, ce n'étaient que deux jeunes garçons qui mouraient de faim et de peur, l'un chantait Mozart et l'autre appelait sa mère ; je les ai aidés comme j'ai aidé les juifs et les Américains. Aider son prochain, Joseph a dû apprendre ça en faisant sa communion ? »

L'instituteur ne parut pas saisir l'allusion et haussa le ton :

« Tu as été traître à ta patrie ! Ces garçons comme tu dis, combien de résistants, de civils ont-ils tués, t'es-tu seulement posé la question ?

— Ma patrie, c'est quoi ma patrie ? Mon village détruit, ma rivière souillée, ma campagne dévastée, mes amis disparus… Ma patrie n'est pas celle des courageux patriotes qui se vengent sans risques en humiliant et en brutalisant de pauvres femmes !

— Ne fais pas trop la fière ! Tu n'es pas en âge de parler comme les adultes même si tu te crois plus intelligente que les autres. C'est grâce à mon intervention que tu as échappé à la justice populaire. »

Émilie, qui n'avait pas quitté son ouvrage, reposa sa vaisselle, se sécha les mains, ouvrit de grands yeux interrogateurs et calmement demanda :

« Dites-moi, monsieur, la justice populaire c'est quoi au juste ? »

Ce fut l'instituteur qui détourna son regard sans trouver de réponse.

« J'ai parlé de toi à la directrice du cours complémentaire de La Roche-Faidherbe, c'est une amie, elle est d'accord pour te prendre à la rentrée prochaine. Cinq kilomètres matin et soir, ce n'est pas la mer à boire et comme tu as le privilège de posséder une bicyclette… Tu pourras préparer le brevet élémentaire et pourquoi pas l'école normale dont on vient d'annoncer la réouverture. Institutrice ça te plairait ?… et pour ton père rien à payer !

— Moi je veux aller au lycée et faire des études de médecine !

— J'ai bien peur que tu te fasses des illusions ma pauvre fille et je devine qui t'a mis de pareilles idées dans la tête. Il n'est pas prêt à les lâcher ses sous le père Lecor… mais ça, on va s'en occuper ! »

Émilie était atterrée, en percevant la menace dans la bouche de cet homme qui, avec sa famille, avait largement profité des « arrangements » de l'aubergiste pour survivre dans les heures difficiles. Pourquoi tant d'ingratitude et de menaces pour celui qu'auparavant il appelait « son cher ami », lequel naïvement flatté se croyait valorisé par la considération que ce maître d'école lui témoignait ? En cet instant, elle se sentit solidaire de ce père pourtant si avare de tendresse, et ne put qu'éprouver du mépris pour ce pâle militaire devenu juge sans compassion.

« Bien ! Je te laisse à tes rêves bourgeois. Bonne chance tout de même ! »

Il rejoignit les autres convives installés dans le jardin où maître Lecor se tailla un franc succès quand, sous les yeux ébahis, il changea à l'imitation de Jésus-Christ l'eau non pas en vin mais en café avec une poudre marron qui exhalait les arômes d'un vrai petit noir d'avant-guerre. Il y eut bien des mauvaises langues pour subodorer les nouvelles compromissions avec les Américains pour obtenir ce breuvage magique mais chacun en apprécia les saveurs.

Toutes les têtes se levèrent quand Émilie apparut au balcon du premier étage, une paire de ciseaux à la main :

« Le capitaine instituteur m'a permis d'échapper à un juste châtiment ! Je ne veux pas de sa mansuétude. Regardez tous : la justice populaire va passer ! »

D'une main, elle souleva de larges poignées de ses cheveux, de l'autre, elle les coupa avec des gestes rapides, au risque de se blesser.

« Mimi, tes beaux cheveux ! » hurla madame Lecor tandis qu'un silence embarrassé tombait sur l'assistance.

« Alors, qu'attendez-vous ? Applaudissez, la justice populaire est passée ! »

Elle n'eut pas le temps de voir les faces hilares ou consternées levées vers elle, monsieur Léonard l'avait saisie à bras-le-corps pour la porter jusqu'à sa chambre où madame Lecor les rejoignit.

« Tu vas finir par me faire tourner les sangs… devant tout le monde, j'ai honte !

— Calmez-vous, madame Lecor, dit le peintre, vous devriez être fière de votre fille. À son âge, elle a donné une leçon de dignité et de courage à tous ces imbéciles et ces fourbes qui vous font des courbettes par-devant quand ils ont besoin de vous et vous critiquent dès que vous avez le dos tourné !

— Ça, c'est bien vrai, répondit madame Lecor, mais tout de même, se montrer comme ça à la vue de tout le village… Je vais appeler la coiffeuse pour essayer de réparer les dégâts. »

Avide d'alimenter les commérages, celle-ci vint aussitôt. Après quelques commentaires désabusés sur la conduite des filles d'aujourd'hui, elle proposa de raccourcir encore ce qui restait des boucles blondes. Émilie demanda l'avis du peintre avant de se prêter de mauvaise grâce à l'opération.

« Je suis impatient de voir le résultat de cette transformation, viens vite me rejoindre dans l'atelier », lui dit-il avec empressement.

Avec des gestes d'une lenteur mesurée pour avoir le temps de causer, la coiffeuse engagea la conversation sur les malheurs du village et les difficultés à élever convenablement les filles en cette époque troublée. Quand son œuvre fut terminée, elle déclara d'un ton pincé :

« C'est bien le cas de le dire, maintenant tu as vraiment l'air d'un garçon manqué !

— Je préfère être un garçon manqué qu'une godiche de fille réussie comme certaines que je connais », répliqua Émilie.

La coiffeuse faillit s'étrangler sous l'offense qu'elle crut destinée à sa propre fille.

« C'est pour ma Rose que tu dis ça ? Au moins elle, elle ne traîne pas par la campagne avec n'importe qui ! ».

Sans oublier de réclamer son dû, elle s'éclipsa outragée, sans entendre les excuses de madame Lecor.

« Émilie tu exagères ! Tu vas nous faire fâcher avec tout le monde !

— Tant mieux ! Avec ma nouvelle coiffure, je n'aurais plus besoin des services de cette pimbêche avant longtemps ! Pour sa fille, si elle savait ce qu'elle fricote… Maintenant, maman s'il te plaît, j'aimerais rejoindre monsieur Léonard dans son atelier, je m'y sens bien !

— Comme tu voudras ma fille ! Je suis plus tranquille quand je te sais chez lui. Je ne sais pas si je survivrai à toutes tes bêtises, tu finiras bien par me faire tourner en bourrique !

— Rassure-toi maman, dorénavant je vais penser à mon avenir ; j'irai au cours complémentaire et je passerai mon brevet. Tu voudras bien m'accompagner pour l'inscription ? »

Madame Lecor acquiesça, se pencha sur sa fille, caressa comme à regret la chevelure drue, lui posa un baiser sur le front et s'en retourna à sa besogne.

Dans l'atelier régnait un silence paisible, les gens en bas étaient partis et ce n'était pas encore l'heure du déferlement des soldats dans l'auberge. Émilie, allongée sur le divan, se sentait apaisée ; d'avoir osé exprimer son dégoût et ses révoltes la libérait de ses peurs et de ses angoisses. Elle se laissa bercer par la musique qu'elle aimait et insensiblement glissa dans le sommeil sans prêter attention au peintre qui, sans lui avoir rien demandé, travaillait derrière son chevalet.

Quand elle se réveilla, une chaleur étouffante et une odeur un peu enivrante de térébenthine planaient autour d'elle. La lumière déclinante de fin d'après-midi traversait en longs rayons poudreux les fenêtres entrouvertes aux persiennes closes. Le peintre travaillait toujours. Il s'interrompit et la contempla :

« Je t'ai peinte avec tes longs cheveux blonds, mais maintenant il y a en toi quelque chose de nouveau que je voudrai saisir. Les traits de ton visage ont un autre modelé, tes yeux d'autres reflets et ton corps une autre souplesse ; je désire te peindre en garçonne… Faire de toi de nouveaux portraits, allier ta grâce féminine à cette ambiguïté de ta silhouette et de ta nouvelle coiffure. » Elle avait compris la volonté de l'artiste : docile, elle prit la pose.

Dès lors commença une nouvelle période de création pour le peintre à laquelle Émilie se prêta de bonne grâce. Ils s'étourdissaient de musique pendant les séances, lui peignant, elle lisant ; cette intime complicité était une barrière qui les protégeait du monde extérieur et un nouveau défi contre la sottise et la morale des donneurs de leçons.

Les jours passant, ce fut le peintre qui manifesta une certaine lassitude. L'atmosphère de l'auberge, envahie par tous ces militaires bruyants et bagarreurs avec leur musique de sauvages, lui était devenue insupportable. Dans la campagne il ne trouvait plus d'endroits pour travailler sur le motif, il y avait toujours un bruit de moteur pour couvrir les sons de son violoncelle ou de son hautbois. Il souffrit secrètement de sentir la petite lui échapper, de la voir s'enthousiasmer pour les sonorités nouvelles, les rythmes syncopés, les chants et les danses de ces jeunes soldats noirs et blancs qui traversaient la guerre avec désinvolture.

Il se sentit coupable d'éprouver à la fois un sentiment de jalousie et d'émerveillement en la voyant s'épanouir à la vie, oublier les moments dramatiques encore si proches, et retrouver la joie insouciante de la jeunesse.

Il décida de partir, paya à monsieur Lecor son loyer jusqu'au printemps prochain en lui recommandant de laisser la porte close, sauf pour Émilie à qui il confia une clef pour surveiller ses affaires et fit venir de Rouen une voiture. Au moment de se séparer, il prit affectueusement la jeune fille dans ses bras.

« Petite Émilie, ma muse, ma solifleur, je ne saurai jamais assez te remercier ! Grâce à toi, j'ai réalisé, je crois, mes plus belles œuvres. Je t'en fais ici la promesse, tu n'auras aucun souci à te faire pour tes études et, dès la fin de cette guerre, ton avenir sera assuré ! »

Les larmes aux yeux, il détourna son visage pour résister à la tentation de l'embrasser. Comme avec le médecin, Émilie ne pouvait supporter de voir un homme pleurer et le repoussa. Il s'engouffra dans la voiture qui disparut derrière une envolée des premières feuilles mortes de l'automne.

Maintenant, elle était seule. Elle allait devoir affronter, avec ses souvenirs d'écolière frondeuse, la nostalgie des pages tournées, la douleur des absences, la mélancolie des bonheurs passés. En dépit de ces déchirures encore à vif, elle n'était pas vraiment triste, plutôt résignée. Elle n'avait même plus d'endroit où abriter sa solitude. Elle courut se réfugier au fond du jardin derrière la maison. Un bruissement dans les noisetiers, deux petits yeux vifs dans une touffe de poils roux : ravie, elle aperçut un écureuil qui semblait l'inviter. Pour ne pas l'effaroucher, elle se figea puis, émerveillée par cette vie frémissante, à pas minutieux elle se lança à sa poursuite.

XXVI

Le collège

À LA FIN DE SEPTEMBRE, monsieur Lecor accorda à son épouse une demi-journée pour aller inscrire leur fille au cours complémentaire de La Roche-Faidherbe. Chapeautée et gantée, avec l'élégance d'une dame qui a du bien, madame Lecor veilla à ce que sa fille se présente comme une jeune fille de bonne famille, manteau strict, petite robe sage à col Claudine, gants et socquettes blanches et surtout un chapeau cloche pour cacher cette chevelure par trop masculine. Ainsi attifée, Émilie se sentait mal à l'aise et un peu ridicule, elle aurait préféré un foulard noué autour du cou mais sa mère trouvait cela vulgaire et trop « femme » pour une gamine de treize ans. Ce n'était pas l'heure de s'opposer aux exigences maternelles.

Le cours complémentaire, rebaptisé école primaire supérieure de jeunes filles, était en cours d'aménagement dans un ancien atelier de l'industrie textile autrefois florissante dans la région. On les fit attendre debout dans une cour humide et sombre qui sentait le suint et le cambouis. Les mères s'évaluaient entre elles sans complaisance et les filles gardaient les yeux baissés comme à l'église.

Quand vint son tour, Émilie ôta subrepticement ce chapeau stupide et s'ébouriffa les cheveux afin de leur donner un peu de volume. La directrice, froide et sèche derrière son bureau, en avait saisi le geste.

« Qu'est-ce que c'est que cette coiffure ? Vous avez été malade ?

— Oui… en quelque sorte madame la directrice, répondit madame Lecor.

— Mademoiselle, je vous prie, l'interrompit la directrice d'un ton revêche.

— Mademoiselle, s'empressa de corriger madame Lecor avant que sa fille n'ait ouvert la bouche, tant elle redoutait que celle-ci ne prononce des paroles inconvenantes, nous avons eu bien des malheurs à Argeronne !

— Je sais », dit la directrice sur un ton qui n'engageait pas à la conversation, et tout en feuilletant son dossier d'un air vaguement méprisant elle s'adressa à Émilie :

« Je connais vos résultats scolaires, assez brillants, semble-t-il, mais également votre caractère difficile et volontiers rebelle ; monsieur Cassagne m'en a parlé. »

Émilie, droite sur sa chaise, les mains posées sagement sur les genoux, gardait une attitude polie mais sans baisser les yeux. La directrice y vit de la provocation alors que la jeune fille s'efforçait d'adopter une attitude franche et respectueuse. Elles sentirent toutes deux en cet instant que les choses n'iraient pas comme elles le désiraient et qu'un fossé déjà se creusait entre elles.

« Je n'aime pas trop votre genre ! Ici, je vous préviens, on se tait, on écoute, on obéit. Je ne tolérerai aucune impertinence. »

Émilie crut entendre des mots déjà perçus du genre « Travail, Famille, Patrie » et retint son sourire car la femme derrière son bureau, compulsant ses papiers avec importance, ne semblait pas avoir beaucoup d'humour.

« Donc, vous devriez entrer en…

— En quatrième madame… mademoiselle la directrice, insista la fillette. Avec monsieur Cassagne, nous avons fait en même temps que le certificat d'études les programmes de la sixième, de la cinquième… et un peu de la quatrième. »

Elle mentait avec aplomb ; elle avait déjà calculé qu'en gagnant une année elle pourrait être à dix-huit ans en médecine.

« Savez-vous, mademoiselle la directrice, que ma fille parle déjà très bien l'anglais et l'allemand.

— L'allemand ? Tiens donc ! s'exclama la directrice sur un ton glacial.

— Ben, oui ! poursuivit madame Lecor avec une certaine fierté ; le docteur Bernard lui donnait des leçons de langue, et avec les clients de l'auberge et les occupants du château elle avait de quoi parler.

— Avec monsieur l'instituteur, nous avons travaillé les mathématiques et le français, précisa Émilie.

— Et le latin avec monsieur le curé ! ajouta madame Lecor sans voir le regard furibond de sa fille.

— Avec le curé… vraiment !… Ici, vous n'en aurez pas besoin, notre enseignement est moderne, axé sur la pratique et les sciences. Si la poste veut bien marcher, vous recevrez une convocation pour la rentrée. Sinon, tenez-vous informés par la presse locale, si elle veut bien paraître. Avec cette pagaille, nous ne savons même pas quand nous serons en mesure de recevoir les élèves. »

Elle se leva sans un mot de plus pour montrer que l'entretien était terminé, salua madame Lecor d'un bref signe de tête et lança à Émilie un « à bientôt » presque menaçant.

« Alors Mimi, tu es contente ? Tu vas pouvoir préparer ton brevet ! dit madame Lecor sur le chemin du retour, dans le car qui les ramenait à Argeronne.

— J'aurais tellement aimé être pensionnaire au lycée à Rouen pour préparer le baccalauréat.

— Tu n'es jamais contente ! C'est déjà bien que ton père te laisse encore aller à l'école après ton certificat !

— Mais maman j'ai à peine treize ans ! Et puis cette directrice ne me plaît pas, tu as vu comment elle nous a reçues !

— C'est vrai qu'elle n'a pas un abord très sympathique, reconnut madame Lecor, mais elle au moins elle saura te dresser ! Allons, ne fais pas cette tête-là ! Je vais te confier un secret mais surtout n'en parle pas à ton père. Il commence à dire qu'il a trop de travail ici, alors, quand on touchera les dommages de guerre, il envisage de vendre l'auberge, de louer les fermes et les herbages et d'ouvrir une brasserie à Rouen ou même à Paris. »

Une bouffée d'espoir avait envahi le cœur d'Émilie ; rentrée à l'auberge elle se précipita vers son père toujours occupé derrière son comptoir et avant qu'il ait réagi lui décocha un baiser sonore sur la joue. Il regarda d'un œil dubitatif sa fille s'éloigner en chantonnant et se demanda si parfois elle n'avait pas un petit grain dans la tête.

Toujours fidèle à l'écoute des postes de radio dont elle disposait, Émilie apprit par la Radiodiffusion française que le général de Gaulle entreprenait un voyage officiel dans les villes martyres et qu'il serait à Rouen le 8 octobre. Elle se souvenait des conseils du médecin et du peintre, et avec sa curiosité toujours en éveil elle ne voulait à aucun prix manquer ce grand événement ; après Pétain, cinq mois auparavant, voir de près ce nouveau sauveur de la France : quelle page historique pour son journal !

Elle partit à l'aurore en laissant une lettre explicative à sa mère. Elle préleva une somme suffisante sur le pécule laissé par le peintre, dont ses parents ignoraient l'existence, et trouva sans peine dès la sortie d'Argeronne des militaires ravis de la prendre à leur bord. Elle dut finir le chemin à pied tant les abords de la ville étaient encombrés. Elle suivit la foule qui s'écoulait par groupes serrés vers ce qui restait du centre de la cité et prêtait l'oreille aux conversations des gens autour d'elle pour se repérer :

« Ça ne va pas être facile de trouver une bonne place pour le voir avec tout ce monde.

– À mon avis, avec ce vieux catholique qui a épousé la France, il faut viser les églises… Alors la cathédrale ? Improbable ! Trop risqué, elle s'écroulerait sur lui.

— Saint-Ouen ? Pas question, Pétain y est passé trop récemment !

— Saint-Maclou ? Trop petite et il y a encore trop de ruines autour.

— Saint-Vivien ? Parfait, juste à côté de l'hôtel de ville.

— Pratique pour saluer les deux pouvoirs, le politique et le religieux…

— Marier le sabre et le goupillon ! »

Sur la place de l'Hôtel-de-Ville, une foule innombrable était massée, parfois en équilibre sur les tas de ruines, agrippés aux fenêtres et même sur les toits et les monuments. Elle réussit à se faufiler jusqu'au premier rang derrière l'alignée de soldats et de pompiers.

Il y avait, bien rangés devant le parvis de l'église, les mêmes petites filles en fleurs, les mêmes petits garçons gominés, les mêmes groupes de jeunes gens en uniforme que lors de la visite du Maréchal. Ce n'étaient plus les Cœurs vaillants, les cadets de Déat ni les pionniers de Doriot, mais de vrais scouts avec le même chapeau que les soldats américains de 1917, et des groupes d'enfants de tous âges, foulards et bérets rouges pour lesquels le Général eut à peine un regard. Quand la haute silhouette avança, entourée des dignitaires de l'Église, robes rouges et violettes sous les dentelles et les mitres, des uniformes alourdis de médailles, et de quelques rares civils, ombres en retrait faisant taches, ce fut un véritable délire populaire. Avec son geste familier, bras levés faisant le V de la victoire, des cris « vive de Gaulle, vive la France » éclatèrent de partout et une vibrante *Marseillaise* monta comme une houle de la marée humaine au comble de l'exaltation.

« Ce n'est pas le même préfet ni les mêmes ministres, ni les mêmes galonnés mais ce sont les mêmes curés ! » dit un homme près d'Émilie. Elle se souvint d'avoir entendu les mêmes « vive la France » lancés par une foule peut-être un peu moins dense mais tout aussi fascinée par l'apparition de l'homme providentiel, reçu avec le même cérémonial.

Le Général, fendant la foule, s'engagea à pied par la rue de la République et la rue Jeanne-d'Arc vers la place du Vieux-Marché. Devant lui, policiers et militaires ouvraient le chemin en essayant de calmer l'enthousiasme des plus excités qui voulaient toucher le Messie. Celui-ci avançait en saluant d'une flexion raide du bras, tantôt à droite, tantôt à gauche.

Il passa près d'elle ; un faisceau de mains se tendit mais elle resta figée. Elle eut l'impression que leurs regards se croisaient et qu'il marquait un infime temps d'arrêt comme s'il l'avait remarquée parmi la foule. Dans la cohorte des suiveurs, derrière les uniformes, un peu effacé, elle remarqua un homme dont le visage ne lui était pas inconnu : plutôt petit, le front haut sur des sourcils épais, légèrement arqués comme pour en élargir le regard, signe d'intelligence, avait dit le docteur Bernard ; elle se souvint d'un portrait de Descartes dans un ouvrage de littérature… La ressemblance lui parut étonnante. Quelqu'un près d'elle affirma :

« C'est Mendès France, le maire de Louviers, il s'occupe des Finances… »

Emportée par le mouvement, elle n'entendit pas la suite. Elle aurait souhaité aller au Vieux Marché pour voir le Général comme le Maréchal devant la statue de Jeanne d'Arc mais elle était lasse de tant d'agitation et de tumulte. De toute façon, de Gaulle, elle savait qu'elle le reverrait chaque semaine aux actualités du cinématographe.

Avant de pouvoir se dégager de la masse humaine qui l'étouffait, elle subit le long défilé de l'armée hétéroclite des volontaires combattants de la Résistance. Jamais elle n'avait imaginé qu'ils fussent aussi nombreux ! Il y avait un fusil et une vareuse kaki pour chacun mais le reste de l'équipement et la diversité des pantalons, bleus de chauffe, velours côtelés, draps fins, donnaient au cortège une allure à la fois émouvante et ridicule. Elle parvint enfin, en remontant les mouvements inverses de la foule, à se frayer un chemin. Les tours noircies de la cathédrale lui servirent de repère. Des vers récités par David lui revinrent en mémoire « la multitude vile… ma douleur viens par ici loin d'eux… ». Elle se promit de relire Baudelaire dès son retour pour se venger des remarques désobligeantes de monsieur Cassagne.

Les abords de la cathédrale étaient interdits d'accès en raison des risques d'effondrement. Elle chercha la rue de l'épicerie dont monsieur Léonard lui avait tant parlé pour l'avoir choisie avec ses amis peintres comme motif mais, le cœur serré, elle ne trouva que monceaux de ruines où planaient encore des odeurs de mort. Devant tant de désolation, la liesse populaire lui parut en cet instant indécente. Elle se souvint de ce tableau dont monsieur Léonard lui avait montré une reproduction qui lui avait déplu : *Guernica*. Elle détestait ce tableau mais elle avait compris que l'art pouvait ne pas être seulement harmonie et beauté mais aussi protestation et révolte.

Elle se sentait sur le point de céder à la panique ; elle n'en pouvait plus de cette ville martyrisée dont le silence des ruines était profané par les clameurs lointaines de la foule en délire qui en oubliait déjà ceux restés sous les décombres, les « disparus » comme ils disent, dont on ne retrouvera jamais la trace, les corps dispersés, les âmes écartelées, les inconnus, sauf de Dieu !

Émilie traversa la Seine sur un pont provisoire qui oscillait au-dessus de l'eau. La tentation de s'y laisser glisser la transperça, comme cela bêtement… comme pour se reposer… et oublier. Ce ne fut qu'un éclair dans un ciel clair ; tant d'événements l'attendaient encore, tant de longues années, tant de surprises…

Elle trouva difficilement une place dans le dernier train pour La Roche-Faidherbe pris d'assaut par une foule encore excitée par la fête.

En entrant au village, elle aperçut une foule silencieuse rassemblée devant l'église où le curé s'efforçait de consoler des femmes en pleurs et de calmer des hommes en colère.

Le fief au Danois avait été découvert et en partie dévasté ; on y avait trouvé un véritable arsenal : éclats d'obus de toutes formes et de volumes, douilles de tous calibres, casques de toutes les armées, bidons d'essence, munitions et armes… Émilie, qui n'avait pas rejoint l'Armée des Vikings depuis l'apparition des premiers Canadiens, savait que les garçons, plus que jamais fascinés par les choses de la guerre, avaient trouvé dans la campagne dévastée un extraordinaire terrain de jeu. Pour avoir voulu percer les secrets d'une bizarre boîte de conserve ajustée au bout d'un manche de bois, Alphonse Lempereur et son fidèle lieutenant la Vaurie allaient reposer maintenant sous des croix blanches parmi les tombes provisoires des héros tombés lors des combats de la Libération. Qu'à d'œil, grièvement blessé, fut pris en charge par les chirurgiens américains. Il n'y avait pas de filles parmi les victimes ; elles avaient depuis longtemps déserté le camp pour aller jeter des fleurs au passage incessant des convois et se laisser emporter avec ravissement par des bras solides, sur les engins blindés. Ainsi finit tragiquement et sans gloire l'Armée des Vikings, une nouvelle page de son enfance arrachée au cœur d'Émilie.

Ce n'était plus l'école supérieure, mais le tout nouveau collège moderne de jeunes filles de La Roche-Faidherbe qui ouvrit enfin ses portes à la mi-octobre. Réveillée dès l'aurore par l'appel tonitruant de son père, elle ne s'attardait plus à rêver sous l'édredon ; sa géographie imaginaire était cachée depuis le passage de la mitraille sous un rafistolage de planches mal jointes et un calfeutrage sommaire où s'infiltraient des vents coulis. De peur de se faire voler sa bicyclette, elle parcourait d'un pas alerte, deux fois par jour, les cinq kilomètres de distance en humant sous les ciels changeants de l'automne l'air frais chargé de senteurs de mûre, de champignons et de pomme flétrie qui, avec la brise marine, avaient chassé les relents de la guerre.

La directrice s'appelait Bicotin. Mademoiselle la directrice, s'il vous plaît ! Replète et revêche, hargneuse et raide, elle commandait avec la haine bornée d'un adjudant dans sa cour de caserne, des escouades d'élèves souvent plus grandes qu'elle.

Chaque rentrée en classe comportait plusieurs fois par jour le même rituel : debout sur la plus haute marche du perron, les professeurs en retrait à distance respectueuse, elle dominait les alignements par sections, en rangs serrés, des filles figées et muettes. Elle seule donnait les informations nécessaires à la bonne marche de son établissement et distribuait les punitions. Elle avait la main leste mais n'était pas aidée par sa petite taille pour asseoir son autorité, aussi, lorsque la faute était grave, avait-elle institué un cérémonial auquel professeurs et élèves étaient tenus d'assister : la coupable, appelée depuis son rang, devait se présenter devant le perron, monter le nombre de marches nécessaire et suffisant pour se trouver le visage à bonne hauteur afin que mademoiselle la directrice puisse au mieux ajuster son geste sans avoir à se baisser ou se rehausser. La victime de ce spectaculaire châtiment, atteinte au bon endroit, regagnait ensuite son rang la joue en feu et les larmes aux yeux sous les regards moqueurs ou compatissants de ses compagnes. L'instant d'émotion passé, d'un geste large du bras, le pouce levé, avec une discrète flexion des genoux, elle autorisait, rang par rang, la rentrée de chaque classe.

Émilie subit les premières semaines de collège dans l'enthousiasme. Elle aurait voulu faire accélérer le temps ; cours, leçons, devoirs n'allaient jamais assez vite pour assouvir sa soif de connaissances et enfouir au fond de sa mémoire les blessures des tragédies passées. Les professeurs en étaient agacés ; ils ne comprenaient pas cette frénésie d'apprendre, inhabituelle chez une élève de cet âge et se méfiaient de cette gamine trop mature, trop curieuse, voire insolente dans ses questions et ses réactions. La professeur de français lui reprochait d'avoir lu des œuvres qui n'étaient pas de son âge et la professeur d'anglais surtout ne cessait de la harceler :

« Ici, nous apprenons la langue de Shakespeare et non du patois de New York ou de Londres ! »

Mais Émilie, qui chaque soir à l'auberge s'étourdissait parmi les soldats en goguette, était la seule à savoir construire une phrase, à tenir une conversation, et même de contester un mot de vocabulaire, ce que la professeur prenait comme une injure. Seul, monsieur Groult, le professeur de mathématiques, vieillard tranquille à barbiche et lorgnons, perdu dans ce gynécée austère, manifesta pour cette étrange et brillante jeune fille une discrète affection.

Émilie ne se fit pas d'amies parmi les autres élèves, filles de commerçants, de riches fermiers et de fonctionnaires. Elle détestait leur faconde et leurs mesquineries. Jupes plissées bleu marine, corsages généreux, elles parlaient de leurs règles avec des accents tragiques et des garçons avec fabulation alors qu'elles ne savaient que très confusément comment se font les bébés. Par mépris pour leur orgueil et leur sottise, par provocation pour aiguiser leur curiosité, elle s'amusait à raconter ses exploits : comment elle avait caché des juifs et des aviateurs américains, comment elle avait bravé les Allemands en portant des lettres pour la Résistance. Les élèves se moquaient d'elle, refusaient de la croire, mais en redemandaient, tout émoustillées, quand Émilie leur confiait en secret qu'elle avait connu intimement un garçon et posé toute nue pour un peintre célèbre.

Ces propos ne tardèrent pas à venir aux oreilles de la directrice qui la convoqua à son bureau, le sujet étant trop délicat pour être exposé devant le perron !

« Lecor, c'est intolérable ! Si la guerre vous a, hélas, pervertie, je ne tolérerai pas que vous perturbiez vos camarades qui heureusement ont gardé leur innocence ! Il paraît que vous êtes un assez brillant sujet... C'est bon pour cette fois mais je vous ordonne à l'avenir de cesser de raconter des histoires stupides et de garder vos fantasmes pour vous ! »

Comme elle devait affronter deux fois par jour les brumes humides et glacées d'un nouvel hiver de guerre, aussi précoce et rigoureux que les précédents, l'épreuve, avec le temps, devint de plus en plus pénible. Routes boueuses et défoncées, puis enneigées et verglacées, il fallait, pour se protéger, s'équiper avec force capuche, écharpe, moufles, cape, bas de laine et même sabots de bois, afin de ne pas se geler les pieds. Pour ne pas se présenter ainsi harnachée devant le collège, à bonne distance, elle cachait dans son havresac l'essentiel de son accoutrement mais gardait sa capuche jusque dans les rangs ; d'une geste prompt et gracieux elle l'enlevait et, sous les regards envieux, froissait la gerbe renaissante de ses cheveux blonds qu'un reste d'humidité frisottait encore. Ce geste plusieurs fois répété ne tarda pas à attirer l'attention de la directrice qui du haut de son balcon l'interpella :

« Lecor ! (à part quelques "chouchoutes", elle appelait les filles par leur nom de famille), je vous ordonne de cesser cette façon de vous faire remarquer dans les rangs, je ne le dirai pas deux fois ! »

Avec le mauvais temps, Émilie arriva en retard et dut affronter encore les foudres de mademoiselle Bicotin.

« Lecor, c'est intolérable ! Vous arrivez maintenant quand bon vous semble ! Et toujours avec ce sac à dos grotesque et encombrant ! »

La fillette se fit la plus humble possible :

« Je vous prie de bien vouloir m'excuser, mademoiselle la directrice, j'habite loin et le temps est si mauvais…

— Vous n'avez qu'à vous lever plus tôt ! »

Émilie récolta trois heures de colle, ce qui l'obligeait à revenir le jeudi matin. Avec une infinie politesse et le ton d'une humble soumission, elle demanda :

« Mademoiselle la directrice, ne pourrais-je pas effectuer mes retenues le soir après les cours ; cela m'éviterait de faire la route un jour de plus ?

— Non mais quelle audace, quelle impertinence ! Pour qui vous prenez-vous, il vous faudrait un régime de faveur ? »

Par malheur, le jeudi suivant, le temps fut plus que jamais exécrable. Croyant bien faire, avec un mot d'excuse, madame Lecor glissa dans le cartable de sa fille une demi-livre de beurre et une petite terrine de maître Lecor. Une fois de plus, Émilie se retrouva face à la revêche pédagogue.

« Arriver en retard à une punition c'est de la provocation ! Vous devriez savoir que l'exactitude est une qualité républicaine sans cela c'est l'anarchie. Vous vous croyez sans doute plus intelligente et plus belle que vos camarades. Sachez qu'ici les individualités comme la vôtre je les dompte ou je les chasse, c'est le dernier avertissement ! »

Émilie faillit répondre que l'anarchie n'était pas du tout ce que mademoiselle la directrice croyait mais quand sans malice elle sortit les cadeaux de sa mère, ce fut comme une tempête de postillons qui s'abattit sur elle.

« Comment ! Vous osez me soudoyer ? C'est un scandale ! Vous pensez qu'en me compromettant j'allais oublier vos insolences ? Je sais que c'est une habitude dans la famille, mon ami Cassagne m'en a parlé... *L'Assiette normande*... on y mange à tous les râteliers, les petites combines, le marché noir, tel père, telle fille. Savez-vous que je pourrais vous faire mettre en prison ? »

Subir l'affront sans baisser les yeux, ne pas laisser cette harpie jouir de son pouvoir, trouver une réplique bien placée... c'était un bouillonnement dans la tête d'Émilie :

« Monsieur Cassagne aimait bien chaque dimanche, avec sa petite famille et quelques amis, venir déjeuner à l'auberge de mon père... sans tickets... et repartir avec une douzaine d'œufs ou une livre de beurre ! »

Mademoiselle Bicotin écumait de colère de voir sa vertu politique offensée. Pour la première fois de sa carrière, elle était désarçonnée face à une élève, une gamine de treize ans, à peine pubère.

« Que voulez-vous insinuer ? Vous vous permettez de douter de la probité de votre instituteur ? »

Émilie esquissa un petit sourire entendu qui fit redoubler la rage de la mégère ; elle en tremblait de plaisir et croyait entendre monsieur Léonard l'encourager : « Vas-y Mimi, porte-lui l'estocade ! »

« Le jeudi, n'est-ce pas le jour réservé à l'éducation religieuse, selon la loi républicaine ? »

La colère de la directrice tomba d'un coup, abasourdie elle fixa Émilie qui calmement précisa :

« Si je veux suivre un enseignement religieux, en me faisant venir un jeudi, n'est-ce pas une atteinte à ma liberté de conscience ?

— C'en est trop ! Je convoque aussitôt le conseil de discipline... Sortez ! »

Elle se leva d'un bond, se jeta sur l'enfant, la gifla, s'acharna sur ses cheveux avec une telle rage qu'on eût dit que leur blondeur ondoyante l'offensait.

Émilie eut droit à un blâme, un rapport à monsieur l'inspecteur d'académie et trois jours d'exclusion. Le beurre et la terrine ne furent pas rendus.

Elle passa ses trois jours d'exclusion à ruminer une vengeance définitive ; tant pis pour son année scolaire, l'an prochain elle se battrait bec et ongles contre son père avec l'aide de monsieur Léonard pour aller au lycée ! En songeant à l'avenir et à son impatience d'avancer dans ses études, elle prit conscience qu'il avait suffi de quelques semaines pour qu'elle se lasse de cette discipline obtuse, de cet enseignement dénué d'intérêt, dispensé par des professeurs médiocres, de cet ordre scolaire, coups de sifflet, alignement, silence dans les rangs, punitions stupides, humiliations mesquines, ces murs suintant la graisse, l'ennui et la résignation, ces latrines puantes...

Avec son argent et quelques flacons de calvados chipés dans les tonneaux de maître Lecor, elle négocia auprès des nouveaux clients de l'auberge de quoi lutter efficacement contre le froid : une paire de rangers, un battle-dress, un blouson de cuir à col de fourrure et une casquette fourrée avec oreillettes. Tout était trop grand pour elle mais, en se bourrant bien en dessous, elle ressemblait à un vrai petit soldat de l'armée des États-Unis.

Le lendemain de son exclusion, elle attendit que les élèves fussent alignées pour franchir la grille d'entrée. Une surveillante voulut l'en empêcher, elle la bouscula sans ménagement et vint se placer un peu en retrait du dernier rang de sa classe. Elle ôta sa casquette, s'ébouriffa les cheveux d'un geste élégant sous les yeux éberlués et les murmures des élèves ravies d'assister à l'inévitable esclandre. Quand mademoiselle la directrice apparut sur son perron suivie de sa cour, il y eut comme un frisson précédant l'orage parmi l'assistance.

« Qu'est-ce que c'est que cette tenue ? Lecor approchez, sortez des rangs, où vous croyez-vous ? Habillée en homme ! Quelle honte devant ses camarades ! »

Émilie vint tranquillement se planter devant le perron.

« Je ne peux tolérer dans mon établissement une telle mascarade ! Habillée en homme ! Avec des pantalons ! Vous vous rendez compte ? » répétait-elle en se tournant vers les professeurs qui appréciaient diversement la situation.

« Si vous deviez faire chaque jour dix kilomètres à pied dans la boue et la neige, vous seriez bien heureuse d'avoir autre chose qu'une jupe pour vous chauffer les fesses. »

Ce fut un immense éclat de rire qui envahit la cour, il y eut même quelques professeurs qui ne purent garder leur sérieux. Mademoiselle la directrice, au bord de l'apoplexie, soutenue par deux femmes compatissantes, marmonnait sans cesse « comme un homme, à cet âge… avec des pantalons, devant vos camarades ! ».

« J'appelle immédiatement monsieur l'inspecteur ! »

Les professeurs des petites classes firent monter leurs élèves afin de leur épargner ce spectacle dégradant, quant aux grandes elles défilèrent devant Émilie en la toisant avec cet air triomphant et serein de celles qui sont en ordre avec l'autorité et la hiérarchie, qui ne risquent rien car elles n'ont rien à se reprocher.

Émilie se retrouva seule au pied du perron où des professeurs tentaient encore de calmer mademoiselle la directrice qui n'avait pas recouvré tous ses esprits. Alors, d'un pas tranquille, elle se dirigea vers la sortie ; elle savait sa carrière de collégienne terminée.

« Lecor, où allez-vous ? Revenez, vous n'avez pas le droit ! Vous êtes consignée, obéissez ! » trouva encore la force de hurler la Bicotin.

Le vieux professeur de mathématiques rattrapa Émilie :

« Jeune fille, ne jouez pas votre avenir comme cela ! »

Il lui glissa discrètement un papier dans la main.

« C'est mon adresse, venez me voir, je suis chez moi tous les jeudis et samedis, je vous attendrai. »

Du milieu de la cour, elle vit les élèves agglutinées derrière les fenêtres. Elle ouvrit son blouson et cria :

« Voyez, j'ai des habits d'homme comme Jeanne d'Arc, devinez qui est mon évêque Cauchon ? » et les mains en porte-voix :

« Mort à la bêtise ! Vive l'anarchie ! Vive la vie ! »

La surveillante préposée à la porte la regarda passer, bouche bée, bras ballants. Émilie erra dans la ville enneigée sous un ciel plombé, indifférente aux regards des rares passants qui ralentissaient le pas à sa hauteur, étonnés de voir un visage si fin, si délicat, un corps de fille, engoncé sous des habits militaires trop grands pour elle.

XXVII

Cruelle solitude

Quand Émilie annonça qu'elle ne retournerait pas au collège, monsieur Lecor parut satisfait ; il pouvait disposer d'une accorte servante parlant anglais et attirant la nouvelle clientèle des jeunes et joyeux militaires. Pour l'heure, il avait d'autres préoccupations plus importantes : reconstituer le cheptel, la basse-cour, les clapiers, les potagers, mettre le cidre en bouteilles et, surtout, remettre en état l'alambic caché pendant quatre ans au fond d'un hangar sous des tas de bois, pour échapper aux contrôles de la maréchaussée et des impôts après que le maréchal Pétain eut aboli le privilège des bouilleurs de cru, une grosse erreur qu'il fit le Vieux depuis sa ville de malades. On sortait quand même le matériel « à bouillir » quelques jours, clandestinement, à l'automne pour assurer les besoins de la clientèle de l'auberge au nez et à la barbe des autorités. Restait la difficulté de trouver des pommes car, dans de nombreux vergers, les pommiers n'étaient plus que des baliveaux grotesques dressés comme des épouvantails noirs au-dessus de la terre meurtrie. Dans la bétaillère de son ami le marchand de bestiaux, maître Lecor parcourait entre le Roumois et le pays d'Auge les rares endroits épargnés par les combats.

Avec le retour de la liberté, le patron de *L'Assiette normande* entendait bien faire valoir son droit héréditaire et familial de « bouillir » et sauver sa réputation de producteur des meilleurs cidres et calvados de la région.

Il y avait surtout le douloureux problème de l'argent et du devenir de ces liasses de billets entassées dans une valise et une lessiveuse au fond d'un grenier, bien à l'abri de l'humidité. Un bruit affreux circulait : un certain Mendès France, nommé ministre de l'Économie par le général de Gaulle, voulait changer l'argent et repartir sur des bases nouvelles en accordant seulement la somme ridicule de cinq mille francs, pas plus, par citoyen. La mort dans l'âme, monsieur Lecor et nombre de ses compères durent céder jusqu'à des vingt pour cent de commission à qui voulait se charger à leur place d'un paquet de billets.

Émilie savait que désormais, jusqu'à la fin de la guerre, elle aurait devant elle une longue enfilade de jours monotones. Le soir, elle s'étourdissait dans l'atmosphère enfumée et bruyante de l'auberge. Elle servait en souriant ces jeunes hommes dynamiques et volubiles, auréolés du prestige de l'Amérique et ne s'effarouchait pas quand l'un d'eux, un peu éméché, cherchait à la caresser au passage. Elle chantait et dansait avec eux, découvrant avec enthousiasme le jazz, cette musique nouvelle qui exprimait aussi bien la mélancolie la plus déchirante que la joie la plus déchaînée. Elle se prêtait à leurs jeux et découvrait avec un certain délice le pouvoir de séduction qu'elle exerçait sur ces garçons éclatant de jeunesse et de joie de vivre, en apparence peu préoccupés du destin tragique qui pouvait les attendre dans les plaines du nord ou sur les rives du Rhin.

Le reste de la nuit et de la journée, dans le secret de sa chambre, elle tentait de se concentrer sur ses lectures et les livres de mathématiques qu'elle s'était procurés, mais les souvenirs des choses passées et la douleur de l'absence des êtres aimés revenaient sans cesse l'assaillir.

Son corps même lui devenait étranger et objet de répulsion. Périodiquement, des douleurs sourdes des lombes ou du ventre venaient la tourmenter. Le sang n'était pas réapparu depuis la première fois ; elle en éprouvait une certaine culpabilité mêlée de dégoût quand des épisodes de souillures, des taches suspectes la confrontaient aux répugnances de son corps et à l'acceptation de sa féminité. Elle ne pouvait parler à personne de ces choses-là ; Louise n'était plus là, elle se serait moquée d'elle, et sa mère, trop prude, trop occupée, trop ignorante des mots à dire en pareil cas, semblait ne pas voir sa fille grandir.

Parfois, dans les moments de plus cruelle solitude, Émilie se disait que si elle venait à disparaître, l'enchaînement inéluctable des jours continuerait avec la même morosité, la même indifférence, la même inutilité. Elle n'aurait été qu'un grain de sable noyé sous la vague, une poussière emportée par le vent de l'oubli, une enfant du silence égarée dans un monde de fous braillards.

Devant son miroir, elle cherchait à deviner son visage de jeune fille morte : la tête légèrement rejetée en arrière, la bouche entrouverte, les yeux mi-clos, elle imaginait entre ses cils baissés l'image de son dernier sommeil. Elle n'osait même plus se regarder dans une glace tant elle se sentait étrangère à elle-même ; elle voyait devant elle une fille inconnue qui la regardait jusqu'au tréfonds de son être, qui connaissait tout d'elle, ses rêves, ses fantasmes, ses peurs, ses hontes, ses idées saugrenues… Chaque jour trop gris, chaque nuit interminable lui était d'une insupportable lenteur comme le supplice chinois de la goutte d'eau que les enfants de l'Armée des Vikings, pour se faire peur, jouaient à se raconter.

Trouver le sommeil était devenu pour Émilie une souffrance familière. Avant de sombrer dans une lourde torpeur, elle se repliait sur ses souvenirs, les moments heureux comme les visions tragiques, les visages et les voix des disparus, le peintre qui l'appelait son chef-d'œuvre et chantait vive la vie, le docteur qui lui répétait : « Comprends-tu Émilie… ? » et David ! David surtout, qui lui avait fait découvrir des chemins nouveaux ; ces êtres qu'elle avait aimés et que peut-être elle ne reverrait jamais plus… leur image défilait devant ses yeux comme, disait-on, cela se produit dans les instants précédant l'heure de la mort.

L'Armée des Vikings avait été dissoute après la tourmente et la fin de l'enfance. Plus par devoir de compassion que le désir de retrouver un compagnon de jeux d'une époque déjà lointaine, Émilie se rendit à la ferme de la famille Duval quand elle apprit que le fils était sorti de l'hôpital. Elle ne s'attendait pas à un accueil hostile des parents ; le père grommela quelques mots dans sa moustache et la mère, une virago de village, les mains sur les hanches et le verbe haut, l'invectiva :

« Alors tu es contente ! Tu viens voir le résultat de tes bêtises ! Jouer à la guerre, voilà ce que vous avez gagné les gars comme les filles avec vos manigances et vos imbécillités... et le mien est à moitié infirme ! »

Émilie, devant une telle injuste animosité, voulut s'en retourner mais la mère la retint :

« Tu vas pas t'en aller comme ça ! Il faut que tu le voies, d'ailleurs il ne cesse de demander après toi ! »

Quand la fillette entra dans la chambre, le visage du garçon s'illumina :

« Émilie, tu es gentille de venir me voir ! Si tu savais comme j'ai pensé à toi ! Chaque fois que les infirmières refaisaient mes pansements, je fermais les yeux, je voyais ton visage, tes cheveux au vent quand tu courais dans la prairie, tes jambes découvertes quand tu pédalais sur la route... et j'oubliais mes douleurs ! »

Émilie, que cet aveu spontané agaçait, eut un léger sourire où le garçon y vit une complicité et un encouragement :

« Mimi je t'aime... depuis toujours... Je voudrais me marier avec toi ! »

Déjà blessée par l'hostilité des parents, elle s'apprêtait à fuir mais un reste de pitié et de politesse la retint :

« Moi aussi, je t'aime bien, mais de là à parler mariage, nous sommes trop jeunes !

— Émilie, je suis le seul garçon de la famille, ma sœur aura sa dot et se mariera, la ferme, les terres, tout sera à moi, avec l'héritage de ton père nous serons les plus riches du pays ! Tu seras la patronne, tu pourras t'offrir tout ce que tu veux et même pour toi je rachèterai le domaine et je reconstruirai le château d'Argeronne. »

Émilie se sentait mal à l'aise devant tant de calculs candides.

« Nous avons bien le temps de penser à cela ! Moi je veux une autre vie que le bal du samedi soir, la messe du dimanche et l'empilement des billets et des pièces d'or ! »

Il réfléchit un moment le front plissé, les yeux embués :

« Tu as raison, Mimi, je ferai ce que tu voudras... Qu'est-ce qu'un type comme moi peut espérer d'une fille comme toi ? Pas très instruit, bigleux ! Maintenant qu'ils m'ont planté des clous dans les guibolles, avec ma petite opération, je suis comme Jésus-Christ ! Je ne pourrai même pas tracer mes sillons droits ! »

Elle ressentit de la compassion devant son visage souffreteux et chercha des paroles rassurantes :

« Ne t'inquiète pas, j'ai lu dans le journal que les Américains vont offrir des machines agricoles aux paysans normands, tu pourras travailler assis ! Pour tes yeux, tu pourras être opéré quand ta croissance sera terminée.

— Tu crois ? Et comment tu sais ça, toi ? »

La lumière d'espoir qu'elle vit dans le regard du garçon au bord des larmes lui pinça le cœur :

« Je l'ai lu quelque part ! Puisque tu m'as fait des confidences, à mon tour je vais te confier un grand secret que je n'ai encore révélé à personne... Enfin presque... voilà ! J'ai décidé de devenir médecin, comme le docteur Bernard.

— Médecin ? Docteur ?... Ah ! bon, tu crois que c'est possible ? Les filles ont le droit de faire ça ? »

Le garçon était déçu, il s'attendait à quelques confidences plus croustillantes. Émilie regrettait d'être venue. Elle voulut partir mais il s'accrocha à sa main.

« Mimi je t'aimerai toujours ! Sais-tu pourquoi ? » Et comme la fillette faisait de la tête un signe de négation, il murmura dans un souffle :

« Parce que tu es la plus belle de toutes et que jamais tu ne m'as appelé Qu'à d'œil même quand tu étais en colère ! »

Émilie retira sa main, promit de revenir sachant que c'était un pieux mensonge. Elle allait sortir quand la porte s'ouvrit brusquement et l'abbé Moissan apparut.

« Émilie, te voilà ! Tu es venue te faire pardonner les conséquences de vos sottises ! À te croire plus intelligente que les autres, voilà ce que vous avez gagné : deux garçons au cimetière et un autre dont on a failli couper les jambes ! »

C'était comme une douche glacée qui lui tombait sur le dos. Comment ? Ce grand corbeau noir qui lui barrait le chemin la rendait responsable de l'accident ?

Devant cette ignoble accusation, elle se sentit désarçonnée, elle n'avait plus de mots assez forts pour exprimer sa révolte. Le prêtre croyait pouvoir la tenir à sa merci dans cette chambre étouffante, dans cette maison hostile :

« Émilie Lecor, je t'en conjure, reviens sur le chemin de la foi ! Nous allons bientôt retrouver notre église, les Américains, qui ne sont pas tous protestants ou juifs, vont installer une toiture provisoire et une paroisse catholique de Chicago va nous envoyer de l'argent pour la reconstruction. »

Toutes les désillusions, les indignations accumulées dans le cerveau et le cœur d'Émilie éclatèrent comme une tempête :

« Je n'irai plus jamais dans vos églises, on y respire la mort, la souffrance, la cruauté… Jésus cloué en croix, saint Sébastien percé de flèches, sainte Sophie les seins arrachés… une autre écartelée, une autre les yeux crevés… Comment votre Dieu d'amour peut-il se repaître des tortures et de la souffrance des êtres ? Pourquoi faut-il être supplicié pour lui plaire à votre Bon Dieu ? »

Le prêtre une fois de plus était décontenancé et cherchait ses arguments :

« Tu penses trop, ma fille, cela te portera malheur. Tu n'es qu'une ingrate et les idées que certains t'ont enfoncées dans la tête te conduiront en Enfer !

— L'Enfer ? Nous venons de le vivre ! Si l'homme a été créé à l'image de Dieu, c'est que lui le Créateur peut s'amuser à faire aussi bien le mal que le bien ! Tout comme l'homme ! Ce qui explique qu'à côté de l'amour il a créé aussi les moustiques, les asticots, les méningites, la tuberculose et le tétanos ! Et la mort, irrémédiable n'est-ce pas injuste et cruel après nous avoir fait goûter aux beautés de la vie ? »

Émilie se tut, troublée d'avoir entendu sortir spontanément de sa bouche les propres paroles du docteur Bernard.

« Ton orgueil te perdra ! Et l'âme qu'en fais-tu ? insista le prêtre.

— Avec le corps réduit en poussière l'âme n'est que du vent ! »

Le pauvre Qu'à d'œil, enfoui au fond de son lit, n'en croyait pas ses yeux et ses oreilles. Il ne comprenait pas grand-chose à la discussion qu'il percevait comme un combat entre le curé et la jeune fille.

« Décidément ma pauvre enfant, c'est pire que ce que je croyais ! Tu es engagée sur le chemin de la perdition. Tu blasphèmes et ton cœur est plein de haine. Ne vois-tu pas les miracles que le Seigneur nous envoie ?

— Les miracles, demanda la jeune fille intriguée ?

— Oui, un grand miracle, notre grand Christ en croix et la statue de sa mère la Vierge Marie malgré leur fragilité ont été retrouvés intacts sous les gravats. »

Émilie était lasse d'argumenter face à ce vieil homme qui lui inspirait finalement plus de pitié que de mépris avec sa soutane lustrée d'usure et malodorante, son église détruite, ses paroissiens dispersés et ses naïves certitudes entre Marie mère de Dieu, le Saint-Esprit, les péchés mortels, l'Enfer, le Paradis et tous ses saints.

Qu'à d'œil du fond de son lit fut déçu de voir le curé gagner la partie.

En sortant de la chambre, elle se heurta à la mère Duval qui guettait derrière la porte ; les bras croisés sur son opulente poitrine, elle lui barrait le chemin. Elle réussit à se faufiler contre le mur en s'excusant du bout des lèvres et la mégère s'adressant au curé lança :

« La fille Lecor, elle se croit parce qu'elle a été première du canton et qu'elle était copine avec le docteur et l'autre fainéant d'artiste peintre, mais elle fait ses coups en dessous ! Elle est pire que les autres ! »

Dehors, le fermier près de ses chiens qui ne cessaient d'aboyer et de tirer sur leur chaîne la suivit d'un regard hostile ; elle haussa les épaules pour exprimer son mépris mais pressa le pas en se disant qu'il était capable, le bonhomme, de lâcher ses molosses à ses trousses !

Émilie effaça vite de sa mémoire le souvenir pénible de cette visite à la famille Duval. Les jours reprirent leur cours monotone. Elle décida d'oublier tout ce qui la rattachait à Argeronne où choses, sites et gens n'avaient plus rien de commun avec le village de son enfance. Elle comprit que la solitude serait encore pour longtemps son royaume et que, pour survivre, il lui fallait endormir au tréfonds de son être les visions insupportables de l'été.

Un avenir pourtant était possible ; chaque jeudi et samedi elle se rendait, quel que soit le temps, chez son nouveau maître, monsieur Groult, le professeur de mathématiques, qui ne s'offusquait pas de son accoutrement. Il habitait seul une petite maison à colombages à l'entrée de La Roche-Faidherbe, incroyablement encombrée de livres et de vieux journaux au milieu desquels trônait un immense tableau noir où, comme en classe, il se lançait en de longues démonstrations. Il refusait de se faire payer et acceptait avec réticence le beurre, les œufs, un gâteau... Il avait été séduit par l'éveil de cette jeune fille et son impatience à progresser. Il lui promit de la mener au brevet élémentaire, en candidate libre. Il la guida non seulement en mathématiques où elle découvrait ravie, comme un nouveau jeu, les subtilités de Pythagore, de Thalès, des équations et des fonctions élémentaires mais il la conseilla également sur ses lectures, son anglais, et le programme de sciences dont l'essentiel portait sur la physiologie humaine, presque de la médecine !

Le brevet et la seconde à la prochaine rentrée ! Elle s'en réjouissait en pensant à la tête de la famille Cassagne si jamais elle venait à l'apprendre !

Dans le même temps, Émilie se passionnait toujours pour le déroulement de la guerre. Elle remplissait avec frénésie les pages de son « journal », avec la conscience de vivre en témoin des moments essentiels de l'histoire de son temps.

Les journaux étaient rares et parvenaient tardivement au village, la plupart du temps réduits à quelques feuilles de mauvais papier, sans illustrations.

Le Journal de Rouen, trop compromis avec les Allemands et les pétainistes, avait été remplacé par *Le Normandie*, animé par une équipe issue de la Résistance. Elle s'aidait des illustrés et des comics que lui donnaient les soldats pour perfectionner son anglais. Il y avait surtout la radio, les postes offerts par le docteur et le peintre qu'elle écoutait dans sa chambre ou dans l'atelier. C'était sur Radio Sottens, comme le lui avait appris le médecin, qu'elle recueillait les informations plutôt que sur la Radiodiffusion française, où *Le Chant des partisans* souvent diffusé, avec « ses tueurs à la balle et au couteau », la mettait mal à l'aise.

Les dimanches après-midi à *L'Eden*, rafistolé tant bien que mal après les bombardements de la ville, elle oubliait la morosité quotidienne dans le monde magique du cinéma. Les actualités la passionnaient, mais le coq gaulois au « cocorico » vengeur, qui les annonçait, dressé sur ses ergots, lui paraissait ridicule. Elle entendait la même voix exaltée et tonitruante du commentateur saluant les avancées triomphales des armées, comme pendant l'Occupation, mais en sens inverse. Dans l'ombre complice, les sifflets, les applaudissements, les protestations s'élevaient selon les images et les personnalités apparues à l'écran. Ce n'étaient plus le vieux maréchal et ses complices mais le général de Gaulle toujours au premier plan entouré d'une foule enthousiaste. On revoyait sans cesse le fameux défilé sur les Champs Élysées à la libération de Paris, et le geste dédaigneux de la main de cet homme à sa droite, refoulant devant lui les gens trop empressés. Émilie apprit qu'il s'appelait Bidault, qu'il avait été chef dans la Résistance et qu'il était maintenant ministre ; elle n'en éprouvait pas moins un certain mépris pour ce petit homme trop content de lui et son geste dédaigneux.

Ainsi Émilie travaillait-elle chaque jour à son « Journal de guerre », avec le sentiment exaltant d'écrire l'histoire des hommes en même temps que de la vivre. Elle se découvrit même une fibre patriotique à l'annonce, le 19 novembre, de l'arrivée de la première armée française sur le Rhin au sud de l'Alsace et surtout la libération de Strasbourg par le général Leclerc à la tête de la 2e DB, accomplissant ainsi le serment de Koufra prononcé quatre ans auparavant quand tout espoir de libération de la France était bien mince : le 23 novembre 1944, les trois couleurs flottaient sur les tours de la cathédrale rose.

Une dizaine de jours avant la Noël, la guerre faillit basculer et la France être à nouveau envahie. Répétant l'opération de juin 1940 de la traversée des Ardennes, les Allemands, par un incroyable sursaut, faillirent couper en deux le front des armées alliées. L'offensive échoua en raison du manque de carburant pour les chars allemands et de l'héroïque résistance des parachutistes Américains encerclés dans Bastogne.

Le 31 janvier 1945, le général Joukov à la tête des armées soviétiques atteignit l'Oder à 70 kilomètres de Berlin. Tout le monde pensait que la guerre n'allait plus durer bien longtemps, mais on ignorait qu'on n'en avait pas fini avec l'horreur ; le 27 janvier, l'Armée rouge libérait Auschwitz. Commençait alors la révélation de la pire ignominie que l'homme puisse infliger à l'homme.

Entre le Couesnon et la Bresle, de Cherbourg au Tréport, on se relevait doucement. La Normandie contribua largement, en bon argent, à hauteur de huit milliards de francs, au succès de « l'Emprunt de la Libération » clos à la Noël, et les Normands futés payèrent leurs impôts avec les billets verts frappés à l'effigie de monsieur Roosevelt qui, après les avoir libérés, avait voulu leur imposer cette monnaie à l'avenir aléatoire, que certains osèrent qualifier de monnaie de singe.

XXVIII

Les visages aimés

La lettre était datée du premier jour du printemps ; elle avait mis douze jours pour atteindre Argeronne de Rouen. « J'espère que c'est pas un poisson d'avril ! » dit goguenard le facteur qui sirotait au comptoir son petit verre de calva, en récompense de sa course. Il était toujours curieux de savoir ce qu'annonçaient les missives qu'il transportait, surtout une lettre comme celle-ci, à caractère officiel, portant l'en-tête d'un notaire de Rouen. Mais monsieur Lecor, méfiant, prenait un malin plaisir à faire durer l'incertitude et à ne montrer aucune précipitation. Il plaça la lettre en évidence entre deux bouteilles sur une étagère derrière son comptoir.

« Une lettre de notaire adressée à monsieur et madame Lecor et leur fille, pour sûr que ça doit être important ! »

Monsieur Lecor ne répondit pas ; le facteur, déçu, vida son verre d'un trait et s'éloigna, le doigt au bord du képi :

« Salut la compagnie, à la prochaine ! Faut que je finisse ma tournée !

— Qu'est-ce que tu attends pour l'ouvrir ? » demanda madame Lecor.

Par-dessus l'épaule de son époux, elle lut à mi-voix :

« *J'ai le regret de vous annoncer le décès accidentel de monsieur Léonard Henri Auguste, survenu à Rouen le 21 mars 1945. J'ai, déposé à mon étude, un testament olographe en faveur de mademoiselle Lecor Émilienne, enfant mineure. Afin de procéder à l'ouverture de ce testament, je vous prie de prendre rendez-vous à mon étude dès que possible. Veuillez agréer…* »

Ils restèrent un moment silencieux en se regardant perplexes.

« Ça va lui faire un choc à la petite ; elle l'aimait bien monsieur Léonard ! Ça doit être un accident, il était pas si vieux que ça ! dit madame Lecor.

— C'est quoi, cet héritage ? Et puis olographe ça veut dire quoi ? Il était si riche que ça ? » s'inquiéta monsieur Lecor qui avait toujours trouvé suspect de gagner de l'argent à barbouiller des couleurs sur une toile en se promenant dans la campagne.

« Je n'en sais rien ! Je l'avais entendu dire qu'il vendait des tableaux à Paris et jusqu'en Amérique… Appelle ta fille !

— Où est-elle ?

— Dans sa chambre pardi, toujours plongée dans ses livres ! »

Monsieur Lecor lança son appel tonitruant ordinairement matinal :

« Émilienne ! Descends ! On a quelque chose à te dire ! » et, comme la fillette ne répondait pas, il se mit en colère :

« Je suis sûr qu'elle est en train d'écouter sa musique de sauvages, un bouquin sur les genoux tout en se peignant les ongles de pied à l'encre rouge ! ».

Madame Lecor se dévoua pour monter les deux étages et annoncer avec ménagement la tragique nouvelle à sa fille. Comme à regret, elle lui tendit la lettre. Émilie vit les mots danser devant ses yeux ; elle n'eut pas de larmes immédiates mais une brutale crispation douloureuse de tout son être. À chaque battement affolé de son cœur c'était comme des pans de murs qui s'écroulaient autour d'elle, un rideau noir qui se refermait sur son enfance. Les jours heureux s'évanouissaient face à la mort une fois de plus triomphante.

« Maman s'il te plaît, laisse-moi maintenant », parvint-elle à dire. Madame Lecor, incapable de trouver les mots pour consoler sa fille, s'éclipsa discrètement. Émilie courut se réfugier dans l'atelier. Entre les tableaux achevés et les esquisses qui semblaient attendre celui qui ne viendrait plus, le souvenir des heures exaltantes dans ce décor familier lui faisait sentir la présence de l'artiste qui l'avait ouverte à un monde de beauté et de fantaisie.

Le lendemain était le dimanche de Pâques, il était impossible de joindre le notaire avant mardi. Pour atténuer sa peine, elle consacra les deux jours à parcourir comme en un pèlerinage de reconnaissance les endroits où il aimait s'isoler pour peindre, jouer de la musique ou la faire poser au sein de la nature. La désolation des lieux ravagés par les combats que le printemps ne régénérait pas encore lui arrachait des larmes et elle se demandait sans cesse quel message cet homme, qui l'avait aimé mieux que son père, avait voulu lui laisser en la faisant son héritière.

Le seul poste de téléphone du village avait été confié en même temps que le bureau de tabac à madame Nicodème, que monsieur Lecor, par jalousie, avait tôt fait de surnommer la « mère Nicot ». Émilie, qui savait la mégère ravie de pouvoir se repaître de toutes les nouvelles et commérages d'Argeronne, n'aurait accepté pour rien au monde de passer par elle. Depuis l'épisode de l'abri, elle lui manifestait le plus profond mépris et quand par hasard elles arrivaient à se croiser c'était la vieille qui baissait les yeux. Au camp des Américains, elle avait assez d'amis qui lui permettraient de téléphoner.

Rendez-vous fut pris le jeudi suivant. Maître Lecor grogna, pour la forme, de devoir mettre son costume de cérémonie et de prendre le train jusqu'à Rouen ; son ami le marchand de bestiaux aurait pu les emmener dans sa bétaillère mais madame Lecor protesta :

« Dans la bétaillère, comme des moins que rien ! C'est toi le chef de famille, c'est à toi d'y aller ! Moi je resterai à m'occuper des bêtes et de l'auberge… avec le train, vous arriverez propres chez le notaire. »

Monsieur Lecor se rongeait d'impatience de savoir ce que pouvait bien contenir ce fameux testament. Pour sûr, ça ne devait pas être rien !

Malgré la faible distance, le trajet fut long et pénible sur les banquettes de bois dans les wagons lugubres, le tortillard de campagne devant laisser place aux trains qui montaient vers Paris ou le Nord, mais c'était moins cher et plus sûr que par la route. L'étude notariale était près de la place Cauchoise. Depuis la gare, rue Verte, ils durent passer devant le lycée Jeanne-d'Arc. C'est là qu'Émilie échangea avec son père les seuls mots du voyage aller :

« À la rentrée prochaine, c'est là que je serai, affirma-t-elle.

— P't être ben qu'oui, p't être ben qu'non... », avait répondu monsieur Lecor, en ricanant, sans voir le regard de reproche de sa fille.

Le notaire les reçut dans un bureau empoussiéré, encombré de registres et de vieux cartons empilés sur des boiseries anciennes. Il avait le teint rougeaud, des bajoues tremblotantes au-dessus d'un col glacé, des petits yeux brillants, enfouis sous des touffes de cils et un nez busqué sur un menton fuyant qui lui donnaient un air d'oiseau de proie.

Il ne quitta pas du regard la jeune fille en ouvrant lentement le dossier qu'un employé au dos rond, les bras entourés de lustrines, venait d'apporter.

« Je vais donc, en votre présence, ouvrir le testament de monsieur Léonard Henri Auguste, musicien et artiste peintre bien connu :

« Je lègue à mademoiselle Émilie Lecor, ma soli-fleur, mon merveilleux modèle, qui fut notre Belle Aurore dans notre réseau Duquesne, la totalité de mes biens meubles et immeubles et l'entière propriété morale et matérielle de mes œuvres... »

Émilie ne prêtait qu'une oreille distraite à une longue énumération, son attention avait été attirée par deux tableaux accrochés au-dessus du bureau du notaire : elle reconnut un bord de sa rivière et une vue de Rouen avec la cathédrale et la courbe de la Seine. Le tabellion avait suivi son regard, il interrompit sa lecture :

« J'avais acheté ces toiles à monsieur Léonard avant la guerre, il était déjà bien connu. C'était vraiment un grand peintre et un excellent musicien, violoncelliste au Théâtre des Arts ; il n'a pas supporté de voir son théâtre détruit. »

Émilie se sentit rougir jusqu'aux cheveux ; si ce monsieur achetait des tableaux à monsieur Léonard, peut-être avait-il chez lui des toiles où elle avait posé nue ? Elle détourna la tête et se concentra sur l'écoute de la lecture du testament. Elle apprit sans trop en saisir la portée qu'elle était devenue la propriétaire exclusive de l'œuvre du peintre, toiles, aquarelles, dessins, huiles, pastels, exposés ou répartis dans son atelier à Rouen, et dans les galeries à Paris, Honfleur, Cannes, Barbizon, Chicago, New York... Avec interdiction de toute vente sans son autorisation jusqu'à sa majorité, à l'exception d'une vente annuelle minimale lui permettant d'assurer sa pension et ses frais d'études depuis le lycée jusqu'à la fin de ses études universitaires, au cas où la rente mensuelle qui lui sera versée ne serait pas suffisante. Il lui laissait aussi son violoncelle et son hautbois en souvenir, sans obligation d'apprendre à en jouer.

Monsieur Lecor, qui avait suivi difficilement la longue énumération, demanda, après s'être raclé la gorge :

« Et tout ça, ça irait chercher dans les combien ? »

Un éclair ironique traversa le regard du notaire qui ostensiblement ne s'adressa plus qu'à la jeune fille.

« Avec l'actif disponible, la bourse qui vous sera servie pour couvrir vos frais de pension dans un bon lycée devrait être suffisante, sans qu'il soit nécessaire de vendre un tableau. Nous n'avons pas intérêt à vendre trop vite, la cote est bonne mais il faut être patient, elle va monter encore dès que les affaires vont reprendre et les hostilités se terminer.

— Surtout s'ils changent l'argent pour redistribuer la même chose à tout le monde, intervint monsieur Lecor.

— Rassurez-vous ! répondit le notaire, sur un ton condescendant qui déplut à Émilie, Mendès France vient de démissionner. C'est monsieur René Pleven, un démocrate chrétien, plus souple, plus respectueux des biens et de la propriété, que le Général a choisi pour le remplacer dans son gouvernement. »

Émilie l'interrompit :

« Vous ne nous avez pas dit… pardonnez-moi… je voudrais connaître les circonstances de la mort de monsieur Léonard ?

— Un malheureux accident, une fatalité, il était tourmenté par le spectacle des ruines de la ville, il y travaillait sans cesse, il nous a laissé une série fabuleuse de dessins et de toiles montrant les plaies de notre cité, d'un graphisme et d'un lyrisme d'une extrême sensibilité. Hélas, parmi les décombres, un mur mal étayé s'est écroulé sur lui, il n'a pas dû souffrir, il a été tué sur le coup. »

Un silence gêné s'installa dans la pièce. Émilie ne put retenir ses larmes.

« Si avec un seul tableau ça paye la pension d'une année, il y en a combien comme ça ? insista lourdement monsieur Lecor.

— Probablement plusieurs centaines, sans compter les collections particulières que l'on retrouvera tôt ou tard sur le marché, répondit le notaire agacé.

— Il n'avait donc point de famille ? s'étonna encore monsieur Lecor.

— Des cousins éloignés qu'il ne fréquentait pas. À ce propos, dit-il en se tournant vers Émilie, il y a, à l'atelier de Rouen, plusieurs dizaines d'œuvres qui ne sont pas signées ; comme vous avez été le modèle principal de monsieur Léonard, il faudra que nous nous rencontrions pour établir des certificats afin de les authentifier... Monsieur Léonard avait beaucoup d'affection pour vous ; il m'avait déposé son testament dès le premier jour du débarquement au cas où il lui serait arrivé quelque chose pendant les combats de la Libération auxquels il a participé activement... Allons, séchez vos larmes, mademoiselle ! Vous voilà riche ! »

Il se leva de son bureau pour signifier que l'entretien était terminé. Émilie, dans un dernier sursaut, fit face au notaire :

« Monsieur... Maître, j'ai compris que monsieur Léonard m'a fait ces dons pour me permettre de faire mes études de médecine, mais je voudrais savoir comment organiser mon avenir ?

— Rassurez-vous, un inventaire complet, chiffré et détaillé sera fait. Vous pourrez le consulter à mon étude jusqu'à votre majorité. D'ici là j'ai été chargé par monsieur Léonard d'en assurer la gestion.

— Je voudrais aussi que vous vous occupiez de la tombe, nous choisirons ensemble ce qu'il y a de plus beau. »

L'homme de loi les raccompagna en silence jusqu'à la porte de son étude. Il serra brièvement la main de monsieur Lecor et suivit d'un long regard admiratif cette gamine stupéfiante qui s'éloignait d'un pas ferme sans égards pour le père qui s'essoufflait derrière elle.

« Pas trop franc du collier c't homme-là », dit monsieur Lecor en sortant de l'étude.

Il restait deux bonnes heures avant de reprendre le train. Émilie proposa d'aller au rectorat rue de Fontenelle où, selon les indications de son professeur de mathématiques, elle pouvait retirer un dossier d'inscription pour le brevet élémentaire. Monsieur Lecor suivit sa fille sans protester ; pour la première fois de sa vie, parmi la foule du boulevard, il découvrait la personnalité de cette enfant que par égoïsme, par jalousie, il avait fait semblant d'ignorer et d'humilier… Devant l'immeuble, dans une partie de la ville qui avait échappé aux bombardements, monsieur Lecor hésita. D'instinct, affronter l'administration le rendait méfiant ; qui sait si derrière tous ces guichets, ces bureaux, il n'y avait pas quelque employé des contributions qui veuille lui demander des comptes ?

Un gardien en casquette officielle leur barra le chemin.

« Le service des examens », demanda poliment Émilie.

Après un parcours angoissant dans un dédale de couloirs, sous les regards soupçonneux des employés devant cette gamine trop sûre d'elle-même et un peu effrontée, qui traînait derrière elle un père embarrassé, ils finirent par trouver le bon bureau. Une préposée revêche voulut bien prêter une oreille à la demande de cette gamine qui parlait à la place de son père et qui prétendait se présenter au brevet sans avoir suivi une scolarité normale.

Elle s'éclipsa pour aller en référer à sa hiérarchie et revint au bout de quelques minutes, accompagnée d'un monsieur à l'allure sévère, au front dégarni, aux lourdes lunettes d'écaille. Émilie sentit son sang se glacer. N'était-ce pas monsieur l'inspecteur d'académie ? Il allait certainement se rappeler ses démêlés avec la directrice du collège… Elle était décidée à se battre. Par bonheur, ce monsieur à l'air sévère était plus aimable que son employée et, miracle, il connaissait bien le docteur Bernard, monsieur Léonard et l'auberge de *L'Assiette normande*. Émilie n'eut pas à se justifier, Il lui fit remplir un dossier qu'il vérifia sans commentaires et demanda d'un ton froid :

« Monsieur Lecor, pourquoi n'avez-vous pas envoyé votre fille au lycée ?

— Avec tout l'ouvrage qu'on a… et cet hiver si dur. »

Il écouta à peine les explications confuses du père et sourit à Émilie.

« Bon courage jeune fille, travaillez bien ! »

Avant de s'éclipser, il donna quelques ordres à la secrétaire maintenant plus complaisante :

« L'examen aura lieu en juin, vous recevrez une convocation, vous devrez vous présenter avec une pièce d'identité.

— Où se passera l'examen, demanda Émilie ?

— On n'en sait encore rien, probablement dans un des lycées de la ville. »

En retrouvant les rues de Rouen épargnées par la guerre, il sembla à Émilie qu'un vent nouveau s'était levé. Elle avait au cœur la déchirure de la disparition de cet artiste qui l'avait aimée mieux que son père et qui, maintenant, lui offrait un avenir radieux. L'air de la ville lui paraissait plus léger et les gens autour d'elle moins pressés, moins soucieux. Ils déjeunèrent, sur un banc près du Vieux Marché, des provisions qu'ils avaient apportées avant de reprendre le train. Émilie aurait aimé profiter de cet instant unique où le père et la fille se trouvaient seuls, un peu perdus dans la grande ville, mais il y avait entre eux, depuis toujours, trop d'incompréhension, trop de pudeur, pour qu'ils n'échangent que des mots vides. Ce fut, assis l'un contre l'autre sur la banquette de bois, dans le froid du wagon, qu'un élan timide les rapprocha. Dans le bruit de ferraille, ils ne pouvaient se parler mais leurs yeux se trouvèrent. En frissonnant, la jeune fille se resserra contre son père qui, après une brève hésitation, lui passa un bras autour des épaules et l'attira contre lui pour mieux la réchauffer. Un élan de tendresse s'éveilla soudain entre cet homme rude fait d'un seul bloc et cette petite fille prodige, assoiffée d'amour.

Dépit de l'homme frustré de son autorité, orgueil du père, soudain ébloui par cette merveille issue de son sang, c'était au moment où, il le pressentait, la vie allait bientôt les séparer qu'il découvrait sa fille.

Le ciel s'était assombri, une pluie fine, chargée de scories, dessinait des rainures d'eau sur les vitres du compartiment où une lumière blafarde reflétait leurs visages. Bercée par les scansions des rails, Émilie sombra dans un demi-sommeil et, comme au cinéma les fondus enchaînés, il lui semblait voir défiler derrière la fenêtre les visages aimés s'éclairant un bref instant puis s'enfonçant lentement dans l'ombre.

Ils furent les seuls à descendre du train à La Roche-Faidherbe. La nuit était tombée et la gare déserte. Ils durent rentrer à pied jusqu'au village. De rares véhicules militaires passaient à toute allure sans les voir. L'auberge était étrangement silencieuse, sans l'animation habituelle des militaires. Avant que monsieur Lecor n'ait eu le temps d'exprimer sa surprise, madame Lecor, l'oreille tendue devant le poste de radio du comptoir, annonça : « Le président Roosevelt est décédé aujourd'hui. » On était le 12 avril 1945.

La guerre n'en finissait pas, elle était étendue à toute la terre et l'Allemagne, piégée par les nazis qui la menaient à l'anéantissement total, se débattait en sursauts inépuisables comme une bête agonisante.

L'humanité découvrit la vérité sur l'abomination de ce qu'on appela les camps de la mort : squelettes hagards en pyjamas rayés, visages dévorés par la faim, l'épuisement et la maladie où seuls les yeux brillaient de visions hallucinées, monceaux de cadavres poussés au bulldozer, corps nus désarticulés, os saillants sous les peaux souillées, sexes entrevus, bouches ouvertes hurlant des protestations inaudibles... chambres à gaz, fours crématoires... hommes, femmes, enfants, roulés pêle-mêle comme des tas d'ordures...

Émilie, le cœur serré, pensait de toute la force de son âme au docteur Bernard et son amour de l'humanité, au professeur Bergman, si respectable, à son épouse si digne, au petit Nathanaël si fragile. Avaient-ils eu une chance de survivre à tant d'ignominies ? Une fois de plus, son exaltation de la vie, ses espoirs étaient anéantis... N'y avait-il dans cet univers d'horreur absolue qu'un Dieu impitoyable se repaissant de la souffrance, un Dieu donnant la force aux bourreaux et l'humiliation aux victimes ? « Pardonne-leur car ils ne savent ce qu'ils font », disait Jésus à son Dieu de Père ! Non ! Mensonges ! hurlaient toutes les fibres de son être, elle les avait vus les miliciens, les SS, les policiers, dans la réalité, au village ou ailleurs, dans les magazines, au cinéma, riant et prenant la pose devant leurs victimes avant de les massacrer. Ils savaient bien ce qu'ils faisaient ! Tous ces immondes criminels resteraient-ils à jamais impunis, brûleraient-ils en Enfer tandis que leurs victimes chanteraient dans la félicité du Paradis ? Grotesque affirmation du curé... et pourtant si cela était possible... ? Quelle extraordinaire espérance... ! Quel incompréhensible miracle !

Avec ce nouveau printemps, Argeronne pansa ses blessures ; le front était maintenant très loin, au-delà du Rhin, le camp allié se vida peu à peu et nombre de jeunes Américains qui venaient le soir à l'auberge perdirent leur enthousiasme. Ils partaient en Asie pour des combats que l'on disait effroyables, en saut de puce d'île en île jusqu'au Japon, aussi féroce et fanatique que son alliée l'Allemagne nazie.

La clientèle locale, éleveurs, cultivateurs, commerçants, retrouva sa place chez maître Lecor pour parler affaires et débattre de la pluie et du beau temps entre deux parties de cartes ou de dominos. La politique restait un sujet à manier avec précaution. L'herbe verdissait, les semailles étaient bien engagées, les agneaux gambadaient, les veaux étaient sous la mère.

Aux derniers jours d'avril on sut que la paix était proche : le mercredi 25 les Américains et les Russes faisaient leur jonction sur l'Elbe, le 26 Pétain se constituait prisonnier à la frontière suisse et le lundi 30 Hitler se suicidait avec sa maîtresse Eva Braun. On montra leurs corps à demi consumés aux actualités cinématographiques. Émilie apprit le suicide des époux Goebbels qui, avant de se donner la mort, avaient empoisonné au cyanure leurs six enfants. Elle avait souvent vu aux actualités pendant l'Occupation ces jolies fillettes en robe blanches faisant des révérences devant des uniformes qui dans toute l'Europe inspiraient la terreur. Elle eut une pensée émue pour ces enfants manipulés, trompés, victimes expiatoires du fanatisme de leurs parents.

Le mardi 1er mai, Émilie se réveilla éblouie : les ailes de l'aurore avaient posé un délicat film neigeux sur les lilas et les pommiers en fleurs. Elle eut des pensées affectueuses pour le peintre qui, de ce somptueux mais éphémère miracle de la nature sous un ciel d'azur, eût fait un merveilleux tableau. Cette neige printanière avait une saveur régénératrice et la fraîcheur de l'air était enivrante. Dans la matinée, le soleil couvrit de perles de rosée la féerie florale, et la mystérieuse mécanique de son corps, longtemps silencieuse, vint de façon insidieuse et indolore lui rappeler que dorénavant elle devrait compter chaque mois avec cette troublante servitude féminine.

La capitulation allemande le 8 mai 1945 ne fut connue des Normands que le lendemain. Il n'y eut pas d'envolées de cloches, la plupart des églises avaient été amputées de leurs clochers. Quelques messes de *Te Deum*, quelques libations dans les cafés furent les seules manifestations d'enthousiasme bien moins spontanées qu'à la Libération. Il fallut attendre jusqu'au 10 mai pour voir enfin les Allemands se rendre dans les poches qu'ils tenaient depuis le Débarquement : Royan, Saint-Nazaire, Lorient, La Rochelle, Dunkerque et même les îles Anglo-Normandes. Émilie les souligna rouge sang dans son cahier d'histoire de la guerre en songeant aux souffrances de leurs habitants.

Le matin du dernier dimanche de mai un nouveau miracle se produisit. Une Jeep, capote fermée, avec deux soldats américains, s'arrêta devant l'auberge. L'un d'eux, avec un fort accent, demanda seulement « m'selle Mimi ». Monsieur Lecor n'avait pas eu le temps de lancer son appel que déjà sa fille dévalait l'escalier.

« *Somebody wants to meet you !*[1] » et, sans autre explication, le militaire l'invita à monter dans la voiture.

Il était là qui lui souriait, tapi dans l'ombre au fond du véhicule... Émilie se sentit défaillir... David était revenu ! Il avait forci, les traits de son visage s'étaient affermis mais ses boucles brunes et l'éclat de ses prunelles n'avaient pas changé. Il donna un ordre bref et la voiture démarra aussitôt. Ils ne s'embrassèrent pas mais restèrent serrés l'un contre l'autre dans une tendre attente. La voiture stoppa dans un coin de forêt, les deux jeunes gens s'éloignèrent sous les sourires et les clins d'œil complices des deux Américains.

David entraîna Émilie dans un sentier solitaire, en lui prenant naturellement la main ; ils avaient tant de choses à se dire, de questions à se poser... Il fit un bref récit des péripéties pour gagner les lignes alliées à travers la Normandie grâce aux réseaux de Résistance, comment il fut pris en charge par le service de santé de l'armée américaine puis confié à des cousins à New York. Émilie avait, elle aussi, tant à raconter... mais ce qu'elle voulait, en cet instant, c'était regarder David, le toucher, se laisser toucher par lui, entendre sa voix, sentir sa force et son désir. Elle se pressa contre lui, le visage levé dans l'attente d'un geste mais il lui caressa seulement les cheveux, lui effleura le front et détourna la tête.

« Émilie, pardonne-moi... Je t'aime, je n'ai jamais cessé de penser à toi, mais avec cette guerre je n'ai pas le droit de m'abandonner à mes sentiments.

1. *Quelqu'un veut vous voir !*

Sais-tu ce que les nazis, aidés par la Milice et la police française, faisaient des gens qu'ils arrêtaient ? Transportés comme du bétail vers des camps en Allemagne ou en Pologne, les plus faibles, vieillards, femmes et enfants, étaient immédiatement assassinés de façon horrible, asphyxiés dans des chambres à gaz et leurs corps brûlés dans des fours. Les plus valides étaient soumis à des travaux forcés et à une mort inéluctable par la faim, le froid, les tortures et les maladies. Je veux absolument savoir ce que ma famille est devenue, je ne me fais pas d'illusions, ce serait un miracle qu'ils aient survécu, mes parents n'étaient plus très jeunes et les enfants… »

Il se tut, la voix brisée, étouffée par les sanglots, devant Émilie effondrée qui ne pouvait que se presser tendrement contre lui. Après un long silence partagé et douloureux, il se reprit :

« Avec mes compagnons, je vais à Paris ; les rescapés sont regroupés à l'*Hôtel Lutetia*. J'espère y rencontrer des gens susceptibles de me fournir des renseignements. Ton ami, le docteur, a peut-être lui aussi été déporté, il était jeune et fort, il pourrait être parmi les survivants… Viens à Paris avec moi, nous allons partir à leur recherche ! »

Timidement, Émilie proposa de passer à l'auberge, le temps de préparer quelques affaires et de convaincre ses parents, mais David refusa ;

« Je ne veux voir personne ! Il me semble que chaque habitant a été le dénonciateur de ma famille. Même ton curé et ton instituteur ne m'inspiraient aucune confiance, j'ai trop de rage en moi pour supporter leur vue. »

Madame Lecor hésita à laisser partir sa fille :

« Le grand garçon juif est revenu ? Il aurait pu venir nous dire bonjour quand même ! Tu veux partir avec lui et les deux Américains ? C'est pas très raisonnable... enfin tu en fais toujours qu'à ta tête... va voir ton oncle et ta tante, je serai plus tranquille de te savoir chez eux. Ils n'ont pas donné de nouvelles depuis la Libération ! »

Monsieur Lecor refusa d'abord de laisser sa fille courir de grands risques sur les routes. Finalement, il donna son autorisation moyennant la promesse qu'Émilie intervienne auprès du notaire pour obtenir l'argent nécessaire à la restauration de *L'Assiette normande* puisqu'il fallait maintenant à cette héritière un cadre de vie digne d'elle.

Le voyage à Paris fut un véritable calvaire à travers les routes défoncées, les carrefours encombrés, les ponts provisoires, les convois prioritaires, les contrôles policiers et militaires, où était la liberté dans ce pays libéré ?

Reléguée à l'arrière du véhicule, incommodée par les vapeurs d'essence, grelottant de froid malgré l'épaule secourable de David, elle se disait que tous les véhicules militaires lui inspiraient le même dégoût, mais quand enfin, de la colline de Saint-Cloud, avant de traverser la Seine, elle aperçut la tour Eiffel dans le lointain, elle retrouva l'émotion naïve de son enfance devant la grande ville.

Les Américains voulurent bien les conduire sur la rive gauche où rendez-vous fut pris pour le soir près de la fontaine Saint-Michel. Sur le boulevard, David parut tout à coup perdu et indécis quant à la direction à prendre parmi la foule qui les bousculait. Émilie eut peur de cette solitude à deux dans l'inconnu et l'anonymat de la cohue ; elle proposa d'aller d'abord à Montparnasse voir l'appartement qu'avait quitté quatre ans auparavant la famille Bergman et la brasserie de l'oncle Lecor, avant de gagner l'*Hôtel Lutetia*.

XXIX

À Paris la grande ville

« QUAND J'ÉTAIS PETITE, je croyais que la station Montparnasse-Bienvenüe avait été faite pour accueillir les voyageurs par un mot aimable. J'ignorais que monsieur Bienvenüe était l'ingénieur qui avait conçu les plans du métro et dirigé les premiers travaux… Plus tard, j'appris que le mont Parnasse c'était la « montagne des Muses », avec la rue de la Gaîté, ce quartier m'a toujours fait rêver ! » dit Émilie d'un ton faussement enjoué, pour se donner du courage.

David avançait d'un pas rapide, sans égard pour la jeune fille qui s'attardait à contempler l'animation de la rue. La brasserie de l'oncle était fermée et un avis barré de tricolore était affiché sur le rideau baissé. Les volets de l'appartement du premier étage étaient tirés et sur la porte palière les scellés étaient apposés. En revanche, les fenêtres du dernier étage étaient largement ouvertes au soleil. David avait pâli. Émilie le vit soudain transfiguré par un fol espoir : serait-ce possible, la famille serait-elle revenue ? Ils gravirent quatre à quatre les marches d'escalier. Ce fut la fille qui sonna, tandis que le garçon, sentant ses jambes se dérober, se tenait caché dans l'ombre du couloir. La porte s'entrouvrit sur un homme débraillé. Derrière lui, elle aperçut le visage anxieux d'une femme entre deux âges ; des cris d'enfants venaient du fond du logement.

« Je vous prie de m'excuser ! N'est-ce pas ici qu'habitent monsieur et madame Bergman et leurs deux fils ? » demanda innocemment Émilie.

L'homme, visiblement gêné, la toisa d'un regard agressif et répondit en maugréant :

« Non il n'y a personne de ce nom-là ici !

— Pourtant c'est bien l'adresse qu'on m'a indiquée, insista la jeune fille.

— Non, j'vous dis ! C'était pt'être avant.

— Avant quoi ? » hurla David, sorti brusquement de l'ombre.

Il avait les poings serrés et ses yeux lançaient des flammes tel un fauve prêt à bondir ; avant que l'autre ait eu le temps de réagir il était au milieu du salon.

« C'est du vol ! Cet appartement appartient à ma famille. Où sont nos meubles, nos tableaux, nos livres, le piano et nos effets personnels ?

— Attendez, mon petit monsieur ! Pour qui vous prenez-vous ? Je suis fonctionnaire de police et ce logement m'a été attribué par la Préfecture. Je suis de ceux qui ont combattu pour la libération de Paris… Le 25 août 1944, j'étais sur les barricades moi, monsieur !

— Et le 17 août, une semaine avant, quand partait en gare du Nord le dernier train de déportés vers l'Allemagne, vous et vos copains vous n'avez rien fait pour l'arrêter ce train ! C'est vrai qu'il y avait surtout des juifs dedans et, depuis 1942, vous étiez habitués à les voir embarqués dans les autobus puis les wagons à bestiaux ! Vous mettiez même la main à la pâte je crois ! »

Ils s'empoignèrent et David aurait eu le dessus si Émilie et l'épouse n'étaient pas intervenues pour les séparer.

« Voleurs ! Assassins ! Il y avait combien de policiers dans la Résistance en 1942 ? » hurla le jeune homme. À côté, on entendait des pleurs d'enfants et dans l'escalier les bruits de la dispute avaient attiré d'autres habitants de l'immeuble.

David en reconnut quelques-uns qu'il appela par leur nom mais ceux-ci, gênés, se réfugièrent aussitôt derrière leurs portes. Une voisine moins réticente ou plus curieuse que les autres informa Émilie que sa tante vivait seule au dernier étage sous les toits dans une chambre de bonne, depuis que son mari avait été arrêté par les FFI, à la Libération.

Au fond d'une pièce sordide qui n'avait pas été aérée depuis longtemps, la tante ne semblait pas avoir toute sa raison. Elle dévisagea Émilie, fouillant dans sa mémoire puis se jeta sur elle, la couvrant de baisers entre des rires spasmodiques et des sanglots convulsifs.

« Émilie ma petite ! Mimi ma chérie te voilà ! »

Elle ne s'était jamais beaucoup intéressée à sa nièce qui était aussi sa filleule et ses cadeaux étaient rares et parcimonieux ; elle la serrait dans ses bras avec des effusions de démente. Son corps lourd et mou de femme négligée avait des exhalaisons de mauvaise sueur et d'air vicié. Émilie lutta pour se dégager sans cacher son dégoût. David était resté sur le pas de la porte visiblement incommodé :

« Et ce garçon c'est qui ? demanda la tante
— C'est David, David Bergman, tu te souviens de lui ? »

Elle le dévisagea les yeux plissés par l'effort de réflexion.

« Monsieur David ! Mon Dieu est-ce possible ? Vous avez bien changé ! »

Et sur le ton d'une aimable conversation :

« Et vos études ça avance ? Et vos parents, comment vont-ils ? Vous leur souhaiterez bien le bonjour ! »

David, écœuré, se détourna mais la femme se mit à débiter un flot de paroles incohérentes :

« Émilie, ils ont enfermé ton oncle à la Santé… Il n'a rien fait de méchant ! Courez vite leur expliquer qu'il a sauvé des juifs… Monsieur David, vous vous souvenez en 1942, c'est lui qui vous a annoncé que vous alliez être arrêtés et qui vous a aidé à trouver une cachette. »

Elle s'était précipitée vers le garçon qui la repoussa violemment.

« Et combien mon père vous a-t-il donné pour cela ? »

Elle tomba sur son lit, se releva, se cacha le visage dans les mains qu'elle agitait ensuite frénétiquement en signes de croix mécaniques.

« Allez à la Santé, vite ! Dites-leur que monsieur Lecor est innocent, monsieur Lecor a sauvé des juifs ! »

Émilie fit de vagues promesses et les jeunes gens quittèrent rapidement la maison pour respirer enfin l'air du dehors. David semblait épuisé, il ne vit pas une voiture de police approcher. Émilie comprit le danger et l'entraîna rapidement dans une rue adjacente ; il n'avait pas réalisé que le policier avait appelé ses collègues à la rescousse.

« Le salaud ! dit-elle entre ses dents.

— Je n'irai pas à la Santé. Non mais tu me vois sonner à la porte de la prison : excusez-moi monsieur le gardien, je suis David Bergman un juif rescapé, je viens témoigner. Monsieur Lecor a fait payer très cher mes parents pour les avertir qu'on allait les arrêter et qu'ils devaient partir immédiatement afin qu'il ait le temps de piller l'appartement ! »

Comme un clown faisant son numéro, David gesticulait au milieu du trottoir avec un rire grimaçant et douloureux, en prenant à témoin les passants qui s'écartaient, inquiets, indifférents ou moqueurs. Pressant le pas, ils gagnèrent le boulevard Raspail. David, en proie à une excitation grandissante, de temps à autre, sautillait sur place en criant :

« Regardez, un juif rescapé... Je n'ai pas mon étoile ! Qui va me dénoncer ? Voyez, des juifs, il y en a encore... Il y en aura toujours ! Qui veut mon étoile jaune ? Souvenir de guerre ! »

Émilie s'efforçait de le calmer et se demandait, inquiète, si son ami n'avait pas perdu la raison. En approchant de l'*Hôtel Lutetia*, il s'apaisa, le visage soudain pâle et douloureux. Il prit la jeune fille par la main pour apaiser ses propres angoisses et l'entraîna à travers un dédale de véhicules de toutes sortes, civils et militaires, où dominaient les ambulances. Il y avait même des autobus qui venaient par intermittence déverser un flot de passagers singuliers, pyjamas rayés, vielles capotes militaires, vêtements civils d'occasion. Quelqu'un près d'Émilie lança ironiquement :

« Voilà le voyage bouclé ! Les mêmes autobus les ramènent, ils sont seulement moins les uns sur les autres ! »

L'immeuble vénérable avait perdu son charme et son luxe d'autrefois. Après avoir été, pendant quatre ans, le repaire des espions nazis puis, après la libération de Paris, réquisitionné pour servir de résidence aux officiers alliés, l'hôtel, depuis le 10 mai, était devenu le centre d'accueil des déportés. L'accès était barré par des barrières de fer derrières lesquelles s'agglutinaient des groupes de curieux mêlés aux familles qui attendaient l'autorisation d'entrer. Le hall était envahi par une foule nombreuse et hétéroclite étrangement calme, dont le silence était troublé de temps à autre par des cris étouffés, des lamentations, des appels, des effusions de retrouvailles. Il flottait dans l'air des relents de souffrance humaine, mêlés d'odeurs de désinfectant et de mauvaise cuisine. Divers uniformes, scouts, militaires, policiers, bénévoles porteurs du brassard à croix rouge, blouses blanches des médecins et des infirmières, évoluaient au-dessus d'une masse anonyme, spectres rayés de bleu sale ou de gris terne, crânes rasés, visages figés, ravagés, inexpressifs, où seules quelques finesses de traits ou quelques barbes désertiques permettaient de distinguer l'homme de la femme. Les êtres humains semblaient réduits à leur ombre, debout, dos voûté, ou assis, repliés sur eux-mêmes, encore dans une attitude de soumission, honte d'être vus, humiliation de n'être plus que des fardeaux. Leurs mains inertes ou agitées évoquaient pour Émilie les ailes frémissantes de l'oiseau blessé sur la tête du petit enfant agonisant. Les yeux surtout la terrifiaient, vides, sans reflets, remplis d'une indicible tristesse, ou bien prunelles émergeant de la nuit, aveuglées par la lumière dont ils avaient oublié la chaleur, regards pétrifiés par les visions d'horreur, inexprimables, que les autres ne comprendraient jamais.

L'entrée de l'hôtel leur fut d'abord refusée, il fallait justifier de leur identité et du but de leur recherche. Une infirmière compatissante vint les renseigner et les accompagner : « Le docteur Bernard, arrêté par la milice en juin 1944 ? Non, il n'y avait pas de médecin à ce nom ici ; à l'Hôtel-Dieu peut-être ? En revanche, au nom de Bergman, il y avait plusieurs messages. »

David, emporté par un espoir fou, avec une énergie farouche, courait en tous sens, interrogeait les uns et les autres, allait d'un panneau d'affichage à l'autre, déchiffrait les messages, détaillait chaque photographie. Émilie parvint à l'arrêter un bref instant dans sa recherche frénétique. Il trouva son idée pertinente :

« À l'Hôtel-Dieu ? Bien sûr, ils ont pu être hospitalisés… mais d'ici, ça fait un bout de chemin ! C'est facile, tu descends la rue des Saints-Pères jusqu'à la Seine puis tu suis les quais jusqu'à Notre-Dame… prends le métro ! Tu ne peux pas te tromper, l'hôpital est à côté de la cathédrale, renseigne-toi et viens me rejoindre ! »

Émilie n'osa pas lui avouer qu'elle craignait de se perdre entre les stations.

La première difficulté était de s'orienter. Elle se souvint que monsieur Léonard lui avait parlé d'une galerie rue de Seine où il exposait ; elle se trompa, revint sur ses pas, demanda plusieurs fois son chemin, gagnée peu à peu par la panique de se trouver seule parmi la foule indifférente. Cette ville qu'elle avait aimée et qui avait enchanté son imagination, voilà qu'elle lui apparaissait noire et hostile. Elle en était presque à regretter d'avoir quitté son village. Elle déboucha enfin, sans trop savoir comment, sur les quais, d'où elle aperçut au loin, comme un havre de grâce, les tours de Notre-Dame. Devant les grilles de l'Hôtel-Dieu, elle se mêla à la foule qui attendait patiemment l'heure des visites. En passant devant la conciergerie, une voix impérieuse la héla :

« Hep toi, la môme, où vas-tu comme ça ? L'entrée est interdite aux enfants de moins de quinze ans. »

Malgré sa fatigue elle soutint le regard méfiant du gardien.

« J'ai quinze ans et je vais voir mon parrain qui est médecin.

— Je sais bien que les gosses ont souffert avec les restrictions et que leur croissance a été retardée mais à d'autres ! T'es pas assez gironde pour me faire croire que t'as quinze ans… Allez ouste ! T'as rien à faire ici et je ne connais pas de docteur Bernard dans cet hôpital ! »

Les gens s'impatientaient autour d'elle, elle fit mine de s'en retourner et, quelques instants plus tard, ce fut un jeu de se faufiler parmi un groupe ; avant que l'homme n'ait réagi, elle courait dans les galeries d'un immense cloître. Elle ne savait comment trouver son chemin et n'osait interroger personne de peur d'être rabrouée. Absorbée à déchiffrer les noms des différents services, elle n'avait pas vu une dame d'un certain âge s'approcher d'elle :

« Que cherchez-vous mademoiselle ? Vous ne devriez pas être là. »

Émilie se sentait perdue, au bord des larmes, mais la dame compatissante après avoir entendu ses explications la conduisit jusqu'à une large porte aux vitres opaques en lui commandant d'attendre. Au bout de quelques minutes, la porte s'ouvrit et une infirmière revêche se précipita sur elle.

« Qu'est-ce que tu fiches ici ? C'est interdit ! Comment es-tu entrée ?

— Je cherche le docteur Bernard, on m'a dit qu'il était ici.

— Je ne connais pas de docteur Bernard dans cet hôpital ! Il doit travailler ailleurs, ne reste pas là !

— Que se passe-t-il Germaine ?

— C'est cette gamine qui cherche un certain docteur Bernard, tu le connais ? »

L'homme qui venait d'apparaître dans l'entrebâillement de la porte fit une moue de négation et se pencha sur la fillette.

« Et qu'est-ce que tu lui veux au docteur Bernard ? »

Émilie sentit sa gorge se nouer. Comment expliquer en quelques mots ce qu'elle avait vécu toute cette année. Une immense lassitude l'envahit tout à coup.

« Le docteur Bernard, c'était mon docteur, il était dans la Résistance et moi je faisais ses commissions chez le pharmacien. Nous avons été arrêtés ensemble par les miliciens, les Allemands m'ont délivrée mais le docteur a été déporté en Allemagne. À l'*Hôtel Lutetia*, on m'a dit qu'il était ici. »

Les deux adultes échangèrent un regard perplexe et se montrèrent plus aimables :

« Il est peut-être en réanimation ou chez les contagieux ? suggéra l'infirmière.

— Faut pas pleurer comme ça, fillette ! Viens, suis-moi, on va tâcher de le trouver ton docteur Bernard ! »

Il se couvrit les épaules d'une capote de gros drap bleu et l'entraîna à travers une galerie bordée de colonnades. Il marchait, d'un pas lourd, fatigué, il avait les cheveux gras emmêlés, le menton mal rasé, la savate avachie et les yeux bouffis comme s'il n'avait pas dormi depuis longtemps. Il n'a vraiment rien d'un docteur, pensa Émilie, mais en chemin il se fit plus chaleureux, il lui caressa amicalement la joue :

« Comment t'appelles-tu ? Tu sais que tu es drôlement mignonne ! D'où viens-tu comme ça ?

— Je viens de Normandie ! » répondit-elle avec réticence.

Cet homme ne lui inspirait pas confiance ; il ne ressemblait pas à l'image qu'elle se faisait d'un médecin et son hygiène lui paraissait douteuse.

« De Normandie ! Ça a dû sérieusement péter là-bas ? Et d'où exactement ?

— De Rouen. » répondit-elle, après un moment d'hésitation.

Elle n'allait pas citer Argeronne, certainement inconnu de ce Parisien, et fournir de plus amples explications était trop lourd pour elle.

« Et qu'est-ce que tu voudrais faire plus tard ? » demanda-t-il encore.

Émilie s'arrêta, chercha le regard de ce curieux docteur et déclara fièrement :

« Plus tard, je serai médecin comme le docteur Bernard ! »

Il éclata d'un rire franc et la prit par l'épaule :

« Tu as raison, c'est le plus beau métier du monde ! Nous sommes comme les paysans, l'humanité ne peut pas se passer de nous... et comme ils disent dans l'armée, la fonction prime le grade alors... »

Il s'interrompit le nez levé, comme s'il s'apprêtait à faire une bonne plaisanterie, mais se ravisa :

« Sais-tu qu'à Rouen il y a une école de médecine qui dépend de la faculté de Paris... il y eut aussi de grands médecins : Lecat, un des pères de la chirurgie moderne ; Félix Dévé, le spécialiste du kyste hydatique ; Charles Nicolle, grand spécialiste des maladies infectieuses ; et Flaubert, le père de Gustave ! »

Émilie éprouva soudain pour ce médecin débraillé une réelle sympathie, non seulement il ne s'était pas moqué d'elle mais il lui apportait des informations qui la remplissaient d'espérance ; avec un charmant sourire elle demanda :

« Où se trouve l'école de médecine à Rouen ?

— Comme ici, à l'Hôtel-Dieu, je crois ! »

Parvenus devant une nouvelle porte vitrée opaque, il ordonna :

« Attends-moi ici ! Ce n'est pas mon service, je vais aller consulter la liste des hospitalisés. »

Elle attendit un temps indéfinissable, ne sachant quelle attitude prendre face aux gens qui passaient devant elle, personnel hospitalier ou simples visiteurs qui la dévisageaient en se demandant ce que cette gamine pouvait bien faire ici. Poussée par un angoissant pressentiment, elle se décida à entrer. L'odeur maintenant familière, mélange d'antiseptique, de nourriture et de souffrance humaine, la saisit à la gorge. Malgré l'interdiction, elle s'avança entre une alignée de lits cachés derrière des paravents. Sous les draps, on devinait la présence de formes humaines d'où émergeait une tête sous des pansements ou un membre branché sur des flacons d'où s'écoulaient des liquides aux teintes incertaines, parfois rouge sang.

Soudain une vision de cauchemar la cloua sur place... un spectre, la peau cireuse tendue à éclater sur les reliefs osseux sous-jacents, un regard fiévreux, halluciné, des yeux exorbités, une bouche édentée, béante qui semblait s'ouvrir pour un dernier appel, une dernière plainte, tout ce qui restait de ce qui avait été un être humain, dans un ultime sursaut de vie se soulevait lentement devant elle.

Elle ne put en supporter davantage et s'enfuit sans entendre l'appel de l'interne :

« Attends, fillette, ne t'en va pas ! Le docteur Bernard a bien été hospitalisé ici... sa famille attend qu'il soit transportable pour l'emmener en Suisse... »

Elle courut sans s'arrêter, indifférente aux protestations des gens qu'elle bousculait jusque devant la cathédrale, où elle reprit haleine. Elle mit un long moment à retrouver son calme. Elle ne cessait de s'interroger sur cette pulsion insensée qui l'avait poussée dans cette salle de malades et cette fuite irrésistible devant ce mort-vivant dans son lit de douleurs. C'était horrible ! Elle avait cru reconnaître en lui le docteur Bernard... Ce n'était pas lui, elle en avait la certitude... encore que ? Mais n'était-il pas dans le même état ? Cette pensée était intolérable... Jamais elle n'aurait la force de se présenter devant lui et d'affronter son regard sans verser toutes les larmes de son corps ; et quels mots trouver pour exprimer l'inexprimable ?

À nouveau un profond découragement l'envahit. Il lui fallait retrouver le boulevard Raspail et David, son seul secours dans la grande ville. Paris était là qui revivait sous le soleil de la liberté... Elle reprit courage en retrouvant sa fascination de petite fille devant la capitale. Elle traversa la Seine et trouva aisément le quartier Saint-Michel. En bas du boulevard, elle découvrit, éblouie, les librairies et les montagnes de livres. Il y en avait partout, des rayonnages sur les murs, des étalages jusque sur les trottoirs. Des gens les compulsaient, les feuilletaient avec sérieux, il y avait surtout des jeunes, des étudiants, qu'elle observait avec admiration ; elle les trouvait tous beaux, qu'ils fussent grands à lunettes, l'air réfléchi et intelligent ou fantaisistes, un peu « zazous » avec leurs vêtements à l'américaine et leurs chaussures épaisses à semelle de crêpe. Émilie trouvait, comme lorsqu'elle était plus petite, qu'ils avaient des allures d'acteurs de cinéma !

Elle acheta une grammaire anglaise et des corrigés de mathématiques, classe de troisième et quatrième. Parmi les publications récentes exposées, un nom lui fit bondir le cœur, Robert Desnos, l'ami de monsieur Léonard.

« C'est une nouvelle parution, *Trente Chantefables pour les enfants sages*, lui précisa le libraire qui avait remarqué cette jeune fille désemparée.

— Je connaissais déjà *Les Chantefleurs*, monsieur Léonard m'en avait appris quelques-unes, c'était un ami du poète.

— Léonard le peintre ? Vous le connaissez ? »

Le libraire l'observa plus attentivement ; Émilie se sentit rougir, peut-être cet homme possédait-il lui aussi des tableaux où elle avait posé nue ? Elle se dit que jamais, malgré l'affection qu'elle ressentait pour le peintre, elle ne se débarrasserait de cette culpabilité.

En quittant la librairie, elle fut à nouveau désorientée ; elle voulait remonter vers l'Odéon pour voir la faculté de médecine mais elle se perdit dans les petites rues autour de la Huchette. Avec la fatigue et le sentiment de perdition, son dos lui faisait horriblement mal, il lui semblait que ses jambes s'enfonçaient dans son corps. Prise de vertiges, de tremblements et de sueurs froides, elle s'assit, genoux serrés, tête et jambes repliées, au coin d'une porte cochère. Deux policiers s'approchèrent et la harcelèrent de questions :

« Que fais-tu là, petite ? As-tu des papiers, quel âge as-tu ? Tu es seule ? »

Ils l'aidèrent à se relever et une dame, sortie d'un bar voisin, lui apporta un bol de Viandox dont le goût de céleri lui rappela l'auberge paternelle.

« Je suis allée voir mon père à l'Hôtel-Dieu et je vais rejoindre mon frère à l'*Hôtel Lutetia* ! »

Sa réponse avait jailli spontanément, son père le docteur Bernard et David son frère... Ce fut comme un bonheur grandi soudain pour lui réchauffer le corps et l'âme.

« C'est probablement une petite juive égarée... », dit la dame, et ces mots la remplirent de fierté... Oui, elle était juive et elle en était fière !

Sans brutalité mais énergiquement, les policiers l'emportèrent dans leur « panier à salade » jusqu'au boulevard Raspail, trop heureux semble-t-il de s'en débarrasser. En y montant, Émilie songea avec humour qu'elle avait maintenant une riche expérience des véhicules militaires depuis le camion des miliciens, la Mercedes du *Herr Professor*, la Traction des FFI et les Jeep des Américains. Elle en aurait fait des voyages ! Dans la puanteur du car de police, les odeurs de misère humaine lui remontèrent à la gorge. Elle rendit le Viandox sur les godasses du policier le plus proche.

Émilie, avec au ventre la terreur de se retrouver seule dans l'immense hôtel parmi tous ces gens désespérés, chercha longtemps David. Elle le trouva enfin assis par terre au fond d'un couloir sombre, avec des rescapés dont certains portaient encore leurs sinistres pyjamas rayés et d'autres de pauvres vêtements civils qui soulignaient leur maigreur. Il se leva, vint à sa rencontre, le visage ravagé par la fatigue. Il la prit dans ses bras et entre deux sanglots expliqua :

« Maintenant, je sais tout ! Je n'ai plus aucun espoir de retrouver ma mère et mon petit frère, les femmes et les enfants étaient assassinés dès leur arrivée... par asphyxie dans les chambres à gaz... La mort n'était pas immédiate... plusieurs minutes qui devaient durer des siècles... Les corps étaient brûlés. Les hommes travaillaient comme des esclaves dans le froid, la faim, les coups. Il y a peu de chance que mon père, de santé fragile, ait survécu dans de telles conditions !

— Ne restons pas là, dit la fillette en l'entraînant, il y a trop de monde, trop de bruits. »

Elle allait dire... trop de morts mais elle se retint.

Dehors, l'agitation sur le boulevard était toujours aussi fébrile.

« Pourquoi parlais-tu allemand avec ces hommes, demanda Émilie, quand David se fut un peu calmé.

— Ce n'est pas de l'allemand, mais du yiddish, une langue que parlent les juifs d'Europe centrale ; je l'avais appris avec des amis mais mon père ne voulait pas qu'on le parle à la maison. »

Ils réalisèrent brusquement que le jour déclinait et qu'il était tout juste le temps de rejoindre les Américains devant la fontaine Saint-Michel. Ils arrivèrent un peu en retard, il n'y avait personne au rendez-vous.

« Attends-moi devant la station de métro, je vais à leur recherche, il n'est pas possible qu'ils ne nous aient pas attendus, affirma David. Ils doivent traîner dans les bars à l'entour... »

L'inquiétude de son ami accrut sa propre angoisse ; sa solitude dans la foule anonyme lui rappelait ses cauchemars où, morte de honte parmi les rires et les sarcasmes, elle tentait désespérément de cacher sa nudité.

David revint accablé après un long moment.

« Je ne les ai pas trouvés, il est trop tard maintenant pour rentrer. Demain je te conduirai à Saint-Lazare ; il y aura bien un train pour Rouen ! Moi de toute façon, je reste à Paris ! Plusieurs convois de rapatriés vont encore arriver ; tant qu'il restera un peu d'espoir, je serai chaque jour au *Lutetia*, ne serait-ce que pour aider à l'accueil. »

Émilie n'osa pas lui demander comment il comptait survivre quand, pour la première fois de sa vie, elle ressentit la morsure de la faim.

Dans le quartier des Écoles, ils se mêlèrent à la queue devant une organisation juive de secours aux étudiants, pour un bol de soupe et une boule de pain.

« C'est ma sœur », dit David en la faisant passer devant lui. La femme qui les servit eut un bref regard étonné vers les yeux bleus et les mèches blondes mais ne fit aucune remarque. La petite Normande, loin de se contenter de ce frugal repas, avisa une épicerie et se rappela qu'elle avait sur elle une somme d'argent confortable. Au prix fort, elle négocia deux boîtes de sardines et un paquet de biscuits qu'elle brandit triomphante sous les yeux de son ami.

« Tu as de l'argent ? s'étonna-t-il

— Vous avez devant vous, monsieur, l'héritière universelle des œuvres de maître Léonard, artiste peintre de renom… Je suis riche ! Je n'aurai pas besoin des écus du père Lecor… un artiste aussi dans son genre ! »

Pour la première fois depuis son retour, le visage de David s'éclaira d'un pâle sourire. Les sardines étaient délicieuses et valaient bien leur prix, les biscuits étaient pierreux, ils avaient le goût des biscuits vitaminés de madame Cassagne.

Émilie raconta la fin tragique du peintre et se garda bien de dire comment elle avait gagné cet argent en posant devant lui.

Le crépuscule de mai flamboyait dans le ciel de Paris. L'organisation de secours leur avait proposé un lit pour la nuit en dortoirs séparés garçons et filles. Comme la nuit s'annonçait douce et claire, David proposa d'aller dormir à la belle étoile dans les jardins du Luxembourg, l'herbe y était tendre et tiède.

En cherchant un endroit isolé, ils furent attirés vers un bosquet d'où s'élevait un chant lent et monotone dont le rythme évoquait les pas lourds d'une marche d'esclaves pliant sous leurs fardeaux. Des silhouettes noires se détachaient dans l'ombre autour d'un feu de planches récupérées dans quelques décombres.

« C'est un chant de douleur et d'espoir composé par les premières victimes du nazisme, enfermées dès 1933 dans les premiers camps de concentration en Allemagne. Cela s'appelle *Le Chant des marais* », leur expliqua un homme sans âge, en pyjama rayé. Personne ne leur posa de questions. On leur fit une place près du feu, on proposa une couverture pour la petite demoiselle qui frissonnait et des pommes de terre cuites sous la cendre. Épuisés, David et Émilie, enroulés dans la même couverture, s'endormirent rapidement dans une sage complicité.

L'ombre pâlissait, le feu brûlait encore quand ils furent tirés de leur sommeil par des éclats de voix avec l'affreuse impression de déjà vécu. Des policiers, képis et pèlerines, lançaient des invectives aux hommes encore assis près de leur feu. L'un d'eux se leva, découvrant sa poitrine couverte de médailles.

« Croix de guerre, croix de la valeur militaire, croix de la Libération, Victoria Cross ! Vous êtes en uniforme, vous me devez le salut, garde à vous ! »

Et comme les agents hésitaient, l'homme insista d'une voix forte :

« Commando Kieffer, Ouistreham... 6 juin 1944, cela vous dit quelque chose ? Les seuls Français présents ce jour-là ! C'est vrai que de Gaulle nous en voulait de nous être intégrés à l'armée britannique ! »

Les deux policiers s'exécutèrent et pour ne pas perdre la face demandèrent :

« Et ces deux gamins, ils sont avec vous ? »

Leur faconde et leur air soupçonneux déplurent aussitôt à Émilie qui s'écria :

« Nous sommes à l'*Hôtel Lutetia* où nous attendons nos parents qui ont été arrêtés par la milice de Pétain et déportés en Allemagne parce qu'ils étaient dans la Résistance ! »

L'ancien du débarquement riait aux éclats en l'encourageant :

« Bravo, ne vous laissez pas faire les gosses ! Voyez-moi cette brave petite résistante ! » Et aux agents médusés :

« Fichez-leur la paix, vous trouvez qu'ils n'ont pas assez souffert comme ça ?

— Bon, ça va, nous on a des ordres... On ne veut pas avoir d'histoires, éteignez seulement votre feu en partant. »

En les regardant s'éloigner, Émilie réalisa que l'humanité allait devoir continuer à subir de tels personnages ; malgré la liberté prétendument retrouvée, il y avait toujours des chefs et des serviteurs irresponsables, obéissant aux ordres en toute bonne conscience. David, avec des accents tragiques, murmura :

« En juillet 1942, ces mêmes policiers nous faisaient monter de force dans des autobus et nous pourchassaient jusque dans la cour du lycée, pour nous livrer aux Allemands ! »

Il restait des pommes de terre sous la cendre à partager et du café soluble.

Au moment de se séparer, les hommes se levèrent l'un après l'autre devant Émilie et d'une main timide, comme s'ils avaient besoin de ces gestes pour croire à sa réalité, lui caressèrent les cheveux, le visage, les épaules. Elle se laissa faire en souriant, elle comprenait que sa jeunesse, sa fraîcheur étaient pour eux une réconciliation avec la vie. Surmontant une certaine hésitation dont elle eut aussitôt honte, elle embrassa et se laissa embrasser.

En sortant du Luxembourg, David voulut reprendre la direction du boulevard Raspail ; Émilie lui rappela qu'elle souhaitait rendre visite à la comtesse.

« Je sais que sa maison est près du parc Monceau mais je ne suis pas certaine du numéro… boulevard de Courcelles… je ne sais plus ! On devrait pouvoir se renseigner. »

David éclata d'un rire nerveux. C'était bon de le voir presque détendu.

« Attends fillette ! La plaine Monceau, ce n'est pas Belleville ou Montmartre, on ne se fréquente pas comme cela entre voisins ! Et puis, ce n'est pas la porte à côté, il y a au moins deux changements de métro et à pied un bon bout de chemin… Nous avons déjà tellement marché. »

Émilie proposa d'y aller seule mais le garçon refusa :

« Je t'ai entraînée dans cette aventure, je me sens responsable de toi !

— Prenons un taxi !

— C'est vrai, j'oubliais que mademoiselle a les moyens ! » répondit David un peu moqueur ; elle le sentait impatient de rejoindre le *Lutetia*.

Le chauffeur les dévisagea avec méfiance mais se radoucit quand Émilie sortit ses billets.

En se renseignant auprès des concierges, ils parvinrent à trouver l'hôtel particulier à demi caché derrière un lierre agrippé à des hautes grilles. Une femme de chambre, robe noire sous un tablier blanc, petite coiffe de dentelle, vint leur ouvrir. Avec David qui se tenait un peu en retrait, elle les prit pour des mendiants et les refoula.

« Dites à madame la comtesse que c'est Émilie Lecor qui vient la voir depuis le village d'Argeronne, insista la jeune fille.

— Madame la comtesse ne reçoit pas ! J'ai l'ordre formel de monsieur le comte, son fils, de ne laisser entrer personne. »

Émilie s'accrocha à la grille avec toute la force de sa colère.

« Dites à madame la comtesse que c'est le courrier du réseau Duquesne, la Belle Aurore… Parlez-lui du docteur Bernard et du peintre Léonard ! »

La domestique hésita, parut intéressée par l'histoire de cette gamine si hardie :

« Madame ne peut vous recevoir, elle est très malade, elle a eu une attaque en apprenant la disparition de son autre fils en Russie ; il était dans l'escadrille Normandie-Niemen. Depuis, elle est paralysée et ne peut plus parler. »

Elle referma brutalement la grille qui tomba comme un couperet sur les espoirs d'Émilie et les souvenirs heureux de son enfance. Pétrifiée, elle tourna un visage implorant vers David, qui, spontanément, la prit dans ses bras. L'amour de cet être, qui lui avait révélé l'éternel mystère de la fascination entre garçon et fille, était en cet instant son seul refuge mais elle en pressentait la fragilité et la fugacité. Elle comprenait son impatience, c'était de l'autre côté de la Seine, sur le boulevard Raspail, qu'il voulait être à attendre, à espérer…

« Il faut rentrer chez toi petite fille, c'est là qu'est ta vie, murmura-t-il doucement à son oreille.

— Je sais bien qu'il faut nous quitter ! répondit-elle dans un souffle.

— Tu es mon premier, seul, unique, éternel amour, ma pure, ma claire fontaine, "jamais je ne t'oublierai…", chantonna le garçon en l'entraînant doucement. Je vais t'accompagner jusqu'à la gare Saint-Lazare, il y aura bien un train pour Rouen avant ce soir ! »

Une belle journée s'annonçait avec des vols d'oiseaux par-dessus les arbres du parc Monceau et un regain de soleil sous une voûte bleue qui faisait chanter les rues de Paris, illuminant les façades et leurs fenêtres ouvertes comme des yeux éblouis par la lumière du printemps.

« Je préfère aller à pied, dit Émilie.

— Tu as raison, il fait si beau, par le boulevard Malesherbes nous y serons vite. »

Ils marchèrent de concert, en se tenant par la main, échangeant de temps à autre un sourire pudique. Ils parlèrent de leurs projets : Émilie en était certaine maintenant, elle serait pensionnaire au lycée de Rouen et en médecine à dix-huit ans au plus tard. David retournerait aux États-Unis pour terminer ses études d'ingénieur, le génie civil, précisa-t-il, pour construire des routes, des ponts, des viaducs... tous les moyens de communication et d'échange entre les hommes.

« Et la musique ? » demanda Émilie.

Une ombre de nostalgie passa sur le visage du jeune homme.

« La musique restera toujours un de mes bonheurs terrestres, mais pas mon métier. Bientôt, je partirai en Palestine, nous allons reconstruire le temple de Salomon et le pays d'Israël, la Terre promise où coulent le lait et le miel ! »

Ils faillirent se perdre dans la foule de la salle des pas perdus. Les pas perdus... Avec la résonance de ces mots, Émilie faillit perdre courage. Les enfants perdus... Les âmes perdues... Les amours perdues !

Elle voulut partager l'argent qui lui restait. Il refusa énergiquement. Elle lui glissa de force les billets dans la poche :

« Ce n'est qu'un prêt, comme cela tu seras obligé de revenir pour me les rendre ! »

David voulut la conduire jusqu'à son compartiment mais un employé en uniforme leur barra le passage ; il fallait prendre un ticket spécial. Encore des interdits, des règlements, des serviteurs qui les appliquent sans nuances, le monde allait continuer ainsi ; elle songea qu'elle ne le supporterait peut-être pas.

David prit Émilie dans ses bras ; ils restèrent enlacés, appuyés contre la barrière qui allait les séparer pour un temps incertain auquel ils n'osaient pas penser.

« Il y a toujours beaucoup de nostalgie dans un train qui s'en va ! Il emporte des souvenirs, des douleurs, des joies, mais aussi des aventures qui commencent. Je ne veux pas que tu sois triste, une vie merveilleuse t'attend... », dit le garçon en contemplant le visage éploré levé vers lui. Leurs lèvres s'effleurèrent puis se joignirent en un unique moment de sensualité partagée. Une grosse dame les bouscula avec des yeux furibonds vers cette dévergondée encore toute gamine qui se laissait embrasser à pleine bouche par un gamin à peine plus âgé qu'elle !

À l'ultime instant, elle sauta dans le wagon le plus proche. Malgré les protestations des voyageurs, elle resta accrochée à la fenêtre baissée, le regard intensément fixé sur la silhouette qui se fondait dans un linceul de fumées et de vapeurs crachées par les locomotives à quai.

XXX

Un nouveau matin…

Le voyage de retour fut interminable. Émilie réussit à se glisser dans un angle du compartiment où on lui fit, de mauvaise grâce, une petite place contre la vitre, là où le froid et les vents coulis étaient les plus forts. Elle tenta de se concentrer sur les livres qu'elle avait achetés boulevard Saint-Michel mais les autres voyageurs ne cessaient de la dévisager et son voisin essayait de lire par-dessus son épaule.

Elle s'intéressa au paysage, cela ne fit qu'accentuer sa mélancolie. Devant ses yeux défilaient des banlieues grises, des usines en ruine, des immeubles délabrés, des champs stériles, des plaines inondées, des forêts éventrées, toute une terre de désolation à travers laquelle le train avançait avec précaution. Elle refaisait sans cesse, pour oublier ce « chemin d'enfer », le calcul des années à venir : le brevet élémentaire cette année, le premier bac à quinze ans, la seconde partie à seize… Une année de faculté de sciences… la médecine enfin à dix-huit ! Comme les autres voyageurs, dont les conversations tombaient à plat, elle finit par s'endormir.

À Rouen, elle eut la chance de trouver une dernière correspondance pour La Roche-Faidherbe et n'atteignit Argeronne qu'à la tombée de la nuit.

« Te voilà enfin ! On commençait à s'inquiéter et à regretter de t'avoir laissée partir comme ça, dit madame Lecor en accueillant sa fille.

— Je me demande quelles histoires elle va encore inventer et quels bobards elle va nous raconter ? » se gaussa monsieur Lecor.

Ils la harcelèrent de questions, mais Émilie était trop lasse, trop triste pour leur répondre ; mentir évitait d'avoir à expliquer : oui ! elle avait vu l'oncle et la tante, ils allaient bien… La brasserie était fermée, sans doute pour des réparations… Ils allaient partir en voyage… Pour combien de temps ? Elle l'ignorait… Les voisins n'étaient au courant de rien…

« Qu'est-ce que tu as bien pu fabriquer pendant ces deux jours à Paris ?

— Je suis allée voir madame la comtesse : elle est très malade depuis qu'un de ses fils à disparu en Russie. J'ai aussi acheté des livres pour mes études. »

Monsieur Lecor feuilleta avec dédain les ouvrages auxquels il ne comprenait rien :

« C'est ça que tu as acheté ? Regarde, il y a des pages qui ne sont même pas remplies, y a pas gras à lire, c'est pas avantageux. Pour le même prix, ils pourraient quand même remplir les blancs !

— Mais papa, c'est de la poésie ! »

L'humour particulier de son père, loin de la choquer, la rassurait. Depuis qu'elle était « légataire universelle », il n'usait de son autorité qu'avec prudence.

Elle s'abstint de parler de l'*Hôtel Lutetia*, ils ne comprendraient pas et elle se sentait trop fatiguée pour trouver les mots qui auraient pu les toucher.

Le lundi 18 juin arriva la convocation pour le brevet élémentaire ; les épreuves étaient fixées au jeudi 28 et vendredi 29 dans les locaux de l'école normale d'institutrices. À la radio et dans la presse, on célébrait le cinquième anniversaire de l'appel du général de Gaulle de Londres.

« J'espère pour toi que ça s'ra pas la pelle du 18 juin ! » avait dit monsieur Lecor, en lui remettant la lettre qu'il avait ouverte.

Elle allait maintenant, chaque jour, chez monsieur Groult qui, étonné par l'intelligence et la volonté farouche de cette jeune fille, acceptait enfin d'être rémunéré. Il s'était établi entre eux une complicité qui rappelait à Émilie le bonheur des rencontres et des découvertes chez le docteur Bernard. À mesure que l'examen approchait, des cauchemars venaient chaque nuit l'oppresser : elle arrivait en retard, elle se trompait de jour et d'heure et trouvait porte close, l'examen étant passé. Ailleurs, elle cherchait son chemin dans la ville, interrogeait les passants indifférents ou pressés, errait à la recherche de l'école normale d'instituteurs, à travers des rues sans fin tandis que le temps se rétrécissait et qu'à bout de souffle elle avait de moins en moins la force d'avancer. Plus cruel encore, elle était devant sa feuille blanche, heureuse, impatiente de traiter un sujet parfaitement connu, mais sa plume ne marchait pas, grattait le papier, faisait des pâtés ; elle se perdait dans des feuilles de brouillon inutiles et le temps passait, se rapetissait alors qu'elle avait tant à dire… Un dernier rêve humiliant revenait souvent : dans la salle d'examen, tandis que les candidates autour d'elle remplissaient avec frénésie des pages entières, elle était incapable de faire le moindre mouvement, assise à sa table, paralysée, honteuse…, toute nue.

Un matin arriva une lettre de Joseph qu'elle parvint à subtiliser avant que le père Lecor ne s'en saisisse. Émilie avait reconnu l'écriture ronde, avec ses jambages, ses pleins, ses déliés ; il était meilleur qu'elle en écriture ! Elle lut sans émoi :

« Chère Émilie… je t'écris pour te dire que je termine ma cinquième avec le prix d'excellence au lycée Frédéric-Mistral (un poète provençal). C'est un grand lycée comme à Paris. On ne dit pas à Avignon mais en Avignon. Mon père sera bientôt député, je l'accompagnerai à Paris et je viendrai peut-être te voir en Normandie. Les filles ici sont brunes et bronzées car il y a toujours du soleil ; elles sont toutes amoureuses de moi mais c'est toujours à toi que je pense ! La Provence est belle, mais il n'y a pas de grandes forêts et les rivières ne sont souvent que des filets d'eau au fond d'un ravin, sauf la Sorgue… Mille baisers d'amour. »

Émilie trouva la signature ridiculement prétentieuse et les petits cœurs percés de flèches d'une débilité infantile. Il n'avait pas grandi ; elle n'avait plus rien à voir avec ce singe bien dressé comme l'avait jugé monsieur Léonard. Elle décida de ne pas lui répondre, à moins que… Après la réussite au brevet… pour se venger des coups de règle du père Cassagne et faire rager de jalousie la mère Cassagne en leur annonçant qu'elle serait en seconde à Jeanne-d'Arc à la rentrée d'octobre ! Elle mit la lettre de côté et l'oublia.

Le dimanche suivant, madame Lecor fit une offrande substantielle pour la restauration de l'église à la grand-messe de onze heures et supplia sa fille d'aller remercier monsieur le curé qui avait bien voulu intervenir auprès des sœurs de la Compassion pour qu'elles accueillissent Émilie pendant les deux jours d'épreuves ; il n'aurait pas été convenable de laisser une jeune fille de cet âge dans une chambre d'hôtel.

« C'est pour vous que je le fais, madame Lecor, qui êtes une bonne chrétienne… mais votre fille, hélas ! qui ne vient plus à l'église, avec toutes ces idées qu'on lui a mises dans la tête pour troubler son innocence… Elle sera votre croix ! »

Émilie promit qu'elle irait dès qu'elle aurait terminé son programme.

La veille de l'examen, avant de partir pour Rouen, elle éprouva le besoin de marcher, de respirer après toutes ces semaines de travail, de retrouver les chemins familiers habités par ses souvenirs et les ombres des êtres qui avaient comblé des moments heureux de sa vie. Elle s'élança dans la campagne où les forces miraculeuses du renouveau effaçaient les dernières plaies de la guerre. Les prairies refleurissaient, les champs exhalaient des senteurs nourricières, les vergers étaient pleins de promesses, les eaux de la rivière étaient redevenues limpides et les forêts avaient retrouvé leurs mystérieux jeux d'ombres et de lumières. Elle s'imprégnait, comme d'une sève vivifiante, de la vie renaissante autour d'elle et courait, pure et rose, vers ses chemins secrets qui ouvraient devant ses pas leurs nouvelles parures printanières. Il y aurait encore des amoureux dans les chemins d'Argeronne pour danser sur le chemin du Bal-Champêtre, s'embrasser sous les feuillages du chemin du Ponant, et surtout un nouveau chemin de la Belle-Aurore, non plus caché mais ouvert entre rêve et réalité, comme un relais entre ciel et terre.

Enhardie après cette longue promenade, elle se résolut à affronter au presbytère le sermon du curé. Il ne fit aucun commentaire, sinon l'affirmation qu'il priait toujours pour elle. Il lui remit une lettre pour les religieuses et lui indiqua l'adresse du couvent. Émilie le remercia poliment.

Dans le cimetière, elle vit qu'on avait relevé les tombes des Canadiens, remplacées par une stèle de marbre, abondamment fleurie, où les noms étaient gravés en lettres d'or. Elle s'attarda devant les tombes blanches des enfants, ses anciens compagnons de jeu et chercha longuement à travers les ronces et les mauvaises herbes l'endroit où les deux Allemands avaient été enterrés. C'était normal, les uns étaient nos amis, les autres nos ennemis. Elle trouva hors les murs du cimetière un monticule de terre avec une croix sans nom, déjà pourrissante, à laquelle était accroché un casque allemand à demi rouillé. Wolfgang… elle n'avait retenu qu'un prénom… un garçon blond qui chantait Mozart, l'autre qui appelait sa mère et voyait tomber la neige de Noël dans la lumière de l'été… Enfouis, confondus dans l'argile froide de la terre normande avec pour seul hommage quelques boutons-d'or parmi les orties. Elle se promit de prendre plus tard soin de cette tombe.

Elle ressentait une profonde tendresse pour ces jeunesses trompées et martyrisées, le petit garçon ensanglanté sur son lit de fagots, sa sœur, jeune fille trop vite vieillie, le petit Nathanaël ivre de liberté et d'air pur, l'Armée des Vikings qui avait trop joué à la guerre, les jeunes Canadiens qui s'aspergeaient en riant, les deux Allemands mourant de faim et de peur… tous pareillement abusés et assassinés. Elle serait la gardienne de leur mémoire dans l'attente de la résurrection promise à laquelle au fond d'elle-même, malgré toutes ses interrogations et ses doutes, elle ne pouvait s'empêcher d'espérer.

Demain, c'est pour eux qu'elle réussirait son examen et qu'elle deviendrait médecin afin de lutter contre l'ignorance, la misère, l'injustice et toutes les violences faites aux enfants des hommes.

L'examen du brevet élémentaire parut à Émilie d'une déconcertante facilité. Orthographe, grammaire, guère plus difficiles qu'au certificat d'études, mathématiques sans mystères ; en anglais, elle connaissait tous les mots de la version et le thème n'était que de simples applications grammaticales. En composition française, un sujet sur la liberté ; elle conclut sur une citation de Robert Desnos entendue lors d'une soirée « poésie et musique » chez le docteur Bernard, prononcée par le peintre Léonard : « La poésie doit parler de toutes choses en toute liberté, mais au-delà c'est le poète qui doit être libre. ». En sciences, la fonction cœur-poumon, c'était de la médecine ! Après la dernière épreuve, elle jubilait : elle en avait la certitude, elle serait en seconde à la rentrée prochaine !

Il lui restait assez de temps pour trouver le chemin de l'école de médecine, avant de reprendre le train pour Argeronne. Elle se perdit dans les passages tracés au bulldozer parmi les ruines autour de la cathédrale qui se dressait toujours noire et mutilée au-dessus des tas de décombres. Elle contourna des trous de bombe non encore comblés, des amas de matériaux récupérés des destructions, des baraquements provisoires, des pans de murs avec la trace des incendies qui lui rappelèrent douloureusement les circonstances de la mort de monsieur Léonard. Elle se souvint de *Guernica* et de la voix vibrante du peintre :

« *Viva la muerte*, les salauds... ! Allez Mimi chantons vive la vie ! »

Il chantait à pleine voix la chanson de Trenet, le Fou chantant, qu'elle adorait : « C'est la vie qui va toujours... Vive la Vie vive l'Amour. » D'une petite voix nouée elle entonna :

« C'est la vie qui va. »

Le Gros Horloge et nombre de maisons à colombages étaient sauvés, les rues Rollon et Guillaume-le-Conquérant, jusqu'au Vieux Marché, étaient désencombrées et par les fenêtres ouvertes sur les touffeurs d'un été prometteur se répandaient des musiques joyeuses, des chansons optimistes :

« Douce France... une fleur de Paris, bleu-blanc-rouge pendant quatre ans dans nos cœurs elle a fleuri... du café au lait au lit et du petit vin blanc sous les tonnelles... ploum ploum tralala » qui faisaient oublier au bon peuple, dans la ville se relevant péniblement de ses blessures, que les tickets d'alimentation n'avaient pas été supprimés et que les produits essentiels manqueraient encore et pour longtemps.

Devant la statue de Jeanne d'Arc, où tant de civils et de militaires étaient venus parader, deux agents de ville étaient en faction. Émilie leur demanda la direction de l'école de médecine :

« L'Hôtel-Dieu, par l'avenue Gustave-Flaubert », répondirent-ils d'un ton las.

Un soleil poussiéreux, étouffant, d'avant l'orage se reflétait dans les hautes fenêtres de la cour d'honneur ; en avançant vers les lourdes grilles, elle ressentit un pincement au cœur semblable à celui qu'elle avait éprouvé en entrant dans la salle de l'examen. Elle resta un long moment à suivre le va-et-vient des ambulances et des personnages en blanc qui traversaient la cour. Elle imaginait, derrière les façades vénérables, ce monde agité et mystérieux auquel un jour elle appartiendrait. Demain elle écrirait le mot fin sur la dernière page de son journal de la guerre, précédé, en guise de conclusion, par « Vive la vie ! ».

L'orage qui menaçait suinta en grosses gouttes cloquant sur le sol poudreux. Elle courut se réfugier sous le premier tilleul de l'avenue. Au moment où l'ondée se faisait plus drue, un groupe de jeunes gens sortit de l'hôpital. Certains avaient encore leur blouse blanche sous une capote de drap bleu. Comme l'averse s'accentuait, ils se réfugièrent sous l'arbre protecteur. Ils riaient, échangeaient des plaisanteries, ignorant la présence d'Émilie qui, éblouie par leur aisance et leur joie de vivre, les observait à la dérobée. Parmi eux, il n'y avait qu'une fille, pas très jolie mais épanouie, rayonnante. Les garçons proposèrent de foncer vers le bar le plus proche ; la jeune femme hésita, noua un foulard sur sa tête. Au moment où elle allait s'élancer, Émilie lui sourit et cria :

« Vive la vie !

— Qu'est-ce qu'elle t'a dit la môme ? demanda un des garçons.

— Oh ! rien... », répondit-elle.

Table des matières

Dans la même collection

www.deboree.com
livres@centrefrance.com

Imprimé en France par CPI
en mai 2023
N° d'impression : 2070490
Dépôt légal : juin 2023
ISBN : 978-2-8129-3880-1
ISSN : 1627-6779